いのうえやすし

井上靖 文集

雪虫

[日] 井上靖 著
杨中 译

SHIRO BANBA

重庆出版集团
重庆出版社

SHIROBANBA
by INOUE Yasushi
Copyright © 1960-1962 by The Heirs of INOUE Yasushi
All rights reserved.
Originally published in Japan.
Chinese (in simplified character only) translation rights arranged with
The Heirs of INOUE Yasushi, Japan
through THE SAKAI AGENCY and BEIJING KAREKA CONSULTATION CENTER.
Simplified Chinese translation copyright © 2021 by Chongqing Publishing House Co., Ltd.
All rights reserved.

版贸核渝字（2020）第072号

图书在版编目（CIP）数据

雪虫／（日）井上靖著；杨中译．—重庆：重庆出版社，2021.12
ISBN 978-7-229-16085-2

Ⅰ.①雪… Ⅱ.①井… ②杨… Ⅲ.①自传体小说—日本—现代 Ⅳ.①I313.45

中国版本图书馆CIP数据核字（2021）第203454号

雪虫
XUE CHONG

［日］井上靖 著　　杨中 译
责任编辑：魏雯　许宁
装帧设计：谢颖设计工作室
责任校对：杨婧

重庆出版集团 出版
重庆出版社

重庆市南岸区南滨路162号1幢　邮政编码：400061　http://www.cqph.com
重庆出版社艺术设计有限公司制版
重庆市国丰印务有限责任公司 印刷
重庆出版集团图书发行有限公司 发行
E-mail:fxchu@cqph.com　邮购电话：023-61520646
全国新华书店经销

开本：890mm×1230mm　1/32　印张：15.125　字数：300千
2021年12月第1版　2021年12月第1次印刷
ISBN: 978-7-229-16085-2
定价：89.80元

如有印装问题，请向本集团图书发行有限公司调换：023-61520678

版权所有　侵权必究

目录 / Contents

001　前　篇

第一章/002

第二章/019

第三章/059

第四章/114

第五章/153

第六章/192

第七章/224

第八章/250

263　后　篇

第一章/264

第二章/286

第三章/314

第四章/337

第五章/359

第六章/393

第七章/417

第八章/444

461　译后记

465　附录　井上靖年谱

前篇

第一章

话说那时——说来已是大正四五年间①,距今四十几年前的事了——每到傍晚,村里的孩子们总是人人"白婆子②,白婆子"地叫着,在家门前的街道上跑来跑去,追着一种小小的白色生物玩,那种飞虫如同飞舞的棉屑般浮游在这夜幕初降的空间里。有的孩子跳起来想用手直接抓,有的把折下来的罗汉柏的小树枝拿在手里向空中挥舞,想用叶片把虫子带下来。这白婆子,大约就是"白色的老太婆"的意思。孩子们虽不清楚虫子从哪来,但他们对一到傍晚就神秘出现的白婆子并不感到奇怪。他们并不知道究竟是傍晚到了虫子才出来,还是虫子出来了傍晚才到来。这白婆子与其说是纯白,倒不如说带点极微的青色。天还亮着时看来就是白色,但随着夜色渐深,就让人觉得开始泛出青色。

在白婆子看起来开始带点青色时,远远地便能听到各家家长喊着小孩名字,催他们回家。喊声从远处传来,比如:

---

① "大正"为日本大正天皇在位时期年号,从1912年至1926年。文中"大正四五年间"即约1915、1916年间。

② "白婆子"即日本部分地区对晚秋初冬时节成群飞舞的棉蚜的俗称。该虫身长5毫米左右,因其浑身覆盖着白色棉状物质,并且于初雪前的时节出现,也被称作"雪虫"。

"阿幸,吃饭啦!""阿茂,开饭了!""不快点回来就别吃了!"于是幸夫回去了,接着阿茂也回去了,就这样街上的孩子们一个个少了起来。

孩子们回家时互相也不招呼,在四处浮游着白婆子的夜色中,有的孩子蹦蹦跳跳地往家跑,有的孩子右手高高举着柏树枝呼呼地往家的方向冲,大家仿佛被各自的家长下了咒般吸引回了家。

洪作总是在外面玩到最晚。洪作家吃得晚,不少时候是阿缝①婆婆来洪作玩的地方叫他回去吃饭。因此洪作差不多每天都在街上玩到一个小伙伴都不剩。当所有的小伙伴都不见了身影,夜色完全笼罩四周,他才迈步往家里走去。

洪作和阿缝婆婆一起居住在土仓②里,在回家途中,他看到沿街房子中透出几盏人家晚膳时的明亮灯火。孩子们玩耍的地方总是在帝室林野管理局天城出张所③的正门前,那里也被村里人称作官署或御料局④。从那里到他们住的土仓,沿途的房子数都数得出来。在公所前面有户家名⑤叫做"上家"的人家,那里是洪作家的本家。在那里住着洪作的外公外婆,还有洪作母亲年幼的弟弟妹妹们,也就是按辈分

---

① 原文为"ぬい",译者在此译作"缝"。
② 原文为"土蔵",指独栋的仓房,瓦顶,墙壁厚涂泥土及石灰,坚固防火,内部可分楼层。
③ "帝室"指皇室;"出张所"指办事处;"天城"为天城山,伊豆半岛中部的火山群。
④ "御料"指皇室资产。
⑤ 原文为"屋号",指在日本农村或渔村用来代指某某家的称呼,即家名。在说到某某家时,可用该家名代替姓名。

洪作应该管他们叫舅舅姨妈的男孩女孩。最小的女孩阿光①和洪作同岁。

洪作看见本家明亮的灯火，知道外公外婆在家，却没往里边窥视。白天的时候，他也去阿光那里玩，即便没什么正事儿，也像出入自家一样进得屋里好多次，但一到晚上，本家的灯火却让他感到莫名的疏远。在本家人热闹谈笑的氛围中，洪作感到他们仿佛在说：这儿和你家不一样，你家在土仓呢。

有时洪作有事上本家，碰到大家正在吃晚饭，此时他外婆阿种②便一定会说：

"阿洪，你吃了再走吧。"

"不，我回家吃。"

"这里也是你的家呀。别不乐意，吃了再走呀。"

"不，我不吃。"

无论外婆阿种说什么，洪作都执拗地拒绝。而这时洪作的外公和其他人一般都不管洪作，自顾自地动着筷子。本家吃饭时的这种氛围不由得让洪作心生反感。不吃饭的时候，确实跟在自己家没两样，但就是这吃饭的时候，却明显变成了别人的家。不是自己的家，还吃什么饭！洪作心中这样想着。

在本家旁边隔着一条窄巷的地方开着一家杂货店。小小的店里，五金件等各式杂货塞得满满当当，几乎要从屋内地

---

① 原文为"おみつ"，译者将其译作"光"。
② 原文为"たね"，译者将其译作"种"。

板前的裸地冒到店外去。村里只有这么一家杂货店，同时也是五金店，凡是要买铁丝、钉子、炊具、菜刀的村民都到这里来。

在杂货店旁边，有一户家名叫做"佐渡屋①"的农家，除了正屋之外还建有牛棚，总有两头牛在那昏暗的棚里抽动着鼻子。在佐渡屋的前面，是打日工的四十岁单身汉文吉居住的小屋。在文吉家隔壁，就是洪作家的宅地了，他家有着村里最名副其实的院子。但是现在他家正屋租给了从东京来当村医的医生家，洪作和阿缝婆婆两人住在宅地背面的土仓里。正屋的医生家是两口子没有小孩，所以家里总是安安静静。虽说他是医生，却几乎不怎么有人找他看病。村里的人只要不是病得要死，都不找医生。

洪作斜眼望着村里旧道边上四五户人家里透出的灯火，走进了自家宅地，从正屋旁经过，回到了建在宅地背后高出一截的地面上的土仓。无论冬夏，每当洪作回来时，阿缝婆婆一般都正借着土仓一楼透出的灯光在屋外做着饭。话说这一老一小的饭做起来本应非常简单，但不知为何，阿缝婆婆张罗一顿晚饭却总是挨到这么晚。

"我回来了。"

洪作说道。其实除了洪作，村里没有第二个孩子会说"我回来了"，只是因为阿缝婆婆嘱咐从外面回来一定得说这句话，才养成了习惯。

洪作每晚都和阿缝婆婆两人坐在灯下，吃着小饭桌上这

---

① 原文为"さとや"，译者将其译作"佐渡屋"。

晚到的晚饭。

"娃娃。"

阿缝婆婆总是这么叫洪作,她问:

"今天上家那边你去了几次?"

"两次。"

"最好别去。"

阿缝婆婆说道。吃晚饭时,两人总会进行上面的对话。洪作对此总是支支吾吾地回应。他不可能答应不去,上家附近是洪作这些男孩玩耍的中心地带,而且每天还得跑去那儿喝好几次水,那边做了稀罕玩意儿还得去尝尝。

"你去上家那边,没啥好事儿。大五这小鬼真有点讨人厌,路上碰到他,装作一副认不得的样子。阿光也是,原先是个大大方方的女孩子,现在也学着她家里人的样,碰见就摆出一副臭脸。多半都是因为听了大人给说的坏话。"

阿缝婆婆每次都这么说。一年三百六十五天,洪作每晚都得听她说上家——也就是本家——的坏话。阿缝婆婆虽然念叨的是本家小孩的不是,但其实似乎是想借此数落他们的父母——也就是洪作的外公外婆。不过,她终归不会直接说出外公外婆的名字。阿缝婆婆这点心思,被洪作这小孩拿捏得明明白白。

"上家的外公真讨厌。"

有时洪作这么说了外公,阿缝婆婆便会细眯着眼睛,把跪坐着的膝盖凑过来,仿佛要伸手摸他头一般。她说:

"他可是阿洪你的亲外公呀。即使他有过分的地方,即使他再怎么说你，你也不能说他的坏话。听好了，上家的那些人虽然心胸狭窄，但是他们根子里都是好人。"

这话与其说是讲给洪作听，倒不如说是讲给自己，说服自己。

洪作为了看到阿缝婆婆高兴的样子，有时会专门说些本家——也就是上家——的坏话。实际上，若是真心想说他本家的坏话，那题材要多少有多少。洪作虽然每天都和与自己同年的阿光一起玩耍，但上家的外公外婆比起自己这个孙子，更疼爱自己女儿这点是表现得清楚无疑的。不光如此，因为他们与阿缝婆婆水火不容，所以他们有时会把被阿缝婆婆收养并与之同住的洪作视为仇人的同党。

另外，上家那边还住着一位阿品①婆婆，她是洪作的曾外祖母。就连这位曾外祖母也总是带着特别的眼光看洪作。阿品婆婆是洪作外公的养母，虽然和家里人没有血缘关系，但是大家都不怠慢她。她因为上了年纪，一直在靠里的一间房里过着闭门不出、悄无声息的生活，甚至让人不知道里面到底有没有人。有一次，她偶然地撞见了洪作。

"真是可怜，给那样不正经的人做了人质，这孩子也渐渐变得怪起来了。"

阿品婆婆满脸皱纹，嘴里嘟哝着说道。洪作盯着她，不一会儿说道：

"祖姥姥，你一把年纪了不死么？什么时候死啊？"

实际上，洪作对这个年近七十、背弯得快断掉、皮肤松

---

① 原文为"しな"，译者在此译作"品"。

垮、皱纹深刻的老太婆一直不死并且还能说话，感到不可思议。

阿品婆婆被洪作这么一说惊呆了，眼睛翻白不知怎么接下一句。谁让她说阿缝婆婆是坏人，说自己是怪孩子？洪作报了阿品婆婆的一箭之仇，便从这个像装饰品般终日呆坐不动的老太婆身旁离开。

阿缝婆婆曾是曾外祖父辰之助的偏房。辰之助在地方上也算是个名医，年纪轻轻便有了静冈藩挂川医院长[①]、静冈县韭山医局长[②]、三岛地方的私立养和医院院长等头衔。若他是个有野心的人，晚年也不会退居故乡伊豆[③]了。也不知为什么，他在最年富力强的三十来岁中段，放弃了所有公职，退隐伊豆的深山，作为一名乡村医生度过了后半生。辰之助在乡下当个体医生的生活非常繁忙。他的生意甚是兴隆，有时他为了出诊，得乘着两人抬的轿子前往半岛根部的三岛，或是半岛另一头突出部的下田。

阿缝婆婆是辰之助从下田的花街柳巷赎回来的女人，在这个本就易生闲话的地方，她成了广受议论的人物。阿缝婆婆在辰之助五十岁归天前一直人前人后地照顾他，在他死后也留在村里没有迁走，她的硬气让她遭到了全村人的白眼。

辰之助步入中年之后，便一直和正妻阿品分居。阿品是

[①] "医院长"即医院负责人。

[②] "医局长"即医疗机构内"医局"（部门）的负责人。

[③] 伊豆地区位于日本本州岛中部，名古屋和东京之间，主要部分包括伊豆半岛，该半岛从本州岛向南深入太平洋，半岛面积1500平方公里，半岛内多山，地形复杂。

沼津藩家老①山本家的女儿，据说嫁过来之后就从未下过厨房云云。说得好听便是不谙世事的淑女，说得不好听便是啥也不会的女人。她在婚礼时带来了一口朱漆的浴桶和两把薙刀②，这在很长一段时间里都被村里被人当做谈资。

辰之助和正妻阿品以及偏房阿缝之间都没有生育小孩，所以把自己哥哥的孩子文太收为养子，把之前的房子——也就是上家——让给了文太，自己在附近另建一处房屋，在那里开诊行医，和偏房阿缝同住。晚年辰之助让文太的长女分家出来，把行医的那处房子给了她，让阿缝作为养母入了这分家的籍。辰之助如此安排偏房阿缝的晚年，算是对她的补偿。于是曾外祖父辰之助的偏房便作了文太长女户籍上的养母。这长女便是洪作的母亲——七重。

洪作的父亲是军医，当时正和洪作母亲七重一起住在驻地丰桥。那时的洪作并不明白为什么他不得不离开父母，被寄养到曾外祖父的偏房阿缝那里，但阿品婆婆所说的"成了坏人的人质"却在某种程度上道出了真相。想来阿缝婆婆为了巩固自己在洪作家中那极不稳定的地位，而把洪作从父母身边夺走作为人质，这种心思不能说没有。

说来事情的起因，是洪作的母亲七重在生了洪作后，又生了妹妹小夜子，要养育两个幼儿却没有人手，想到也只是把孩子送走极短的时间，便把洪作寄养到了阿缝婆婆那里。

---

①"家老"为家臣之长。
②原文为"薙刀"，薙(tì)刀为一种类似关刀的武器，是江户时代女子习武时常用的武器。

意外收获了这件求之不得的宝贝,阿缝婆婆无疑是下定决心:既已到手,这辈子绝不放手。当阿缝婆婆打着这般主意时,洪作在她身边度过了五岁到六岁的一年时光,在此期间,他对阿缝婆婆变得比父母还亲,不想回家了。

因此,洪作从五岁开始就一直待在故乡伊豆半岛天城山麓的山村里,和阿缝婆婆这个毫无血缘关系的婆婆同吃同住。因此,阿缝婆婆和上家——也就是本家——完全是一种敌对关系。在曾外祖母阿品婆婆看来,阿缝婆婆是把自己丈夫夺走的不共戴天的仇人;在外公外婆看来,阿缝婆婆是一个坏心眼的女人,靠着取悦曾外祖父辰之助而最终把比本家还大的宅地搞到手,还把自己的女儿收作养女,自己摇身一变成了养母,现在又将孙子洪作掳为人质。

上家常常人来人往。平时一同生活的,除了洪作的外公外婆,还有与洪作同年的阿光,比阿光大三岁的大五,以及曾外祖母阿品婆婆。除了这五口人外,还有两人时常回到家里,分别是在东京上中学的大三和在沼津念女子学校①的咲子②。大三和咲子每逢休假都会回家——这是理所当然的,除此之外当星期天和节假日连在一起的时候,也一定会回到家中。这两人对于洪作来说应当是舅舅和姨妈,但因为阿光一直叫大三作哥哥,叫咲子作姐姐,洪作便也跟着阿光这么叫。

---

① 日本旧时教育体制中开展女子中等教育的学校。
② 原文为"さき子",译者在此译作"咲(xiào)子"。

因此在正月、春假、暑假等时候，上家都人丁兴旺。到了吃饭等时候，在洪作这个孩子看来，甚至觉得眼前的场景热闹非常。就连从早到晚在内室闭门不出的阿品婆婆，到了吃饭的时候，也会弓着身子——夸张地说，嘴几乎要挨到榻榻米般——来到摆着餐桌的客厅。因此，这八张榻榻米大小①的房间便人满为患：曾外祖母阿品、外公、外婆、大三、咲子、大五、阿光，光是家人就有七个人了，而且一般还有一两个用人。

外公文太和外婆阿种之间生育了很多小孩，除了上面的还有四个孩子：长女便是洪作的母亲七重，接着是去了美国的大一，去了满洲的大二，还有去了伊豆半岛西海岸的大农户松村家作养女的铃江②。但不管是大一、大二，还是铃江，洪作都没有见过，只是说到他们名字时，他都照着阿光的叫法，叫大一哥哥、大二哥哥、铃江姐姐，至于他们是何等风貌的人物，则一概不知。

外婆阿种常常指责洪作跟着阿光叫，她纠正道：

"娃娃，你得叫大一舅舅、大二舅舅，铃江姨妈，不是哥哥姐姐，是舅舅和姨妈。"

但洪作并不搭理。因为如果这样的话，大三哥哥就得叫成大三舅舅，咲子姐姐也得叫成咲子姨妈。这样想一想都觉得别扭，根本说不出口。洪作心想，怎么可能把咲子姐姐叫

---

① 原文为"八畳"，1畳（同汉字"叠"）为1张榻榻米大小（约1.62平方米），8张约13平方米。

② 原文为"すず江"，译者在此译作"铃江"。

011

成姨妈呀。

但是洪作有时出于淘气,也把咲子叫做姨妈,他很好奇咲子会怎么回答。

"咲子姨妈。"

洪作叫道。咲子留着当时女学生间流行的三股辫,长长的辫子从肩部垂到胸前,她把辫子猛地往后一甩,说道:

"不准叫姨妈,你这样叫就不理你了。"

"但你不就是姨妈么?"

"我是你姨妈,但你不要再这么叫了。"

咲子一脸凶相地瞪着洪作。和洪作反感把咲子叫做姨妈一样,咲子自己也讨厌被叫做姨妈。洪作把大五叫做"小五",把阿光叫做"小光",有时闹矛盾了,也会不客气地直呼其名地叫她"光"①。

对于上家这些孩子,除非当面遇见,阿缝婆婆在背地里一般都是直呼其名。不光直呼其名,她还往往加上些恶意的形容词,比如"反应迟钝的阿光""顽皮的大五""没救了的咲子""没用的大三"等等。但唯有一人例外,那便是刚出生不久就夭折的四男,只有他受到了阿缝婆婆称赞。

"那个婴儿面相伶俐,如果他长大了,上家也许能稍微好点,但世事无常啊。"

阿缝婆婆说着这讨人嫌的话。

在洪作看来,和阿缝婆婆在土仓里过着相依为命的生

---

① 这种做法在日语中叫"呼び捨て",即不客气地直呼其名,而不在名字后面加上平时表示敬意或亲昵的称呼。

活,那是相当快活,没有一处值得一说的不满。每次去上家,虽然那里似乎既热闹又有趣,但洪作并不觉得特别羡慕。洪作在土仓的生活每天重复着固定的内容,仿佛一个模子压出来似的。早上一醒来,洪作便如同问候早安似的,在被窝里叫阿缝婆婆:

"婆婆。"

虽然阿缝婆婆耳朵不好使,但不可思议的是,即便她人在一楼或在土仓外头做饭,只要洪作叫道"婆婆",她就能敏锐地分辨出来。

"婆婆,婆婆。"

在洪作第二、三声呼喊之间,总能听到阿缝婆婆攒劲儿爬楼梯上来时的吆喝声:

"嘿哟、嘿哟。"

吆喝声一完,就能看到刚爬完楼梯的阿缝婆婆在那伸着腰。她稍歇一口气,便忙不迭地答应道:

"来了,来了。"

接着打开柜子,取出备在那里、捻进纸里包好的粗糖果①,拿到洪作枕边。

"来,起床糖。"

阿缝婆婆有时把纸包递到洪作手上,有时把它塞进被子里。

"饭还要等会,先睡着吧。"

阿缝婆婆说完又下楼梯走了。她既没说快起来,也没说

---

① 原文为"駄菓子",指由红糖、杂谷等便宜材料制作的大众点心或糖果。

快起床洗脸。捻好的纸里面一般都是装的黑糖①做的糖球。洪作一般要在被窝里一直待到吮完两三个黑球糖才起来。

若是在上家,像这样吃起床糖是一定会被骂的。外婆阿种常对洪作说:

"脸都没洗就吃什么黑球糖,你的牙离烂掉不远了。"

洪作把这事儿告诉阿缝婆婆,阿缝婆婆气愤地说:

"咱娃娃可没什么烂牙。你就告诉她:我才和阿光不一样。"

总之,洪作差不多每天早上都在被窝里吮着黑球糖。有时候,起床糖也会换成一颗水晶球。水晶球就是白砂糖做的糖丸,微微带些薄荷味。除此之外有时也有豆板②、卷糖等粗糖果。

吃完起床糖,洪作又唤阿缝婆婆道:

"婆婆、婆婆。"

"我可以起床了吗?"

"那起吧。热乎乎的味噌汤做好了。"

阿缝婆婆一边说着一边给洪作穿上衣服③,她紧紧地扯过腰带在洪作身前打了个结。在阿缝婆婆给他穿衣服的时候,洪作总是透过那扇装着铁窗格的小窗望着屋外。正对窗户的不远处有一棵石榴树,石榴树叶整个地覆盖住窗口,所

---

① 未精制的黑砂糖,即红糖。

② 一种炒豆子和糖制作的糖果。

③ 原文为"着物"。译文所称"衣服"大部分情况下并非指西方风格的新式服装,而是指大正年间普通人穿着的传统旧式服装,其性质类似于中国旧时的长衫马褂。

以得透过树叶才能望见户外的风景。所谓的风景,也就是从石榴树叶空隙看得到的田地。那片田地夏天是片绿色的稻田,冬天则是收割后留下的干枯发黑的稻桩。对面人家的一块田地正好和土仓的窗户一样高。对面的田地与洪作家的土地隔着一条小河,那边的地面比这边差不多要高三尺①。

虽然站在那里只看得到那一块田,但是如果把身体凑近窗户,就可以窥见次第倾斜的其他几块田地,以及隔着一段凹陷地面的对面村子的一角。望得见小山、农家、森林、白色的街道,还有那远远的、小小的,姿态优美、形同玩具的富士山。

洪作穿好衣服就下到一楼。在流过自家土地边界的小河岸边,有个铺着板子用来洗东西的地方,洪作便在那洗脸。小河对面是高三尺左右的土堤,从土仓二楼看见的那块田地就铺展在那上面。洪作用手掬起水来,含在嘴里咕噜咕噜两三次后,又同样掬起几次水抹脸。洗脸花不了多少时间,但在冬天,土堤上那一根根野草便会结起冰柱吊在上面。洪作用手把它们薅下来,或是把它们弄到地面上,这项活动相当花时间,因此洪作会一直待在那洗东西的地方,直到阿缝婆婆来叫他。

吃饭是在爬上二楼的楼梯尽头,南边的窗子旁边。这扇窗子和北面的窗子一样装着铁窗格。早饭的菜单每天固定,很少有变化。如果有变化,也就是味噌汤里的内容和腌菜的食材根据季节不同,变成白萝卜、茄子、菜瓜。除了味噌汤

---

① 日本旧时1尺约30厘米,"三尺"约1米。

和腌菜，生姜、藠头、金山寺味噌①也是餐桌的常客。这份菜单不光适用于早饭，也通用于午饭和晚饭。一是因为阿缝婆婆讨厌花工夫做饭，二是因为鱼肉和牛肉她都不喜欢，所以早饭和午饭、晚饭的区别也就仅限于有没有多加份烧菜叶之类的东西。

"来，娃娃，饭上浇点热味噌汤吧。"

或是，

"弄个金山寺的泡饭吧。"

每次吃饭的时候，阿缝婆婆总是在洪作的饭上浇上汤汁。阿缝婆婆因为自己的牙齿不好，喜欢软的东西吃，所以不知从什么时候开始，也这样对待年幼的洪作。

正在吃早饭时，传来了家太郎、龟男、芳卫等小伙伴邀约洪作一起去学校的喊声。

"阿洪，去学校啦！阿洪，去学校啦！"

几个孩子齐声在土仓前面吆喝着，但是听起来像是"阿洪，去'徐'校啦"②。大家邀约着去学校的时间，总是离正式上学还有满满一个小时，有时甚至还有近一个半小时。其实如果跑步去学校，五分钟都用不了。

即便如此，在听到了小伙伴们的声音后，洪作还是把教科书和便当匆忙地装进包袱布里，便急急忙忙地奔下楼梯。

"娃娃！娃娃！"

---

① 静冈和歌山等地所产，用大豆、米、麦、蔬菜等制成的味噌。

② 原文为"コウチャ、ガッコエコウ"，相对"洪ちゃん、学校へ行こう"减少了一些音素。

阿缝婆婆每次都会拿着纸或者手帕从洪作身后追来。村子里其他孩子与纸或手帕是绝无缘分的。其实洪作也一样，虽然带着却从没用过。这是因为阿缝婆婆坚信自家的娃娃和村里的其他小鬼不同，作为与众不同的证据，非要洪作带着纸或手帕。

孩子们一家接一家地绕到村里的人家，邀约出上学的伙伴后，就在御料局旁，或是洪作家旁田里的稻垛旁聚集。他们在不得不赶去学校之前尽兴地玩耍。孩子们集合的地方有时会变。并不是谁命令要变，而是集合地自然而然地改变。并且一旦开始在某处集合后，一连两三个月，大家都只会去那里集中。男孩有男孩的地方，女孩有女孩的地方，大家在各自的地点集合。

孩子们在集合地点玩的游戏也是一样，一旦开始玩哪一种，很长时间就只玩那一种。大家会一直玩，直到完全腻烦。玩腻了之后，又会有一种新游戏抓住他们的心。这新的游戏又会在孩子们间流行一段时间，孩子们便只玩这个游戏，让人不由感叹他们居然玩不厌。就这样，孩子们一段时间热衷于拍洋画，一段时间对设陷阱捕鸟着迷，一段时间又几乎每天玩相扑比赛的游戏。

当大家都玩累了时，好在终于有人想起得去学校了，于是大家又聚成一团往学校赶去。到了这时候，一些距离半里、一里[①]的村子的孩子们也都各自聚成一团，出现在新道或旧道上，朝着学校正门前进。

---

① 日本旧时1里约3.9公里。

孩子们分成各个不同的集团，彼此抱有敌意。大家都摆出一副凶相，一边瞪眼盯着周围其他村的孩子们，一边快步赶往学校。大家绝不开口说话，岂止不说话，有时还毫无理由地向对方扔石头。这份敌意会一直持续，直到进了校门，以村为单位的集团解散为止。

小小的校舍里面有八间教室。从一年级到六年级各有一间，另有高等科①的教室和裁缝室各一间。一个年级三十人左右，大家都穿着同样棒状条纹的衣服，脚蹬稻草鞋，带着装有盐腌白萝卜的便当盒子或塞有腌梅子②的饭团，人人脸上脏兮兮，脑袋凹凸不平。

教师和教室数量一样也是八人。一人管一间教室。老师们动不动就会在学生们头上打一下戳一下，搞得学生们一进教室，便如同进了监狱般噤若寒蝉。负责一年级的老师总是最为严厉，所以一年级的小家伙们一般都非常紧张，生怕老师打来，以至脸色苍白。

当一天的授课结束，孩子们便回家扔下东西，纷纷赶往集合地点。因为高年级和低年级学生的授课时间不同，所以在孩子们玩耍的地方，先是只有低年级学生露面，之后高年级学生逐渐加入进来，人数便多了起来。大家会一直玩到傍晚，直到那白婆子漫天飞舞的时候。

---

① 日本旧时教育体制中，完成六年"寻常小学"教育后继续接受的两年中等教育，类似于初中的一、二年级，但又不是初中。

② 原文为"梅干"，是一种日本传统食品，将梅子腌渍数日后晒干，加入紫苏叶等再腌制而成。

第二章

在洪作读二年级的那个春天，上家的咲子回来了。她去年从沼津的女子学校毕了业，之后一直在亲戚家操习家务。洪作得知咲子今后就一直待在村里不用再去沼津后，感到一种难以言表的欢快。他开始觉得去上家成了一件乐事。虽然之前每逢寒暑假咲子一定回来省亲，但是因为咲子的在或不在，上家所飘荡的空气截然不同。只要咲子在家——就如同插花时缀上一朵大大的玫瑰一般——上家也让人觉得变得明亮艳丽起来，甚至连里面那间不见日光的房间也是如此。

咲子和其他村里姑娘不同，因为上过沼津的女子学校，她身上的氛围都带着都市气息。无论是扎着西式发髻、刘海前突的发型，还是穿着的衣物、说话的方式，连走路的姿态，用当时的话来说，都是清新脱俗、令人耳目一新的。

咲子回到村里后，洪作一天要去上家好几次，他不由得想一直缠在咲子身旁。但是，阿缝婆婆很讨厌咲子。

"这装模作样的丫头，马上就要搞出些鬼名堂了吧。"

只要一提到咲子，阿缝婆婆就会口头禅般地这样说道。阿缝婆婆把咲子视作眼中钉，正好咲子也厌恶阿缝婆婆。咲子即便在路上遇见阿缝婆婆，也会彻底无视她，显露出一种毫不在意的态度，这点连洪作这个小孩也能感觉出来。这种时候，阿缝婆婆毫不掩饰自己的敌意，决绝地把脸转向一边，而咲子则并不转过脸去，完全是一副波澜不惊的样子，既不打招呼也不问候，行为举止仿佛根本没有注意到阿缝婆婆存在。

阿缝婆婆和咲子的关系如此，洪作虽是小孩，夹在其中也多有为难。他想方设法地为了婆婆劝解咲子，为了咲子劝解婆婆，然而这份心意却完全被白费了。

"刚才，阿缝外婆——"

洪作刚一开口，咲子就迫不及待地纠正道：

"她不是你外婆，是阿缝婆婆。"

"她是我外婆呀。"

"怎么是你外婆了？她是个外人。听好记住了。你虽然和那个人在一起住，但她不是你外婆。不是这家里人。该怎么叫呢？对了，——婆子。"

这话若是出自其他人嘴里，洪作肯定不会轻饶，但咲子说出这话，洪作却没有生气，让人觉得不可思议。洪作心想，这实在是没法子的事情。

咲子回到村里之后，洪作几乎每天和咲子一起到西平的浴场去，那是河谷中涌出的温泉。每次咲子要去公共浴场时，阿光就会来叫洪作。洪作多少还是不太乐意和两个女的去洗澡，于是便约上附近的伙伴。应邀同去的总是这几位：杂货店的幸夫、养牛的"佐渡屋"的龟男，还有和洪作有着亲戚关系，家里开酒坊造酒的芳卫。幸夫和龟男低一个年级，芳卫和洪作、阿光是一个年级。

虽说是去洗澡，但洪作他们的准备工作实在简单。拿一条布手巾往腰间的兵儿带①一挂便完事。虽然阿缝婆婆想让洪作带上那白铁皮的肥皂盒子，但洪作觉得那玩意儿妨碍玩耍，并不喜欢。

洪作总是在上家门前，等着咲子和阿光出来。咲子从家门前的两三级石阶上下到路上，伸手把布包袱递向洪作他们，里面有布手巾、肥皂、小金属盆等东西。

"你们换着拿吧。"

咲子说道。虽然这差事并不那么美好，但洪作总是第一个接过来。他两手捧着那布包袱，仿佛别人吩咐自己拿着一件宝物。

走了半町②左右，新道便与旧道交会了。新道两侧的路边稀松平常地排列着房屋，其中有木屐店、理发店、药店、邮局、粗点心店、铁皮店、裁缝店等店铺。但无论哪家店铺，店家几乎都不在店里露面，客人找他们买东西，得绕过店的旁边到后门才行。因为有这五六家店，新道在孩子们看来颇为繁华。从旧道到新道，让人觉得仿佛从农村来到了城市。

新道上的建筑连绵了一町左右，这二十栋左右的房子所在的地方，被人们称作"宿"。相应地，集中了包括洪作家和上家在内那十二三栋房屋的区域被称作"久保田"。除了

---

① 男性及男孩拴在腰间的宽幅腰带。
② 日本旧时距离单位。1町约109米。

021

这两处小村落①之外，在温泉涌出的河谷里，还有西平、新宿、世古泷②等三个小村落。在山脚方向，还有长野、新田等。因此，久保田、宿、西平、新宿、世古泷、长野、新田等七八个小村落被总括地以"汤岛"这一较大的村名相称。除了汤岛之外，在狩野川沿岸山中的各处河谷之间，还散在着一些其他的小村子，它们和汤岛一起组成了上狩野村③。虽然上狩野村无论人口还是户数都很少，但是却占了相当广的一片地域，除规模最大的汤岛村外，其他都是从几户到十几户的小村落。

洪作他们走上新道，通过宿的街道时，心情紧张。咲子带着阿光在前面走，陪同的洪作捧着布包袱，隔了一段距离跟在后面，而幸夫、龟男、芳卫一行，又再隔着些许距离跟在更后面。当他们走上新道，新道这边的孩子们就会不时起哄。

——阿洪和阿光不正常。

起哄的内容是固定的，洪作对自己被说成和阿光"不正常"感到非常意外。洪作和上家的阿光在同一年级，经常像兄妹一样待在一起，但是他俩闹别扭的时候要比关系好的时

---

① 日语原文为"字"，指町村制下，镇、村下面再细分的行政区域，包含"大字""小字"。"小字"一般地域较窄，居民户数不多，但其所属居民常在婚丧嫁娶等社会生活层面互相扶助，类似于间（里巷、邻里）或小型自然村（可参考国内的小屯子、村民聚居点、村民小组），数个"小字"形成"大字"。

② "泷"在汉语中读"lóng"，日文中指瀑布。

③ 此处的"上狩野村"为町村制下行政意义上的村，为村级行政区划，并非自然村。

候多得多。每次听到这起哄，洪作就会心烦意乱，把原先好好捧着的包袱用一只手胡乱抓着，并且故意大大地甩着它往前走。不久，洪作身后又传来了那群孩子对着幸夫他们起哄的声音。

——阿幸昨晚尿床喽。

或是，

——跟班不好当哟。

等等。这些老成的话语配上阴阳怪气的语调，向着这边发射过来。于是，洪作听见了幸夫他们因为窘极了而跑起来的脚步声。芳卫很沉默，稍微有点迟钝，在学校时也总是待在角落，但幸夫和龟男很顽皮，闹起架来，无论对手是谁，基本不会输给对方。即便如此，当他们离开自己的地盘来到这新道，便莫名觉得自己像是到了异国他乡的外地人，没了脾气。这既是因为对方人多势众，也是因为自己是陪着咲子和阿光两位女性来的，处于不利的立场。

走出宿时，男孩们汇集到了一起。杀出敌阵的兴奋使孩子们的眼睛闪闪发亮。去西平的浴场得在走出宿的时候，从新道拐进下到河谷的岔路。走到这里，孩子们有了精神，一会走在咲子前面，一会又走在她身后。

"那么，接下来由幸夫替阿洪拿吧。"

咲子说完，幸夫便像谨奉敕令般一脸严肃地从洪作手中接过布包袱。洪作感到如释重负，恢复了自由，他和龟男、芳卫他们跑来跑去。在到达目的地前，拿洗澡用品的活儿也被平等地交给了龟男和芳卫分担。对于这包凑到鼻子跟前就能闻到香味的东西，男孩们还是很有兴趣去拿的。拿着它，虽然说不清到底是怎样的一种感觉，但到底还是可以让人产生一种陶醉感。

温泉从河谷的三处地方涌出。靠着这三处涌出的热水，人们建了一间大别墅、三家旅馆和两个公共浴场。它们分散在沿河的地方，隔得很远，属于不同的村落。两个公共浴场分别在叫做西平和世古泷的小村落里。西平的浴场较近，并且场地明亮，洪作他们一般都去西平。

那里虽是浴场，但只有一个简易屋顶，在角落里有个脱衣服的地方。热水很充足，随时从一分为二的大浴池里溢出来。两个浴池间用木板隔开，好歹区分了下男浴池和女浴池，但却没定哪边是男的，哪边是女的，而且没有一个人纠结于这件事情。

洪作选择西平的公共浴场还有个理由。那就是在公共浴场的旁边，还有个洗马的浴场，经常有人在那里给马洗身体。那是一个隔成长方形的浴池，当然没有屋顶，比起人泡的池子也浅得多。

洪作他们来到公共浴场后，争先恐后地脱个精光，各自跳入浴池，掀起水花，尽情玩闹。阿光也夹在男孩子中间玩闹。浴场建筑旁流淌着一条大河，他们有时赤身裸体地下到河滩，搬来大石头再扔进浴池。公共浴场白天一般没人，村民们来泡澡是要等到结束了一天工作的傍晚之后。洪作他们虽然一再被咲子责骂，但却对此毫不在意，继续打闹。在飞溅的水花之间，可以看到咲子雪白丰满的肉体，令人感到炫目。

"阿洪,你带了手巾来的吧。拿过来!我给你洗一洗。"

洪作听到后便去脱衣服那里取来手巾。咲子给洪作身上涂上肥皂,让他时而朝前,时而背过身去。咲子给阿洪洗了身子,却不给其他孩子洗,只帮他们搓了那如同酱油煮过的手巾。

某一天他们在泡澡的时候,咲子对着浴池里起劲玩闹的孩子们说道:

"明天开始姐姐就要去学校当老师了。你们不听话可不行哦。我要狠狠地管教你们。"

听了咲子要到学校当老师这话,大家瞬间都停止了玩闹。

"你骗人。"

幸夫说。

"骗你干什么?明天早上朝会的时候,你们听听校长老师怎么说吧。"

咲子说道。孩子们怎么也不能在脑海中把咲子和学校老师联系在一起。咲子身上有一种和学校老师大体不同的气场。洪作没法想象咲子待在那冰冷的教员室内的情景。

但是第二天,洪作便知道了咲子所言非虚。在学校朝会时,石守校长告诉大家原先负责三年级的年轻教师辞去了教职,并且宣布本校以前的毕业生——上家的伊上咲子不久将回母校执掌教鞭。当伊上咲子的名字从校长口中说出时,阿光和洪作都变得惶恐不安,满脸通红。

洪作一边为咲子当上学校老师而高兴，一边担心她到底能不能在学生中获得好的口碑。除此之外，洪作最担心的还是因为他俩的近亲关系，自己会不会被其他学生们看作受咲子额外关照的对象。不过要说近亲，校长石守森之进是洪作父亲的亲哥哥，是洪作正儿八经的伯父。石守家在距此正好差不多一里路的邻村门野原，是户农家，长兄森之进继承了家业，次子洪作的父亲入赘到了伊上家。这家兄妹除了他俩还有几人，但都出嫁或入赘到了邻近的大小村子里。

这样看来，洪作虽然也有很多父亲这边的亲戚，却不知怎的与他们不甚来往。校长石守森之进差不多五十岁，细长的脸上透着严厉，除非有事，否则基本上既不说话也不笑。学生和村民们都知道他是一个难接近的人物。因此他虽是洪作的伯父，洪作却几乎从没说过我的伯父石守森之进云云。不光如此，大体上讲，洪作对他从未产生"伯父"这种特殊感觉，对于洪作来说，他只是位可怕的校长。在这种情况下，对方虽是洪作的伯父，但认为洪作受他关照之类的观点在他两人之间是不能成立的。所有学生都不曾想过，可怕的校长竟是洪作的伯父云云。

但是，石守这位令人害怕的校长有时和洪作正脸碰上，却略微噘起那留着胡须的嘴唇，瞪着眼向洪作问道：

"洪作，你在学习没有啊？"

"在学习。"

洪作仿佛被蛇瞪住的青蛙般，畏畏缩缩地回答道。

"什么时候一定来我家玩。"

伯父说话时总带着命令的口吻。但是，虽然邻村只有一里之遥，洪作却只去过父亲的老家一次。那还是因为父亲的父亲——也就是祖父——林太郎生病，洪作被本家的外婆带着前去探望，仅此而已。

校长在朝会上宣布咲子的事情之后过了两日，咲子第一次作为教师现身学校。那天洪作在学校里整日都非常紧张。一个高年级学生在操场上敲了下洪作额头，说道：

"你本家那丫头是代教①吧。你去打听下就知道了。"

"不，是老师。"

"我晓得是老师。老师也分两种。咲子不是真正的老师，是顶替老师的代教——你去打听下就知道了。"

高年级学生又说道。洪作莫名地觉得自己好像受到了侮辱，不开心了起来。

那天午休的时候，洪作在教员室前面的走廊里遇见了咲子。

"阿洪。"

咲子用平时的称呼方式，从洪作身后叫住他。因为周围有几个学生，洪作觉得自己被咲子这样叫会惹来麻烦，便想装作没听见快步走开。

"阿洪。"

咲子的声音又追了过来。没办法，洪作只能停了下来。

"你去家里把我的便当拿来。"

---

① 原文为"代用教员"，指日本战前因为教员人手不足而聘用的在小学等学校任教却没有教师资格的教师。

咲子说道。洪作虽然照吩咐办了，但当着周围的同学的面，到家里去取现今已是女教师的咲子的便当，实在让人难为情。洪作从上家取来包裹好的便当，带去教员室。这时他发现，只因为咲子这一个人的存在，教员室的空气竟变得和平日里完全不同。窗户旁咲子的办公桌上摆着细细的玻璃花瓶，里面插着红花。虽然教员室内气氛阴暗，但咲子那条绛紫色裤裙[①]的色彩却使那个角落变得华丽起来，让人感到与周围完全不同。在窗子对面，挤满了孩子们的面孔，他们想要观察教员室里咲子的动静。

因为咲子负责三年级，所以洪作和阿光并没上她的课。虽然咲子在学校不教他们，但自打她荣升学校老师之后，在洪作看来，她已和之前完全不同了。洪作总觉得，咲子的眼神和之前不一样了。在咲子的眼前，他既不能像以前那般调皮捣蛋，也不能再用粗鲁的口吻说话了。不光是洪作，幸夫、龟男、芳卫他们好像也是一样，再也不能像以前一样在咲子面前地毫无忌惮地活动了。

自打咲子当了老师之后，洪作他们便渐渐不再陪她去西平的浴场了。虽然咲子也来邀请洪作，但他却想要极力避开似的并不搭理。不过即便如此，当被咲子邀请时，十次里面总有一次还是得陪她去。

如今即使陪着咲子走在新道上，也再不能听到孩子们起哄的声音了，事情已经变得完全不同。虽然孩子们还是和

[①] 原文为"袴"，为日本传统服装中类似裤子的筒状衣物，穿在下身，宽大而有褶，状似裙子。

以前一样聚集在新道上玩耍，但当有人眼尖望见咲子身影，叫道：

"来啦！"

孩子们便仿佛收到了信号一般，立刻中途丢下一直在玩的游戏，仿佛有什么吓人的东西过来似的，一边异口同声地叫着：

"来啦！来啦！"

一边沿着街道往上方逃去。孩子们逃跑的样子非常认真。来不及跑的一年级小孩，睁着怯生生的眼睛，当场呆站在那里。

"在干啥呢？"

咲子笑着招呼他们的时候，被招呼的孩子大概以为老师在责骂自己，便扯开最大的嗓门开始哭泣。

不光在咲子面前是这样，孩子们，特别是低年级的孩子们，都觉得学校的老师实在是这世上令人丧胆之物。当孩子不服从自己命令时，家长们也常说：

"我要去学校老师那儿告状！"

因为被告到学校老师那儿实在太吓人了，所以孩子们一般还是会听家长的话。孩子们一直被大人灌输：学校很讨厌，学校老师很可怕。

实际上对于孩子们来说，学校也是一个没有亲近感的地方。拥有八间教室的校舍看起来十分煞风景。所有教室都没有玻璃窗，取而代之的是纸拉窗。若有谁弄破了拉窗上的纸，就会被彻底地揪出来。最终犯人除了会被班级老师打两三下头，还不得不从家里拿纸来把它贴上。重贴纸拉窗的工作每年一次，是在暑假结束后的第二学期①开学时，由高等科的女学生负责。

几乎每天放学后，学生们都要打扫教室及教室前的走廊。用扫帚扫完之后，用水桶打水过来，再用抹布擦拭。其间老师就在教室的门口监视，学生们为了不被老师责罚，必须不停地劳动。

洪作最讨厌做清洁的时候了。他有时会茫然停下手里的活，呆立在那儿，连他自己也没察觉。每每遇到这种状况，他都会遭到老师无情地怒骂。负责二年级的老师是个老人，他住在离这里一里半的山村，几乎每天徒步来上班。在教师中他年纪最大，学生们任何细小的过错，这个老师都不会放过。

当洪作作为一年级学生第一次到校，第一次坐在狭小教室里属于自己的那张课桌前，突然一声怒吼劈头而来：

"喂！你！"

接着洪作就被老师扯着耳朵，弄到教室前的走廊上去罚站了。洪作最终还是没有搞清楚自己究竟是因为什么受罚。但那一天不光是洪作，共有三个孩子被老师打了耳光，他们生平第一次知道了世道严酷，浑身颤抖不已。

---

① 本小说中所有关于学期的表述，均为三学期制。该制度至今仍广泛被日本的小学、初中、高中采用。一般情况下，4月至7月（或8月）为第一学期，之后放暑假；8月（或9月）至12月为第二学期，之后放寒假；1月至3月为第三学期，之后放春假。春假之后如未毕业，又开始次年度的第一学期。

不光是校舍和老师，操场也绝非学生们能轻易亲近的地方。到处都有石头从操场的黑土地面上冒出来。在上面没法好好做体操自不待言，连玩儿的时候都玩不好，一摔倒就疼得厉害。因为树木少，夏天里缺少树荫非常炎热，到了冬天北风劲吹的日子又冷得难受。除了可以远远望见形态优美的、外形小巧的富士山，真是一点儿可取之处都没有。但是，大人们告诉孩子们，从这里看到的富士山是全日本最美的，对此孩子们深信不疑。

咲子当上学校老师之后，一眨眼工夫第一学期便结束了。在第一学期行将结束的最后一天，因为大家总是在这天领取通知簿（成绩表），阿缝婆婆便让洪作换上正式的衣服，穿上裤裙，带上一张大大的手帕，用来包老师那领到的成绩单。

对于洪作来说，领取期末通知簿的日子是难熬的。全校穿裤裙的只有两人——并且总是他们——洪作和上家的阿光。要说有没有其他穿裤裙的孩子，那得看被村民们称作官署的帝室林业管理局天城出张所的所长。若是有子女的人前来赴任，一般他家的小孩也会穿裤裙，但在洪作二年级的时候，来了个没有小孩的所长，所以穿裤裙的便只有阿光和洪作两人了。

洪作和阿光都讨厌穿裤裙，但他们又隐隐约约地认定自己是必须穿裤裙的那类人。所以他们虽然讨厌裤裙，但到了这天还是得乖乖地穿上，仿佛那是一种无法逃脱的宿命。不光他们自己,其他的学生们也认定洪作和阿光是得穿裤裙的,所以到了这天早上,女学生们一般会到阿光家集合,男学生们一般会到洪作家的土仓前集合。

这天早上,洪作醒来后发现自己深陷在一种复杂的情绪中。这种情绪由两部分混合而成:从明天开始便是悠长暑假的喜悦,以及今天得穿裤裙去学校的烦恼。洪作从睡铺上起来一看,裤裙和衣服已经被整整齐齐地叠好摆在枕边了。

当洪作洗脸时,孩子们开始在土仓前集合。洪作急急忙忙地吃完早饭,阿缝婆婆就给他穿上衣服,系上裤裙。

"讨厌!不喜欢穿裤裙。"

洪作说道。阿缝婆婆脸上呈现出岂有此理的表情。

"娃娃长大了会变成了不起的人。你是祖姥爷的接班人。"

这时,阿缝婆婆绝不会把洪作的父亲和外公拿来做例子,因为她对他们多少有些怨恨。在她眼中,只有自己的保护者——决定了自己一生的辰之助才具备强烈的存在感,她似乎独断地认定了只有洪作才是辰之助的接班人。

"穿裤裙的,只有阿光和娃娃。"

"那傻乎乎的阿光才不该穿什么裤裙。这村里有资格穿裤裙的只有咱家娃娃。但是,还是忍一忍吧。阿光的裤裙说到底不过是那没用的咲子传下来的。你从旁边看看,那东西肯定已经褪色了吧。"

阿缝婆婆说道。她总是觉得上家给阿光穿上裤裙是件不可思议的事情。

那段时间,孩子们聚在一起玩耍的场所总是在从官署正门进去，位于院子一侧的樱花树下。那里有一片很宽的空地，其中一部分长着草坪，正是孩子们理想的玩耍场所。知了从早上便开始鸣叫。孩子们都爬上树去找知了了，但这天早上洪作托这裤裙的福，只能在树下老老实实等着。

这天去学校，洪作感到全校学生的视线都集中在自己身上。阿光也一样，觉得穿裤裙到底还是很丢人的，一到学校就直奔教室，再没到运动场来过。朝会开始前的那段时间让洪作觉得无比漫长。当长野村的那群学生走进校门时，一种不祥的预感向洪作袭来：那村子的高年级学生里面捣蛋鬼云集，自己这身裤裙可能要惹麻烦了。

洪作的担心不久后果然变成了现实。三个五年级的学生走来，把正在樱花树下的洪作围住，其中一个人一脸不满地说道：

"把这怪东西脱了，戴在头上试试。"

"不！"

洪作刚一回答，胸口便被人推了一把，往后打了个趔趄。与此同时，洪作感到有人往自己后背灌了把沙子。洪作紧闭着嘴，瞪着这三个高年级学生。若是凭力气比画，洪作一会儿都坚持不了，所以无论对方做什么，自己都不能主动动手，只能如此。

这时，从运动场一角突然传来了兴奋的叫声。那是因为学生们意外地发现还有一个穿裤裙的走进了校门。几个孩子往那边跑去。那个裤裙男孩也和洪作一个年级，叫做浅井光一，来自离天城岭最近的村子——新田。浅井光一穿着裤裙来学校还是第一次。洪作和光一之前在教室里并没怎么说过话。光一是个沉默而不起眼的孩子。

看到新猎物出现，围着洪作的一个高年级学生向同伙说道：

"把光一也带过来。"

于是另两个同伙便奔向正走到运动场中央的光一。不一会光一也被带来了。

三人暂时不管洪作，一齐叫嚣着对光一盘问道：

"说！为什么穿这个来？"

光一低下头并不说话，于是一个人故技重施，在光一胸口上推了一把，光一也往后打了个趔趄。然后另外两人从后面抱住光一的身体，又想像欺负洪作一样从他的衣领往衣服里灌沙子。

光一一言不发，拼命挣扎反抗，好不容易从三人手中挣脱，接着突然从自己脚边抓起一把沙子，往面前的一个高年级学生脸上扔去。三个高年级学生被这意料之外的反抗唬住了，退了两步。

接着光一眼睛往周围一扫，看到在离自己大约一间[①]远的地上躺着一块自己脑袋那么大的石头，便往那奔去。光一两手抬起石头，举过头顶，直奔三个高年级学生而来。他的动作让人感到一股迎面扑来、非同寻常的狠劲儿，三个高年级学生被光一这异常的神色吓坏了，各自四散逃命。

下一个瞬间，洪作便看到从光一手里飞出去的石头砸在

[①] "间"为日本旧时长度单位，1间等于6尺，约1.8米。

一个正在逃命的学生脚边。所幸没砸到脚,如果砸中了,光一肯定就闯下大祸了。

洪作一直注视着光一,他喘着气站在那里,眼睛直瞪三人的方向。因为正值朝会前,周围人都看到了这事。正在这时,朝会的铃声响起,出现了两三个老师的身影,三个高年级学生便直接往朝会列队的地方走去。但是光一还是一直站在那里不动,仿佛在等待自己兴奋的心情平复下来。

在洪作的眼中看来,光一刚才的行为实在令人惊叹与钦佩。洪作忘了要去朝会,一直注视着光一,一种感动逐渐充满了他的内心。他感到这是他第一次亲眼见识了一位勇敢地反抗无道与横暴的男孩的美。虽然拿大石头砸人的行为实在鲁莽,但在洪作看来,这位沉默的同学敢于这么做,其行为无疑是光彩熠熠,令人拍手称快的。因为这个男孩,洪作生平第一次察觉到了自己的懦弱。

朝会结束后的第一节课,学生们从教师手里接过各自的通知簿。发完通知簿后,老教师宣布:第一学期第一名是浅井光一,第二名是洪作。阿光是第八,酒坊的芳卫是倒数第三。学生们好像毫不在意自己考了第几。因为得把自己的名次告诉家长,大家都面无表情地在口中不停重复着老师告诉的名次。新田村樵夫的孩子被告知是最后一名,但他好像想不通为何只有自己被告知是"末尾",而不是数字,便一边伸头往前后桌看,一边大声嚷着:

"我第几啊?我第几啊?"

最后被急脾气的老师揪住耳朵站了起来,一下子脸上挨了两巴掌。

洪作把通知簿包进阿缝婆婆给的白色手帕里，心中并不高兴。一年级的时候一连三个学期他都是第一。这次却第一次被自己以前毫不在意的山村男孩给超过了。

洪作觉得自己无论是在学校成绩，还是在反抗暴力的态度方面都比不上浅井光一。洪作直到那天才第一次意识到了浅井光一这个毫不起眼、沉默寡言的男孩的存在，并且无法将视线从他身上挪开。洪作拿着包在手帕里的通知簿，直端端地回了家。因为身上带着通知簿，其他孩子在这一天也都各自回家，不再绕到别处玩了。

洪作快走到土仓时，看到阿缝婆婆正好站在土仓门口，心中咯噔一下。

"我回来了。"

洪作说着，把包好的手帕递给阿缝婆婆。阿缝婆婆拿到之后，弯着腰爬上土仓的二楼，将通知簿放在神龛前面，又过来帮洪作脱去裤裙。

"今天新田的光一也穿了裤裙。"

洪作说。

"你说除了咱家娃娃，居然还有人穿裤裙？！"

阿缝婆婆带着一副必须追问到底的神情说道。

"哪儿的孩子？"

"新田的光一。"

"这样啊。"

阿缝婆婆仿佛自尊心受到了伤害，说道：

"人呐,如果不知道自己几斤几两,就没什么好事儿!穿着裤裙而不显得奇怪的,这个村子就只有你阿洪一人。"

阿缝婆婆仔细地把裤裙叠起来,仿佛正做着一件令人愉快的工作。在她叠裤裙的时候,总是会讲曾外祖父的故事。

"每次有正经的客人来,你祖姥爷都是穿着裤裙去客厅。所以我每天不知道要把这裤裙拿出来又叠进去多少次。"

阿缝婆婆把裤裙叠好后收进了旧衣柜,然后拿起供在神龛前包好的手帕,说道:

"嘿哟,接下来我就到附近邻居家,给他们瞧瞧咱家娃娃的成绩。"

洪作缩着身子,看着阿缝婆婆用手解开手帕。不一会儿,阿缝婆婆取出了通知簿,把它拿到装着铁窗格的北侧窗口去看。她盯着看了一会儿,说道:

"娃娃,这上面写着第二啊。"

"光一是第一,老师说的。"

"那光一是第一,娃娃是第二?"

"嗯。"

"不能吧?"

"老师这么说的。"

"光一就是那个穿裤裙的孩子?"

"是的。"

"这样啊,得!"

阿缝婆婆右手拿着通知簿站了起来。

"这种荒唐事儿我可不答应。把人当傻子。"

037

洪作看见阿缝婆婆满是皱纹的脸变得异常扭曲，看起来非常吓人。

"我去你学校一趟。"

"婆婆！"

洪作缠住阿缝婆婆的脚。他想要是婆婆去了学校可不得了。

"要乱来也得有个限度。觉着咱家娃娃老实，就把咱娃娃挤掉，把光一推到第一！樵夫家那小子，他爹多半是做贼挣到钱了。娃娃，你在这待着。婆婆去学校说道说道。"

洪作哭出声来，但阿缝婆婆已经听不进洪作的哭声了。她下了楼梯，离开土仓而去。

洪作原本坐在土仓北侧的窗下，当他明白哭也解决不了问题后，便站起身来，下了楼梯，出了土仓往上家去了。洪作只当阿缝婆婆去了学校，但到了上家一看，阿缝婆婆正坐在上家的地板框①上嚷着什么，和她对阵的是咲子——她看起来好像刚从学校回到家，还穿着那条绛紫色的裤裙。

虽然阿缝婆婆正嚷嚷着，但就洪作踏入屋内地板前的裸地时的印象来说，似乎阿缝婆婆正处于下风，形势不妙。

"我们把宝贝阿洪交给你。只求你在成绩上千万别让他下滑。你根本一点都没管过他学习吧。不让他学习，什么样的孩子都肯定会变得不行。你管过他学习吗？没有管过吧。"

---

① 原文为"上り框"，为传统日式房屋的组件之一。传统日式房屋中，没铺地板的裸露地面和铺着地板的地面间有高差，在人登上地板的地方安装一块条形地板框将地板边缘保护起来。

咲子以一种诘问的语气说道。

"学习这种事儿,咱家娃娃不管也学得好。"

"这种事可能吗?还有,你别一口一个咱家娃娃,咱家娃娃的。"

"他就是咱家娃娃,我才说咱家娃娃。你这没用的家伙。"

"你说我没用就算了。总之,请你千万别让阿洪的成绩下滑。这点我得给你说清楚。"

阿缝婆婆本是就洪作成绩下滑一事来找咲子兴师问罪,结果却适得其反,看来似乎反被对方责问了一通。

"烦死了。我可没工夫听你这些瞎牢骚。"

阿缝婆婆脸色发白。洪作连忙跑出屋子,绕到后门。洪作往厨房里一窥,看见外婆阿种正独自一人在那里惶惶而立。外婆不时把脸转向咲子和阿缝婆婆所在的大门方向,每当她竖起耳朵听时,便会在口中反复念道:

"阿咲呀,你不对。阿咲啊,你就不能闭嘴吗?"

但是外婆的话并不能传到咲子那里。

"外婆。"

洪作叫了一声。听到了有人叫她,外婆阿种似乎这才注意到洪作的到来。

"娃娃,你就在这儿。我给你拿好东西,你就在这儿。"

外婆话虽这么说,但其实并不是要给洪作拿什么好东西。外婆的心地就像菩萨般善良,无论什么事情,若能通过牺牲自己作罪人而平安收场,她便愿意这么干。她信奉的便是这种主义。外婆完全被阿缝婆婆和咲子的争吵搞得惊慌失措，脸上呈现出非常悲伤的神情，仿佛发生了一场大悲剧。阿缝婆婆和咲子因自己的事情争执不已，这让洪作感到悲伤，让上家善良的外婆伤心，也让洪作感到悲伤。

洪作从上家跑出去，便想到狩野川支流——长野川——的一处名为"平渊①"的水潭游游泳。夏天去那里，肯定能看到村里某个孩子的身影。村里有几处孩子们游泳的地方，在沿着干流的河谷中，有御付渊、大渊等大的水潭，孩子们每年一到夏天便聚集在那里。但是今年不知为何，三年级及以下的学生都不去御付渊和大渊了，他们几乎每天都去位于支流长野川的平渊。女孩子们往年游泳的地方都是在干流那边，但今年也还是集中到了支流上一处叫做"巾着渊"的水潭。

洪作到了平渊一看。大约看到了二十个左右的孩子各自趴在大石头上的身影。幸夫、龟男、芳卫他们也在。先前他们在冷水里泡得太久，嘴唇已经完全发紫，现在他们将自己冷透了的身体趴在大石头上取暖。这些石头河里各处都是，已经被太阳晒热。村里的孩子们光着身子看起来，无一例外都是瘦猴。和海水浴不同，在河里游泳时晒黑的身体虽然同样是黑色，却总显得脏兮兮的。

洪作立刻脱个精光跳入浅滩，在浅水处扑腾。水潭有的地方较深，踩不到底。洪作一来，幸夫和芳卫也跳进了浅滩。洪作他们好几次下水，又好几次把冰冷的身子趴在石头上晒背。孩子们把在石头上暖身子的行为叫做晒甲壳。这场

---

① 原文为"へい淵"，"平"字为译者所加。

景确实很像河童①在晒背上的甲壳。

洪作他们玩腻了之后,就去偷袭女生们所在的巾着渊。从平渊到巾着渊,需要顺流沿着河中石头一块块跳过去。石头和石头隔得较开跳不过去时,就得下到水中。到巾着渊要不了五分钟。女生们用手巾把头发包住盘起来。她们好不容易把自己和男孩子们区别开来,靠的就是这手巾。

"喂——,把丫头们赶走哟!"

幸夫站在一块大石头上吆喝道。于是男孩子们捡起小石头往巾着渊一顿乱扔。女小河童们只得争先爬上河滩,从巾着渊仓皇撤走,仿佛这是一种理所当然的应对方式。

话说回来,女孩子们其实不是特别怕男孩子。她们之所以这么做,是因为她们认为遇见蛮横的袭击者必须这么做,这么做她们才能感知到自己原来是个柔弱的女孩子,她们很享受这种感觉。

洪作喜欢看女孩子们一丝不挂地各自抱着自己的衣服,沿着山崖上狭窄的道路往街道上去。在那崖道上开着大朵的百合花,蜻蜓成群飞舞。

洪作像往常一样,在平渊一直玩到日暮。当太阳完全落下,已经没办法继续晒背时,他才想到现在得回家了。当他走上街道已是黄昏时分,白色的天光开始流淌。这时他想起了之前玩水时已经完全抛在脑后的事情——阿缝婆婆和咲子的争吵。他心想,阿缝婆婆和咲子大吵一架,不知过后怎样了?

---

① 日本传说中的水中生物,尖嘴有鳞,背上有壳,头顶有盛存水的碟子。

洪作回到家,看到在百日红树那久开不败的浅桃色花朵下,阿缝婆婆正做着咖喱饭。一穿过正屋的院子,那咖喱饭的香气便扑鼻而来。

领通知簿的那天,阿缝婆婆总会做她最拿手的咖喱饭。她总是做两种:一种咖喱很多;一种只放一点。洪作喜欢和阿缝婆婆一起享用咖喱饭。

"娃娃,吃吃看。很辣很辣哦。会辣出眼泪的。"

阿缝婆婆说道。虽然洪作吃的是少放咖喱的那种,但当他一口吃进嘴里,便立刻做出皱起脸来的样子,仿佛吃咖喱时必须这样,叫道:

"噢!好辣啊!"

"是这样的。咖喱饭这玩意就是辣。你祖姥爷相当喜欢辣的东西,婆婆我都吃不下去。"

阿缝婆婆说道。她做的咖喱饭非常好吃。她把红萝卜、白萝卜、马铃薯等切成骰子大,混入精制面粉和咖喱粉,再放些许牛肉罐头里的肉进去煮。方法简单但是风味独特。有时上家也做咖喱,但和阿缝婆婆的相比完全是两样东西。

有一次洪作在上家吃了咲子做的咖喱饭,他说:

"婆婆做的好吃多了。"

这使咲子不开心了。

"这才是真正的咖喱饭,是从烹饪老师那里正儿八经学来的。阿缝婆婆那个是乱炖,味道肯定不一样吧。"

再怎么说味道不一样,洪作还是觉得和阿缝婆婆两人在土仓里吃的咖喱饭更正宗。咲子说的其他东西洪作都信,但唯独在咖喱饭上，洪作不敢苟同。洪作认为上家做的咖喱饭并不是咖喱饭。

洪作在煤油灯的灯光中和阿缝婆婆吃着咖喱饭。阿缝婆婆执着地认为，在吃山药泥和咖喱饭的时候，必须添好几碗饭。

"攒劲儿吃。吃饱了放下筷子往后面躺一下，然后接着吃。"

她这样说道。

那晚，阿缝婆婆一边吃着咖喱饭，一边一个劲儿地数落上家的不是。每次用难听的话骂咲子的时候，她都让洪作听见。什么"阿咲这个蠢丫头""咲子那没用家伙""涂脂抹粉地去学校""学生们摊上这么个丫头来教真是可怜"等等。每当听到阿缝婆婆说咲子坏话，洪作都会有意无意地帮咲子说话，但这天他只是默默地听着。任凭阿缝婆婆再怎么说咲子坏话，阿缝婆婆吵架吵输了这点是毋庸置疑的。连洪作也能想象到，白天阿缝婆婆应该是彻底地输给了咲子。

吃完之后，阿缝婆婆一边做着针线活，一边坐在洪作枕边——他因为白天玩水的疲劳而早早钻进了被窝。她告诉了洪作三件新的事情。一件事是从下学期开始，洪作每天都得去学校老师家学习一个小时。

"娃娃将来是要上大学的，不学习可不成。娃娃去学习一个月试试。你将来肯定比咲子那个没用老师出息得多。"

阿缝婆婆说。接下来还有件事情，说是明天校长兼伯父石守森之进要来接洪作,洪作得去门野原的石守家住一宿。

"是他们专门邀你过去的,想来他家再怎么吝啬,也还是会请娃娃吃爱吃的东西吧。——反正肯定要给你灌些莫名其妙的话,婆婆帮你把耳朵堵上。"

阿缝婆婆说道。

"我才不想去什么门野原住一宿。"

洪作说。再怎么是伯父家,要去那可怕的校长家住一宿再回来,实在难以想象。

"不想去也没办法。谁叫阿洪你父亲是从那家出来的。你去吧。"

阿缝婆婆如此说道。最后还有一件事,那就是等到八月份,洪作得和阿缝婆婆两人一起到他父母的任地丰桥去。

"这也是约好了的,不去不行。我们婆孙俩要先坐马车,再坐轻便铁道①,再坐大的火车,才能到丰桥。我们住两晚马上就回。如果住了两晚你妈妈也不让走,婆婆我绝不答应。"

仿佛真的当着对方面说绝不答应一般,阿缝婆婆在说这话的时候,停下了手里的针线活,露出可怕的神情。

第二天下午三点左右,伯父石守森之进来到了土仓。洪作正和幸夫在院子里逮蝉,看到伯父的身影绕过正屋旁边往土仓过来,洪作说道:

---

① 比正常铁道规格更简易,轨距、机车、车厢等都比正常铁路要小,建造成本较低的铁道系统。

"哎呀，校长老师来了。"

"校长老师？"

幸夫当时正在爬杨梅树，在树上的他脸色大变，连忙"嘘——"地示意别做声。洪作离开杨梅树下，仿佛被吸引过去一般往石守森之进那边去了，就像一只被蛇盯住的青蛙，明明逃开就行，却反而被往蛇的方向吸引过去。

"准备好了吗？"

伯父突然说道，脸上仍然是往常那种不悦的神色。伯父的面容虽然和洪作父亲相似，却比父亲更不讨人喜欢，也许是留着唇须的缘故，他随时看起来都是那么怒气冲冲。

"好了。"

洪作紧张地说道。

"你婆婆呢？"

洪作仿佛被这句话解放了似的，马上从伯父身边跑开，进到土仓告诉阿缝婆婆。他在一楼叫道：

"婆婆！婆婆！"

阿缝婆婆马上就出来了，表情略微僵硬地和石守森之进在土仓前面站着说话。说话的是阿缝婆婆，沉默的石守森之进一脸严肃，一言不发地站在那里。

不久，洪作被阿缝婆婆带上土仓的二楼，在那里阿缝婆婆给他换上外出的衣服。

"只住一宿，忍一忍。"

阿缝婆婆说。

"娃娃是男孩。没啥不能忍的。又不是去什么妖怪窝子，不会把你吃了。"

"娃娃不想去。"

洪作是真不想去。原本他就不想去，似乎因为阿缝婆婆煽风点火的话，更不想去了。

"不想去也得去。这就叫人情世故。"

阿缝婆婆把几颗水晶球糖捻进纸里，硬塞到洪作怀中，说今天别吃完了，留一点当明早的"起床糖"。接着阿缝婆婆又拿出一张大大的包袱皮，把它叠得小小的——万一那边给点什么好带回来。她把包袱皮和手巾一道塞进洪作的布腰带里。

"不知道他们会不会给我们玉米。如果给'年糕玉米'你就要，不是的话你就推说不要。"

阿缝婆婆说道。很早之前，阿缝婆婆就认定，除了黏黏香糯的"年糕玉米"，其他都不能叫玉米。她只把"年糕玉米"看作是给人吃的，而把其他种类的玉米看作马的饲料。

洪作走出土仓，往等在外面的伯父那里走去。这时他想起了先前就爬上杨梅树还没下来的幸夫，便往那边瞧了一眼。幸夫仍一直抓着杨梅树最粗的树干，缩成一团以免校长看见自己。透过茂密的深绿色树叶的间隙，只看得到他的后背。

洪作和校长、阿缝婆婆三人离开了土仓，走到正屋旁边，在绕过正屋旁边时候，洪作抑扬顿挫地大吼道：

"阿幸，我走啦！"

然而他并没有听到幸夫的回答。到了正屋门口，阿缝婆

婆用几分正式的语调向石守森之进说道:

"那就拜托你了。"

石守森之进点头道:

"嗯。"

"洪作,那我们走吧!"

接着他朝着阿缝婆婆那边稍稍用眼睛行了下礼,便立马迈开脚步,自顾自地走在了前面。洪作没有办法,只能在后面跟着。从自家大门出来立刻就是一段长长的缓坡,在下到底的地方有一个停车场,那是马车发车和到达的地方。在下坡途中,洪作往回看了一眼。阿缝婆婆正站在门前望着这边,一看到洪作回头,便觉得他是不是有什么事,于是立刻往这边走来。

洪作心想,婆婆用不着过来啊。但是阿缝婆婆已经过来了。她向前弯着身子,中途半跑起来,她迅速地交替挪动双脚,两手胡乱地挥着。

"有啥事啊!娃娃?"

阿缝婆婆上气不接下气地问道。

"婆婆,没什么事。"

洪作答道。这时阿缝婆婆的神情仿佛在说:有事也好,没事也罢,这都不重要。她对洪作说道:

"婆婆一个人在家孤苦伶仃的,明天早点回来。在那住一宿就够啦。没必要磨磨蹭蹭地一直待在门野原。快点回来。"

等洪作再回头一看,发现石守森之进挺直了他那瘦削的身体，已经走到前面很远的地方了。洪作只得离开阿婆，赶紧追赶伯父去了。

他们穿过停车场跟前，走了约半町路程，到了与市山村交界的簀子桥①。无论什么时候，只要过了这桥，孩子们就会强烈地感到自己踏入了其他村子。一旦闯入其他村子，便四处都是敌人，没法放松警戒，但是洪作今天的心境却完全不同于往日。他想，自己既然跟在校长石守森之进的后面，自然没有必要再警戒什么，不过取而代之的，是一种被人从四面八方监视的感觉。

走在穿过市山村中央的下田街道时，伯父仍然挺直他那瘦削的身体，把他那留着短唇须，令人敬而远之的脸庞朝向前方。伯父在学校时也是这样，走路时绝不侧目。洪作落后伯父约两间半的距离，为了缩短他们之间的差距，洪作时不时地小跑一阵，再走一阵。伯父走得快，既不回过头来看后面，也不和洪作说一句话，故而他的步调丝毫不乱。伯父几乎每天一早一晚都像这样来往于门野原和汤岛间近一里的路上。

每次来到有人家的地方，洪作都会紧张起来。令他感到不可思议的是，他竟然没有看到一个小孩。若是平常，孩子们都有敏锐的嗅觉，可以闻到其他村孩子的气息，所以一旦有人来，他们就会立刻聚集起来起哄或是扔石头什么的。不过今天洪作仿佛经过的是完全没有小孩的村子。

但是洪作并非没有感觉，他能察觉到在很多地方——比如沿街房屋的旁边、路旁米楮树的茂叶里面、田里土堤的对

---

① 原文为"すのこ橋"，"簀(zé)子"为译者所加，意思应为木板铺的桥。

048　雪虫（前篇）·第二章

面，有几双眼睛正闪着好奇的光芒，直盯着这里。当洪作从这里经过之后再回头的话，他的眼睛一定会捕捉到几个男孩女孩的身影，但他没有回头。回头的话，就会受到那些目光的集中攻击，那可就太难为情了。

穿过市山村，就到了嵯峨泽桥①了。过了此桥便是门野原村。一踏入门野原，这里对洪作来说便完全是异国他乡了。门野原虽和汤岛一样同属上狩野这个大村，但这村里的孩子们因为地域关系，是去邻村——中狩野村②——的小学上学。因此，这村里的孩子洪作一个都不认识。

直到过嵯峨泽桥的时候，石守森之进才稍稍停住，直盯着桥下的水流，向洪作说道：

"你父亲以前在这桥底下差点淹死。"

洪作也俯瞰了下这据说曾经差点淹死父亲的河水。流到这里的狩野川比起流经汤岛时河面稍稍变宽，水量增多，水中的绿色也浓郁了些。

"他那时正好和你现在差不多大。明明不会游泳还跳进河里。真是个莽撞的家伙。"

说完这话，石守森之进又立刻迈步向前。伯父那毫无表情的脸只能用拒人千里来形容，洪作依然丝毫不能从中窥探出伯父的任何内心情感。他不知道伯父是带着怒气给他说上面的事情，还是作为一个趣谈将父亲的糗事介绍给他。不

---

① 原文为"さがさわ橋"。

② 此处"中狩野村"非自然村，而是与"上狩野村"同样的行政意义上的村。

过，在这将近一里的行程里，这是伯父嘴里说出的唯一话语。

伯父家位于村子的中央附近，背后有一座小山。洪作跟着伯父，离开街道，拐进穿过田地的道路。路非常自然地延伸到了伯父家门前。洪作之前来过一次这里，但早已记不清楚。伯父家被矮矮的石墙环绕，石墙之上密植着茶梅。他家宅地比起道路稍高，左手方有个土仓，在正屋前方有个很宽敞的院子。洪作走到院子中央，听到一声招呼传来。

"哎呀，你来啦。阿洪。"

伴随着招呼声，伯母从正屋走了出来。伯母是一位个子很小，看起来和伯父一样难以让人亲近的四十岁左右的人物。洪作之前来的时候见过伯母，但对她没什么好印象。这次也是一样，好不容易迎接了洪作，又马上说道：

"你肯定有些不自在吧。平时被惯着的阿洪居然愿意来我家住了。"

伯母的脸仿佛戴着般若面具[①]般，露出染黑的牙齿[②]笑了，接着用右手在洪作肩上推了一把。洪作吃了一惊。虽然他知道伯母这是在高兴地欢迎自己，但总觉得有点心里发怵。

"洪作，你玩吧。阿唐跑腿去了，他马上就回来。"

伯父说完，便立刻把洪作扔在原地，自己进到正屋里面地板前的裸地里去了。于是，伯母也说道：

[①] 日本传统的能乐中的女鬼面具。面目狰狞，额头上长着两只尖角，呈现出愤怒、嫉妒与苦恼的表情。

[②] 日本传统风俗，将牙齿用含铁离子的溶液配合五倍子粉染黑，为江户时代日本已婚妇女标志，明治时代起受政府干预，该风俗在民间逐渐消失（明治之后，反而在农村短暂普及）。

"阿洪，阿唐回来之前你就在这附近玩儿吧。"

说完她也进了正屋。洪作心想，你们叫我玩，我一个人没办法玩呀。洪作被扔在宽敞的院子里，环视着周遭不熟悉的景物，不一会儿便往土仓那走去，但到了土仓跟前也没发现什么有意思的东西。没办法，洪作又绕到后门方向，接着又回到前面的院子，走到伯父家门口的路上，在那里站住。洪作心想，自己来到了一个多么无聊的地方啊。

这时，伯母从正屋出来了。

"阿洪，你别调皮，要老老实实的。你来了，伯母我一下子就得忙起来。你好不容易来门野原一趟，要是什么都不给吃就放你回去，阿缝婆婆会恨我们的，我得攒劲儿给你做牡丹饼①。"

说完，她露出染黑的牙齿笑了一下。洪作心想，自己即使想调皮也没法调皮呀。并且，洪作好像明白了伯母做牡丹饼是为了款待他，但是他觉得伯母没必要如此强卖人情。伯母出去了一会儿，不久又回来了。在门口的地方，伯母又在洪作的肩膀上推了一把。

"阿洪，你把肚子饿空了等着。门野原的牡丹饼好吃得没法比。吃了之后你就吃不下汤岛的牡丹饼了。"

伯母说完，便往正屋那边走去，看起来十分忙碌。洪作因为伯母诋毁汤岛的牡丹饼而生气，他很想告诉伯母，汤岛的牡丹饼也很好吃。

---

① 此处"牡丹饼"为日本传统点心，由糯米和粳米混合蒸熟，捣好后分成合适大小，外面裹上豆沙、豆粉等做成。

洪作站在门口，放眼望着延伸到脚下的田地，孑然而立。过了一会，伯父又从屋里出来了，看来似乎要到哪里去。他用那拒人千里的视线把洪作从脚趾打量到头顶，说道：

"别在这儿站着，玩点什么吧。"

说完就这么出门而去。洪作也不清楚伯父是在责备还是命令自己。伯父的身影沿着田间道路逐渐远去。当伯父的身影变小到终于消失在一户农家时，洪作突然感受到了想回家的心情。他想回到土仓，和阿缝婆婆两人一起吃晚饭。

正在这时，与洪作同年，被伯父和伯母叫做"阿唐"——这是他全名的前半部分——的唐平两手抱着大西瓜从对面过来了。唐平对着站在门口的洪作向上翻着白眼稍稍看了一眼，下一秒便高傲地把脸转向旁边，抱着西瓜从洪作面前经过，进到正屋里面。洪作心想，这西瓜大概是为自己买来的吧。

不久，洪作听到伯母说：

"阿唐，你和阿洪玩会儿吧。"

"不想。"

唐平回答道。

"别人难得来一次，你陪他玩会儿。"

"讨厌。"

"有什么讨厌的？"

洪作听着这样的对话，心中再次涌起想回到汤岛，回到阿缝婆婆那里的心情，这次的心情比之前更加强烈。

洪作突然从门口出去，走到了路上。之后，他沿着田间道路往街道的方向走去。一踏上街道，洪作想回家的心情便已经变得坚不可摧。洪作沿着街道往汤岛方向走去。不一会儿他又跑了起来。他一边奔跑，一边在心中呼唤着：婆婆，婆婆。跑到嵯峨泽桥时，他已气喘吁吁，稍微停下脚步。夏天那泛着白色的黄昏已经向周围逼来。

洪作跑跑停停，沿着横穿过市山村中央的那条长路拼命地跑着。途中天色全黑，已经到了晚上。婆婆，洪作仍然像念咒语般地重复地说着这个词。他感到这条路实在太长了，他觉得这条路会无穷无尽地延伸下去。在这条长长的路上，洪作脑中一片空白，拼命地奔跑。

跑到簦子桥时，洪作心想，终于回到汤岛村了。正在这时，突然从背后传来了叫自己的声音。

"洪作！"

毫无疑问，这是伯父的声音。一听到这声音，洪作立刻又跑了起来。他想，要是被伯父抓住就麻烦了。两声，三声，虽然洪作听见了呼叫自己名字的声音，但他还是不顾一切地一直跑到了停车场，从那里一口气登上旧道通往自家方向的那段坡道。虽然跑得侧腹部生疼，但洪作根本没工夫去管这个。

洪作回到了土仓，打开了沉重的拉门，

"婆婆！婆婆！"

他用尽最大的声音呼喊着阿缝婆婆。不一会儿，楼梯发出一阵声响，阿缝婆婆下来了。

"阿洪？"

她吃惊地叫道。

"这到底是怎么了？哎——"

她说道。阿缝婆婆的声音渗入洪作的心间，使他感到亲切。正好这时，追赶而来的伯父也到了土仓。阿缝婆婆一脸还没搞清状况的神情，只身到了门外。洪作在土仓一楼的黑暗中屏息而立，耳边传来了伯父和婆婆小声说话声音。有时只听得见阿缝婆婆说：

"这样啊，哎。"

"真是太麻烦你了。"

"真拿小孩子没办法。"

等等。不久，洪作听到了伯父离开的脚步声，之后便是一片安静。又过了一会儿，阿缝婆婆回到土仓里面，她说：

"阿洪，他们给了好多牡丹饼。管他是什么校长，什么伯父，遇到阿洪都不管用。他这还不是只得拿着牡丹饼从门野原追过来。"

说完她低声地笑了。阿缝婆婆此时的脸上毋宁说是充满了欢喜。洪作上到二楼，和阿缝婆婆两人分享着石守森之进拿来的牡丹饼。

阿缝婆婆帮洪作铺好被窝，让他躺好，说道：

"哎！我这就拿着牡丹饼到上家一趟，给他们说说阿洪的事迹。"

说完，便熄掉煤油灯下楼去了。

现在土仓里只剩洪作一个人了，他已习惯如此。只要人在土仓，即便孤身一人他也不会觉得寂寞。当阿缝婆婆不在，洪作孤身一人时，总会有不知从哪里钻出来的老鼠在洪作枕边跑来跑去。那晚也是一样。

——婆婆不在的时候，老鼠会守着娃娃。

虽然阿缝婆婆经常这么说，但是洪作一直认为，老鼠实际上是来自己这里玩耍的。因此即使有老鼠出现，洪作也不会感到害怕或是发怵。阿缝婆婆在夜里留下洪作一人出去时，常常会在离枕头稍远的地方，摆上铺着纸的糖果，算作老鼠那一份。她相信这样安排的话，老鼠就不会骚扰洪作。确实，虽然家中常有老鼠出没，但洪作却从没有被老鼠啃过或咬过。老鼠在洪作的枕边游走，有时还会跳到被子上。洪作在这老鼠的喧闹中，总是能安然睡去，从来没有感到丝毫不安。

但是这天晚上，也许是因为从门野原逃回家的事情多少让人有些兴奋，洪作怎么也睡不着。伯父的脸，如同般若面具一般、染着黑齿的伯母的脸，坏心眼的唐平的脸，这些脸在洪作眼前不时闪现。

第二天，洪作去了上家，外婆阿种说道：

"阿洪，昨天你逃回来啦？难得让别人带你去住一晚。——这对门野原的伯父伯母来说，可真是大灾难啊。"

她脸上浮现出平时犯愁时那种悲伤的表情，眉头紧皱。而外公则用明显带着斥责的语调说：

"不说一声就回来可不对。真拿你这家伙没办法。"

只有咲子说的稍微不一样。她一见到洪作便说：

"厉害呀，阿洪。"

然后轻轻地做了个瞪眼的动作，看起来非常开心地笑了。

那天，咲子带洪作和阿光去了久未前往的西平的浴场。到了之后，发现负责五年级的老师中川基已经一个人泡在了里面。中川基据说毕业于东京的大学，因此村里人和学生们都对他这个二十八岁的年轻代教另眼相看。他是邻村——中狩野村——医生家的儿子，从学校毕业后就在家闲着，因为教师人数不够，公所便把他请了过来，从差不多两年前开始在汤岛小学当起了代教。

洪作也很喜欢中川老师。洪作敢在运动场等地方毫无顾虑地缠着的老师只有这个年轻人。

"阿洪。"

这个年轻老师总是用不像老师的口吻叫他，然后把这个缠着他的孩子用两手抱起，高高地举过头顶。他不只对洪作这么做，对其他学生也是一样。所以学生们一看到这个年轻老师，总是一齐往他周围聚拢过来。

"中川老师在啊。"

洪作这么一说，咲子仿佛才注意到中川老师。

"哎呀！中川老师！"

她神情羞赧地说道，

"你出去下吧。我要进来泡了。"

她说。

"好的，我去河里游泳，你泡就是了。"

中川说道。之后他又对洪作说：

"阿洪,让她们待在这里,我们去游泳。"

中川基从池子里起来,穿着一条短裤便和浑身赤裸的洪作一起来到了河边。他们在石头上跳跃着移动,朝着下游半町左右的大渊去了,那个水潭是孩子们的游泳场。在大渊里面已经聚满了孩子,一见到中川基的身影,无论是站在石头上的孩子,或是泡在水里的孩子,全都"哇"地欢呼起来。

中川基从大渊巨大的岩石上,以一种两手并拢的漂亮姿势跃入潭中。他的身影一时消失在潭水深处,不一会儿脸浮出水面,之后又以一种漂亮的姿势开始游拔手泳①。孩子们都爬上大小岩石,观看中川基游泳。洪作也带着某种钦佩之情,将目光久久停留在这个年轻老师的优美动作上。

中川基和孩子们一起游泳,晒背,过了三十分钟左右,他对洪作说:

"阿洪,我们回去吧。"

洪作便和中川基一同回到了公共浴场。咲子和阿光早已从浴池起来,穿好了衣服等着两人回来。在洪作看来,咲子出浴的妆容显得十分美丽。四个人踏上归路,阿光和洪作一道走,咲子和中川基一边说着话一边慢悠悠地并排走着。

走到下田街道时,按照咲子的意思,大家决定走田间小道穿过农田,绕到神社那边再回去。洪作想的是,田间小道一点遮阴的都没有,这么热的白天走那里并特意绕远,不如

---

① "拔手泳"为日本传统的游泳姿势,上半身动作类似自由泳,下半身动作类似蛙泳。

早点回家的好，但因为中川基马上对咲子的话表示了赞成，洪作也只能听从安排。

四人走到神社跟前，咲子和中川基进到神社的地界里面。阿光和洪作也跟着两人进入了神社所在的森林里。除了祭祀活动之外，村里没人会来造访这所神社，所以地界内长满了繁盛的夏草，一踏进去，蝉鸣便如骤雨急落般激烈地响起。

咲子和中川基并肩坐在已经荒废的正殿的廊子上说着话，小腿吊在外面摇晃。洪作和阿光找着聚在树上的蝉，每每有所发现便向它们扔石头。洪作有时心想是不是该回去了，将目光投向二人，但两人仍保持着同样的姿势，热烈地讨论着什么。在转脸望了那边几次后，洪作对两人亲密的样子感到了一些嫉妒。他一方面嫉妒咲子在和中川基热烈交谈时仿佛完全忘了自己和阿光，另一方面又嫉妒中川基对咲子完全言听计从。

就在这时，发生了一件小小的意外——阿光被蜂蜇了。阿光突然放声大哭起来，哭声终于使两位男女停止了没完没了的交谈，朝两个孩子这边跑了过来。阿光两手按住的额头一角，那里看着看着就肿了起来。

"不是普通蜜蜂蜇的，是马蜂。"

中川基说着，抱住阿光的上半身，用嘴去吸她额头上肿起的部分。咲子在旁边格外认真地协助着中川。

第三章

从门野原的伯父家逃回来四五天后,洪作便要和阿缝婆婆一起前往居住在丰桥的父母那里了。

也许是阿缝婆婆提前四处宣扬,洪作去丰桥的事情在村里尽人皆知,洪作因此被很多村民叫住说话。

有人说:

"阿洪,挺好的啊。听说再过两天你就要去丰桥了。"

也有人说:

"阿洪,去的时候得坐好几小时的火车。莫忘了回来的路,你要回来啊。"

还有人这么说:

"别回来了,在丰桥念书挺好。别再给阿缝婆婆利用了,你要和你父母在一起。"

但无论村里人说什么,洪作都不太放在心上。对于洪作来说,去丰桥无疑是件开心的事儿,在洪作听来,村里人说的全都是为他的丰桥之行祝福,充满善意的话语。

洪作被阿缝婆婆领走时,父亲正在静冈的联队①里服

---

① 日本陆军编制单位,即"团"。

役，之后父亲便调动到了第十五师团①的所在地丰桥。洪作虽然对静冈这座城市没留下什么印象，但作为洪作曾经居住的地方，洪作对静冈还是抱有一种特别的亲近感。可要到了丰桥，那里便是完全未知的城市，所在的县②不同，比起静冈来也远得多，因为有师团驻扎在丰桥，洪作总觉得那里是座比静冈大得多的城市。

出发的前一天，连洪作都觉得阿缝婆婆非常忙碌。洪作和她一起去了西平的浴场，平时她总是进出池子好几次，坚持坐在浴池的边缘，直到有人来和她聊天，但今天不一样，她一脸认真地抓住洪作的身体，仔细地给洪作抹肥皂，搓身上的污垢，连每根脚趾都不放过。特别是脚后跟，被她用轻石③擦得快脱皮了。阿缝婆婆洗完洪作的身子，便弯下自己瘦瘦的身体洗头，左手持一把小镜子，一边瞧着镜子一边用右手灵活地使用老式长柄剃刀剃掉脖颈后方的毛发。阿缝婆一边做这做那，一边口头禅似的念叨：忙死了，忙死了。

"去丰桥也不是件容易事儿。"

她不禁说道。

那晚，阿缝婆婆很早便要洪作睡觉了。但是洪作因为心中欢喜怎么也睡不着，好不容易进入梦乡，又醒了很多次。每次醒来，洪作都会想是不是该起床了，便从睡铺上坐起。

---

① 日本陆军编制单位，即"师"。
② "县"为日本地方行政单位，类似于"省"。小说中整个伊豆地区及静冈市属于静冈县，丰桥属于爱知县。
③ 火山石的一种，虽为石质但内外多孔，可浮在水上，常用于擦污垢。

"阿洪,你安心睡吧。"

阿缝婆婆一直在做针线活,每次洪作起来,她都停下手里的活,透过老花镜望着洪作说道。

当洪作不知第几次从被窝里起身时,阿缝婆婆愕然地说道:

"还睡不着吗?那我给你施个法吧。"

说着她便从柜子里取出一粒腌梅子,将它分开,把核去除,然后把剩下的梅肉贴在洪作额头上。然后她说:

"好了,这样就能睡着了。你闭上眼试试。"

也不知是不是这个法术起了作用,总之洪作平静了下来,这次终于完全地睡着了。

第二天醒来时,阿缝婆婆正在枕边穿着外出时才穿的衣服。

"婆婆,昨天你睡了吗?"

洪作躺在被窝里问道。

"当然睡了,不睡觉怎么去得了丰桥?反正到了丰桥,又会因为被子太重睡不着吧。你婆婆我再怎么厉害,身体还是吃不消。"

阿缝婆婆答道。虽然她是在讽刺丰桥那家子,但语调却绝不黯淡。这阿缝婆婆,不管嘴上说着什么,心中对于丰桥之行无疑还是高兴的。离开这伊豆的山村,对于阿缝婆婆来说,已是多年未有的经历了。

洪作正在洗脸时,上家的外婆阿种来了。外婆很少进到过土仓里面,但这天早上她上到了土仓的二楼,又是帮忙准备早饭，又是给洪作换外出的衣服。

他们是坐十点钟的马车出发。到了九点左右，邻近的人们便聚集到了土仓周围。除了外婆，外公、咲子、阿光他们都从上家过来了。人们过来时一般都拿着布包或纸包，好让他们帮忙带给丰桥那家子。里面都是红豆、干香菇、山蕏菜之类的东西。因为没法全部带去，所以阿缝婆婆把一部分东西打包进了行李，其他的都收进了柜子里。

不少孩子也聚集了过来。孩子们远远地围观着洪作，以一种格外生疏的眼神盯着他。洪作要去城里的事情激起了他们的羡慕与好奇，使得他们采取了这种疏远的态度。

"咻，咻，一出隧道，哎呀呀！黑黢黢！"

幸夫用一种奇怪的调子唱起来，所有孩子都像被带动了似的，各自用乱七八糟的调子"哎呀呀！黑黢黢！"地嚷了起来。咻、咻、咻是火车头喷射蒸汽的声音，黑黢黢是指脸被隧道里排不出去的煤烟熏得黝黑的意思。

到了差三十分钟到十点的时候，那群人让阿缝婆婆和洪作走在前头，络绎不绝地沿着坡道下到了马车的停车场。已经做好准备、随时可以出发的马车停在那里，赶车老人阿六正站在马鼻子旁等着，以便随时吹响喇叭，提醒还有五分钟发车。

孩子们每次来到停车场总是围在阿六周围，直盯着阿六的脸，希望自己运气够好，阿六能让自己替他吹响喇叭。阿六有时会慷慨地说：

"来！你来吹！"

之后便把喇叭递过去。但是这只能是在阿六心情非常好的时候，大部分时候他会非常不客气地说道：

"走开！走开！"

把孩子们推开，一下子跳上赶车台，取下用绳子吊在车体遮阳篷上的喇叭，凑到嘴边。孩子们非常失望，也不想吹喇叭的事儿了，只能伴着马车一同跑起来，以此安慰下自己，这是常有的事情。

那天早上的乘客除了洪作和阿缝婆婆，只有两个去邻村的男人。因为马车可以坐六个人，四个人便可以坐得非常宽敞，来送别的附近人家的女人们，都像在说自己的事情似的，交口说着：太好了，太好了。若是坐满六个乘客，那在这小小的车厢里，大家便只得名副其实地"促膝而坐"，挤得动弹不得了。

这天的阿缝婆婆在洪作的眼里也显得气派而优雅，让人觉得即使到了大城市，也绝不会逊色于城里人。

"以前，我就是这样每年要去三四次东京看戏来着。带着钱去到处花，还有比这更舒服的事情吗？"

在等待马车发车的时候，阿缝婆婆如此说道。虽然过去肯定也有这事儿，但在别人耳中，这并不是什么让人听起来舒服的事情。有两三个女人一齐把头转向一边，一个人吐着舌头。只有上家的外婆陪着阿缝婆婆说话，她脸上神情如同菩萨，附和着说道：

"真是你说的那样。"

或者，

"是那样！是那样！"

阿六吹响喇叭，声音传遍四周。洪作连忙第一个坐上马车。接着幸夫和为吉也钻了进来，戳了戳洪作的身体，又立刻从赶车台上下来。幸夫因为重复了两三次这种行为而遭到阿六斥责，在那挠着头。

喇叭响过第二遍，三个大人也坐了进来。咲子在窗边对洪作说道：

"阿洪，真好，能坐火车。不能因为高兴就不做作业哦。第二学期你必须考第一。"

听到这话，阿缝婆婆的表情有点僵硬，但到底在这种场合下，还是装作了没听见，没有再喋喋不休。

"各位，我们就走了。"

阿缝婆婆说着，抓住洪作衣服肩上的褶①，把他拉起来和自己并排站着。与此同时，马车也动了起来，两人因为惯性而大大地打了个趔趄。阿缝婆婆两手大大地晃着，就在快要倒下的瞬间，一个男乘客用手扶住了她。

孩子们的欢呼和车轮声同时传进了洪作的耳朵。那群大人全都挥手告别，孩子们和马车一起开始奔跑。跑在前头的幸夫咬紧了牙关，一直紧跟在马车后面，一直跑到簧子桥畔。他在那里放弃了和马车的比赛。大人们的身影逐渐在洪作眼中变小。赶车的阿六在离簧子桥约十五六间的时候，吹响喇叭，扬鞭策马，但是一过了桥，便放下喇叭，放松缰绳

---

① 原文为"肩扬"，指缝制于小孩和服肩部的褶子，可通过拆开它扩展衣服的袖长。

让马儿减慢步调。从桥那里开始，道路便绕出了一个大弯，直到进入市山村的树丛前，都还能望见送别的人们那小小的身影。

洪作感到自己脸上的神情扭曲，正像刚才咬紧牙关奔跑的幸夫的脸。一股莫名的感动让他胸口发紧，仿佛立刻就要从口中大声喊出什么。洪作的身体随着马车摇晃，眼睛一直久久地注视着送别的人们，以及小伙伴们的身影，他们一边往回走，一边转头往自己这边看。洪作已经分不清哪张脸是外婆，是咲子，是阿光，是幸夫。洪作最后看到的是人们举着两三条小小的手臂，之后他们的身影便完全从视线中消失了。马车很快便来到了穿过市山村正中的下田街道上，在一段舒缓坡道上行驶。

洪作的座位紧靠赶车台后面，他能看见马儿强壮的臀部肌肉在自己眼前大幅地扭来扭去，与此同时，泛着金色的蓬松马尾也在左右摇晃。阿六不时挥动鞭子。鞭子挥落在马身上某处，发出声响，立刻又弹了起来，如同牵牛藤般在空中划出一道圆弧。

"阿洪，很轻松吧。人不用走路，马来运咱们。"

但是在洪作看来，说这话的阿缝婆婆自己并不是那么轻松。她把折成三角形的手帕垫在衣领背面，两手紧紧抓住从车厢顶部吊下来的绳子。

马车一眨眼的工夫便穿过了市山村，驶过了前日里伯父石守森之说"你父亲在这里溺水"的嵯峨泽桥。马车进入门野原村，远远地能在山脚望见石守家的树篱和土仓。这时,一个女人突然出现在路中,张开双手。马车停了下来。

那女人绕到马车旁边叫道:

"阿洪,阿洪。"

原来是染着黑齿的伯母。伯母像般若面具般张大嘴笑着,说道:

"阿洪,前日里真是辛苦你了。想来那天洪作很忙,伯母也很忙。你去丰桥,多喝点你妈妈的奶吧。"

说着,她又对阿缝婆婆说:

"没什么拿得出手的东西,就把这个拿来了。他们家住城里奢侈惯了,可能不吃这东西了。如果不吃,阿洪,你就把它扔垃圾箱吧。"

伯母的后半句话是对阿洪说的。

马车再次出发。阿缝婆婆把接过来的纸包拿在手上,上下掂了两三次,像是在测重量。

"荞麦粉,两百文目①。——阿洪,你给记住。后边得记在账上。"

她说道。

"荞麦粉?拿来看看。"

刚才扶阿缝婆婆的男乘客伸出手来。然后他也像阿缝婆婆一样把纸包拿在手里上下掂量,完了他说道:

"这是炒麦粉。炒麦粉一百五十文目。不够两百吧。"

洪作觉得无论是荞麦粉还是炒麦粉都没关系。只是门野

---

① 原文为"もんめ",为日本旧时计重单位"匁",此处译为"文目"。1匁约等于现在3.75克。200匁约750克。

原的伯母好心好意拿来的东西，阿缝婆婆明明已经说了有两百文目，那男的却给纠正成一百五十文目，着实让人生气。

马车驶过门野原，过了竹丛旁的一座小桥，便进入了月濑村。在这里有两家亲戚，他们的家都在街道旁。一家是造酒的，一家是农户。洪作父亲的姐姐嫁到了农户那家，所以这边也有位姑姑在等着他们。等马车一到，她便跑到路上。这位姑姑在女的里面算是高个子。

"洪作，你见到父母，代我向他们问好啊。"

姑姑往马车里探头说道。接着她又朝着阿缝婆婆微微点头，说道：

"辛苦你啦。"

这位姑姑对自己总是直呼其名，洪作对此心存芥蒂。他想，明明不过只见过两三次，摆什么姑姑的派头。马车要开动的时候，她又专门绕到赶车台这边。

"洪作，你拿着这个。"

说着，她拿出一件白纸包好的东西。马车开动后，洪作把它递给了阿缝婆婆。

"应该是十钱①硬币。"

阿缝婆婆说道。这时，另一个男的说道：

"五钱吧。"

结果打开一看，是十钱的。

"阿洪，你记住。回头得记在账上。"

阿缝婆婆把十钱硬币塞进了钱包。

---

① 大正时代有以"钱"为单位的硬币，1钱为1日元（円）的百分之一。

马车穿过了月濑村后,便一直沿着狩野川前进,又进入了青羽根村。在这里有小学和邮局。因为这两个机构的存在,青羽根在洪作脑海里的印象,一直是个有着特殊文化气息的村子。除此之外,还有汤岛所没有的自行车修理店和肉店。马车载着多少有点紧张激动的洪作,缓缓地穿过了青羽根村。出了青羽根,赶车人便半站起身来,扬鞭打马。

马车沿着街道一路快跑,一点儿也不休息,一直行驶到下一个村子——出口村——的停车场。到了这里,马车才第一次停下来,阿六从赶车台上下来给马饮水。一位老婆婆端着托盘走了过来,上面有碗和陶茶壶。接着又端来另一个装着粗点心的托盘。

大家一边喝着茶一边抓起粗点心吃。阿六坐上赶车台后,阿缝婆婆和男乘客们都各自在托盘上放了两三枚铜币。

接下来经过的村子,很多洪作都叫不上名。在街道左侧时隐时现的狩野川,比起流经汤岛村时宽了近两倍,在河的左岸或右岸有河滩露在外面。洪作更喜欢汤岛附近的狩野川,那里到处都是大石头,那才是理想的狩野川。在快到马车的终点大仁村之前,车子驶过了一座叫大仁桥的大桥。据说这里因为桥下常有人跳河自杀而变得有名。桥下的深潭呈现出浑浊的绿色,没有水流动,即使从马车上看一眼也让人觉得心里发怵。

进入大仁之后,洪作眼前便全然是异乡的景色了。马车在比汤岛的新道更热闹的大街上行驶了相当长的一段时间,可以看到那些站在路边的当地孩子。比起汤岛的孩子,他们的面孔带着浓厚的都市气息，服装更加整洁漂亮。这里还有电影院，有些商店还在店头摆出长条旗①之类的旗子。

不久马车在终点大仁车站前停住了。轻便铁道将从这里一直延伸到伊豆半岛根部的三岛町。四个乘客从马车上下来后，就进到车站那小小的候车室里，松了口气似的各自坐在长椅上，长时间一言不发。因为在马车上摇晃了四个小时，人已疲惫不堪，谁也没精神说话了。

"娃娃，吃便当吗？"

阿缝婆婆此时已经脱掉木屐躺在了长椅上。仿佛一下子想起这事儿一般，她突然向洪作问道。

"不想吃。"

洪作摇着头。

"那我们等上了小火车再吃。到时候人也缓过劲儿了。之前就听说坐阿六的马车要晕，今天果然晕车了。赶马车的技术不过关，真让人头疼。接下来是坐小火车，就轻松啦。"

阿缝婆婆是真晕车了，脸色发白。那两个男乘客或许也晕车了，不知什么时候，他们已经躺卧在了长椅上。离轻便铁道的小火车发车还有两个小时，人们可以不慌不忙地在那休息。

洪作一点也不累。他没有感到饥饿，不是因为疲劳，而是因为兴奋——他来到了大仁这个有小火车来往的村子。洪作时而从候车室的出入口瞪大眼望着车站广场对面那几间并

---

① 原文为"のぼり"，该旗帜将长条形旗面的一侧长边套在旗杆上，朝上的短边套在旗杆顶部垂直的短横杆上，多用于军阵、寺社等场合。

排的店铺，时而走到候车室旁边的木栅子那里，不知疲倦地盯着那两根从那里穿过田地，无边无际地延伸出去的铁轨。

轻便铁道的小火车终于开动时，一种可称之为旅情的情绪潜入洪作心头。洪作在汽笛声中，月台之上，车站职员身上，木栅子间窥见的大仁的孩子们身上，以及小火车同乘的乘客身上，感到了一种独特的忧愁。

"肚子饿了吗？"

阿缝婆婆站了起来，取出家里做好的紫菜卷着的寿司。寿司整齐地摆放在木纸①上，阿缝婆婆抓起最边上的一个，然后把剩下的往洪作这边递来，说道：

"吃吧。"

洪作摇了摇头。车上没人吃东西，他不想就他俩在那儿吃。

"阿洪，你怎么了？你除了早饭什么都没吃啊。"

阿缝婆婆把手放到洪作的额头上，

"不得了了。我说呢，原来是发烧了。"

说完。也不管洪作愿不愿意，她便立刻让洪作躺在座位上，用自己的膝盖给他当枕头。这下洪作看不到窗外的景色了。但在躺倒之后，洪作逐渐泛起困意，意识也变得朦胧起来。他有时睁开眼来，了解自己身在何处。一般情况下，在小火车停车时，车厢会大幅摇晃，紧接着耳边便会传来车站职员报站的声音和车门咔嚓咔嚓开闭的声音。

不知什么时候，窗外已是一片夜色。洪作突然非常想

---

① 原文为"経木"，为木头削制的薄片，可用于包装食物。

喝水。

"婆婆，我想喝水。"

洪作终于忍不住了，开始喊渴。

"水？"

阿缝婆婆一脸困惑。

"你等着，我现在去要水。"

她说。当小火车在下一站停车时，她从车窗探出头去，大声叫来车站职员，不停地和对方说着什么。躺在座位上的洪作看到很多乘客都把视线转到了这边。等了一会儿，不知是谁拿着一只装着水的金属壶进入了车厢。阿缝婆婆接过壶来对洪作说道：

"来，娃娃，水来了。"

说着便催洪作起身。洪作坐起身来，阿缝婆婆便斜着水壶，从壶口给洪作喂水。洪作不久又进入了梦乡。漫长的兴奋状态从早上持续到现在，使洪作完全没有了食欲，并把他的额头烧得火一般烫。洪作此时已筋疲力尽，疲惫不堪。

洪作再醒来时，已身处沼津站前广场的旅馆一室。洪作看着阿缝婆婆睡在自己旁边，心想这里到底是哪儿。他环视着陌生的天花板和木隔扇，心想自己是不是已经到丰桥了。洪作从被窝里坐起来时，阿缝婆婆也醒了。

"阿洪肚子饿了。"

洪作喊饿了。他确实已经饿得无法忍受了。阿缝婆婆将手往洪作额头一放，知道他已经退烧了，于是便放心地把白天在轻便铁道上拿出来的寿司又取了出来。

洪作在这大半夜里，坐在睡铺被上吃着寿司。

"这是哪儿啊？"

"沼津啊。"

"不是丰桥吗？"

"花大价钱买的火车票，贵得眼珠子都要掉出来了。这么快就把我们送到丰桥，阿洪，这不划算啊。"

阿缝婆婆这么说着笑了。

洪作填饱了肚子，站起来走到窗边。窗子是上下方向开闭的西式窗户。洪作掀起从上面垂下的白色窗帘，透过玻璃窗看着室外，那里只有一座深夜里空无一人的站前广场，看起来非常冷清。火车的蒸汽声不知从哪里传入耳中。洪作一直注视着广场对面的大型车站建筑，心想这里就是沼津，一个到处是人的城市。不过现在一个孩子也看不见，因为深夜里大家都在各自家里睡觉。

"阿洪，你要是把昼夜弄颠倒了，婆婆可就没法子了。"

被阿缝婆婆这么一说，洪作又回到了被窝里。阿缝婆婆把手放在已经钻进被窝的洪作额头上，说道：

"哎呀，又发烧了。"

洪作那天一整晚都迷迷糊糊的，耳朵里听着火车的蒸汽声。他心想，这里是沼津，是有很多人居住的城市，自己现在是在车站前的一家旅馆里，这个车站一天不知有多少趟火车出发和到达。

第二天早上八点钟，洪作醒来。阿缝婆婆在枕边姿态规矩地坐着。她给长烟斗里塞上烟丝，很香地吸着。烟从她的口鼻中冒了出来。阿缝婆婆压住洪作的被子，告诉洪作要一直睡到赶火车的时候，但是当洪作第二次听到阿缝婆婆的烟斗敲响烟草盆①时，他早已按捺不住。

洪作离开被窝马上就跑到了窗边往外望。他看见很多人走在昨夜所见的站前广场上。既有大人，也有孩子。有人提着信玄袋②，有人背着奶娃。有人推着婴儿车，有人骑着自行车。在广场旁边，整齐地排列着差不多十台人力车。

洪作在窗边望着站前广场，迟迟不肯离开。阿缝婆婆催了他两三次到楼下去洗脸，但洪作根本没工夫搭理。过了一会，阿缝婆婆用脸盆盛了热水，和装在杯子里的冷水一起拿进了房间。洪作漱了口，把口中的水吐到了房顶上。接下来单手舀起脸盆里的热水，往脸上抹了两三把，算是洗了脸。

当年轻的女服务员把早餐端上桌子，洪作咕咚地咽了下口水。煎蛋、鱼干、紫菜，这些东西一股脑地映入洪作的眼帘，洪作觉得这真是了不得。冒着热气，盛在气派的碗里的味噌汤也被端了上来。洪作不知自己该从哪个下手，筷子该往哪里去。阿缝婆婆<u>丝毫不为这样的美食所动</u>，这让洪作对她有了新的认识，佩服不已。阿缝婆婆脸上一副见惯不惊的神情，用筷子夹起东西送到嘴里。洪作花了很长的时间，慢

---

① "烟草盆"为吸烟丝的吸烟套装，多为一个小提篮，里有取火的容器、烟灰筒、烟丝容器、烟斗等。

② 一种布制的大型手提袋，底部有长圆形厚纸撑着，上部有绳可以系紧袋口。

慢地享用了这顿早餐。当给他添第四碗的时候，阿缝婆婆说：

"再怎么能吃也别吃了。"

"可煎蛋还没吃呢。"

洪作说道。

"那你就把煎蛋吃了完事儿。——明明昨天什么都不肯吃，今天却又这么攒劲儿地吃。"

阿缝婆婆半自言自语般地说道。

洪作吃完早饭，向后倒下仰躺了一会儿。即使不吃第四碗，肚子也已涨得难受。在吃撑了的洪作身边，阿缝婆婆正生着气。之前她明明已经写信通知过了沼津的亲戚，但到现在还没有一个人来旅馆看望他们。

等那股吃撑的难受劲儿一过去，洪作便出了房间，来到旅馆大门前站着。道路的对面和这头，都满满当当地排列着房子。城里的小孩时不时地从洪作面前经过。他们每个人都比大仁的小孩打扮得更加清爽整洁，他们脚踏木屐或拖鞋。虽然阿缝婆婆也给洪作换上了出门的木屐，但是因为穿不惯，木屐带[①]早早地磨了脚，令脚趾生疼。若是穿稻草拖鞋就非常轻便，也舒服得多。洪作心想，大概城市的小孩们平时也都穿着这么正式的鞋子吧。

每次有孩子经过，洪作都会低下脸。说不清为什么，他不太有自信去注视对方的面容和身姿。他感到无论是面容、

[①] 原文为"鼻绪"，为日式木屐或拖鞋的组成部分，用大脚趾和旁边的脚趾夹住，带动鞋子和脚一同运动。

服装,还是走路的姿态,自己没有一点比得上对方。在洪作的耳朵听来,城里小孩说话是多么的清爽干脆、明亮舒服。

洪作完全陷入了自卑之中,便退回了旅馆里面。他回到自己的房间一看,阿缝婆婆正在和一个来访的陌生女人交谈。那是一个三十五六岁的清瘦女子。在洪作看来,她的衣服甚是华丽。那人回头看见洪作,便问道:

"你是阿洪?"

声音沉静而优美。

"嗯。"

洪作沉闷地回答。阿缝婆婆于是介绍道:

"阿洪,这是神木①家的姨妈。"

那人从紫色的绉绸②包袱里取出一个大大的桐木点心盒,然后交给阿缝婆婆。

"那就拜托你代为问候了。"

她说道。

"好的,您真是太客气了。给您添麻烦了。"

阿缝婆婆好像多少被这位神木家的姨妈的气质给镇住了,看起来不似平日那般神采飞扬。阿缝婆婆一直谨言少语,直到神木家的姨妈离开,阿缝婆婆才说道:

"再怎么有钱,这样下去家也得败。"

然后她一脸严肃地说,阿洪长大了可千万别娶这样的媳妇。

---

① 原文为"かみき",译者在此译作"神木"。
② 一种绢织品,经特别的工艺制作,表面有皱。

"媳妇？刚才那姨妈是媳妇吗？"

洪作问道。

"现在她是姨妈，但媳妇也是当过的啊。那种年纪就穿着那样花哨的衣服，不是什么好事儿。"

阿缝婆婆刚闭上嘴，又有一对中年夫妇前来造访。这两人洪作完全不认识，好像是阿缝婆婆的远亲。女的叫洪作：

"阿洪。"

男的却叫他：

"洪娃。"

洪作第一次被人叫做洪娃，不觉有些不好意思。

那对夫妇从包裹里拿出了一个点心盒，而阿缝婆婆则把门野原带给丰桥的礼物给了他们，另外，还包了些钱进纸里，硬要递给两人。两人一开始坚决推辞，不肯接受，最终那男人双手毕恭毕敬地接过钱放入怀中。

过了一个多小时，阿缝婆婆和洪作退了房间往车站去了。那对夫妇一直把他们送到车站的月台。洪作从踏进车站开始，就为即将坐上火车而兴奋不已，不管阿缝婆婆和送行的夫妇给他说什么都不搭理，他不知道他们对自己说了些什么。

不一会儿，那巨大怪物般的交通工具地动山摇地滑入月台，昨天在大仁坐的小火车完全没法与之相比。阿缝婆婆握住洪作的手说，绝对不能松开。那对夫妇要帮他们把行李从车窗塞进去，但洪作非常担心行李能不能顺利地通过车窗。阿缝婆婆拉着洪作往车上走，由于心里还挂念着行李，洪作在车厢门那里脚下一滑，跪在了地上。坐上火车后，阿缝婆婆盯着洪作脚，问道：

"阿洪，你的木拖鞋呢？"

被阿缝婆婆这么一说，洪作才低头看了看自己脚下，果然两只脚上都没有木屐。

阿缝婆婆立刻从车窗探出头去，大声嚷嚷道：

"拖鞋，阿洪的拖鞋。"

阿缝婆婆这样子让洪作在周围人面前非常难堪。洪作晃眼一看的范围内，就有好几个像是城里人的乘客齐刷刷地投来好奇的目光。不一会儿，送行的夫妇找来了洪作的两只木屐，和行李一起从车窗塞了进来。据说一只掉在月台，一只掉在车厢连廊的阶梯上。

"太好了，阿洪。你看。"

阿缝婆婆也不说声感谢，接过木屐便蜷下身子把它们放在洪作脚边。之后自己也把木屐脱了，整个儿坐上了座位，如释重负般地松开领口，扇着团扇，这时才慢慢地将目光转向月台上的夫妻。

"不要吵架。凡事都要忍耐，忍耐。"

阿缝婆婆说。

"说得对，我们好好记着。凡事都要忍耐，忍耐。"

那女人对着自己丈夫又重复了这句话。那男的挠挠头，吐了下舌头，轻轻戳了下那女人的腰部。

"哎呀。"

女的发出声来，想打男的。男的敏捷地闪身躲开。在洪作看来，夫妻俩这样子格外轻狎，让人觉得不好意思。

列车开了起来，渐渐远离了月台上的那对男女。

"真是傻瓜。"

阿缝婆婆嘴上虽这么说，还是把手伸出窗外挥动着手帕。持续挥了好一会儿，阿缝婆婆缩回手来，又把那手帕叠成三角形垫在自己的衣领周围。

"阿洪，这样真是好极了。一步都不用走，火车载我们去丰桥。真不错。太舒坦了。"

阿缝婆婆说着，呈现出松了口气般的表情。洪作学着阿缝婆婆，也整个儿地坐上座位。虽然这么坐的感觉也不是那么地舒服，但他心想差不多应该是这样吧。四人对坐的座位现在完全空着，即使不把行李放到网架上，两个人也能占有很宽裕的空间。

"话说回来，我们在这之前还是够折腾吧，阿洪。"

因为没有其他人可以聊天，阿缝婆婆便一个劲儿地跟洪作说话。洪作也觉得在这之前真是够呛。离开汤岛不过是昨天早上，洪作却觉得像是好几天前的事情了。他感到自己和上家的外公、外婆、咲子，还有幸夫、芳卫、龟男他们，好像已经分开了很多时日。

洪作一边这么想着，一边把脸转向车窗外面，突然他发现了挡在眼前、身形巨大的富士山。洪作大吃一惊。这是富士山没错，但比起在汤岛见惯的富士山，大小完全不同。

"啊！在这儿居然也有富士山！"

洪作叫了起来。周围笑声四起。四个年轻女人隔着过道坐在他们对面,她们都朝着洪作这边笑。洪作羞极了,马上把头转向了车窗。然后他想,为什么自己的话会惹得女人们发笑。是自己的乡村土话很可笑吧?洪作搞不清被笑的原因。

阿缝婆婆时而扇扇团扇,时而吸一口烟草,时而拂一拂车窗飘进来的煤灰,动作一刻不停。她有时也拿手帕帮洪作掸走衣服上的煤灰。洪作一直朝向车窗,身体纹丝不动。未知的风景一个接一个地从自己眼前飞过,他一点都没看厌。

火车每次停靠新的车站,阿缝婆婆就会拿出小本子和铅笔,要洪作写下站名。洪作按照婆婆说的把写在站牌上的站名抄写下来,比如原、铃川①等。阿缝婆婆让洪作把大的河流的名称也写下来。还在汤岛时,阿缝婆婆每晚都会和洪作说到去丰桥得跨过富士川、安倍川、大井川、天龙川这四条大河,因此洪作非常期待能亲眼见识下这些大河到底有多大。

最先跨过的是富士川,虽然河的宽度较大,但是大部分都是河滩,水流部分仅有一点。什么啊,就这条河?洪作心想。水流之中也能看见赤身裸体的孩子们,但洪作对他们看不上眼。他觉得自己这些在狩野川的平渊和御付渊里游泳的孩子们,水平要比他们高得多。

"什么富士川,不就是条浅河嘛。"

洪作有些轻蔑地说道。

"什么啊,怎么会浅?"

---

① 原文的车站名均为片假名,汉字为译者根据伊豆实际地名添加。

阿缝婆婆帮着富士川说话。

"平渊要深得多。"

洪作抗议道。

"傻瓜，这能比吗？比起富士川来，狩野川都不能算条河。你接着看，马上大井川就来了。"

阿缝婆婆说道。然而大井川却迟迟没出现。火车在每个车站都悠悠哉地停车，充分休整，在确定没有一个没上到车的人后，才又慢悠悠地拉响汽笛发车。

列车驶入静冈站，就看到很多卖东西的人在月台上来往，他们的箱子里塞满了各种东西。阿缝婆婆在这里买了便当和茶水。洪作对静冈这座城市抱有一种眷恋之情。虽然已经完全记不得这里有着怎样的街景，自己和父母曾经住在怎样的房子里，但这里到底是自己曾度过了一年半岁月的地方，一想到这里，洪作心中便产生了一种特别的亲切感。他觉得无论是车站里的小贩，还是车站职员，都不是和自己毫不相干的陌生人。

洪作在小本子上写下"静冈①"，阿缝婆婆又让他在下面写上"安倍川饼②"。据说安倍川年糕是这里的名产品，所以阿缝婆婆才让洪作写下来。但是阿缝婆婆并没有打算购买。

"留着回来时买吧。"

---

① 原文为"静冈"的片假名。

② 原文为"安倍川饼"的片假名。"饼"在日语中为年糕之意，此处意为"安倍川年糕"。

她这样说道。火车离开了静冈，正当洪作要打开车站便当的时候，阿缝婆婆叫道：

"安倍川到了，安倍川到了。"

火车发出轰隆声在铁桥上奔驰。可这安倍川在洪作看来，仍然比狩野川小。

"看吧，明明这么大。"

阿缝婆婆说道。然后她又催洪作道：

"趁着没忘，赶紧写下来。"

洪作打开小本子，在"静冈"的旁边写上"安倍川[①]"。吃完便当，阿缝婆婆用手巾把脸半包起来，说道：

"婆婆睡一会。"

洪作不知道阿缝婆婆为什么要用手巾把脸半包起来，他想，大概是为了防止煤灰钻进嘴里吧。

阿缝婆婆睡着了以后，洪作仍然一个站名接一个站名地在小本子上独自记录着。虽然他中途也有犯困，但因为得写站名，不能睡着。他对车窗外的风景已经不那么稀罕了。千篇一律的田园和小山隔着差不多远的距离从前面扑面而来，又向后面飞离而去，仅此而已。沿途也再没有像静冈那样的大站，每个站都差不多。

在挂川，一位胖胖的中年女乘客打破了之前两人独占座位的局面，插了进来。她把洪作他们放在座位上的行李转移到了网架上，又把自己的行李并排放在旁边。因为这女人不打招呼便移动自己和阿缝婆婆的行李，洪作觉得她有点形迹

[①] 原文为"安倍"的片假名"アベ"加上汉字"川"。

可疑。莫不是小偷？洪作心想。因为阿缝婆婆睡得正香，洪作感到自己必须代替婆婆保持警惕，看好东西。

"娃娃，这个给你。"

那女人落座后，微笑着往洪作这边伸出手来，把一个装着点心的纸包递了过来。洪作虽然默默地接过，但他心想，对方到底是个形迹可疑的女人，这东西还是不吃比较安全。搞不好是下了毒的。不然一个素未谋面的女人凭什么会给自己这样的东西？

"吃吧，娃娃。可以吃哦。"

那女人说道。但洪作心想，我怎么可能中你的奸计？那女人见洪作不搭理她，便不再说话，把脸朝向车窗方向，一会儿便闭了眼——她也睡着了。她眼睛刚闭上，嘴便立刻不雅地张开，睡得天昏地暗。她的额头上面、粗胖的挤满褶子的脖子上面，满满的全是冒出来的汗珠。洪作看着那女人的面孔，不经意间自己也被勾起了睡意，不知什么时候便睡着了。

"娃娃，天龙川，天龙川到了。"

洪作被阿缝婆婆的声音惊醒。果然火车正要开上天龙川的铁桥。洪作连忙紧贴着车窗看去。这条河的宽度虽是狩野川的几倍，但是绿色的河水只是流经宽广河滩的边缘部分，像一条细细的带子。洪作心中几乎确定，到底还是狩野川——自己这帮孩子们游泳的地方——更大更深。

洪作打了个哈欠把视线转向阿缝婆婆这边，她正打开膝上的那包点心,吃着里面的一枚脆饼干①。洪作往自己身边一瞧,之前收下的那包点心不见了。

哎呀,这可不得了啦!洪作心想。他往面前的座位一看,先前在挂川上车的女乘客和阿缝婆婆一样,也正吃着脆饼干。不知什么时候两人已经熟络起来,笑着互相热烈地交谈。洪作忍不住往网架上一瞧。行李仍像先前那女人摆放的那样,好好地待在网架上。但是洪作的怀疑并没有消失。

"婆婆,这是娃娃收下的点心吗?"

洪作谨慎地问道。

"是啊,娃娃也来吃。"

说着便把装着点心的纸包递了过来。洪作摇着头把它推开了。洪作想告诉阿缝婆婆这点心可能有毒,但那女人就在自己面前看着,没办法告诉婆婆。

"莫吃为好哟,莫吃为好哟。"

洪作朝着车窗的方向,唱歌似的一直念叨。

火车停靠下一站时,洪作又打开小本子记录站名。虽然不知道自己睡过去那阵过了几个站,总之先留出点空白吧,他这样想到。当他握起铅笔时,发现有些字并非自己的字迹,不是自己所写。原来那是阿缝婆婆接着之前的记录,亲手认认真真写下的。列车驶过滨名湖时,那女人说道:

"娃娃,你们快到了。"

好像阿缝婆婆已经把他们下车的地点告诉了她。阿缝婆

---

① 原文为"煎饼",但与中国的煎饼不同,日文中指由面粉或添加其他食材制作的脆饼干。

婆一边咯吱咯吱地吃着脆饼干,一边不停地和那女人说话。那女人从网架上取下一个包,从里面拿出一个小盒子。

"这个送你吧。"

说着,她把盒子递了过来。那盒子约莫两个烟盒并起来大小,盒子正面被镂空成心形,镂空处镶着赛璐珞①,透过那里可以看到盒子里面。盒子里装满了红色、蓝色等各色糖粒。

"这是果冻豆②。试一下吧,很好吃的。"

那女人说道。洪作这是第一次见到这名为果冻豆的糖果。但话说回来,那女人为什么要给自己这种东西?洪作把接过来的糖果盒子往阿缝婆婆那边递去,但立刻又收了回来。因为他怕阿缝婆婆会打开盒子吃起来。洪作觉得阿缝婆婆吃脆饼干没中毒,但吃这个好像会。

在给了洪作果冻豆后不久,那女人便在下一个停车的小站下了车。下车时,她向阿缝婆婆恭敬地道别,摸了摸洪作的头,接着就拿起包离开座位而去。洪作自己又伸手摸了摸被那女人摸过的头,向阿缝婆婆说道:

"那个人,可能是坏人。"

"你在说什么啊?别人给了你那么多东西,是个好人呀。"

阿缝婆婆说着,从洪作手里拿走果冻豆,仔细地左右端详了一番,说道:

"阿洪,吃吗?"

---

① 一种塑料,常用于制造文具、玩具、胶片、眼镜架。
② 一种蚕豆形状的糖果,糖衣内为果冻状软心。

"不吃。"

阿缝婆婆便把它收进了小手提袋中。洪作在小本子上记下了那个女人下车的车站,站名叫做鹭津。从这时起,洪作完全厌倦了火车旅行。他从座位上下来,或是沿着过道走,或是到对面空着的椅子上去坐一坐。并且每次列车停站,他都连忙从车窗伸出头去寻找站名,以便在小本子上记下。

列车停靠在那女人下车后的第二还是第三个站时,洪作听到车站职员叫着"丰桥,丰桥"。写着站名的标志牌正好在洪作探出头去的车窗前,那里也写着"丰桥"。

"婆婆,这不就是丰桥吗?"

洪作问道。

"我看看。"

阿缝婆婆把脸转向窗外,

"哎呀,哎呀,这儿就是丰桥啦。"

她突然喊出声来,之后便一个劲儿连喊"阿洪,阿洪",慌张了起来。附近座位上的两个人站起身过来,又是帮他们卸行李,又是帮阿缝婆婆找木屐。

一番忙乱之后,阿缝婆婆和洪作两人下到了月台。这时,几个女人走近。洪作马上认出其中一个正是自己的母亲。当他反应过来是母亲的一瞬间,便躲到阿缝婆婆身后。接着他又四下一看,心想有没有可以把自己隐藏得更彻底的地方。

洪作一边注视着母亲,一边屏住呼吸。他不知站在那里的母亲是敌是友,总之对于自己来说,她是位特殊的女性,只有这点他是清楚无疑的。虽然不知道怎么个特殊法,但她就是这么一位特殊的女性,以至于看一眼便能凭直觉认出是自己母亲。

"你们来啦,累到了吧。"

"哪有。"

"想必折腾不小吧。你们有些年没从乡下出来了。"

"哪有。"

虽然母亲笑脸相迎,但阿缝婆婆的表情和简短的回答,无不早早地表现出了踏入敌境的兴奋与警惕。

"阿洪呢?"

当洪作听到母亲声音时,他已经混入了一群正要经过自己身旁的下车旅客。他跟着那群人离开了母亲和阿缝婆婆站立的地方。他想藏到一个母亲看不到的地方。他不想害羞地和母亲说话,不想自己暴露在母亲眼前。如果可以的话,他希望自己能远远地注视母亲这位特殊女性而不被任何人察觉。

"阿洪!"

这喊声一听便知是阿缝婆婆的声音。当这带着异常腔调的喊声传来时,洪作已经从几个走在前面的人中间穿过,继续快步向前。他夹在人群中,走出了检票口。一座比沼津的站前广场更大的广场映入洪作眼帘。从检票口涌出的客流一到了广场,便朝着各自的方向四散而去。太阳正在落山。广场的角落有几家并排的冷饮摊,它们的旗帜神经质地在风中翻卷作响。洪作第一次感到一种毫无理由的孤独感袭来,他停住脚步，感到悲伤和寂寞。

洪作一个人出了车站，到底还是心中不安。检票口那边仍有排着队的下车旅客一个接一个地出来。洪作往那边看着，不一会儿，他就看见阿缝婆婆四处张望着，从检票口走了出来。

"阿洪、阿洪！"

阿缝婆婆在从检票口走出来没两步的地方停下来，突然，她用一种洪作从未听过的怪异腔调喊起了洪作的名字，如同唱歌一般。

"阿洪，阿洪！"

阿缝婆婆又用同样的腔调喊道。洪作感觉似乎有很多很多人盯着自己，非常害羞，便想藏到阿缝婆婆看不到的地方去。紧接着，洪作看到母亲七重出现在阿缝婆婆身旁，她也神情严肃，八方瞭望。

"洪作，洪作！"

母亲呼唤着。母亲的声音比阿缝婆婆听起来更加年轻、尖利。洪作仿佛被一种难以抗拒的力量拽着，向着母亲的方向走去。一认出洪作的身影，阿缝婆婆便叫道：

"哎呀，阿洪！"

她脸上绽放出笑容，满脸洋溢着如释重负的神情。

"别让人操心，阿洪。你让人操心，你妈妈的脸色就不好看。"

她说。实际上这时，洪作已经看见母亲面色可怕。母亲说：

"洪作，你这样可不行，一个人想去哪去哪。这里不是伊豆的农村。"

洪作听到这话中透着严厉。

"嗯。"

他答道。

"你得说'是'。"

母亲立刻纠正道。

"嗯。"

洪作还是这样答道，他意识到自己又说错了，连忙抓住了阿缝婆婆的衣袖。

在母亲去叫人力车的时候，洪作突然觉得旅行的快乐一下子消失殆尽，他想回汤岛了。他心里仿佛在说：真是来了个麻烦的地方。

"婆婆，我们回汤岛吧。"

洪作左右摇晃着阿缝婆婆的袖子说。

"你在说什么啊？好不容易来到亲生父母身边。"

阿缝婆婆说道。

母亲七重叫来两台人力车。洪作和阿缝婆婆坐一台，母亲七重和行李在另一台，和母亲同来的女仆则走路回去。在车上，洪作被阿缝婆婆夹在两腿中间，带着忐忑不安心情，望着两侧不断向后退去的黄昏街景。

"你看这多轻松，娃娃。"

阿缝婆婆的声音在头顶响起。

"嗯。"

洪作虽然被阿缝婆婆两腿夹着站在车上，并不见得轻松，但是自己不动脚就能在街上移动，也许还算轻松吧。

车夫拉着车在街上跑了十五分钟左右，钻进了一条人烟稀少的巷子，在一户正面朝街、装着格子门的房子前放下了车把。那房子看起来就是普通住家的风格。洪作从车上下来时，人已经摇摇晃晃。

一打开格子门，小洪作三岁的妹妹小夜子便露出脸来，她一见洪作就慌慌张张地想往里屋跑，结果绊倒在了门槛那里。她大声地哭了出来，于是从屋里走出一位别家的阿姨，把小夜子抱了起来。阿姨脸冲着洪作他们笑，嘴上却一个劲儿地抚慰着小夜子。后来洪作才知道，这是邻居家的阿姨。

洪作一眼就看出小夜子身上穿的衣服似乎并不是日常居家时穿的。带着花朵图案的和服背面，绞染①的三尺带②大大地系成一个结。洪作心想，小夜子大概是为了欢迎我们才如此盛装的吧。

进屋之后，大家还没解开行李就开始喝茶。正在喝茶的时候，穿着军装的父亲捷作回来了。洪作学着小夜子跑到进门的地方，跪坐在那里迎接父亲。父亲背朝门口的地板框坐下，慢慢脱掉鞋子上到地板上来，摸了下洪作的头就进里面去了。洪作不知该如何理解父亲的这种行为。

"爸爸打我。"

---

① 一种以留白为图案的染布技法。
② 一种长约1.1米的棉布腰带，多用于日本传统儿童服装。

洪作到阿缝婆婆那去告状，她正在起居室①外的廊子里扇着团扇。母亲听到后便指责他道：

"真傻，阿洪。爸爸为什么要打你啊？"

在洪作看来，母亲的眼光严厉而充满指责。

"妈妈瞪我。"

洪作又向阿缝婆婆告状。这次洪作看到，母亲七重是真的瞪着他说道：

"你真是变成了个怪孩子。回到家饭都还没吃，怎么就拿些有的没的的事情去婆婆那儿告状？你说我瞪着你干吗？"

洪作见母亲生气了，便紧紧抓住阿缝婆婆。于是阿缝婆婆放下团扇，把身体转向七重那边说道：

"哪有父母对小孩说的话瞪眼发火的。真是作孽啊。"

"婆婆！"

母亲站起身走过来，在阿缝婆婆面前坐下，说道：

"我先说清楚，洪作是我的小孩。我爱怎么带就怎么带。如果寄养在婆婆那儿就会变成怪孩子的话，那就容我重新考虑一下了。"

阿缝婆婆有点慌了，她说：

"怎么会变成怪孩子啊。阿洪生下来就聪明伶俐。"

"他已经变成怪孩子了。告状是最不对的事情。"

母亲非常强硬。

"知道了。我给阿洪好好说吧。阿洪，给妈妈道歉。现在最好道歉。好汉不吃眼前亏。"

---

① 原文为"茶の間"，一般为家人一起吃饭或休闲的房间。

阿缝婆婆说道。

"那我可要说难听的话了。"

七重说话时，父亲捷作沿着廊子走了过来，向二人说道："刚一到家，你们这是在干吗？"

但仅此而已，捷作仿佛想要表明自己无意干预女人间的事情，对母亲七重说道：

"快点开饭吧。"

不一会儿，八张榻榻米大小的起居室正中便摆好了餐桌。捷作、七重、阿缝婆婆、洪作、小夜子五人围着圆桌而坐。洪作还未曾和小夜子说过一句话。小夜子时不时向上翻着眼睛瞅洪作，一和洪作对上眼便将视线移开，然后吧唧吧唧地把食物送进嘴里。洪作学着她，也发出吧唧吧唧的声音。

"别发出这种声音，听起来太邋遢了。"

母亲提醒道。

"我是学的小夜子。"

洪作说。

"小夜子会那样做吗！是你不懂礼貌。"

母亲说道。洪作觉得非常不公平，他辩解道：

"小夜子真的也是这么做的。"

这时，阿缝婆婆说道：

"哎，阿洪，你能不能别说了。既然到了这边家里，就得把饭送到嘴里，嚼也别嚼，一咬牙一口咽下。这是没办法的事情。"

她一边说着，一边从自己碗里夹起一小块饭放入口中，作出一口咽下的表情。

七重把脸转向一边。连洪作也不由得感到，这在家里吃的第一顿饭，氛围是多么尴尬。捷作不管这些争执，始终一言不发地看膝头上的报纸，然后时不时像想起来似的动动筷子。对于阿缝婆婆和七重的言语交锋，他从一开始就摆出不想听的姿态。

吃完晚饭，父亲带着洪作到了户外，小夜子在后面跟着。每户人家门口都亮着一盏煤气灯。那青白色的光在洪作看来是如此稀罕，仿佛来到了童话世界。

"哥哥。"

小夜子第一次这么称呼洪作。洪作对自己被称作哥哥有些反应不过来。不过想想看，自己就是小夜子的哥哥，被叫做哥哥丝毫不值得惊讶。家对门似乎是陶瓷店的货场，透过有些破损的黑色墙壁的缝隙，可以看到里面摆满了陶罐、大火盆、暖壶等五花八门的陶器制品。

小夜子对于洪作的到来好像非常欢喜，稍微眼熟了一点便哥哥、哥哥地叫个不停，缠在他身上。每当小夜子因为四处张望而落在后面时，就会跑着赶上来，她一跑就摔。当她摔倒时，洪作就负责把她抱起来。遇到这种情况，父亲捷作没有一点要管的意思，只是站在那用下巴一指，说道：

"洪作，把她弄起来。"

不光是这样的事情，洪作感到父亲这个人比起母亲来更没有亲切感。在他看来，他简直和门野原的石守森之进是同类人物。本来是亲子共同散步，捷作却一个人在前面大步流星地走，只是极其偶尔地回头看一眼。洪作为了赶上父亲，有时得跑起来，因此每次都得把跑摔的小夜子扶起来。洪作先还帮小夜子把粘在衣服上的沙子拂掉，最后只能抱着把她扶起了事。洪作对这种散步提不起一丝一毫的兴趣。

到了八点，洪作和小夜子被一同安排到里面的屋子睡觉。洪作虽然想和阿缝婆婆睡，但是所有的事情都得按母亲的指示进行。阿缝婆婆好像是一个人睡在客厅。小夜子躺下后不久便呼呼入睡。洪作却没那么轻松就能睡着。这里比起汤岛的土仓来，天花板要高得多，房间也更宽敞。躺在被窝里望去，榻榻米像海一般宽广。

从第二天开始，洪作按照母亲的命令，不得不每天上午学习两小时学校的功课。六点起床，七点吃早饭，七点半在门口把父亲送走，之后洪作便立刻坐到书桌前学习。等到九点半学完解放，又被吩咐先打扫房子周围的院子，然后跟着外出采购的女佣出门，帮忙提买东西的篮子。

虽然母亲说下午可以自由玩耍，但在洪作看来，自己想玩也没法玩。这里既没有任何朋友，周围也没有山野田地。

"你去和小夜子玩。"

母亲虽然这么说，但洪作觉得跟小夜子搭档玩一点意思都没有。并且跟小夜子待在一起的话，不管愿不愿意，都必须打起十二分的精神。在桌边玩的时候，要提防她顺手抓起桌上的东西扔过来；去廊子上玩耍时，又得看着她别从廊子上掉下去。视线稍有离开,她就开始爬通往二楼的楼梯,并从爬了两三阶的地方踩空摔下来。

阿缝婆婆白天待在女佣的房间,除了吃饭,基本不从里面出来。她在狭窄的女佣房间里,吸吸烟草,缝缝补补什么的。七重也尽量不和阿缝婆婆打照面。两人都刻意回避对方。她们一碰面必然要吵起来。有时洪作去女佣房间,阿缝婆婆便会告诉他还有八天,还有七天,说回去的日子快了。阿缝婆婆说:

"阿洪,你既要照顾小夜子,又要被她们呼来唤去,肯定很辛苦吧。快了快了。忍耐,要忍耐。"

她还说:

"万般皆是良药。这是一场试炼,即使生气也不能为此懊恼。"

洪作几乎每天都等着回家那日的到来。他想快点回到汤岛,和幸夫他们去平渊玩水,去神社的地界抓蜻蜓。但自己若是把想回去的心情说出口来,又觉得似乎对不起母亲,所以他忍住了。

某天晚上,洪作在被窝里,听到了隔壁母亲和阿缝婆婆激烈的争吵。一开始,阿缝婆婆用难听的话骂七重,扬言无论如何也要带洪作一起回汤岛。七重这边则毫不松口,不管阿缝婆婆说些什么。

"任你再怎么说,洪作留在这儿都是板上钉钉的事情。"

七重嘴里总是重复着同一句话。阿缝婆婆知道七重的决心已经雷打不动,在大吵大闹一通后,还是服了软。

"求你了,让阿洪回去吧。不要把阿洪带走。你怎么能让我一个人回去,让我在那乡下的土仓里一个人住?"

阿缝婆婆这样说道。但是七重并不理会。于是,阿缝婆婆又说:

"那么,我们问问阿洪心里怎么想的吧。阿洪如果说留在这里,我一定会干干脆脆地放弃他。如果阿洪说想回汤岛,你得按他说的去做啊。按他本人的愿望来最好。"

但是,不管她说什么,七重都不理会。于是,阿缝婆婆怒不可遏,再次开始大声嚷嚷。过了一会儿,捷作从二楼下来,走到两人中间,说一切还是等问了洪作的意思后再做决定。母亲七重看来有些不服,但最后还是答应了。洪作松了口气。他想,若是阿缝婆婆一个人回去,自己被留在这里可就麻烦了。

第二天吃早饭的时候,父亲捷作问洪作道:

"洪作,你是想回去,还是留在这儿?"

"我要和婆婆回去。"

洪作毫不犹豫地回答。于是,阿缝婆婆脸上浮现出一副"你看,是这样吧"的表情,说道:

"阿洪,有些事情老老实实地说比较好,有些则不好。但是说过的话可是收不回来的。"

母亲七重瞪着几分得意的阿缝婆婆默不作声。捷作说道:

"哎,行吧。洪作交给婆婆带。孩时在乡下长大也不错。"

第二天洪作和阿缝婆婆便要回去。在这前一日吃过晚饭后，洪作和母亲七重、小夜子还有一个女佣共四人去闹市区买东西。他们去了一家叫若松园的大型点心店，在那里的堂食部吃了点心。在这样的地方吃点心，对于洪作来说还是头一遭。那点心是一种黄色的果冻，洪作觉得它看起来非常漂亮，仿佛把勺子插进去都会让人觉得可惜。点心非常美味，入口即化。洪作觉得不能把这美味分享给上家的外婆、咲子还有幸夫他们实在是件憾事。他觉得这味道再怎么用语言来描述也描述不了。

七重进了洋货店、文具店、点心店等几家商店，给阿缝婆婆和洪作买了各种礼物，让女佣和洪作拿着。七重为洪作买了装在漂亮的盒子里的蜡笔和笔记本之类的东西。母亲给自己买了这么些东西，洪作也禁不住高兴起来。

"阿洪，你要不就留在丰桥吧？"

走在热闹的大街上，七重调侃般地向洪作说道。

"不。"

洪作连忙大大地摇着头回答。

"婆婆明天回去，你就只在这里待一个暑假，过后你一个人再回去就行啦。"

七重又说道。

"我不。——我要和婆婆回去。"

洪作拼命说道。在洪作看来，让阿缝婆婆先回去，自己留在这里实在无法想象。他想到若是自己的意思没能传达给母亲就完了，于是便喋喋不休地一直重复着：

"我要和婆婆回去。阿洪要和婆婆回去。"

母亲也许是被洪作的态度惹恼了,抛下一句:

"知道了。吵死了。"

先前洪作还因为母亲一反常态的温柔而喜欢上了她,但这句话使她和洪作再次产生了距离。洪作心想,母亲果然还是一个既心眼坏又冷酷的人。

母亲走进卖和服布料的店里,洪作带着几分对她的抗拒,没有跟着进去。他在布料店门口站了一会儿。正好对门有家金鱼店开着门,穿着和服单衣①的孩子们蹲在那里,有的伸头看着水槽中的金鱼,有的拿着小网在舀金鱼。看到这,洪作便往对门去了。他夹在孩子们中间看了一会儿金鱼。

"舀一次试试。"

五十岁模样的金鱼店老板说道。洪作原先以为他不是在对自己说话,当老板口中第二次说出同样的话时,他才知道老板是在跟自己说话。

"娃娃!舀一次试试,我不要钱让你舀一只。你舀吧。"

洪作便按他说的,拿起小网伸进水槽。金鱼在网中跳动。洪作还想追着其他金鱼舀。

"哎,不能这样。不行,不行。"

老板说道。洪作非常遗憾,只得就此把网还给老板。

洪作接着又在那里看着老板同样地邀请其他孩子免费舀

---

① 原文为"浴衣",为一种日本传统衣服,单层,多为棉质,常作为洗澡后或夏季休闲的衣物。

一次。他看到了在汤岛那种地方想看也看不到的女孩，她皮肤白皙，容貌端正，尖叫着追逐大只的金鱼。他还看到同样是在汤岛根本无法想象的男孩，他一脸神经质的神情，皱着眉头追逐一条有着小斑点的金鱼。洪作心想，城里的孩子们为什么都看起来都如此地聪明伶俐，说起话来清爽干脆？

洪作不知在金鱼店前待了多长时间。突然他想起母亲，站了起来。一瞬间，一种大事不妙的预感揪住了洪作的心。

洪作连忙回到布料店门前，果然里面已经没有母亲七重、小夜子和女佣的身影。洪作从布料店出来后先往右边跑，跑着跑着又停下，接着又往反方向跑。跑了相当长的一段路后，他来到了一个十字路口，这次他又转向左边拼命跑。

从这时开始，洪作心中便惊慌失措起来。他想到若是找不到母亲自己将会怎样。洪作一个劲儿地转弯，时而胡乱狂奔，时而用光了劲儿慢慢地走。

"婆婆，婆婆！"

洪作口中一个劲儿地呼喊着阿缝婆婆。

这时，洪作听见身边响起了列车车头吐着蒸汽的声音。这里十分寂静冷清，完全没有行人。他也不知道自己为什么来到了这么一个黑暗而又荒凉的地方。洪作沿着木栅子，行走在这条长长的不知何处是头的路上。在行走途中，他很想调头回去，但是他觉得与其调头回去，还是继续向前更好，这样恐惧似乎会少些。

洪作半哭着在路上奔跑。现在已经听不到火车头的蒸汽声了，取而代之的是周围的一片蛙声。不知什么时候，洪作已走在了田间的路上。

在昏暗的田地里，洪作一边低声哭泣，一边行走。他一个劲儿地往前走着。他感到自己似乎不得不这漫无目的地行走，直到路的尽头。无论他走到哪里，稻田里都充满了蛙鸣声。

突然，洪作同时停住了哭泣与行走。他看到前面远远的地方，一个小小的朦胧光团正在晃动。一瞬间，一种全身被冷水浇遍般的恐惧向洪作袭来。洪作想折回去，但他害怕，更不要说继续往前走了，那更吓人。洪作吓得呆立在原地，盯着那光团。虽然洪作看明白了那是灯笼的灯火，但一想到打着灯笼的不知是什么人，他便被一种难以言表的恐怖所包围。

洪作像根棍子一样戳在那里，直到那灯火来到离自己相当近的位置。他想，自己终于要被抓住吃掉了。一想到自己被吃掉后，婆婆和咲子将会多么悲伤，洪作就心中难受。

"婆婆！"

突然，洪作用尽全身力气喊了出来。

"婆婆，婆婆！"

一旦喊了起来，声音便源源不断地迸发出来。于是灯笼那边响起了人声，灯光也更快地靠近过来。

"哇！"

洪作用最大的声音哭了出来。这是临死前的哀号。啊！自己要被捉住了，自己要被吃掉了。他的脚已经粘在地上动弹不得。自己要被吃掉了，要被吃掉了！

"这孩子在干什么？"

伴随着这声疑问，那灯笼也被支到了洪作面前。田间小道和长满那里的杂草、两侧稻田的一部分，还有自己的一对赤脚都被灯火照亮。洪作不知什么时候变成了光脚。提着灯笼的那群人有两男三女。他们把洪作围在中间，你一言我一语吵吵嚷嚷地讨论着什么。洪作浑身僵硬。要被吃掉了！要被吃掉了！不知什么时候，他已经发不出声来，洪作心中充满了陷入悲惨境遇的孩子的悲伤，这悲伤完全浸透到了心里的每一个角落。这时，洪作抽抽搭搭地哭了起来。

"你是哪里的小孩？"

当那群人中一个女人这样问道时，洪作的哭声变得更大了。

"你去哪儿？"

这次是一个男人的声音。

"婆婆，婆婆！"

洪作只是一个劲儿地叫道。

"这是让狐狸上身了吧？"

另一个声音说道。

"婆婆，婆婆！"

"你家在哪儿？"

"婆婆，婆婆！"

"你到底怎么啦？"

"婆婆，婆婆！"

无论他们问什么，洪作只是一个劲儿地叫着婆婆，婆婆。

"喂！"

突然一声大喝传来，洪作被一个男的抓住衣领拎到了半空，接着又放回地面，然后又被他使劲儿地摇晃。最后，又被抓着衣领，连续挨了两记耳光。

"哇！"

洪作拼命地闹了起来。自己被拔掉头发，拧下胳膊，拆得七零八落地吃掉的时候到了。不能就这么被吃掉，必须活着回到阿缝婆婆的身边。洪作使出浑身的力气，手脚乱舞，大闹不止。

那男的打了洪作第三记耳光。

"怎么样？这下该清醒①吧。"

他说。

"说，你从哪儿来？"

他盯着洪作的脸问道。洪作觉得他的脸看着和学校的老师中川基很像。洪作先还认真地想了下：这不就是中川老师吗？但后来还是发现不是。不过因为先前的误认，心里镇定了几分。对方见洪作安静了下来，便又问道：

"你从哪来？"

"汤岛。"

洪作第一次说了话。

"汤岛？"

---

① 原文为"堕ちた"，意指上身的狐狸被赶走，被迷住的人恢复正常。

对方好像不知道汤岛这个地名，又问：

"你是一个人来的？"

"和婆婆来的。"

"你婆婆去哪了？"

"丰桥。"

"丰桥哪里？"

"妈妈家。"

"你妈妈家在哪儿？"

"丰桥。"

这群男女接下来又吵吵嚷嚷地商量着什么，其中一个人说道：

"不知道这孩子是走丢了还是被狐狸上身了，总之我们把他带去派出所吧。"

于是一个女的说道：

"娃娃，走吧。"

接着就牵起洪作的手。洪作被夹在这群男女中走了起来。走着走着，心里渐渐平静下来。

"娃娃，你为什么在这种地方？"

女的问道，但是洪作自己也不知道为什么就到这田地中央来了，所以没法回答。正在这时，

"哇！"

伴随着一声大喊，那女的在洪作背上猛地打了一下。就在洪作的身体往前倒去的瞬间，她用另一只胳膊扶住了洪作。

"这下该把狐狸①赶走了吧。"

那女的不是对洪作,而是对其他男女说道。灯笼的灯光照着脚下,洪作一路提防地走着,他不知道什么时候背上又会被这么打一下。那群男女一直吵吵嚷嚷地在讨论被狐狸迷住了居然能走来这么远的地方云云。确实,田间小道怎么走也走不到头。洪作不禁也对自己居然能走这么远感到不可思议。

他们终于走到了一个商店林立的地方,洪作已经走累了,脚变得像两根棒子。进城之后,洪作心想,自己得从这群人手里逃走。那些男女口中都说着派出所,洪作隐约感到自己会被带去那里。要是被带到了派出所,肯定就再也见不到阿缝婆婆和母亲七重。大概也回不了汤岛了。若是这样就完了。

洪作心想,自己无论如何也得逃走。当把自己带来的那群男女围拢在一起,向一个路人询问派出所在哪儿时,洪作顺利地溜进了一条小巷。一钻进巷子,他便立刻往右拐去。这是一条看不到头的小路。洪作也不管方向,只顾拼命奔跑。被派出所抓住就完了,这种想法支配着这时的洪作。

不知什么时候,路又变宽了。但是这次周围一家商店也没有,路旁只有普通住宅排列在那里。煤气灯已经熄灭,周围一片黑暗,基本上没有行人。洪作这时好像突然想起来了似的,又开始边走边低沉地哭泣。他嘴里发出哭声,鼻子吸

---

① 原文为"コンチャン","コン(汉语音'孔')"为日语中狐狸叫声的拟声词,此处表达类似于把猫叫做"阿喵",狗叫做"阿汪"。

着鼻涕，完全机械地挪动着双脚。洪作路过了各种各样的地方。他经过的一个地方有木栅子，在木栅子对面，赤身裸体的男人们正在洗两匹马的身体。接下来又经过了一所神社跟前，在像是社务所的地方，二三十个男人们正在把酒言欢，仿佛幻灯片里的一格画面。

接下来洪作时而爬上缓缓的长坡，时而又从上面下来。途中有两三次行人招呼自己，他都一概不理。洪作心想，招呼自己的要么是想把自己带到派出所，要么就是人贩子，肯定是这样。

不知什么时候起，洪作的哭声变得机械起来，口中每哭三声，就吸一回鼻涕。这样的话，正好和自己的步调合得来。并且，他在心中一直呼唤着阿缝婆婆，婆婆，婆婆，婆婆。不知走了多久，时间过了多久，洪作和一个迎面走来的人正面撞上。

"你，是阿洪吧？"

那人说道。这声音有印象，洪作听到后猛地一惊。

"你，就是汤岛来的阿洪吧？"

那人又说道。

"婆婆。"

洪作认出了她。

"果然是阿洪啊。"

紧接着，洪作感到阿缝婆婆温暖的手掌一下捧住了自己的脸颊。然后，又一下子抓住自己的肩头。

"阿洪，是阿洪啊。"

阿缝婆婆呻吟般地说道,接着便大声喊道:

"阿洪他爸,阿洪他妈,阿洪找到啦!"

这喊声调子非常独特,仿佛雄鸡打鸣。于是,从道路前方传来了其他人跑来的脚步声。跑来的是女佣阿时[①]。阿时跪在洪作面前的地面上叫着洪作:

"娃娃呀。"

同时,她放声哭了出来。洪作原本觉得阿时总是只疼小夜子,刻薄对待自己,所以对她没什么好感。但就在这时,他对阿时也感到了眷恋。阿时把洪作抱得紧紧的,说道:

"真是蠢娃,蠢娃。"

说着,她便把自己脸颊硬凑了过来。

洪作被阿缝婆婆和阿时各自牵起一只手走了起来。家就在咫尺之遥的地方。阿时把洪作送到了家,没进家门便又立刻跑了出去。她是去告诉出门寻找洪作的父亲母亲。

阿缝婆婆一进门,就让洪作坐在给客人坐的夏用坐垫上,然后端来点心钵放在洪作面前。

"整点儿,整点儿。"

她用当地的话说道。

这时,独自一人在隔壁房间睡觉的小夜子也起床出来了,好像先前为了应对洪作走丢的事件,大人们硬把小夜子弄去睡了觉。小夜子睁大眼睛,默默地坐在洪作旁边。

"小夜子不能吃。你又没走丢还想吃点心,没那么好的事儿。"

[①] 日语原文为"とき",汉字"时"为译者所加。

阿缝婆婆说道。之后只对洪作说道：吃吧吃吧。正在这时，母亲七重和阿时两人回来了。七重一进房间，马上精疲力尽地坐在榻榻米上。然后她说：

"啊啊，幸好找到了！"

接着便大大地吐了口气。

"阿洪，你到底去哪儿了？——不过话说回来，你居然能一个人找回家来。"

她不禁感叹道。

"聪明孩子就是这样。无论被丢在哪儿不管，都能好好地回来。是吧，洪作？"

阿缝婆婆说道。

"说我把洪作丢在那儿不管太过分了。但是今天我不和你东说西说了。——总之这下我放心了。幸好啊，幸好找到了。"

母亲从厨房拿来了切好的西瓜，她移开点心钵把西瓜放在那儿。

这时又有人来了，这次来的是巡警和父亲。他们两人好像都是回到家才知道洪作已经回来了，于是一群人在门口大声地说着话，比如，真是的；真的吗；等等。洪作一想到巡警可能会责骂自己，身体便缩成一团，一动不动。不久，洪作察觉到巡警好像回去了，捷作和刚才迎去门口的七重、阿缝婆婆三人一道进了屋。

"洪作，你终于回来了。去了哪里？怎么去的？你说说看。"

捷作一脸认真地问道。但洪作没法回答自己经历了什么。他既不知道事情该从哪儿讲起，也不清楚在自己的整段经历里面，从哪儿到哪儿是梦，从哪儿到哪儿是现实。洪作就讲了在田间小道上行走呀，看到马了呀之类片段性的事情。回忆起来的事情还没讲到一半，他便被强制要求去睡觉了。

躺进被窝之后，洪作到底还是处于兴奋状态，直到很晚都没有入睡。隔壁房间里，捷作、七重、阿缝婆婆三人正热火朝天地谈论着洪作走丢的事件。因为洪作平安回到了家，再加上明天阿缝婆婆和洪作就要回伊豆了，在座的人似乎都沉浸在和谐的气氛中。中间也听得见阿缝婆婆和母亲的笑声。洪作听着听着自己也不由得安下心来，不知什么时候陷入了深深的睡眠。

第二天早上，洪作把去上班的父亲捷作送到门口，在那跟他道别。

"下次就等正月放假过来吗？"

捷作问道。然而不等洪作回答，阿缝婆婆便代他回答道：

"下次就等明年夏天吧。对吧，洪作？"

洪作心中不免觉得有点对不起父亲，便小声说道：

"正月来也行。"

"真的吗？"

捷作确认般地问道，之后又放声笑道：

"你乖乖听婆婆的话，好好学习。"

说完便出门走了。

捷作走后过了约一个小时,洪作和阿缝婆婆,便要与母亲一起从家里出发,前往车站。行李已经被早起的阿缝婆婆在早饭前完全打包好了,只等搬走。他们带的东西比来时多得多。虽然很多是给洪作自己的东西,比如母亲给买的蜡笔和笔记本等,但更多的是要分给汤岛的邻居们的礼物,这占了行李的大部分。

阿缝婆婆从回去的两三天前开始,就拼命地买东西。

"这东西是有点贵,但没办法。"

她这样说着,给洪作本家的外婆阿种和曾外祖母阿品买了衬领①。

"虽说没必要给阿光这丫头买什么礼物,哎,还是给她买吧。"

她这样说着,给阿光买了玻璃弹珠和弹币②。除此之外,她还给村子里和她多少说过话的人家,各自准备了些礼物,比如五金店、旁边的佐渡屋、正屋的医生家等。当然,洪作的父母也准备了些礼物,但阿缝婆婆似乎打算给自己认识的村民们,送上自己挑选的礼物。

洪作有点担心:在这些礼物中,到底有没有遗漏了给上家咲子的那份?但是他踌躇着没有向阿缝婆婆确认。不过比

---

① 原文为"半襟",为叠加在日式传统内衣衣领上使用的假领,起装饰或防污的作用。

② 原文为"ビー玉"与"おはじき",前者为玩打弹子游戏的圆形玻璃珠;后者为扁平的贝壳或玻璃圆币,用手指弹着互相比赛,玩法类似打弹子,是女孩的传统游戏。

起这个更迫切的问题是，该给幸夫、芳卫、龟男这些一起玩耍的小伙伴送什么。因为阿缝婆婆不可能给他们准备礼物，所以洪作想，大概得从母亲给自己买的这些蜡笔、铅笔里面分一部分给他们。

洪作想起了离开汤岛时，那群孩子追着洪作的马车跑的情形，特别是咬牙跑到了簦子桥边的幸夫的脸，这让他时常揪心不已。洪作不禁怀念起这些平时里争吵打架的小伙伴，一个也不例外。他想，他们肯定都在翘首期盼着自己回去。来丰桥时他们那般盛大地送别了自己，所以洪作希望想方设法带上些礼物回去。

洪作在就要回去的时候想到这些，一下子心虚起来。如果仅是母亲给自己买的那点礼物，似乎根本不够。

人力车停在了门口，和来时一样，洪作和阿缝婆婆坐一台，母亲七重坐另一台。当阿缝婆婆准备上车时，小夜子突然跑了出来，

"婆婆，不要走。"

说着，她缠住了阿缝婆婆的腿。

"哎呀，哎呀。"

这是阿缝婆婆自打来到这里，第一次对小夜子发出带着几分爱怜的声音。先前已经坐上车的七重说道：

"婆婆，孩子真是可爱啊。你再怎么对她尖酸刻薄，她都会和你亲近起来。"

阿缝婆婆对此摆出不加理睬的姿态。洪作想和妹妹道别，他向小夜子招呼道：

"小夜子。"

但小夜子和洪作刚来时一样,有些害羞,只是向上翻着眼睛看着洪作,并没有靠近过去。洪作在这样的小夜子身上感受到了自己作为兄长对妹妹的爱。他想,要是这段时间自己对妹妹再体贴些就好了。

人力车跑了起来,洪作被阿缝婆婆的两个膝头夹在中间,扭过身子向站在门口的女佣阿时和小夜子那边挥手。洪作一直拧着身子,直到两人的身影变小,已经没法再朝后拧了。

洪作这才把目光第一次转向前方,他看到了母亲的身影——和这边的情形一样,人力车载着她摇晃着前行。她打着遮阳伞。虽然洪作只看得到母亲肩膀以上的身体,但他觉得母亲既年轻又美丽。他禁不住想,即使找遍整个伊豆,也找不到像眼前的母亲这般出色的女人。洪作的视线一直没有离开他那优秀的母亲。

"妈妈。"

当两台车距离接近时,洪作试着叫了一声母亲。母亲略微回过头来,她的右手举起,挡着阳光。手的影子映在淡蓝色遮阳伞下那张清爽的脸上,使母亲看起来更加美丽。

"正月的时候,娃娃还会过来。"

洪作叫应了母亲,但发现没什么要说的,于是这么脱口说道。

"不用来。我们在汤岛吃正月的年糕。阿洪在汤岛长大,城里的年糕是吃不惯的。"

阿缝婆婆接着洪作的话,语气强硬地说道。

到了车站,车夫把行李一件件卸了下来,堆在候车室的一角。

"有七件行李。一个信玄袋,两个包,四个布包袱。阿洪你也记一下。婆婆记不清就麻烦了。"

七重要洪作在换乘的时候必须点数。

"嗯。"

洪作心不在焉地回答道。此刻他正无比钦佩地看着红帽子搬行李①。他走过来,一趟便把这些行李全部搬到了车上。在洪作看来,那红帽子已经很老了,但他却可以把那么多沉重的行李巧妙地分别搭在两肩上轻易搬走。

到了月台后不久,上行②的列车便滑了过来。

"阿洪,你的拖鞋可得穿好了。"

阿缝婆婆一边登上车厢连廊一边提醒道。

但洪作已是第二次坐火车,心中不慌不忙,现在完全不用担心把木屐弄丢什么的了。洪作还感到,虽然只是在丰桥这座城市里住了一小段时间,但自己已经多少沾上了点城里人的气息。城里人坐火车就是这么从容不迫,也不会大声说话。

他们上了车,看见红帽子已经把行李在网架上整齐排成一列。阿缝婆婆把刚从七重那里接过的铜币递给了红帽

---

① 车站内帮乘客搬运行李的工作人员,头戴红色帽子作为标志。
② 铁路运行中的列车运行方向,从地方到中心城市,从支线到干线为上行。

子。红帽子谢了一声后便下车了。洪作突然觉得自己的地位变高了。他认为让红帽子搬行李不是普通人能办到的事情。他觉得车里的人们都用一种叹服的眼光看着这边。这种眼光着实与在沼津乘车时，乘客们看他们的好奇眼光不同。

发车铃响起，站在车窗外的七重往车窗里探头说道：

"再见了，阿洪。记得给上家的人问好。要注意身体。婆婆你也一样。"

虽然那句话是附带着说给阿缝婆婆听的，但阿缝婆婆还是不住地弯腰道谢：

"受你关照了。谢谢你了。"

在和母亲分别时，洪作到底还是感到依依不舍。列车开动后，洪作把身子探出车窗挥着手。他打算一直不停地挥手，直到看不到母亲的身影。

"阿洪，你这动作多危险呐！"

阿缝婆婆用手往后拽洪作。但是因为有婆婆在后面拽着，洪作反而更放心大胆地把身体又探出了点车外。

"阿洪，你老实点。还没个完了。"

阿缝婆婆最终硬生生地把洪作拽回了座位。

"阿洪饿了！"

洪作刚在座位上平静下来，就感到了一阵急剧的饥饿。

"早饭怎么回事啊？没吃吗？"

阿缝婆婆一脸吃惊地问道。

"吃了，但是饿了！"

"这样啊。看来阿洪在丰桥没吃什么正经东西。"

离开丰桥之后,阿洪又像以前一样,变回了阿缝婆婆的孩子,而阿缝婆婆又成为了洪作唯一的庇护人。

第四章

当马车载着洪作和阿缝婆婆驶进村里的停车场，已是一个凉风吹拂，让人感到秋天已近的傍晚。洪作和阿缝婆婆在沼津住了一晚，一早从沼津出发，坐轻便铁道到了大仁，拜访了阿缝婆婆在那里的远亲，在他家吃过午饭，便坐上了驶往日夜思念的汤岛的马车。

洪作坐上马车之后，因为行驶缓慢而苦恼不已。他想，上次坐马车的时候似乎更快点。当马儿在出口村中途休息时，洪作也很不高兴。无论阿缝婆婆和那些同乘的女人跟自己说什么，洪作都噘着嘴，扭着身体不愿搭理。

"你这是怎么了？阿洪，我们好不容易要回村子了。"

虽然有时阿缝婆婆会担心地问洪作，但自打她坐上马车后，她的心思就被其他事情勾走了。阿缝婆婆把丰桥之行给别人吹了又吹。

"不说别的，你们听好了，那真是奢侈。一到车站，我们就被人力车一溜烟给拉到家里。一步路都没走，车就已经在家门口停下了。还有就是煤气灯，那是一种给门前亮灯的玩意儿，那个呀，煤气公司的人会天天来点火。一般自家的灯应该自己点，但不是那回事儿，每天都有人来点灯。不过你们听好了，那灯也不是免费的，每个月都得花大价钱。穷人在城里根本活不下去。"

阿缝婆婆把自己在丰桥城里的所见所闻一件件地说给人听。她说到了若松园——那家店的人每天早上带着盒装的样品来让人订购点心，还说到了七重带她去参观的高师原的练兵场和丰川稻荷①，话题一个接一个地冒出来，无穷无尽。

"丰桥那地方，比三岛还大吗？"

一个女人问道。阿缝婆婆一听便一副急得跺脚的样子，脸上的神情仿佛在说：所以说你们这些乡下人真是无可救药。

"三岛有师团驻扎吗？静冈都只有一个联队。是这样的，丰桥这地方，你可听好了，驻扎有师团。师团就是联队集合在一起。光凭这一点，你拿三岛去和丰桥比，便是委屈了丰桥。你说是吧，阿洪？"

阿缝婆婆如此喋喋不休地说着。关于这些事情，洪作和阿缝婆婆意见一致。

马车经过青羽根之后走得更慢了。因为是坡道，马儿跑一小会儿便立刻停止奔跑。洪作焦急地看着马尾巴分成左右两部分摇着。他甚至想干脆下车自己跑。

马车经过门野原时，可以看见山脚下石守家的土仓那白色墙壁显得那么小。洪作在马车走出门野原村前，一直蜷缩

---

① 位于日本爱知县丰桥市丰川町的曹洞宗寺院，正式名称为"妙严寺"，因寺内有担着稻穗的佛像而得此名。

着身体。他自己也很难理解自己为什么要把身体蜷缩起来，但是他想，如果这时伯父校长和染着黑齿的伯母从石守家出来给自己打招呼，自己肯定羞怯得想立刻消失吧。

马车过了门野原，进入市山村，洪作一下子从座位站了起来。

"婆婆，我们马上要下车了。"

他说。

"我知道。娃娃，危险，你坐着。"

话音刚落，洪作一个踉跄扑在了面前的乘客的膝上。

"看，我说中了吧。"

阿缝婆婆说着站了起来，她也晃倒了。

"这马性子不好。"

阿缝婆婆说道。

"哪里性子不好了？"

赶车人头也不回地说道。

"在丰桥，没哪匹马像这样。"

阿缝婆婆的话着实惹人生气。

"丰桥也有拉货的马车吧，更差的马应该多的是。"

赶车人也不示弱。

"没见过那样的马。"

"不可能没见过。"

"驻扎有师团的城市，怎么会有这种瘦马。你不肯多喂点饲料可不成！"

"你说什么！"

赶车人阿六满脸通红，回过头来瞪了阿缝婆婆一眼，猛地举鞭抽马，马儿跑了起来。鞭子不断地抽在马屁股上，马儿全速奔跑。眨眼间马车便跑上了市山村的缓坡，从那户有水车的农家旁开始，马车画出了一条大大的弧线。

洪作看见了。他看见之前期待了很久的景色正映入自己眼帘：长野川、汤岛村、村里家家户户繁茂的植物和围绕它们的一棵棵树木、白色的街道，还有天城山的棱线。

"哇！"

洪作喊叫着站了起来。阿缝婆婆说了句话，但是洪作的耳朵没有听她说的是什么。马车过了簸子桥，朝着停车场攀爬最后的坡道。两三件行李从座位上滚落下来。阿六十分高亢地吹响了喇叭。风儿一下子灌进车里。这阵初秋的风儿清澄而又带着凉意，这在丰桥是无法想象的。

到了停车场，洪作第一个从马车上下来。周围一个人也没有，除了樱花树的树根那里有四五个村里的孩子聚在一起瞪着这边。这些都是还没到上学年龄的孩子。但是，洪作看到几个大人正沿着旧道的坡道往这边跑来，她们好像是从阿六的喇叭声中得知了马车的到来。那几个附近人家的女人像是跑去火场救火一样，慌慌忙忙地正从坡道上跑下来。洪作虽想跑回家去，但阿缝婆婆叫住了他：

"阿洪，等一等。"

他只得站住。阿缝婆婆让阿六把行李卸到地面，然后她自己站在旁边，等着前来迎接的人跑来。

上家的外婆气喘吁吁地跑来了。

117

"哎呀，哎呀，你们回来啦。欢迎你们远道，哎——"

她这话说得仿佛在欢迎海外归国者。其他跑来的邻居们也是一样，或许是好久不见了，大家都用极其礼貌的话语进行问候。比如说，平安回来真是太好了；接下来也请多多关照；等等，仿佛对方是初次见面的人。接下来，大家都目不转睛地盯着阿缝婆婆脚下的行李，无一例外。阿缝婆婆仿佛去了趟丰桥地位就升了一级似的，带着几分傲慢说道：

"你们没病没灾的也很好嘛。村子里没什么变故吧？"

"铁匠家的媳妇生了双胞胎。"

一个人说。

"哎呀，那可真让人大吃一惊啊。"

阿缝婆婆做出来一副极其吃惊的样子，在丰桥她绝不会表现得这么夸张。

"那家媳妇真是不可救药。那丫头以前还骂我来着！天罚真是可怕呀。"

"还有，酒坊的狗把公所的杂工阿武给咬了。"

"哎呀呀。"

阿缝婆婆脸上呈现出复杂表情，说道：

"养不靠谱的狗，就是给别人找麻烦。酒坊多少也吸取了点教训吧。"

这时，家里开粗点心店的一年级学生平一从大人堆里露出脸来插嘴道：

"柿子树折了，从根那儿折了。"

平一不知什么时候来的，先前一直夹在大人们中间。

"柿子树，哪里的柿子树？"

"阿洪家的柿子树啊。"

"哎呀呀。"

阿缝婆婆一副要追问到底的神情问道：

"河边那棵，还是百日红树旁边那棵？"

"河边那棵。"

"河边那棵可是长的甜柿子啊。怎么折的？"

"我不知道。"

"那棵树竟然折了，那可是阿洪心爱的柿子树啊——是不是你爬树弄折的？"

"我不知道啊。"

平一缩着头。

"哎呀，总之先回家安顿下来吧。"

上家的外婆在旁边说道。说完，她便亲自拿起一件行李。大家都学着外婆，各自伸手去拿行李。大家争先恐后，仿佛不拿行李便会颜面无光。没有行李可拿的人，有的帮阿缝婆婆拿西洋伞，有的帮忙拿手提袋。这一行十人左右往土仓去了。平一跑在前面，时不时停下来朝天大喊，宣告洪作回来了。

"——阿洪回来啦。阿洪回来啦。"

洪作有些怨恨平一这么做。洪作本就因为这时隔多日的回归而感到莫名的羞怯，更何况他这么大声张扬，眼前的一切既让他感到亲切，另一方面也让他感到有些不好意思。村里人的面孔、村里的坡道、沿着坡道的各户人家、小河、长得要把小河盖住般茂密的杂草、小石子，这些都让洪作倍感亲切，同时也让他在看到它们时感到莫名的羞怯。

孩子们听到平一的喊声，不知从哪里都钻了出来，聚在了一起。但是他们绝不靠近。虽然大家全是熟悉的玩伴，但他们似乎对洪作有些戒备，只是聚在一起远远站着，并不靠近。

洪作也没有接近他的小伙伴们。洪作被夹在大人们中间，进了土仓。进去了之后，外面传来了孩子们的合唱：

"阿洪出来玩，阿洪出来玩。"

里面夹杂着几个熟悉的声音。一听声音，洪作就知道谁和谁在外面。

洪作换好衣服，上家的外婆拿来了点心，洪作吃着点心，喝着茶，完了就跑了出去。看到洪作出来，孩子们便哇的一声四散跑开了。洪作又返回了土仓。

当洪作第二次出去时，周围孩子们的身影已经不见了。夏天那泛白的傍晚已然到来，大家好像都回家吃晚饭了。洪作去了上家。他想和咲子见面，给她讲丰桥的事情。他想，自己讲丰桥的事情时到底该从哪里讲起呢。有太多值得讲的事情了。

洪作已经登上了上家的石阶，但他心里奇妙地产生了一种阻碍他进门的情绪。因为直到现在，除了外婆他一个上家的人也还没见着。一想到要被大家一齐问候，就不由得感到进门是件多么让人心情沉重的事情。

洪作便没有进门，取而代之的是爬上前门附近的一棵罗汉柏。

洪作听到里面传出了外婆和咲子说话的声音，也听见了外公的声音。他听见里面说着阿缝婆婆呀，洪作呀，等等。似乎外婆把阿缝婆婆和洪作回来的事情告诉了他们，一家人正谈论着这个话题。

这时，洪作突然听见有人打开了前门，咲子出现了。咲子一边嘴里低声哼着歌，一边从石阶上下来，走到路上。突然她转过头来说道：

"谁？谁在那边？"

洪作没有搭腔。

"到底是谁？快下来。天这么黑了还趴在树上。"

接着，咲子用强硬的教师的腔调说道：

"快下来。"

洪作正从树上下来时，咲子吃惊地大声说道：

"哎呀，是阿洪吗？"

她又问：

"是阿洪吗？"

"嗯。"

"你在搞什么名堂？"

洪作下到地面，抬头望着久违的咲子的脸。夜色正要变深，但咲子白皙的面庞还是清晰可见。那一瞬间，洪作觉得自己是不是认错人了。虽说不清是哪里发生了变化，但是洪作觉得和自己去丰桥前相比，现在的咲子到底还是有些不同。

"你不进屋，趴在树上干什么？"

这个问题洪作答不上来。

"那你快进去吧。给大家讲讲丰桥的事情。我到外面去去就回。阿洪你进屋吧。"

"阿洪要跟着去。"

洪作想跟咲子出去。

"不行啊。你进屋,去给外公打个招呼。"

"阿洪也要去。"

洪作又说道。

"不行,不行。"

咲子想甩开洪作似的说道。

"你去哪儿啊?"

"我去哪儿是我的事儿。"

咲子的回答中,带着冷冰冰的味道,这种感受洪作从未体会过。洪作不禁抬头望着咲子的脸。咲子似乎注意到了刚才自己的说话方式,突然说道:

"阿洪啊,你真是没出息。"

与此同时,她的两手一下子整个贴在洪作的两颊,仿佛把他的脸给包裹了起来。

"你到家里去吧。我马上就回来。"

这次咲子的语调非常温柔。

"嗯。"

洪作答应道。然后他突然把咲子的两手甩开,说道:

"你擦了粉有味道,讨厌。"

"傻瓜,这是香水。"

说着，咲子便离开洪作，下了石阶来到路上，一头钻进黑暗中便朝右手边快步走去了。

当晚，洪作在上家洗了澡，吃了晚饭。他说阿缝婆婆因为旅途劳累已经睡下，于是在上家一直玩到很晚。十点左右，洪作被外婆送回了土仓。直到那时，傍晚出门的咲子都还没有回来。

回到土仓一看，阿缝婆婆真的已经铺好被子睡着了。枕头边上，上家送来的小食案①碰都没碰，一直放在那里。洪作嗅着土仓的味道，请外婆在阿缝婆婆旁边给自己铺好了睡铺，便钻了进去。在丰桥时洪作一直独睡，并且形成了习惯。因此洪作觉得和阿缝婆婆并排着结铺而睡未免有些局促。

进入九月，第二学期一开学，洪作就被要求每晚到榎本②老师的住处去学习。他是一位新来汤岛小学任教的师范毕业生。榎本寄居在村里三家温泉旅馆里最大的那家——溪合楼——的一室，洪作每天吃完晚饭都去溪合楼。按阿缝婆婆的说法，汤岛小学以校长石守森之进为首，没一个人正式地持有教员资格，只有这次来的榎本老师是毕业于县厅③所在地——静冈——的师范学校，非常了得。

"阿洪，只有那位老师说的话才靠谱。毕竟别人是师范

---

① 原文为"食膳"，为吃饭时摆放食物的低矮小桌。多为一个人使用一台。
② "榎"字音"jiǎ"。
③ 即县政府。

毕业的。门野原的伯父再怎么是校长，架子大也没用。你那伯父哪儿毕业的都不是。他那资格是检定①的。他教的东西大概十之有五是错的吧。中川基也是一样，说什么是从东京的大学毕业的，谁知道他在大学里面到底读的什么。榎本老师就不同了，阿洪，你这位老师是师范毕业的。同是师范，他可不是念的二部②，是从正儿八经的师范毕业的。这次终于有婆婆看得上的老师来啦！"

阿缝婆婆非常地神采飞扬。洪作每晚都要去榎本那里学习的事情，一下子传遍了村子。阿缝婆婆逢人便说：洪作将来是要上大学的，现在也该让他努力了。

榎本是个一本正经、难于亲近的教员。洪作每晚得花两小时端坐在他面前，回答他出的问题，听写，写作文等。洪作并不讨厌这样的学习。洪作觉得受教于这个师范毕业的年轻教员，自己也会脱胎换骨成优秀小孩。班上的同学和村里的孩子们，也没有因为洪作跑到榎本那里去学习而表现出反感。他们似乎真的相信洪作要考大学就必须得这么做。

"阿洪，你什么时候去大学？"

有孩子还认真地跑来问洪作。但是洪作也答不上来。上大学还早得很。离小学毕业都还有几年，接下来还得念中学，然后再升入更高级的学校。上大学还在那之后。于是，

---

① 原文为"検定"，即设定一定标准，考核对象是否达到有关标准，以确定等级或授予资格。

② 根据日本旧时师范规程，师范学院开设预备科、本科第一部及第二部。第二部是对高中毕业学生实施"短期师范教育"。

当对方老缠着问时，洪作就会这般回答：

"还早着呢。"

确实还早着呢。

第二学期开始后，关于上家的咲子和同为教师的中川基谈起了恋爱的传闻开始在村里大人和学校的学生中间蔓延，这惹得洪作不开心起来。

——咲子和阿基不正常，咲子和阿基不正常。

几个孩子们聚在一起后就会拿这事儿起哄玩，仿佛唱歌一般。这种玩法竟在这个秋天，在孩子们间流行了起来。无论是去摘土蜂①巢的时候，还是捉迷藏的时候，或是到河对面那座名为"勘三头②"的山上往下滑着玩的时候，孩子们都成群结队地重复着这句话，仿佛这是一首流行歌。

——咲子和阿基不正常。

洪作每次听到这起哄声都感到心痛。他觉得咲子和自己都被这事情伤害了。洪作有时还被村里的青年们问道：

"你上家的姐姐，一到晚上就要去中川老师那里玩吧？"

不光如此，这些青年问完，还一定会发出粗鄙下流的怪声。除此之外，洪作还听见附近人家的女人们在议论着咲子和中川基。这些大人常常一发现洪作的身影，便立刻改说悄悄话，这让洪作对她们非常反感。连洪作之前喜欢的阿姨们，也成为了他讨厌的对象。

---

① 原文为"土蜂"，但从小说中后来的描述看，小说中的"土蜂"并非词典中普遍定义的不筑巢独居的土蜂，而是一种小型的马蜂。

② 原文为"かんざぶと"，汉字"勘三头"为译者所加。

当然，这传闻上家不可能听不见，外婆阿种正为这事儿头疼。生来就从未责备过他人的外婆，每次听到孩子们的起哄声，脸上便呈现出难言的悲伤神情。她紧皱着眉头，仿佛觉得这事真是让人为难，她走出房子，想好好规劝下这些起哄的孩子。

"哎呀，哎呀，你们啊。"

她向那群孩子走去，孩子们便哇地大叫一声跑散了，绝不会被外婆逮着。

因为这件事情，上家令人感到几分黯淡。外公文太和外婆阿种有时会一脸认真地商量着什么，这时洪作如果靠近的话，外婆便会说着：

"阿洪乖，到那边去玩。"

将他赶走。他们肯定是在商量咲子的事情。

即便在这样的情势下，当事人咲子还是若无其事地去学校。她和中川基在学校时到底还是没有待在一起，但是上完课放学的时候，两人一般都是肩并肩地走出校门。中川基差不多每天都要到咲子位于上家二楼的房间去，在那里喝咲子端来的茶，有时在房间里和咲子一起吃晚饭。晚上八点左右，中川基便要回到他日常起居之处——一户人称普通酒坊①的酿酒人家所建的独栋侧房。那家酒坊是外公文太原来的本家，和上家是很近的亲戚。中川回去时，咲子会走上短短的两町左右的路程，把他送回那栋侧房。

---

① 原文为"普通酒屋"，"普通酒"指除了符合特定规格的"特定名称酒"外的其他日本酒。

洪作有时从榎本老师那里学完回来，会在上家门前碰见这两人。

"阿洪，我们一起送下中川老师吧。"

咲子说道。洪作答应了。因为他想到现在是晚上，不会被村民们看见，所以听从了咲子的安排。

"阿洪，你也唱那个吗？咲子和阿基不正常。"

咲子笑着问道。

"不，我才不唱呢。"

洪作回答。于是咲子说：

"可是我们真的不正常啊。被别人说不正常也是没法子的事。我说阿洪啊，中川老师明明是男子汉，听到这个却吓得要死，真是笑死人。如果是阿洪，一定不会在意，是吧？"

咲子说道。这话虽是对洪作说的，但是明显意在旁边的中川基。中川对此什么也没说，只是说了句：

"星星真高啊。"

说罢，他抬头望向夜空。洪作也抬头望向天空。星星确实看起来是高高挂在天上。

走到中川住的那栋侧房后，咲子让洪作和中川在外面等着，自己先进屋去点亮了电灯，接着又在里面叮里哐啷地忙活着，不一会儿她出来对中川说道：

"床我给你铺好了。"

咲子的这番言行在洪作看来，带着几分往日的她所没有的激动和喜悦。

和中川道别后，咲子邀请洪作一起散了一会儿步。洪作没怎么在夜里和咲子散过步，便跟在咲子后面走了起来。这条路通往长野村，在到达长野村之前没有一户人家。洪作非常熟悉这条路，夏天去平渊游泳时，他总是顶着午后的太阳，吧嗒吧嗒地穿着稻草鞋从上面走过。但是，晚上走这条路却很罕见。

"这段时间没和阿洪一起玩，你好好学习了吗？这次不考第一可不行哟。"

咲子说道。

"嗯。"

洪作点点头。

"中川老师他当了老师也在学习呢。"

"嗯。"

"喜欢吧，洪作也喜欢吧？"

"喜欢什么？"

"中川老师啊。"

"什么啊，你说中川老师吗？阿洪不喜欢他。"

洪作说道。

"你骗人。阿洪，之前你说喜欢的。"

"不喜欢。"

"你这是在逗什么能？最近你变得不讨人喜欢了。来，说你喜欢他吧。说喜欢的话，我给你买礼物。这次姐姐要和中川老师去沼津。这个月末不是要连着放两天假吗？我们就那个时候去。——来，你说说，喜欢吗，中川老师？"

"不喜欢。"

洪作说。洪作其实并非讨厌中川基，他讨厌的是咲子动不动就把话题扯到中川基身上，只说有关中川基的事情。

"好吧，你真惹人恨，阿洪。"

说着，咲子的手似乎就要伸到洪作的脸颊来了，洪作连忙回身一闪，沿着来时的路跑了出去。差不多跑了半町左右他回过头看，咲子还一个人继续往前走着。她走路的样子仿佛在漫无目的地悠闲散步。

"姐姐。"

洪作喊道，他的声调略有起伏。不一会儿咲子高举了下右手算是信号，往洪作这边走了回来。洪作蹲在地上等着咲子走近。咲子走得很慢，两人间的距离没怎么缩短。

当咲子的身影走近时，洪作突然发现咲子走路的方式和母亲一模一样，甚至几乎使他产生了错觉：这不就是妈妈七重吗？虽然考虑到两人是亲姐妹，这种相似没什么好奇怪的，但洪作对此还是非常吃惊。

"男孩子哪有动不动就蹲下的，——站起来。"

咲子说道。这种责备人的方式，在洪作看来也和母亲非常相似。

进入十一月，村里来了表演神乐①的戏班子。这些人来自离这里十里左右的村子。不知为什么，在伊豆半岛上巡回表演的神乐一直被看做那个村子的人们的专属副业。这个班子一般六七个人，有两个年轻人戴狮子头起舞，两个表演滑

---

① 原文为"神楽"，民间的神乐是指在举行神社祭礼的时候表演的歌舞。

稽的万岁舞①，还有一个负责太鼓、笛子和三味线，一定有一两个女人夹在戏班子里。

神乐班子要花几天时间把村里的人家一户一户走遍，哪家赏钱给得多，他们就在哪家演得久。孩子们放学后，立刻就跟在神乐班子的后面，他们也跟着挨家挨户地转村里的人家。神乐班子在村里期间，孩子们即使上课也心神不宁。一听到神乐的笛子和太鼓声，心儿便完全飞向了那里。虽然他们在每家每户都表演同样的内容，但孩子们却百看不厌。狮子头有时会张开大口向孩子们袭来。每次孩子们都会由衷地害怕，拼命逃窜，大哭，跌倒，乱成一团。

阿缝婆婆在这件事儿上，总是大方打赏，给的钱足以让上家的外公外婆瞠目结舌。因此，狮子会特意爬上土仓二楼，在那里抖两三次身子，猛甩狮头，张开大嘴咬住楼梯旁的柱子，接着下到一楼，来到土仓前的院子里表演，内容丰富，是别家的两三倍之多。戴着火男面具②的男的和戴着阿龟③面具的女的，一边说着笑人的话，一边互相拿折扇打对方的头。洪作看着附近的大人小孩聚集在土仓前，人比哪一家都多，感到非常满足。

神乐班子从村里撤走后，孩子们一下子感到了无聊，如同附体的神魔突然离开了身子。但只过了一段时间，孩子们

---

① 原文为"万歳"，指新年时挨家挨户去说吉利贺词，表演舞蹈的传统活动。

② 日本传统滑稽面具。丑男面孔，一只眼大一只眼小，尖着嘴呈往吹火筒内吹气状。

③ 日本传统滑稽面具。丑女面孔，脸圆胖而额头、脸颊等突出，鼻梁低矮。

就有了新的期待，那就是秋天的运动会。

　　小学运动会定在十一月中旬的星期天举行。运动会的消息一传出，便掀起了一股运动会热，孩子们着了魔般投入其中。即使放了学，孩子们也仍留在操场上玩耍，直到很晚。他们既不是要做什么运动会的准备工作，也不是有什么参赛项目需要训练，只是隐约对离开即将举办运动会的操场感到不安。他们心想，如果自己在其他地方玩耍，错过了一些特别的事情可就不好了。要开运动会，得造杉木的拱门，得在操场上挂满旗子，得设观众席。各种各样的准备活动不知什么时候就会开始，孩子们觉得要是错过就太可惜了。

　　运动会最初的征兆，是有传言说中野[①]点心店已经接下了学校的订单，要制作运动会当天发给全校学生的包子。

　　"咱家要做包子了。昨天老师过来了。"

　　二年级学生——中野点心店的喜七郎把这事儿说了出来，传言立刻在孩子中间传开，一时间大家看到喜七郎都心怀敬意。然后，总是有几个孩子聚集在中野点心店前，打算看看他家什么时候开始做包子。

　　运动会举行的三天前，对于孩子们而言，喜事赶在那一天扎堆地到来。因为在那天，中野点心店全家上阵开始做包子。而学校这边，很多老师来到操场，开始着手布置会场。中川基负责造拱门，洪作他们被安排到后山去帮忙砍杉树枝条。晚上辅导洪作学习的榎本老师负责挂旗子，咲子负责帮他。

　　[①] 原文为"中ノ"，汉字"野"为译者所加。

对于学生们来讲，造拱门是最具吸引力的，大家都围在中川基身边，一旦他有吩咐，便兴高采烈地去执行。现在操场上能同时看到中川和咲子的身影，有时他们还凑在一起站着说话，但是孩子们已经不再把好奇的目光投向他们，甚至也不起哄了。孩子们的心思已经完全被运动会所吸引。至于这对年轻男女教员的关系是正常还是不正常，已变得无关紧要。

在运动会的前一天，洪作睡不着了。和去丰桥前的那晚睡不着一样，明天就是运动会的兴奋让洪作在那晚有些异常。他夜里起来小便了很多次。说是起来小便，可过程着实不容易。先要在一片漆黑中摸索着下楼，之后打开沉重的土仓门，再进到院子，往梅花树的树根那里去。虽然土仓旁边就有茅厕，但夜里洪作总是去梅花树的树根那里解决。因为第三次起来时洪作打了个喷嚏，之后再去小便，阿缝婆婆便拿了围巾跟在他后面。在洪作往回走时给他裹上。

从梅花树的树根那里回来刚钻进被窝，洪作又想小便了。阿缝婆婆完全没了辙，她说：

"我给你施个法吧。"

于是她从被窝里坐起来，口中念念有词地唱着什么。

"好了，阿洪，这下你就好了。对吧？这下你就不想去撒尿了。接下来的两三天，你都不会尿了吧。"

阿缝婆婆说道。听到两三天不会尿，虽然解决了当下的问题，但洪作却有些担心。

"我去试试是不是真的不会尿了。"

洪作说道。

"别去了。你非得尿的时候，婆婆会帮你把法术解开。"

"解不开怎么办？"

"怎么会解不开？"

重复了好几次这样的对话后，阿缝婆婆先睡着了，接着洪作也睡着了。

第二天，阿缝婆婆和洪作都睡了懒觉，直到耳边传来孩子们呼唤洪作"阿洪，阿洪"的叫声才醒。洪作醒来，一想到今天是运动会，便立刻起床，急急忙忙地穿好衣服便从楼梯跑了下去。虽然阿缝婆婆说早饭好歹要吃上一口，洪作却等不及了。他舀起河里的水抹了把脸，又用衣袖擦干，就这么钻进了集合在田里的孩子群。孩子们今天不同往常，直直地奔学校去了。学校已经完全改头换面。洪作他们穿过杉木拱门——上面嵌着"秋季大运动会"几个字，感觉自己仿佛是到其他地方去做客。他们想，全日本大概没有比这更棒的学校了。穿过拱门就能看见被打扫得焕然一新的操场，上面纵横牵挂着高年级学生制作的万国旗，在操场一角已经设好了颁奖的校长席、村长席等等。

因为觉得在运动会开始前到处跑不太好，洪作他们老老实实地聚集在操场的一角。各村的学生们也到得比平时早，他们兴高采烈地穿过拱门。

但运动会迟迟没有开始。因为开始的时间定在九点，比平时上课晚一个小时，学生们觉得等待的时间实在太久了。虽然学生们集合得很早，但是老师们却来得慢慢悠悠。咲子穿着和平时一样的服装，但男老师们的穿着各不相同，有的穿着白色的跑步衫，有的戴着白色的运动帽。每有一位老师穿过拱门来到操场，学生们便一齐哇地发出喊声。

九点钟时举行了朝会。石守校长站上台子时，一位青年发射的焰火在空中炸开。学生们都保持着立正的姿势，只顾仰着脖子看着天上。在那秋日晴朗的天空一角，焰火拖出的黑色烟线渐渐消失。

听到烟花声，村民们便慌慌忙忙地往学校聚来。校长的讲话一完，风琴的声音便从运动场一角传来，和着琴声，学生们移步到预先安排的位置。风琴是由咲子弹奏的，她身穿紫色的裤裙，边弹边用上半身打着拍子。咲子的形象在洪作看来既美丽又光彩照人。

中川基负责赛事指挥，他拿着喇叭筒喊参赛者的名字。中川基的声音在洪作听来，仿佛可以传遍整个村子。以前听咲子说过，要高声通知事情，中川老师的声音是最合适的，今日一听果然如此。手持喇叭筒，穿着白裤子的中川，在洪作看来也是一副伟男儿形象。

上午是运动会的第一部分，下午是第二部分，洪作参加了上午第一部分的体操和抢帽子①。洪作在抢帽子比赛里第一个被别人把帽子给抢走。不过当时聚集的村民还不多，洪作庆幸自己不堪一击的样子没有被很多人看到。上家的人们还没来，阿缝婆婆的身影也没看见。

从第一部分快结束时起，家长席和观赛席已经人满为

---

① 学生分组互相抢对方帽子的集体体育竞技，被抢走的输掉比赛。

患。从隔壁月濑村小学来了几十个学生，他们被老师领着前来参观。远方村子的家长们也各自牵着还没上学的幼童的手，穿过拱门挤了过来，孩子们都穿着出门的盛装。

阿缝婆婆和上家的外婆他们一起，在家长席尽头的位置占了座。洪作不时离开自己的位子，走近阿缝婆婆待的地方，然后又返回原地。他虽然走近他们，却始终没在他们面前现身。不知道为什么，洪作觉得在这一天和他们说话，自己会非常害羞，不管是和阿缝婆婆，还是和外婆，还是和大三。

在第一部分结束，第二部分开始前的时间里，学生们吃了午饭。家长席这边也一样，大家坐在席子上打开了便当。正当洪作吃紫菜卷便当时，他看见了阿缝婆婆从家长席横穿运动场，往这边过来的身影。阿缝婆婆打算过来给洪作送煮鸡蛋，中途被一个教员用喇叭筒喊话道：

"婆婆，不能从那儿走。"

因为喇叭筒的声音很大，一下子惹得周围笑声四起。洪作看见阿缝婆婆停下脚步，四下看了看，接着又稍稍弯着腰往这边走来。

"不要从运动场走，请从家长席后面绕。"

教员的声音又从喇叭筒里传来。阿缝婆婆又停了下来，这次她把手拿到嘴边喊着什么。当然，喊的内容是听不到的。阿缝婆婆又慢悠悠地走了起来，终于横穿了运动场，来到了学生盘踞的学生席这边。

"背家①的阿洪在吗？背家的阿洪在吗？"

她一边喊着，一边在学生席前走着。

洪作羞到了极点，如果地上有个洞，自己恨不得立刻钻进去。洪作没办法，只得忍住羞耻，跨过绳子跑到阿缝婆婆跟前。

"阿洪，鸡蛋。"

阿缝婆婆说道。

"阿洪不要什么鸡蛋。"

"哪有说什么不要的？"

"你快回那边吧！进运动场要被骂的啊。"

"哪里会，这有什么关系啊。我们可是老老实实地交了税的。"

阿缝婆婆又横穿运动场往自己的坐席那边走去。这次没有听到教员制止她的声音。直到阿缝婆婆完全穿过了运动场，洪作都觉得抬不起头，哪里还吃得下煮鸡蛋。

运动会第二部分开始了，青年们的乐队敲响了太鼓，会场一下子变得欢乐昂扬。伴着军舰进行曲②，比赛热热闹闹地开始了。有学生们的跑步，家长和青年们的跑步，还有全是妈妈的拔河比赛。洪作参加了几项比赛，总是进不了获奖名单。洪作想在阿缝婆婆和外婆他们面前，亲自登台领取石守校长颁发的奖品，哪怕一次也好。

---

① 原文为"お裏"，为阿缝婆婆与洪作家的家名，阿缝婆婆称自家为"背家"的原因，据译者推断或为与"上家"相对，抑或源于土仓位于正屋背后。

② 旧日本海军进行曲，至今仍在海上自卫队的各种仪式中演奏。

三点过的时候，举行了当天的重头戏之一——长跑。长跑分为三年级及以下、四年级及以上两组，规定所有学生必须参加。洪作对这项比赛完全没有自信。他经常一跑起来，侧腹部马上就生疼，只得蹲在路边。

三年级及以下组的比赛开始前，洪作在厕所旁遇到了咲子。

"这个给你。你把它吃了。吃了就能好好跑。"

她说着，在洪作手心上倒了三颗叫做卡密尔①的清凉药。洪作一口咽下。

在开跑前，洪作就穿了件跑步衫。这时，阿缝婆婆来了，她说：

"阿洪，肚子痛就马上别跑了。"

她又说：

"没必要跑得发烧。"

确实，洪作只要稍微运动过度，过后就会发烧。虽然烧一晚上就退了，但之前已经好几次出现这种情况了。

比赛虽是长跑，但因为是三年级及以下组，也不用跑那么远。路线是出了学校，先沿着上家旁边的路跑，再沿着通往平渊的路跑，不过不往平渊拐而是直接跑到长野村，在村头的老米楮树那里绕一下再返回学校。

当起跑线上已经排着五十来个学生时，负责吹响起跑哨声的中川基来到洪作身边，用只有洪作听得见的声音说道：

---

① 原文为"カミール"，为小说虚构的药品品牌，原型为1899年起在日本销售的口腔清凉药物"カオール(音：卡欧尔)"，作用及外观类似仁丹。

"阿洪，你要拿一等奖。拼命跑吧。"

洪作觉得他这么说也白搭。还没开跑，他的侧腹部已经开始痛了。

洪作旁边的幸夫用手巾缠着头，一脸紧张，眼神激动。

"麻烦了。我又想去小便了。"

他说。从刚刚开始，他已经去了好几趟厕所了。

"阿芳，我们待会一起并排跑。"

洪作对着芳卫说道。芳卫总是在所有的比赛里排最后。

"嗯。"

芳卫点点头，说道：

"我的牙开始疼了。我回家塞点药再来。我们一起去吧。"

看来芳卫似乎打算在比赛途中回趟家给牙里塞点药。对此洪作没有回话。

中川基的一声"预备！"拖着长长的尾音，渗入了洪作的五体。洪作觉得自己激动得眼泪都快出来了，仿佛自己即将踏上远征未知国度的漫长旅程。在遥远的前方有未知的山峦河流，自己必须爬过千重山，跨过万条河。总之前方充满了苦难。那就出发吧，忍受住所有的艰难困苦出发吧。洪作怒目圆睁，望向人满为患的观赛席。这时作为出发信号的哨声响起，孩子们一齐冲了出去。

洪作跟在幸夫后边跑。他什么都没看。他完全不知道自己什么时候经过了家长席前方，穿过了拱门，跑上了街道。侧腹部的疼痛早早出现，不断变得严重起来。当孩子成群地

从上家旁边跑过时,洪作看到外公文太站在路边,于是他便跑到外公那里告诉他:

"我肚子痛。"

"肚子痛?!肚子痛跑着跑着就好了。"

文太板像往常一样板着脸冷冷地说道。没办法,洪作只得继续跑。虽然幸夫和他已经拉开了距离,但他不久又追上了他。他们又从芳卫的家——酒坊——的旁边跑过。或许芳卫又跑到最后去了,洪作的前后都没有他的身影。

这时,出现了几个放弃的学生,他们不再往前跑,而是蹲在路边,或是折回学校。洪作和幸夫还在跑。他们经过了往平渊去的道口,跑上了通往长野村的坡道。

不是什么时候起,洪作感觉不到侧腹部的疼痛了。洪作认为是咲子给的清凉药起了作用。洪作这么一想,感到一下子脚也变轻了,他觉得自己似乎可以一直不停地跑下去。没吃清凉药的幸夫逐渐不行了。

"阿洪,我不跑了!我们别跑了。"

幸夫说着,好几次他都准备停步了,但因为洪作还在跑,没办法,他也继续跑着。但刚一跑到长野村入口,幸夫便一下子蹲在了路中央。

洪作没管幸夫继续跑。落伍者迅速多了起来。他们都目送着洪作继续奔跑,在路边为他加油。其中既有二年级学生,又有三年级学生。洪作一个接一个接超过跑在他前面的学生。每超过一个人,他都认为是清凉药起的作用。当洪作来到折返点的那棵米槠树附近时,他撞见了已经踏上折返赛

139

程的学生。跑在最前面的是新田村一个叫芳平的小个子二年级学生。他遇见洪作后稍稍停下脚步,问道:

"长跑的一等奖是几支铅笔来着?"

他似乎一边跑着一边惦记着奖品,一点都没有表现出疲劳。

"不知道。"

洪作说话都已经非常勉强了。第二个跑过来的同样是新田村的一个三年级学生。他不认识洪作。当他和洪作擦身而过时,他一本正经地说道:

"你好。"

在他身上同样也看不出一丝疲劳。第三个跑来的是同班同学兼松。他一遇见洪作便急忙停止脚步,说道:

"我还得再跑回去一次,我掉了五钱硬币。"

他接着说:

"就是这儿和米槠树之间掉的。先前在这儿看的时候,硬币还夹在腰带里。阿洪,你也帮我找找吧。"

"嗯。"

洪作虽然点了头,但他实在没有多余的心思帮他找硬币。兼松为了自己掉的五钱硬币轻易放弃了自己跑第三的荣誉,和洪作一起开始往折返点跑。兼松还穿着平时的衣服。看来那五钱硬币原先应该是被卷在腰带里的。

兼松一边跑着一边东张西望地把视线投向地面,洪作跟在他后面。两人不久便遇到了一群跑来的学生——他们几个跑在一起。每个人都痛苦地喘着气,人人脸上都呈现出拼了命的表情。

兼松招呼这群学生道：

"你们捡到我的五钱硬币没有？"

一个回答的人都没有。接着不一会儿，兼松和洪作终于到了米槠树那里。在学校做杂工的大叔站在树旁。

"阿洪，这不是跑得很快吗？你是第十一。"

大叔说道。这时，他看到了兼松，惊叫道：

"哎呀，你怎么又回来了？"

"我掉了五钱硬币。"

兼松说道。

"五钱！你这个傻子！"

大叔一下子神色紧张，环顾了一下自己脚下，接着便和兼松一起在附近找来找去。洪作没管二人，绕过米槠树又回到了刚才跑来的路。大叔说自己是第十一让洪作有了精神。洪作跑得比之前更快了。他又遇见了几个人，他们都是比自己慢的——有的在跑，有的慢吞吞地走着。

洪作在往平渊去的道口那里，超过了跑在自己前面的三个人。那三人都已精疲力尽，坐在路旁放置的木材上喘着粗气。洪作一刻不停地跑着。他想，清凉药还起着效。在酒坊前，他又超过了两个人。那两人也都失去了跑的气力，在那里慢慢走着。

洪作穿过上家旁边的路来到了街道上。学校大门就在旁边。穿过校门口的拱门时，上家的阿光从旁边跑了出来给他加油：

"阿洪,阿洪!"

洪作感到怒涛般的欢呼包围着自己,运动场上人满为患的观众都一齐站了起来,每个人都用最大的声音扯着嗓子给自己鼓劲。乐队奏乐,万国旗招展,风儿打着卷吹过。

洪作冲过终点了。他觉得当他冲过终点时,清凉药的药效过去了。他两眼模糊,双脚蹒跚,之前映在眼里的一切都悄然远离了自己。洪作朦胧地感到自己被揽在咲子手中,放平在地面,跑步衫被卷了上去。

"阿洪,你是五等奖。你振作点。"

咲子说道。洪作注视着她的脸,脑子渐渐清醒过来,知道了自己真的在长跑中获奖了。这本是一件绝无可能的事情,但是这件绝无可能的事情现在正真实地发生着。

"阿洪这是在做梦吗?这是梦吗?"

洪作说道。

"别说这些没睡醒一样的胡话了,快起来。"

咲子用手把他拉了起来。洪作站起来了。

中川基也过来了,他说:

"阿洪,快去领铅笔吧。"

洪作便去石守校长那里领作为奖品的铅笔。伯父石守森之进还是不苟言笑,将包在纸里的奖品递了过去。洪作恭恭敬敬地接了过来,于是伯父说道:

"还真是稀罕事。天要下雨[1]了吧。你给在丰桥的父亲写信报告下你得五等奖的事情。别写错字。"

---

[1] 日语中一种比喻的说法:人做了稀奇的事情,天就会下雨。

"好的。"

洪作清楚地回答了一声后,便从伯父校长面前退下了。

那天,运动会结束后一回到土仓,阿缝婆婆便将奖品铅笔供到了神龛那里,口中一个劲儿地唱叨着什么。之后,她告诉洪作,上家会煮好赤饭①带来,在那之前有点饿也得忍着。

"娃娃今天跑得好,想必让全村人都吃了一惊。"

阿缝婆婆自斟自饮着庆祝的美酒,不停重复同样的话。

第二天学校放假了,有点运动会大家辛苦了需要休息的意思。洪作因为得了长跑的五等奖,完全扬扬自得起来。在去上家途中,碰到他的村民都无一例外地和他打招呼。

——阿洪,厉害啊。

既有这样直截了当地表扬的,

——世上还真是有稀奇的事情啊。别地震②就好了。

也有这样挖苦着表扬的。在上家,大家也都表扬了洪作,

——接下来,想必阿缝婆婆有得忙了吧。

外公说道,大家纷纷表示肯定。洪作那天去了好几次上家。阿光那日也像尊敬洪作几分似的,没有如往常般给他使坏。

下午,洪作被咲子叫去田里散步。虽然洪作平时不乐意和作为教师的咲子一起走路,但这天他并不那么介意。从酒

---

① 原文为"赤飯",用糯米掺杂红豆蒸熟的米饭,用于庆祝时吃。
② 和前面"下雨"的比喻类似。

坊旁边往河谷方向，分布着几块阶梯状的农田，咲子先行走到田里，又从那里往下方走去。虽然不知道她要去哪儿，洪作还是沉默地跟着她走。无论到哪儿，跟着咲子都是快乐的。

最下面的田里堆着几个稻草堆，当他们绕到一个稻草堆旁边时，突然中川基的身影出现了。洪作被他的出现吓了一跳，咲子却问道：

"等久了吗？"

三人背靠着稻草堆坐下。那里正是一处向阳的地方，正适合像这样休息。十一月的太阳静静地落下，让人感到格外平和。中川基拿出奶糖，咲子从衣袖里掏出橘子。那橘子又小又青。

洪作任由中川和咲子待在原地，自己去到山崖那里，摘摘红色的山茶花，看看在山崖灌木丛中鸣叫的小鸟到底长什么样。即使一个人玩，洪作也丝毫不会觉得无聊。因为咲子和中川基就在近处开心地聊着天，他自己也很开心，心中感到满足。一次洪作走近两人那里，咲子便说道：

"阿洪，你坐这儿来！"

"不，我要给你们放哨。"

洪作说。虽然洪作说这话时并没带着什么特别的含义，但咲子大叫一声：

"嘿！"

她猛地站了起来。洪作觉得咲子似乎要来追赶自己，便逃开了。果然咲子追了过来。洪作在跑上第二块田地的时候被咲子一手抓住。咲子抓着洪作的手，气喘吁吁。她稍稍平静了下呼吸后说道：

"你在给我们放哨吗？放哨就免了吧，你去家里帮我拿点藠头来！"

"藠头？！"

洪作反问道。

"是的，我现在想吃藠头得不得了。——你赶紧去给我拿来！"

咲子说道。因为她提这个要求的时候显得非常认真，洪作便照做了。他到了上家，自己打开厨房的柜子，从里面的罐子里抓出三四个藠头，放在小盘子里拿到还在田里的咲子那里去。

从那天开始，洪作就担任起了帮咲子取藠头的角色。洪作有时在学校被咲子叫住回家取藠头，有时在一起去公共浴场途中，被打发回家取藠头。这样的事情不止两次三次。为了咲子，洪作忠实地承担着这项奇怪的工作。

进入十二月不久，村民们开始小声议论有关咲子怀孕的传闻。到了这个时候，小学运动会也开了，神乐班子也走了，村子里的庆祝活动也结束了，直到正月，大家除了做好过冬的准备外无事可做。无聊的时光降临了伊豆的山村一带，年年如此。但今年是特例，有关咲子的传闻让村里的大人们人人生气勃勃。只要一说到咲子的名字，村里的女人们便两眼放光，噘起嘴来，把脸凑在一起低声议论。在村里随处可以遇到这样议论的村中妇女和姑娘。无论是在河边洗白萝卜，还是晚上去河谷的公共浴场洗澡，女人们乐于提起的话题总是关于咲子的传闻。

男人们这边和女人们稍有不同。他们不似女人们那般议论咲子的种种，但只要提到这个问题，基本上都是用带着恶意的话狠骂中川基，而不是咲子。村里的青年们情绪激动地说着要把中川基清理出教师队伍；要把他赶出村子；等等。不过只要是年过五旬老人，无论男女，只要一见面，连咲子的咲字都没说，便紧皱眉头，用一种若有所思的表情说着：这事儿麻烦啊，得想法子圆满解决啊云云。这套路仿佛已经成了老年人间的寒暄方式。寒冷的北风开始吹起，老人们站在路边，或是抄着手，或是往烟斗里塞着烟丝，他们互相盯着对方的眼睛，时而"对，对"地点头，时而"不对，不对"地摇头。

总而言之，村里不论男女老少，都议论着咲子的话题，以使自己在正月到来前的这段相对无聊的时间变得充实。孩子们虽然也说关于咲子的传闻，但这次却不怎么来劲儿。两个多月前说"咲子和中川不正常"的时候，自己还能理解自己说的是什么，但现在说到怀孕，这到底是怎样的一回事，孩子们完全无法充分理解。村里的女人随时都有人挺着大肚子，为什么只有咲子被人说来说去，孩子们想不通。还有就是，孩子们在这种情况下，想不出来像"咲子和中川不正常"这种适合大家一起念唱的句子。所以，孩子们在说有关咲子的传闻时，都不是用的自己的语言，而大抵是借用自己某时听来的父母们的谈话。

——上家真是摊上事儿了。

幸夫说道。

——哎呀哎呀,真是件麻烦事儿。那丫头怀上了真让人头疼。

龟男也学着他父母的表情这般说道。说完,孩子们接下来也只是胡乱地哇哇大叫,在那儿一个劲儿地跳腾。

咲子从十二月初起便从学校请了假,一直把自己关在上家二楼自己的房间里。因为她不怎么下楼,所以洪作看不到咲子的身影。洪作还是像往常一样几乎每天去上家玩,但他总觉得有些不敢靠近通往二楼的楼梯,仿佛那里有什么吓人的东西。他并不走近,只是远远地望着那边。

只有外婆阿种有时阴郁着脸上二楼去,然后又同样阴郁着脸走了下来。这时候,洪作若是打算走近外婆,外婆便会悲伤地皱起那看来愁绪万千的脸,剧烈地挥手说道:

"到那边去玩!听话。"

外公文太也不知是不是为了咲子的事,脸色比平时更加难看,一整天地一言不发,只是一个劲儿地拿一条折叠起来用来代替手帕的布手巾擦着因喝酒而变红的鼻头,然后嘴里嘟哝着什么。

洪作在和小伙伴们玩耍时,只要看到大人们两三人凑在一起,便总是避免接近他们。他讨厌听到咲子的坏话。

第二天就开始放寒假了。在放假前一日,伯父石守校长在朝会的时候宣布:中川基这学期结束后将不再在这所学校

147

工作，转赴半岛西海岸那边村子的学校任职。校长简短的发言结束后，中川基站到台上，做了一个同样简短但非常有中川风格的致辞。中川基始终保持着微笑，他说，这次赴任的学校所在的村子有很多山头全种的橘子，请大家务必什么时候来玩，他会带大家去橘子山，保证让大家吃到脸都变黄云云。

中川基走下台来，从台下列队的全体学生中间，隐约传来了一阵轻声的喊喊喳喳，仿佛风儿拂过。那不是学生们的说话声，也不是笑声。准确地说，汇成了这阵喊喊喳喳的，是从每个学生口中不由自主地流露出的叹息之类的声音。这阵喊喊喳喳掀起小小的风浪，扩散到了朝会场上的每个角落。洪作知道了，现在台下列队的所有学生都为中川基即将从自己眼前消失而感到遗憾。但是，这也丝毫都不让人觉得奇怪，因为所有学生都明白：中川基和其他老师并不是同一类型，他似乎是自己这些学生的伙伴。

洪作虽也对中川基突如其来的调动感到无比悲伤，但另一方面不可否认，他为此松了口气。他想，这么一来，咲子的处境一定会有所改善。为什么会产生这种想法，其间的奥妙虽然自己也无法完全理解，但洪作常常就是这么想的。虽然告别中川基令人悲伤，但是一想到因为他的离开，有关咲子的坏话就会从村民间消失，洪作又觉得这也是没办法的事情。从台上下来的中川基在洪作看来非常了不起。中川基一定是为咲子而做出牺牲的吧。所谓牺牲，无疑就是说的这样的事情。中川为了拯救咲子，自己主动离开了这所学校，并且大概再也不会回到这个村子了。洪作觉得这世上只有自己理解中川基。这种想法让洪作变得激动，使洪作的身体因格外的悲伤而颤抖。

在宣布中川基调走的当天，洪作从阿缝婆婆那里得知了中川基和咲子明年一早就要结婚的消息。

"这事情有点麻烦。一般顺序应该是嫁过去之后再怀宝宝，但是上家是先有了宝宝，之后再忙着办婚礼，这可是稀罕事儿。"

阿缝婆婆的话十分伤人。洪作原以为中川基是为了咲子牺牲自己而去远方，结果并非如此，两人竟要结婚，这实在是个意外。咲子和中川结婚了之后，当然也得去中川基赴任的那个位于西海岸有橘子山的村子。一想到这里，洪作突然觉得眼前一暗。之前对中川基的同情现在想来实在是犯蠢。中川基哪是什么牺牲者，他难道不是将要把咲子夺走的掠夺者吗？

对于洪作来说，咲子从自己眼前消失是一件无论如何也无法想象的事情。咲子从学校请假后，洪作已经好几日没有和她见面了，但那并不是咲子不在了。咲子还在上家的二楼呢。只是她一步也不肯踏出那里。洪作即使见不着咲子，他也可以到上家去，在咲子所在的房间下面玩耍，在上家门口的旧道上嬉戏，从下面仰望咲子所在的二楼房间那扇土仓样式、一看就很重的窗户。

一到寒假，孩子们想到日渐临近的正月，就变得心神不定起来。他们跟着去采伐门松①的青年们进山，或是聚集在河边忙碌的女人们周围，看她们洗捣年糕所用的臼和杵。洪作虽也对正月的到来感到高兴，但是在这高兴中，时不时会有一抹寂寥浮现。愉快的正月一到，咲子马上就要举行婚礼，和中川基两个人一起离开这个村子了。

但是，洪作的这种担心是杞人忧天。正月到了，咲子还是待在二楼自己房中不现身，没听村里任何一个人说过两人结婚的事儿。但和之前不同的是，中川基开始半公开地出入上家。中川基在除夕那天退掉了酒坊的侧房，之后便搬来了上家，仿佛自己已是上家的一员般活动。他在上家吃了正月的烩年糕②。自从中川住进了上家，咲子便时不时地捧着大肚子，从二楼下到楼下了。

这时，洪作便会仔细地观察咲子的脸和她急剧变大的肚子。他想，为什么一段时间没见，咲子的肚子会变成这样。

有一天洪作问阿缝婆婆：

"咲子姐姐什么时候办婚礼？"

"婚礼已经办完了。"

婆婆不满地噘着嘴回答道。

"招待也不招待，婚礼就办完了。婆婆活了这么久，这种事情还是第一次听说。上家的外婆想必也觉得在人前抬不

---

① 日本传统习俗中，于正月间立在家门口的正月饰物。多用松、竹，有迎接神灵之意。

② 原文为"雑煮"，为庆贺新年的饮食，在有各种食材的汤汁中煮入年糕。

起头吧。"

一听到婚礼已经办完,洪作品尝到了一种闪了劲儿般的感觉。原先一直以为举办婚礼的同时,咲子就会离开这里。现在婚礼说是已经办完,但咲子身边却没什么变化。这使得洪作松了口气,也让他感到扫兴。

中川基在第三学期开始的前一天,把行李装上马车,出发前往新的任职地。洪作因为他没有将咲子夺走,再次对他产生了好感。洪作和幸夫、芳卫、龟男、阿茂等一起,将中川送到了停车场。上家这边,除了外婆阿种,大五和阿光也来到了停车场。但是附近人家没来一人相送。洪作当晚把送中川基去停车场的事告诉了阿缝婆婆。阿缝婆婆说道:

"你婆婆我也好,那些个邻居也好,我们都知道中川今天走,但还是当做自己不知道,没有去送。那是因为他们连公开的婚礼都没办,没办法把他叫做姑爷。"

不光体现在这个事情上,阿缝婆婆对于咲子和中川办婚礼的事情一直怒气未消。她认为,即便是在家里面办个相当于婚礼的仪式,不请自己也就算了,洪作还是应当请的。

"阿洪是远在丰桥的父母的代理人,不和阿洪知会一声可不成。"

阿缝婆婆每次说到这里时都会变得愤慨激昂,但洪作自己却对阿缝婆婆的想法不太理解——说自己是远在丰桥的父母的代理人这有点太夸张了,并且自己也没有长大到需要就这种事情专门知会自己的程度。在上家,对于文太和阿种他们来说,自己不过就是个外孙,自己除了这个身份,其他什么都不是。

中川基不在了之后，村里人不再像以前那般议论有关咲子的传闻了。即使议论，也不再像以前那般带着恶意。即便只是家里办了个类似的仪式，咲子和中川也算是办过婚礼了，这点暂且获得了村民们的理解，平息了他们的好奇心。但是这时孩子们开始唱起来了。每当听到其他孩子唱起"咲子和中川慌里慌张，办个婚礼慌里慌张"，洪作便不由得感到羞耻，心中憎恨起唱这歌的孩子们。

第五章

正月过后,孩子们期待的便是四月的跑马①。越过长野村对面的小山岭,就是邻村上大见村。在进入上大见村的地方,有块小小的平地叫做筏场,每到四月樱花开放的时节,那里便有举办民间赛马的习俗。村里的大人和小孩都不管这项活动叫赛马,而叫跑马。在那一天,来自附近差不多十个村子的青年们牵着马儿集中到筏场,在那块小小的跑马场上,相互比试纵马奔腾的技术。来参赛的青年们都是农村的年轻人,他们带来的马也是平时耕地用的马。赛马本身进行得颇为悠闲,差不多一小时跑一次,每次三四匹马在马场上跑,但是赶来的观众却数目惊人。跑马场上,随处可见人们铺着席子大摆宴席,或是赏樱,或是观马,享受这一日春光。卖关东煮和米粉团子之类的小棚子也搭起来。搭棚子卖吃的是乡下妇女们的副业,大概每年都是同样的面孔在这里忙活。跑马这天对于大人们来说无疑是欢乐的,对孩子来说,也是充满快乐的一天。从某种意义上说,跑马对于孩子

---

① 原文为"馬飛ばし",为当地的民间赛马活动。

们来说，比起盂兰盆节[1]和正月更有魅力。

洪作他们从三月左右开始，就一个劲儿地说着跑马的事儿。村里染坊家的次男——一个叫阿清的年轻人每年都牵马去参赛。孩子们到了三月底的时候，总是聚集在染坊门口，当他们从街道跑过时，也摆出骑马的架势，手里仿佛抓着缰绳似的起劲儿地跑着。

在跑马当天，孩子们早上出门前，都穿好外出时的衣服，把零花钱缠在腰带里，他们出门前就做好了一放学就直奔跑马场的准备。学校那天也特意只安排上午两节课，之后就不上了，这已成为惯例。

那天，洪作等汤岛村的男孩们刚上完课，就聚集到操场一角，接着便立刻朝着遥远的跑马场奔去。他们一口气跑到长野村，接着穿过村子，朝着国士岭一个劲儿地奔跑。男孩们跑成一列，身后扬起尘土，他们时而在街道上跑，时而沿着山坡的小路跑，一门心思地往正在举行跑马的筏场前进。孩子们拼命跑着，仿佛哪怕晚一点点，期待已久的跑马就会结束。这种不安不停地侵扰着他们。

洪作他们一路不停地跑到了国士岭，山岭附近的斜坡上长满了茅草，登上了山岭后，他们便把身体埋进这茅草的原野中休息。因为这附近茅草生长繁茂，村民们一般把这里叫做茅场。这里有些地方茅草已经有一两尺[2]高了，有些地方

---

[1] 原文为"お盆"，旧历七月十五祭祀先祖的节日，人们多在此期间归省团聚。

[2] 一两尺约30至60厘米。

因为人们烧山，草已被完全烧掉，露出烧过的黑色痕迹。茅草长得高的地方，远远望去闪着银灰色的光，看上去像是大象的皮肤。

洪作他们把身体完全埋进茅草之中，想调整下因长时间连续奔跑而变得剧烈的呼吸，然而却怎么也平静不下来。从这里可以一眼望见层层叠叠的伊豆群山扩展开来。无数的山重叠在一起，极目尽头已然变得模糊，让人不由得感叹这里竟有这么多山。在这群山的尽头，顶部残雪尚存的富士山那青色的山影浮在空中，仿佛一件装饰品。等大家呼吸平静下来之后，幸夫大声喊道：

"行了，我们接着跑吧。"

幸夫这么一喊，十人左右的孩子都一齐站了起来。有人在站起来的同时还按着侧腹部，看来是跑痛了肚子，但脸上却是一副为了看跑马，岂能喊痛的神情。男孩们从长满茅草的原野中窜出，仿佛从田里腾起的蝗虫一般，又一次下到路上，沿着从这里开始下坡的道路，向着筏场方向奔去。

从山岭跑出一町左右，洪作听见远处传来了跑马的喧嚣。观众们发出哇的声音，那声音听起来遥远而又低沉，同时充满了力量，如同潮水一般。

洪作心想，肯定刚才有马儿开跑了。因为马儿开跑，观众们便一齐喧哗了起来。这么一想，洪作便觉得只因刚刚在山岭那里休息了一会儿，就错过了一件大事，于是他连忙加快步伐，拼命跑了起来。其他孩子好像也是一样的想法，大家都不管周围的伙伴，纷纷自顾自地奔跑起来。

不久跑马场便映入眼帘。坡道从山岭一直延伸下来，在通到台地底部的地方，可以看到一块小小的平地，那里人头攒动。人们无一例外地集中在跑马场正中的空地上，既有人把酒言欢，也有人在各处宴席间来回走动。有三四个卖吃的的小棚子，它们周围的几棵樱花树正好开满了樱花。

洪作他们从路上下到跑马场，进入了人群聚集的地方，这时谁也不说话了。因为要看的东西太多了，没工夫说话。不过他们还是不自觉地走在一起，一齐在人群中移动。

"魔芋！"

走到卖关东煮的棚子前时，幸夫口中突然怪叫一声，之后他把脸转向大家，提议买魔芋吃。谁也没搭话。虽然看着眼前的大锅里热气腾腾地煮着魔芋，孩子们已经想吃得快从喉咙里伸出一只手来，但大家心中都有一个念头：接下来或许还有更美味的东西。

"我要买魔芋。"

幸夫这次用宣告般的语调说道。

"阿婆，魔芋。"

他环视了一圈同伴们的表情，然后对着这家店的主人——一个老太婆说道。

"好嘞。"

老太婆把插在长签子尖端的三角形的魔芋连同签子一起从锅里取了出来，熟练地把魔芋部分伸进装有味噌的海碗里骨碌一转，说道：

"行了。给钱吧。不拿钱不给。"

"我不买了吧。"

幸夫歪着头说道。

"你说什么！你这小鬼。"

老太婆一脸不满地说道。

"对面家的魔芋要大些。"

幸夫说道。他说的没错。在跑马场入口处，也有一家卖关东煮的棚子，那里的魔芋看起来确实要大些。于是老太婆表情吓人地说：

"你这个尿床的小鬼！你是哪家的？"

"杂货店家的。"

孩子中的一人忙不迭地回答。

"杂货店？是汤岛的杂货店吗？"

"嗯。"

这次幸夫点头道。

"难怪你小子这么放肆。——回去告诉你爹。前段时间在你们店里买的钉子差了三根。"

接下来，老太婆环视了一下孩子们的脸，突然把那串魔芋递到洪作面前，说道：

"娃娃，这串给你。不要钱。"

洪作吃了一惊，后退了两三步。酒坊的芳卫伸出手，把老太婆还攥在手里的魔芋一把抢了过来，拿到洪作面前。

"她说给你了，拿着吧。"

芳卫说道。洪作不知道该不该拿，又往后退，这时芳卫手里的魔芋从签子上掉落到了地上。

洪作他们接下来一家家地逛着棚子里的小店。有卖干烧乌贼的，也有卖米粉团子的，结果幸夫买了干烧乌贼，芳卫和洪作买了米粉团子，三人都只买了一个吃，之后就什么也买不起了。当他们什么都买不起了的时候，孩子们才第一次想起了关键问题：自己跑这儿来的目的是看跑马，那马儿在哪儿呢？

　　在离人群扎堆、酒宴正酣的地方稍远的位置，拴着五六匹马。洪作他们便到那儿去看马，他们时而长时间望着马的长脸，时而绕到背后去比较马尾的长度。往年一般都能聚集十匹以上的马，但今年不知什么原因，只有几匹。但这并不怎么影响跑马时的热闹情景。人们对赛马本身并不那么关心，常常都是在大家都忘了还有赛马时，才有两三匹马跑起来。只要有四五棵满开的樱花树，时不时地来两场所谓的"赛马"，也就足够了。

　　当染坊家的次男阿清骑着马儿将要开跑时，洪作和幸夫都很紧张。据说阿清是和大见村的泥瓦匠阿辰比赛，洪作他们为了给阿清加油，在人不太多的跑马场北侧占了个地儿，决定在那里给阿清加油鼓劲。

　　起跑被认为是跑马最难的环节，但是在这场比赛中却一次就成功了。两匹马同时起跑，并驾齐驱。但是过了一会儿不知什么原因，阿辰的马突然停下马蹄不跑了，仿佛要奔天上去似的，它后腿站立，前腿跃在空中翻腾。因为马这一跃，阿辰瞬间跌了下来。人群中一下子发出一阵惊叹声，很多人离开宴席往阿辰跌下马的方向跑去。但当他们看到阿辰毫发无损地站了起来，脸上便一齐浮现出"什么啊？真没意思"的神情，陆续回到自己坐的地方。

这时，染坊家的阿清已经独自绕着跑马场跑了一圈，也许是不过瘾，他又让马跑了一圈。阿清的身影在洪作看来非常飒爽。平时骂他浪荡哥儿和懒汉的大人们，今天也对他交口称赞。

"要是他真的去做骑手的话，阿清那家伙能成为日本第一的骑手吧。"

还有位老人这样说道。为了听到有关阿清的溢美之词，洪作他们一处接一处地在大人们饮酒作乐的地方转悠。

当他们对此感到厌倦后，便耐着性子等着下一场比赛。他们一个劲儿地紧跟在接下来出场的骑手旁边。骑手穿着灯芯绒的漂亮裤子，非常合身，手里拿着皮制的鞭子，一副马上就要出场的打扮。但是他只是在几处席间转悠，在每个地方喝上两口，怎么也不去拴马的地方。正在这时，一个在温泉旅馆做女佣的年轻女人走到洪作身边问道：

"阿洪，听说咲子今天要生宝宝了，真的吗？"

"宝宝？"

洪作还没充分理解对方这话的意思。

"不知道。"

他摇着头，立刻又反问道：

"咲子姐姐要生宝宝了？"

"今天早上，不是说已经开始生了吗？阿洪，你不知道吗？"

"不知道呀，没听说。"

洪作突然感到心中涌起一股奇怪的不安。他想，这女子说的大概是真的。咲子如果就要生了的话，那可是件大事情。虽然不知道到底是多大的事情，但总而言之，这世上正要发生一件大事，这是毋庸置疑的。

洪作口中默念道：

"宝宝！"

他觉得自己必须立刻赶到咲子身边，容不得一刻延迟。于是他向幸夫说道：

"咲子姐姐要生宝宝了。"

幸夫听了，先问了句：

"什么是宝宝？"

接着他自己回答道：

"是婴儿吗？"

"嗯。"

洪作刚一肯定，幸夫便两眼放光地说道：

"那好，我们去看看吧。"

说着便同周围的伙伴们商量：是去看咲子生小孩呢，还是就在这里看跑马。孩子们本就对期待已久的跑马变成了没有比赛，只有大人们愉快歌舞的情景感到了十二分的失望。不过说到失望，其实每年都是如此，只是孩子们经过一年就把这茬给忘了，所有人眼里都只剩下跑马的欢乐。

"看生小孩更有意思。我看过，是生在盒子里。"

粗点心店的平一噘起嘴说道。

"怎么会生到盒子里？是盆子。"

一个人反驳道。

"骗你干什么。就是生在盒子里。我亲眼看到的。"

平一坚称。正在大家争论时，人群中哇的一声沸腾起来，三匹马排成一列，刚刚跑了起来。骑手们都从马背上抬起身来，挥舞着鞭子，不停用力抽打马的屁股。

"这场比赛场面大。"

洪作听到旁边大人这么说，心想原来场面大的比赛就是这样的啊。

比赛一完，孩子们便心满意足地离开了跑马场。洪作一踏上归途，便心急如焚，想尽早看到咲子生小孩。他想，不跑快点，孩子可能就生下来了。他很想看看咲子是怎样把小孩生下来的，也很想看咲子生下的小孩长什么样。虽然他对村里其他人家的婴儿没有一点兴趣，但若是咲子姐姐的婴儿，情况就略有不同了。

孩子们沿着同一条路又忘我地奔跑起来，两小时前，他们曾从这条路上忘我地跑来。登上山岭之后，他们还是把身体深埋进茅草的原野中休息。来的时候没有风，但是回去时强烈的风把茅草吹得摇晃不停，仿佛要将这阳光也吹散。虽然太阳照在人身上，但当风吹来时，人却冷得不行。

在山岭上休息了一会儿后，孩子们又跑成了一列。风一吹来，这些在山岗的斜坡上奔跑的男孩便前屈着身子蹲在地上，以免被风吹走。

当洪作他们穿过长野村，回到他们居住的久保田时，春天那泛着白色的黄昏正要笼罩村里的街道。

洪作看见了开酒坊的芳卫家那栋矮胖的老旧建筑,以及旁边的老米槠树,感到终于回到了自己居住的村子。不光洪作,芳卫和其他孩子们好像也产生了一样的感受,大家纷纷说道:

"我先回趟家。"

好像只有幸夫没有被这恋家之情所迷惑。

"各位,我们接下来是去看生小孩的。"

幸夫一边说着,一边在酒坊前站住,盯着一年级的学生们。

"是吧,阿洪?"

他随后又寻求洪作的赞同。洪作当然想早一点看到咲子生小孩,但是若像幸夫说的那样,这么多的小孩一下子全跑去看咲子分娩,这到底能行吗?对此,洪作没有自信。

"大家都去吗?"

洪作问道。

"是啊。"

幸夫脸上一副理所当然的表情。

"他们会不会让我们看啊?"

洪作刚一表示疑问,幸夫便说道:

"我们派个探子去侦察一下不就行了吗?"

幸夫口中的"探子"二字一下子给在场的孩子们体内吹入了一股清新的感觉,大家顿时两眼放光。

"我来当探子。"

粗点心店的平一首先报名。

"那你去吧。——去侦察下生没有生。"

听到幸夫这话，平一像是马儿开跑般略微跳了一下，振作了一下身子后，便直接往上家的方向奔去。幸夫有意无意间把咲子的分娩当做了游戏对象，洪作对此心生不满。

"阿洪我去看看便回。"

洪作刚准备走，幸夫便制止了他。

"不行，不行，你这样马上就会被抓住的。他们就是不想让我们看生小孩，才专门挑我们去看跑马的时候生。"

幸夫说道。洪作心想，保不齐真是这样。

"你去给他们说要看婴儿试试，不被你外公外婆狠揍一顿才怪。他们都在那儿看守着呢。"

洪作没办法只好停下脚步。

"那你说怎么办？"

洪作说道。

"大家悄悄地去上家，爬到树上去，注意别被人发现了。爬到树上就看得到二楼了。"

虽然不知道这样做行不行，但是现在这个寥寥数人的小团体由幸夫主导，洪作只能服从幸夫的安排。在看上家的咲子分娩这件事上，洪作的特殊地位本应得到理所当然的承认，但是幸夫却完全视而不见，对此洪作有点生气。

平一回来了，他气喘吁吁地说道：

"生了。"

"生了？"

幸夫反问道。

"嗯。"

"你怎么知道的?"

"婴儿在哭嘛。"

"真的吗?"

"真的。一去上家侦察,就听见婴儿的哭声。于是我连忙跑回来了。"

平一的报告具有充分的真实性。谁也没能在报告中找到能加以反驳的内容。但是洪作不答应,他觉得不提出异议不行,咲子不可能就这么轻易地在自己不知不觉的时候把小孩生了。

"怎么可能生了?"

洪作说道。但幸夫没有理会洪作的话,他说:

"生了也行,孩子大概还装在盒子里的。我们去看看。平一,你跟我去。我爬到树上去,完了你回来报告洪作。听好了没?你不要爬树。"

说完,幸夫便往上家跑去,平一也跟着跑了起来。洪作自己若是想去,自然也已跑去了,但此时他莫名地害怕起来,不敢靠近上家。这种感觉突如其来。他想,就在刚刚,自己还一心想要尽快看到咲子生小孩,但这种渴望突然就被其他的想法取而代之。洪作在路旁的石头上坐了下来。其他孩子似乎比较担心什么时候轮到自己去看婴儿。他们在一旁争论着:下次该我了;不,该我云云。

不久平一回来了。

"阿幸已经爬上树了。"

平一压低嗓门报告道。听到幸夫爬上了树，洪作站了起来。

"我俩先去，大家随后再来。"

洪作说着，便催促平一和自己同行。他担心平一不肯和自己同去。洪作和平一并肩往上家方向走去。平一是因为做了几次信使，气喘吁吁地跑不动了，而洪作并不累，他不想跑起来是因为他觉得自己正在接近一件可怕的东西。

当他们走到上家旁边的十字路口时，平一停住脚步说道：

"你听，阿洪，听到了吗？"

洪作也停下来竖着耳朵听。然而村里的黄昏非常寂静，不光听不到婴儿的哭声，连一切声音都听不见。

"你听，听到了吗？"

"哪有什么声音啊？"

"听得到啊。这不是听到了吗？"

平一有些急了，他脱下自己的稻草鞋，把它们摆在地上，接着俯下身来趴在地上，用脸贴着草鞋。然后，平一把脸转向右边或左边，每次转了方向都会保持一段时间不动。这动作仿佛在探听地下的微弱声音一般。洪作不相信能从那里听到婴儿的哭声。

"这么做怎么可能听见婴儿的哭声？你傻呀。"

洪作刚说完，平一便说道：

"这样才听得清楚。"

接着他又说：

"听到了，听到了，在哇哇大哭呢。"

说完他站起身来，脸上的表情十分认真，仿佛真的听到了婴儿的哭声。

到了上家门口的石阶那里，洪作决定窥视下家里的情况。虽然里面鸦雀无声，但也并没有达到让人一看就觉得家中发生了什么变故的程度。洪作又绕去了院子的侧面。

"嘘——"

这时，头顶突然降下这么一个声音。抬头一看，幸夫的身影正趴在柿子树的上方，身体紧贴着树枝。

"你上来。"

幸夫低声说道。洪作学着幸夫，立刻脱下草鞋夹在腰带里，身体紧贴粗糙的树干，手脚并用地不停往上爬。

洪作爬上了柿子树，但是二楼的窗户已被沉沉地关上，什么也看不见。

"这不什么都看不见吗？"

洪作嘴上抗议着，心里反而因为没看到二楼的情景而松了口气。

"我们下去吧。"

洪作话音刚落，便猛然看见两个孩子正要爬旁边的柿子树，三个孩子正要爬石阶边的罗汉松。他们过来的时候似乎都屏住了呼吸，以致洪作刚才完全没有察觉到他们的到来。

"什么啊，这不是什么都看不见吗？"

最先爬上了旁边柿子树的平一大声叫道。

正在此时，一阵大声的怒吼从后门那边传来。

"喂！你们这些混蛋！"

那是外公文太的声音。一听到骂声，几副小小的身板便一齐争先恐后地要从树上下来。

平一在从柿子树上下来途中滑落地面，摔了个屁股蹲，声音刺耳地大哭起来。洪作听着平一的哭声和树枝折断的声音，与幸夫几乎同时下到地面。

"快跑啊！"

当幸夫这样大喊时，洪作感到自己的后脖颈已经被外公的手抓住。

"混蛋！"

外公的声音从上方传来。洪作听天由命地呆站在那里，脸上响起了一记耳光的声音。

"混蛋，我以前说过多少次了不准爬树。"

文太一边用手巾擦着红红的鼻头一边说道。外公的脸色平时也是出了名地难看，所以他生气时看着也不是特别可怕。但洪作还是吓得缩成一团，因为这是他第一次被外公抓住后脖颈。

"我想看看婴儿嘛。"

洪作噘着嘴小声说道。

"婴儿？"

"咲子姐姐已经生了婴儿吧。"

这下文太脸都气歪了。

"还没生。又不是猫生崽子，哪有那么容易就生了。

混蛋。"

文太口中不断重复着混蛋,之后又拿两根手指在洪作的额头上戳了一下。

当天深夜,洪作被一阵声音惊醒,那是阿缝婆婆起床后在周围丁零当啷地忙活的声音。

"婆婆,你在做什么?"

洪作躺在被窝里问道。阿缝婆婆往洪作这边看了一眼,说道:

"听说咲子要生了。我现在去一趟,娃娃你睡着。"

仿佛现在不是细说的时候,阿缝婆婆一心一意地收拾着出门的东西。

"阿洪也去。"

洪作从被窝里坐了起来。一听婴儿要出生了,洪作无法压抑自己想看的心情。

"不是现在生。去了也看不到。阿洪乖,老老实实地睡吧。如果生了两个,我就给你领一个来。"

阿缝婆婆一边这么说着,一边将束带①系在衣服上,并且为了防止头发散掉,还将一张手巾缠在了头上。在洪作看来,阿缝婆婆的形象看起来利落而精干,与此同时,他也不由得感到一种严峻的事态正向上家步步逼来。

"阿洪也要去。"

"别人生孩子,小孩子去不好。你今晚老老实实地等着。

---

① 原文为"たすき(襷)",是一种为了穿着传统衣服做事方便,而把宽大的袖子挽起来系住的带子。

明天早上我给你看。"

阿缝婆婆不容分说地说道。

"平时大话吹破了天。婆婆我不去的话，连个孩子都生不下来。"

阿缝婆婆一边说着一边熄灭了煤油灯，就这么下楼梯走了。洪作虽然一个人被留在漆黑的土仓里，但并不觉得那么害怕。因为一个婴儿即将诞生，所以这黑暗也让人觉得与往日完全不同。阿缝婆婆出去后不久，远方传来了鸡鸣声，让人不禁感到黎明已近。洪作钻出被窝，把土仓那沉重的窗户打开了一条缝往外瞧。外面还是一片黑暗。

洪作从未像那一晚般急切地期盼早晨的到来。初生的婴儿长什么样？一想到这个，洪作便想尽快去看看，他感到自己已经无法压抑这个念头。然而当黎明真的到来时，洪作却再次进入梦乡。

洪作看到咲子产下的男婴，已是差不多一周以后的事情。这个叫做婴儿的小人儿突然降生到这个世界令洪作感到不可思议，咲子为什么会生下这婴儿的来龙去脉也让洪作摸不着头脑。从婴儿诞生那日起一直到看到婴儿的前一天，洪作去了上家几次，但是只略微听到一些像是婴儿哭的声音，自己想看婴儿的愿望并没有得到满足。外公也好，外婆也好，其他人也好，他们都对洪作说着同一句话：

"到别处去。"

想把洪作赶走。洪作觉得上家的这些人从婴儿诞生时起，一下子全都变坏了。

到了第五天，洪作从学校回来经过上家门前时，外婆阿种瞅见了他，招呼他道：

"阿洪，想不想看婴儿？"

"不想看。"

洪作说道。因为之前一直不让看，洪作心里多少有些别扭，但更重要的是，当被对方主动问自己想不想看婴儿时，洪作突然觉得羞怯起来。洪作觉得自己并没有做好心理准备和这么一个从未见过的婴儿相见。

"别这么说，阿洪，我让你看看吧。"

外婆阿种笑着说道。洪作仍只是说道：

"不想看。"

他脸上的表情和口中的语气，都显得非常认真。

婴儿出生的第一周，在他被取名叫俊之那天，洪作被阿缝婆婆叫去上家跑腿，当他从房前的院子绕到廊子去时，和在起居室里抱着婴儿的咲子猛然遇见。

"阿洪。"

咲子说着，把手中抱着的婴儿往洪作这边一探。

洪作小心翼翼地伸头往这个小生命的脸上看去，只看到一团小小的肉坨坨，根本不能想象这竟是人类的小孩。他非但不和自己说话，连是活的还是死的都不清楚。

"什么啊，这就是婴儿吗？"

洪作说着，马上后退了两三步。看久了他觉得瘆得慌。

"这是你的表弟。"

"我不要。"

"不要也是你表弟呀。"

咲子说着，忽地站起身来，上楼梯去二楼了。洪作在那一瞬间，清楚地感到这婴儿夺走了咲子对自己的爱。咲子大概不会再像以前那样疼爱自己了。那好，既然如此，我也不会疼爱这个婴儿，洪作这么想着。

那天晚上，洪作在吃晚饭时说：

"真是个奇怪的婴儿。"

阿缝婆婆接着说道：

"说得对。不可能生出什么好婴儿。因为是咲子那丫头生的。"

咲子生产那天，阿缝婆婆出门去上家时，满以为自己将要承担接生的大任，结果却被西平一个做接生婆的年轻女人抢了活儿。因为这件事，阿缝婆婆现在无论是对咲子，还是对咲子生的婴儿，都没有好感。

大泷村一家农户的小孩——五年级的正吉突然失踪了，这件怪事发生的时候，距离四月三日的跑马已经差不多过了二十天。对洪作他们来说，这年四月要操心的事情真是太多了。

正吉失踪一事在全村闹得沸沸扬扬。他具体是在哪里失踪的还不清楚，但综合许多人的说法来看，应该是正吉那天从学校回来，说要去后山砍柴便一个人出了家门，之后便一直没再回来。

正吉不见了的第二天，事件引发的骚动波及了整个村子。村里人都纷纷嘀咕着神隐①一词。小学里也是一样，学生们因为这个事件完全失去了淡定。连在运动场时，学生们都不自觉地聚成一团活动，以保护自己不要成为接下来的牺牲者。洪作没有和这个叫正吉的男孩说过话。这个男孩身材高大，让人觉得有点不太机灵，在学校成绩不好，虽也说不上调皮，但是两只小眼睛总是泛着恶意的目光。

洪作对正吉没有好感。那是因为差不多半年前，洪作在校门口毫无理由地被迎面过来的正吉打了一下右脸。对这个一言不发上来就打人耳光，然后扬长而去的高年级学生，洪作不可能产生什么好感。因此，当他听到正吉遭遇神隐的消息时，并不那么同情他，反而觉得定是这男孩的胡作非为招来了神灵的惩罚。

这天学校放学后，孩子们聚集在油菜花初开的田地里，他们没有放风筝——从正月里开始一直流行这个，而是你一言我一语，一个劲儿地热烈讨论着神隐的话题。因为村里的大人们一大早便进山去找正吉了，村里——也许是错觉——一片寂静冷清。孩子们决定今天不放风筝了，取而代之的活动是去侦察关户家的一个女人——村民称她阿金②——的行动。关户家就在洪作家后门的对面，那个叫阿金的女人总是到流经洪作家宅地的小河里洗餐具和衣服等等。阿金和谁都

---

① 原文为"神かくし（神隠し）"，指小孩突然失踪找不到，或被找到时处于恍惚状态。人们认为小孩是被天狗、神怪等超自然力量给藏了起来，故名"神隐"。

② 原文为"おかねさん"，汉字"金"为译者所加。

不说话。据说她年轻时遭遇过神隐，虽然一周后人们在天城山山岭附近的杂木林中发现了她，但打那以后，她就变得痴呆起来。正吉遭遇神隐的事件使孩子们忽然想起了平素从未关注过的阿金。

侦察的任务还是像往常一样，交给了粗点心店的平一。平一沿着田间小道跑了过去，不久他的身影就消失在了水车作坊旁边。正当大家还不确定他到没到关户家的时候，他已经喘着粗气回来了。

"阿金现在往长野那边走去了，还带了把镰刀。"

这个报告足以引起在场的孩子们的关心。

"她去长野干什么呢？"

"肯定不是去长野，是去庚申塔①后面的山里了吧。"

"去山里干什么？"

"她带着镰刀吗？"

"带着镰刀是去砍头吧。"

大家一听最后这位孩子的话，不由得吸了一口凉气。孩子们不禁想到，曾经遭遇神隐的阿金带着镰刀去庚申塔后面的山里，看来似乎和正吉的事件有些关联。

幸夫、芳卫、龟男、阿茂，还有洪作打头阵，十几个孩子开始沿着通往长野村的街道奔跑。和他们想的一样，穿着干活的衣服的阿金在庚申塔前右转，走上了通往后山的岔路。孩子们和阿金保持着不至于把她跟丢的距离，排成一列沿着山坡的狭窄道路向上爬。这山——也可以说是山丘——

---

① 原文为"庚申さん"，为基于庚申信仰所造石碑。

很矮，爬上顶端要不了多长时间。

也不清楚阿金是否知道孩子们正跟在自己后面，她一次也没回头看，登上山顶之后，她在那里伸着腰休息了一下，便立刻沿着山的另一侧斜坡下去了。孩子们进行着一样的行动。有个一年级学生说自己想回家了，但幸夫没有准许。

从山上下到山底，便到了一处四面环山的小小平地，紫云英的紫色和油菜花的黄色装扮着上面的几块田地，仿佛铺着漂亮的地毯。洪作是第一次来到这里，他心想，在这山间竟然藏着这样漂亮的秘境。孩子们站在山坡上，注视着下到这漂亮的地毯上的阿金，看她要干什么。但是阿金什么都没干。她在紫云英盛开的田间找了个坐处坐下，从包袱里取出饭团吃了起来。

"什么啊，她在吃便当吗？"

阿茂的语气中带着失望。

"接下来是不是就要唤出正吉，砍他脑袋了啊？"

幸夫这么说着，又命令道：

"大家都藏在这里好好盯着。听好了，在我发出信号之前，谁都不许出来。"

孩子们照办了。他们各自坐下，只顾盯着阿金那正在吃便当的小小身影，一言不发。

洪作也相信一定会有什么事情围绕阿金发生，不可能什么事情都没有。洪作心中满怀期待，视线一刻不曾离开阿金。阿金每次把饭团拿到嘴边，就开始漫长的咀嚼，要过很久才会又一次把饭团拿到嘴边。从她那缓慢的动作推测，要吃完便当似乎得花很长时间。

然而看着这样的阿金，洪作幼小的心中竟没有感到一丝腻烦。在这万籁俱寂名副其实的山间田地里，阿金沐浴着春日的阳光，坐在紫云英的花丛中无比悠闲地吃着便当。

"我们回家吧。"

又一个人——不是刚才说话的那人——说道。

"不行，不行。"

这次龟男制止道。这时，平一报告道：

"这里有个土蜂的巢，大家注意，我要捅了。"

话音刚落，平一口中便传来了尖利的叫声：

"哇！"

洪作回头往平一那边一看，便立刻站了起来。他看见几十只蜂儿聚在一起，如同成群的蚋虫般在平一的头上飞舞。

洪作拼命地跑下山坡。在他前面是连滚带爬逃下山的芳卫和幸夫。在他背后应该还跟着很多孩子，但洪作没工夫去理会这些。

洪作感到不断有蜂儿微弱的嗡嗡声在身边响起。

"把褂子①披上。"

有人喊了一声。洪作便把外褂的下摆翻了起来，从后面把头盖住。

孩子们跑下山来到阿金所在的田地，沿着田间小路胡乱奔跑。接下来，他们打算沿着一条路口开在盆地西边的小道逃离这个被山环绕的小小盆地。除了走那条小道，要逃离这

---

① 原文为"羽織"，为一种传统衣物，穿在长衣外面的短外褂。

个盆地都得翻山。

洪作两次绊倒在田坎上,但他立刻跳起来继续拼命跑。他好不容易跑进一块广阔的田地,看见了前方的一段街道——那是自己熟悉的通往长野的道路。这时,他才有工夫观察下自己的前后方。洪作吃了一惊:在自己前方和自己一道奔跑的人竟然是阿金。芳卫跑在阿金前面,几个孩子跑在更远的前面,而幸夫又跑在更前面。

他们终于跑到了街道上,幸夫大口喘着粗气站在那里。在他周围,站着同样气喘吁吁的低年级学生。平一用手捂着额头,用最大的声音哭泣着。哭的不只平一,两个一年级学生也在放声大哭,仿佛在和平一一争高下。

"你过来。"

阿金抓住平一的袖子。这应该是洪作第一次听到阿金的声音。他想,阿金原来还是要说话的啊。平一发现抓住自己袖子的是阿金后,脸上浮现出绝望的神情,手脚乱舞,哭喊得比刚才更大声了。

阿金轻松地把挣扎着的平一拉到自己身边,把平一的身体抱在自己胳膊里,用自己的嘴贴着平一的额头。平一扯着最大的嗓门,拼了命地叫喊着。

"救我呀。"

洪作听到平一口中传出了这样的叫声。

阿金用嘴吸着平一额头上被蜂蜇的地方,吸了好几次,完了她说:

"这下应该行了。"

接着她用手掌在平一额头上用力拍了一下。重获自由的平一踉跄了两三步,一屁股坐在了地上。与此同时,孩子们一股脑地往村子的方向逃去。他们心想,再犹犹豫豫的话,下一个被阿金抓住的就是自己了。

人们发现神隐的正吉,是在他失踪那天起的第三天傍晚。离汤川村小一里的地方是新田村。据说那天一个新田的村民干完山里的活回家,在穿过杉树林时,发现了坐在圆木上发呆的正吉。那天从各村出发的队伍为了搜索正吉,闯入了天城山深处,没想到正吉竟然就在天城山山脚的杉树林中,距离村子咫尺之遥的。正吉因为没吃东西已经走不动了,便被新田村的那位村民背着,暂时送到了附近的农家安置,在那里过上一晚,第二天再被送回大泷村他自己家。

正吉被发现是在下午五点左右,消息在当晚便传遍了各村。洪作也在那晚从阿缝婆婆口中听到了消息。洪作那晚兴奋得怎么也睡不着。

第二天洪作醒得比平日早。在阿缝婆婆起床的同时,洪作也离开了被窝。在土仓旁边的小河里洗过脸,洪作就直接绕过正屋旁边往旧道去了。接着他就遇见了拿着布手巾来小河洗脸的幸夫。幸夫很少起得这么早,他和洪作一样,也是因为听到遭遇神隐的正吉被找到了而兴奋不已。

"我们去看看正吉吧。"

幸夫说道。

"嗯,走。"

洪作答道。

今天两个人都起得特别早,离吃早饭还有很多时间。并且若是跑着去大泷村的正吉家,十五分钟左右就能到。

洪作和幸夫跑在宿村的街道时,有的人家的前门还紧闭着。中途有其他孩子加入进来,每次一两人。等他们到了正吉家门前时,已经有了五个孩子。他们围着正吉家绕了一圈,但不管是房前还是屋后都没有正吉家里人的身影。五个孩子从正门进到房内地板前的裸地,从那又穿到后门。家里一个人没有。这时大泷村的孩子们来了,告诉他们正吉在新田村的农家待了一晚,接下来才会被送过来。

"我们去新田吧。"

幸夫这么一说,其他孩子们都表示赞成,同去的又增加了两三人。然后,一行七八个孩子,沿下田街道往新田村赶。他们有时跑,有时走。途中,洪作想起了阿缝婆婆每早给他做的味噌汤的香味,这么一想便立刻觉得饿了。

进入新田村后,孩子们立刻赶往正吉还在睡觉的那户很小的农家。许多村民已经聚集在那家跟前。在一大群男人之间,也夹杂着女人和孩子们。幸夫和洪作决定模仿那群男人,蹲在路旁等正吉从那户人家出来。但是左等右等,完全没看到正吉的影子。大人们时不时地走进房子,然后出来,又蹲在路边。这时,几个女人们搬来了分发给大家的饭团。大人们一人领了一个,把饭团送进嘴里,但是孩子们没有份。

幸夫和洪作被夹在吃着饭团的大人们中间,任凭时间极其无聊而又毫无价值地白白流逝。这时,大人们又开始商量，说是要先去昨天发现正吉的那片杉树林祈祷，以感谢神隐的小孩被找到，完了回到这里，再把正吉送出来。洪作和幸夫从大人们口中听到此事，觉得很没意思，但当一群十人左右的大人迈步出发时，两人还是加入其中，同他们一道走了起来。

到杉树林要走相当远的一段距离。洪作和幸夫不想漏掉大人们说的每一个字，不停地张望着身边大人们的脸，他们一边看看这人，又看看那人，一边不停地小跑。不跑的话，便跟不上大人们的脚步。在快到杉树林的时候，那群大人里面终于有人发现了洪作和幸夫两人的存在。

"你们俩是干吗的？"

他问。

"你们是哪里的小鬼？"

另一个大人停下脚步问道。

"久保田的。"

幸夫回答。

"久保田？！"

对方发出了大吃一惊的声音，

"你们不用上学的吗？混蛋！"

接着又立刻怒吼道：

"滚回去！"

因为对方太过气势汹汹，幸夫和洪作便离开了那群大人，移动到了路边。这时洪作和幸夫才发现，除了自己二人，这里没有一个孩子。一起跑来新田的孩子们也不知什么时候抛下两人自个儿回去了。

两人没有办法,又回到了正吉还在睡觉的那户农家。农家前面聚集的大人比刚才还多,他们一边吵吵嚷嚷,一边大嚼着分发的饭团,喝着茶水。两人在大人中间又待了一会儿。其间,他们也不是对学校那边的事情毫不在意。现在可能快到上学的时间了,或许早就过了上学的时间了。

洪作虽想告诉幸夫自己的担心,但总有些不敢说出口。幸夫这边好像也还是有点担心这事儿,他向洪作说道:

"即使惹老师生气,但还是应该来看神隐的正吉。是吧,阿洪?"

"是啊,这样更好。"

洪作也这么说道。这样做到底好是不好,其实洪作心中甚是没底,但是,他的内心却驱使他不这么说不行。幸夫和洪作不管刮风下雨,无论什么样的日子都几乎每天在一起玩耍,但从来没有像现在这样,互相肯定对方的意见。

"正吉马上就要出来了。我们一起看着吧。"

幸夫说道。

"不看可就亏了。"

洪作说道,接着他又补充道:

"马上就有好戏看了。正吉一出来,大家就会哇哇大叫着逃跑。"

幸夫接着说:

"他们跑的时候会丢下饭团。这样,我就把它们吃了。"

一说到吃饭团,洪作感到自己嘴里淌着酸甜的唾液。他想，自己是真的饿了。

等着等着，洪作的心情逐渐变得绝望，他感到事情已无可挽回。现在去学校老师大概不会轻饶他们。之前自己可是从未有过上课迟到之类的情况。洪作担心的不只是学校，他眼前浮现出急红了眼四处寻找自己的阿缝婆婆的身影。但是，洪作还是坐在地上，两手抱住两膝努力稳住自己。幸夫也采取了同一姿势，但他的身体不断微微颤抖。两人都没有站起来。他们莫名地不想站起来。他们一直漠然地盯着大人们吞咽饭团的身影，仿佛那是看不厌的景象。

"那个大叔吃了三个。"

幸夫时不时地这般说道。

这时，去杉树林祈祷的那群大人好像回来了，聚集在那户农家门前的大人数量一下子又增加了。

"你们两个，在干什么？"

一个女人盘问道。

"不去上学，在干什么？"

听到她这么说，再加上先前的事情，洪作和幸夫同时站了起来。这时，洪作才说道：

"我们回去吧。"

"嗯，回吧。"

幸夫也说道。两人离开了农家门前，往街道去了。他们奔跑着来到了街道，但一上街道，两人便慢吞吞地走了起来。太阳已经升上了头顶。两人一方面腹中饥饿，另一方面因为接下来要去学校，心中不免感到几分沉重。从这时起，两人便不再说话，沉默地并排走着。两人走了几町远，再过一座小土桥就进入大泷村时，幸夫突然站住了。然后他说：

"哎呀，对面过来的不是校长老师吗？"

洪作被幸夫的话吓了一跳。果然从对面快步走来的人很像伯父石守校长。向前倾着身子的走路姿势也非常相似①。洪作和幸夫茫然地呆立在原地，直到那人小小的身影越来越近，变大了一圈。

"就是校长老师。怎么办？"

幸夫把脸转向洪作。对于这个问题，洪作也不知道该怎么办。他完全无法判断怎么做才好。路就只有这一条，一边是山一边是崖，无可藏身之处。就这么走下去，只能撞见石守校长。

"阿洪，怎么办？"

幸夫半带哭腔，神情真切地问道。洪作心想，现在除了退回刚才过来的路，两人没有其他办法。洪作突然来了个向后转，对幸夫命令般地说道：

"跑啊。"

"好。"

幸夫应了一声便跑了起来。洪作也跑了起来。洪作跑了一下便觉得喘不上气，侧腹部疼痛，但他还是忍着继续跑。他对自己说，这种情形下，再怎么难受都不能停。但在跑了两三町后，幸夫停下了脚步，一边大口呼吸一边蹲在了路

---

① 原文如此。(此处与小说前篇第二章描写的石守森之进挺直腰板的走路方式不同。)

边。洪作也学着幸夫同样蹲下。两人稍微休息了一会儿又同时站了起来。因为他们和石守校长的距离又缩短了，不得不再次起身。

两人又跑了起来。然后跑了一会儿又坐在路边休息。这样重复了四五次，洪作开始觉得难受得不行。

"阿幸，我不舒服。"

洪作这么说道。本来幸夫已经心情沮丧到说不出话来，完全没了平时的影子，但一听这话，他那原本生气勃勃的表情突然又回到了脸上。幸夫呼呼地喘着粗气停了下来，往四下望去。看来他似乎下定决心，现在要勇敢地与接二连三降临到身上的苦难抗争。

"我们藏到那里去。"

幸夫指着一个地方说道。洪作看到那是一片离得很远，位于前方山崖侧的树林，当然不是正吉被找到的那片林子，但同样也是一片茂密的杉树林。

原先坐着的洪作一下子站了起来。他想，不管怎样，自己先得走到那儿去。洪作走走跑跑了一町左右，又蹲在了路边。他觉得想吐，试着吐了一下，结果喉咙里什么都没吐出来，没办法只得继续走。他必须缩短和幸夫的距离。幸夫走到杉树林那里便头也不回地离开道路，一个劲儿地往杉树林里钻去。

洪作好不容易走到杉树林那里。

——阿洪！

从树林里的某个地方传来了幸夫的呼喊声。洪作也学着幸夫，钻进杉树林中——那片树林带着舒缓的坡度一直延伸到河边。洪作感到凉飕飕的空气一下包围了自己，地面铺满落叶，那又冷又湿的感触透过稻草鞋传到了自己的双脚。

洪作扶住一棵杉树，然后又扑向另一棵杉树，仿佛把自己的身体抛出去似的。不这样他就没法移动身子。当他扶着不知第几棵杉树时，再也动不了了，身体就那么一点点地往下滑，坐在了地面上。

洪作感到自己的意识正在远去。洪作看到头顶有无数细长的杉树树干，高得仿佛触到了天上，他还看到这些枝干相互交错，形成了各种莫名其妙的形状。洪作闭上了眼睛，闭上眼睛要轻松些。

——阿洪！

不知从哪里传来了幸夫呼唤自己的声音，可洪作已经无力回答了。

——阿洪！

这次幸夫的声音在洪作的耳边清晰地响起。与此同时，幸夫的脸清楚地出现在洪作眼前，他正直挺挺地站在自己的头这边，从上面俯视着躺倒的自己。

洪作感觉心情轻松多了，但当他想抬起头时，却感到眼前无比眩晕。

"我不舒服。"

洪作向幸夫诉说道。幸夫并没有回应洪作，只是一言不发地从上面盯着洪作的脸，不久幸夫的脸完全变成了一副哭相。有几次他的表情看起来似乎马上就要放声大哭了，但最终还是忍了下来。不久，洪作身边响起了幸夫活动的沙沙声响，幸夫离开了他，但一会儿又回来了。

"校长老师走了。他肯定是去带正吉回去。"

他这么说道。洪作心想，如此说来，事情肯定是这样。

洪作直起上半身坐了起来。虽然还是不舒服，但没刚才厉害了。不过，他还是觉得自己没法站起来走。他担心这样做可能会让自己再次失去意识。幸夫又离开了洪作。幸夫一走，洪作便陷入不安。

——阿幸，阿幸！

洪作叫道。他自己也不由得感到自己的叫声是多么虚弱。过了一会儿，幸夫回来了，他好像要发出嘘——的声音般，压低嗓门说道：

"正吉马上就要从那边经过了。在正吉被带走之前，我们就待在这里吧。行不？"

然后，他又离开了洪作。幸夫时不时地回来，每次都报告路上的情况。

"大泷的那群人和公所的老大爷刚刚走过去了。"

或是，

"正吉家的姐姐拿着包袱过去了。"

或是，

"我妈刚才也过去了。"

幸夫分好几次报告了这些情况。洪作除了身体发冷之外，其余的都不那么难受了。自己伸展着身子长长地躺直在地上，听着幸夫时不时过来报告情况，这样一点儿也不让人觉得难受和讨厌，甚至说这时的心情是悠然自得的。只有一点让他受不了，那便是因为衣服已经完全湿了而身体发冷。

——好多人带着正吉过来了。木工阿义背着他的。现在他们正在路边休息，你来看看吧。

不知第几次时，幸夫这么说道。但是洪作实在没精神去看，也不想看。他想，就在这里躺着挺好。又过了一会儿，幸夫又来报告。

——这次换消防班长阿秀背了。

或是，

——正吉撒了尿。

等等。幸夫每次都带着这些零碎的报告来到洪作身边，然后马上又离开。最后他带来了石守校长回去了的报告，然后说道：

"我们也回去吧。"

洪作直起上半身坐了起来，又仰面躺了下去，还是躺下更轻松。

洪作躺下之后，幸夫久久地站在那里俯视着洪作，突然放声大哭起来。这转变来得如此突然，毫无征兆。幸夫平时即使打架打得流眼泪，也绝不会哭出声来，对幸夫而言，这种大哭实在少有。洪作躺在地上仰视着幸夫那抽泣着哭出声来的脸，他觉得幸夫的哭泣有点令人费解。他想，为什么幸夫会哭成这样？幸夫尽情地哭着，哭完便一言不发地从洪作身边离开了。这次他再也没有回来。

当洪作明白了幸夫不会再回来之后，一下子坐了起来。

他不想一个人被扔在这种地方。洪作站起来后，身子摇摇晃晃地在杉树林中胡乱走着。

洪作现在既不难受，也不想吐了，就是觉得一双脚总是站不稳。洪作和刚才进入树林时一样，迈着蹒跚的步伐，仿佛把身体抛出去般，从一根杉树树干扑向另一根。但无论他怎么走也走不到街道。洪作时不时地就这么扶着杉树休息。不知什么时候，他口中发出了哭声。这有节奏的哭声让人觉得并不那么悲伤，而是自然而然发出的。洪作一会儿走，一会儿坐在圆木上休息。因为这里无论往哪边看，到处都耸立着一样的杉树，洪作完全辨不清方向。

不知过了多久。洪作哭累了，嘴里已经发不出声音。不久就要天黑了吧，洪作心想。一想到夜幕降临，洪作便被恐惧紧紧抓住。正在这时，洪作突然听到很多人在"阿洪，阿洪"地喊自己名字。那声音听起来很远。洪作呆立在杉树林中，模模糊糊听到了几声呼喊自己的声音。那声音最初听起来分散而微弱，后来逐渐变大起来。

——阿洪，阿洪！

洪作没有出声。虽然他想回应，但是声音仿佛在喉咙里卡住了似的，怎么也发不出来。不久，众人一度变大的声音又变小了去。从这时起，洪作的脑子便一片空白，他摇摇晃晃地在树林中走着。他已经没法思考，也不再感到恐惧和悲伤。

洪作再次听见"阿洪"的喊声，已经是过了很久。他坐在树的根部。

——阿洪!

——阿洪!

对此,他只是不断吸吸鼻子,然后嘴里发出低沉的哭声。不久,洪作听到有人在离他相当近的地方大喊,

——阿洪!

然后接着,一声喊叫回荡在杉树林中,

——找到了!

不久,洪作便在半梦半醒之间,听到了很多人踩着落叶赶来的脚步声。

——阿洪!

洪作在听到喊声的同时,感觉自己的身体被一个人用手抱起。然后,他用那失去焦点的眼睛,看着几个人围住自己,吵吵嚷嚷地说着什么。接着,洪作又感觉到自己的身体软绵绵地浮在半空,被一个人背在了背上。

洪作很长时间都处于半梦半醒的状态。他不知道自己要被带到哪里。途中他感觉到有人往自己的口中硬喂了些糖水,而自己这时还趴在别人背上。当甘甜的液体渗透到了身体里,洪作恢复了一些精神。接下来,洪作被人背着在路上又颠簸了很长一段时间。就这样走了一段路,到了一处地方,第二次有人喂了洪作糖水。这次,他在喝完小茶盅里那温热甘甜的糖水后,第一次说话了:

"我还要喝。"

喝完第二盅糖水后,洪作便没再闭上眼睛。他清醒过来才发现,自己被久保田的青年背着,正要从大泷村走进

宿村。

洪作又发现有几个大人和很多孩子跟在自己后面。他的左右都是孩子们。在这些孩子中,洪作也看见了幸夫,然后,还有和幸夫并行的幸夫父亲。

——混蛋!

幸夫父亲骂着幸夫,敲打着他的脑袋。在这么多孩子里,只有幸夫看起来无精打采。

一进入宿村,洪作便闭上了眼。每户人家前面都站着人,大家都给自己打招呼实在令人难为情。不久,一行人从新道踏上了旧道。洪作看见上家门前站着几个男女,都是平常早晚见得着的附近的人们。

洪作被送到了上家里面。当他在地板框那里被放下来时,很多人盯着自己看,于是洪作还是难为情地闭上了眼睛。然后,他闭着眼说道:

"糖水。"

阿缝婆婆把糖水端了过来。

"阿洪,甜甜的热糖水来了。"

阿缝婆婆这样说着,把装着糖水的茶盅递了过去。

"就算这事儿过了,今后也别再跟幸夫这些傻瓜们玩了。"

阿缝婆婆正这么说着,当事人幸夫便被他父亲领着过来了。

"快道歉吧。"

听到父亲的命令,幸夫略微地低了下头。

"还不够,继续道歉。"

外婆阿种也给幸夫做了碗糖水过来。幸夫怕被责骂，环视了一圈周围人的脸色之后，才从阿种手里接过碗来。然后他一边往上翻着眼珠看着洪作，一边喝下了糖水。

在上家休息了一会儿后，洪作被送回了土仓。回到土仓时已经接近傍晚。那天晚上，土仓里来了几个前来慰问的客人。他们寒暄的话语从楼下传到了洪作的耳朵里。比如：真是危险，还好没有被掳走①，没事真是太好了；怎么偏偏让洪作这样的孩子遇上神隐；等等。其中还有个女人上到二楼来，伸头盯着洪作的脸看了看才回去。校长石守森之进也来了。当洪作得知伯父来了后，不由得在被窝里吓得发抖。石守校长什么也没说，坐在洪作枕边喝了不少茶水，然后对着一个来慰问的客人说：

"这孩子这么羸弱，将来真让人担心啊。即便是天狗②，如果觉得这孩子没啥吃头，也就懒得搭理了。"

说完，他一下子站了起来，就这么回去了。

洪作一直熟睡到第二天的下午。醒来之后，洪作一直能够听见孩子们的吵闹声从土仓周围传来。

洪作从被窝里爬起来，想着自己也到外面去，但阿缝婆婆严禁他从被窝里出来。只有当阿缝婆婆到楼下去时，洪作才从被窝里爬出来，从安着铁窗格的小窗户向外张望。在他

---

①"掳走"是指在"神隐"事件中，孩子们是被天狗、神怪等超自然力量所隐藏起来。

②"天狗"为日本传说中居住在深山中的怪物，脸色通红，鼻子长伸，具有神力，可以持很大的羽扇在空中飞翔，被认为会掳走小孩。

看来，孩子们欢跑在晚春田野里的身影是那么生气勃勃。一个孩子发现了从窗户里向外张望的洪作，便告诉了其他孩子，于是孩子们停下了玩耍，发出哇的喊声，一下子聚集到了窗户的正下方。幸夫也夹在那群孩子中。他们一齐仰着头，看稀奇似的注视着洪作。

"阿幸。"

洪作刚一打招呼，孩子们便调转身子争先恐后地逃开了。洪作看见他们晃动着脑袋一溜烟地跑掉了，连幸夫也是如此。洪作那天在土仓中躺了一整日，他时不时地透过那扇小小的窗口望着外面春天的田野，明亮的夕阳正在那里缓缓落下，这情景和土仓里面相比完全是天壤之别。

第六章

刚进入五月的一天，正上课时，做杂工的大叔走进教室，来到教师身边低声耳语着什么。教师听了大大地点着头，等杂工出了教室，便叫了洪作和阿光的名字，让他们现在马上回家。

洪作和阿光之前从没受过这种待遇，不知到底发生了什么。其他学生们则开始纷纷议论，有人说是上家的曾外祖母死了，有人说是背家的婆婆死了。确实，学生中途不上课了赶回家去只有一种情况，那就是家里有人过世了。所以洪作也像同学们议论的那样，想到家中定是有谁突遭变故，不是曾外祖母阿品婆婆，就是阿缝婆婆。

洪作出了教室就跑到学校门口，在那里等着跟在后面的阿光。阿光似乎察觉到了事态非同小可，一脸严肃地抱着装了教科书的包袱跑到洪作跟前。在洪作看来，阿光的脸色发青。也许是校门旁树上那些正要萌发的绿叶的反光让阿光的脸色看起来这样。

"是祖姥姥死了吧。"

洪作话音刚落，阿光就大大地摇着头说道：

"祖姥姥才不会死，是阿缝婆婆吧。"

当阿光口中说出阿缝婆婆的名字时，洪作感到血液正从自己的脸上褪去。这种事情怎么能发生呢？阿缝婆婆的身影从自己面前消失，这种岂有此理的事情怎么能发生呢？洪作带着恨意瞪着阿光，说道：

"老不死的祖姥姥终于死了，肯定是这样。"

说完，他扔下阿光迈步离开。洪作没有直接跑回土仓的劲头，决定先去上家看看。虽然上家房前一个人也没有，但一打开正门，立刻就能感到这个家里出了变故。几个附近人家的女人在那里漫无目的地转来转去。幸夫的母亲一看到洪作和阿光，便说道：

"你们祖姥姥快不行了。你们快去见她最后一面吧。"

洪作心想，果然是曾外祖母，幸好不是阿缝婆婆。他松了口气，感到心情一下子好了起来。

洪作立刻上了二楼。在二楼他看到了外公文太、外婆阿种、咲子，还有几个男女——他们是和上家有来往的亲戚。大家都老老实实地注视着躺在被子里的阿品婆婆的脸。洪作和阿光两人也坐在了阿品婆婆枕边。

"你们两个都好好看下祖姥姥的脸吧。"

外婆阿种说道。在洪作看来，曾外祖母的脸和之前一点变化也没有。平时那张皱巴巴的脸就已经缩小到一个拳头大了，看着完全不像活人脸，仿佛一件装饰品什么的。

"死了吗？"

洪作问道。

"你这话，哎。"

外婆阿种责备道，但文太却回答：

"还没死，但是快了。"

在座的所有人脸上都是一副老实的神情，但看起来一点儿都不悲伤。马上要死了吗？马上要死了吗？看来大家好像都在等着阿品婆婆断气的瞬间。洪作也在那里安静地坐了十分钟左右，正当他耐不住要站起来的时候，一个亲戚阿姨突然说道：

"婆婆好像咽气了。"

此言一出，先前满座鸦雀无声的气氛便有了些许变化。外公和外婆交替着把脸凑近曾祖母的脸，或是摸摸她手上的脉搏，然后外婆宣布般地说道：

"婆婆已经去世了，寿终正寝。"

几个人从坐的地方站起身来，下楼去了。

洪作并不觉得曾外祖母死了，他无法相信曾外祖母在那一瞬间的前后，分别处于生和死这两种完全不同的状态。洪作也下楼去了，每时每刻，家里都因为附近赶来的人们而不断变得更吵，洪作立刻离开了上家。

洪作回到土仓，本想告诉阿缝婆婆阿品婆婆死了，但却没见到她的身影。她已经到上家的厨房去帮忙了，可能在上家时洪作没有注意到。洪作觉得，因为曾外祖母的死，自己竟被置于无所事事的时间之中。玩伴们都还在学校里上课，无论去哪儿都找不到同伴们的身影。

洪作坐在土仓的石阶上，长时间地发呆。若去上家的话，那里倒是挤满了人非常热闹，但他知道没有大人会搭理他。洪作沐浴着五月既不热又不冷的阳光，手里空有大把极其无聊的时间。这时，他想再去看一次曾外祖母的脸。他想再次亲眼确认她是不是真死了。

洪作又往上家去了。就这么短短一会儿，上家已经被前来吊唁和帮忙的男男女女挤得水泄不通了。洪作在大人们中间发现了阿光，便说道：

"我们去看看祖姥姥的脸吧。"

阿光难得地顺从地点了点头，自己先上了二楼。二楼和刚才相比已经完全变了模样。房间里已经搭起了盖着白布的祭坛，几支线香冒出的烟弥漫在室内。洪作和阿光也像其他吊唁的男女一样，揭开盖在曾外祖母脸上的白布，用湿棉花给她润润嘴唇。阿品婆婆现在已经完全是一副死者的容貌了，面色如土，嘴唇略微僵硬地闭着。

洪作对阿光说：

"去我家玩吧。"

对于这个建议，阿光也顺从地点了点头。

洪作回到了土仓，阿光也追赶似的跟在他后边来了。洪作和阿光两人已经好久没在一起玩了。直到一年前，两人还几乎每天都在一起玩，但大约从去年夏天开始，事情突然有了变化，洪作变得只和男性小伙伴们一起玩耍，阿光也避开洪作，只和女性小伙伴们一起玩了。并且一直以来，两人的关系总有些不好。洪作觉得阿光的所作所为带着坏心思。阿缝婆婆和洪作两人的共同生活成了横亘在洪作与上家之间的一条冷冰冰的鸿沟，阿光对洪作的态度，就是这"上家"和

"背家"间氛围的当然反映。但不知为何,阿光今天的态度却与往日不一样。

洪作说要换种南天竹,阿光便立刻听令,把靠在土仓旁边的铁锹拿了过来。两人从正屋的院子里拔了几棵小小的南天竹出来,拿去种在水车作坊旁边的田地一角。直到幸夫等一众玩伴放了学过来,洪作一直和阿光愉快地玩耍着,这实在是久违的场景了。阿光没有不听洪作话,洪作也没有敲打或推倒阿光。

孩子们因为上家的祖姥姥去世而莫名地兴致高涨。那些大人间的对话,被孩子们像模像样地搬到了自己嘴里,比如:丧事是几号;丧事上要招待包子;不,不是包子,是模子打的点心①;等等。孩子们虽然聚在土仓旁边玩耍,但时不时会有孩子去上家门前看热闹。

办喜事时,孩子们也能吃上主家招待的饭,但办丧事时,只有大人们被招待着吃饭喝酒,孩子们遭到了完全忽视。因此对于孩子来说,丧事比不上喜事有魅力,但比起什么事都没有,孩子们还是为有丧事感到兴致高涨,内心充实。并且最关键的是,运送死者灵柩前往熊野山墓地的送葬队伍足以吸引孩子们的兴趣。当孩子们得知上家祖姥姥的丧事是第二天后,他们想了想距离办丧事的时间还有多长,然后就迫不及待地开始"扮丧事"。他们口中纷纷"锵啷,锵啷"地模拟着送葬时的锣声,边这么念着边围着上家周围跑。

---

① 原文为"打ちものの菓子",是指将糯米粉、糖稀、砂糖等进行混合,再用木制模具压制成各种形状的传统点心。

洪作白天一直在玩这个游戏，到了傍晚，阿缝婆婆亲手给他换了身衣服，然后洪作就往上家去了。洪作和阿光一起在厨房里一处拥挤的地方吃了东西，因为听说接下来就要开始念经了，他们便上了安放着曾外祖母遗体的二楼。二楼上人们已经挤得挪不动身子了。人群中，洪作还看到了伯父石守森之进的面孔。

洪作和阿光被夹在大人们中间，一脸老实地等着人们开始念经，却迟迟没有动静。等到僧人来了开始念经时，洪作和阿光已经一起钻进了放东西的房间。他们爬上众多被子堆成的小山，躺在上面。家里被人们挤得满满当当，一直人声鼎沸。洪作在上面躺着躺着便睡着了。不知睡了多久，当洪作醒来时，他听到村里的老太婆们跟着僧人念经——先前等得好苦——的声音，那舒缓的韵律在家中流淌。

洪作长时间专注地听着。在这念经声中，洪作脑海中浮现出躺在二楼的曾外祖母的面孔。阿品婆婆整天像个装饰品似的坐在同一个地方一动不动，也不怎么下楼。洪作一件接一件地回想着关于阿品婆婆的事情。他想起她老是偏袒阿光，即使烤白果，每次都给阿光两颗而只给自己一颗；又想起她让阿光坐厚坐垫，让自己坐薄坐垫；等等。当时洪作觉得她是个多么坏心眼的婆婆啊，但现在回想起来，自己竟不可思议地不再为此生气。

洪作从被子堆成的小山上下来，走出放东西的房间。他看见起居室像战场般热闹，附近人家的女人们在其间东奔西走，有的端着装有食物的盘子，有的拿着酒壶。

"阿洪,你刚才去哪儿啦?"

一个人这样招呼着洪作,把他弄到楼下起居室的一角坐好,让他吃宵夜。洪作用筷子夹起一大片牛蒡,却完全没有食欲。来帮忙的女人们也各自占了块能凑合的地方,分别拿起了吃宵夜的筷子。

——没有比祖姥姥命更好的人了。她可是带着薙刀和朱漆的浴桶嫁过来的。

或是,

——听说这一位只会做味噌汤,这一辈子大家知道的就是她做新娘时的事情。不过她也寿终正寝啦。

在座的人们口中这样说着曾外祖母,不知是骂还是夸。洪作听着大家对曾外祖母的议论,心中突然涌起一股大大的悲哀。虽并不见得是为曾外祖母的死感到悲哀,但无疑和她的死有关系。

洪作离开座位,再次钻进放东西的房间,爬上被子的小山,躺在上面。不久,他便耐不住心中涌起的悲哀,口中发出了哭声。洪作先是哭出声来,不一会就变成了大哭。躺在被子堆成的小山下面睡着的阿光也被洪作的哭声惊醒。与此同时,咲子进来了。

"怎么了,阿洪?"

她走近洪作。

"做梦了吗?做梦了吧,傻瓜。"

洪作不管这些,哭得更大声了。附近人家的一个女人也进到房间里来,和咲子一样地说道:

"大概是梦到吓人的东西了吧。"

这时,阿缝婆婆也出现了,她说:

"阿洪,回家去睡吧。"

于是,洪作和阿缝婆婆一起离开了上家,回到了两人居住的土仓。一路上,五月微暖的夜风吹拂着。阿缝婆婆一边在路上走着,一边自言自语般说道:

"是个好婆婆,终于还是走了。"

之后又接着说道:

"真难受啊。"

说完她便停下站住,仰头望向深夜那星光闪闪、仿佛天鹅绒般深黑的天空。也许是犯了腰痛,阿缝婆婆将手绕到背后,不停地敲着腰部。

洪作并不懂阿缝婆婆的心情,但对阿缝婆婆来讲,今天是她一生中最难受的日子。说来阿缝婆婆就是从今天去世的正妻阿品手中夺走她丈夫辰之助的人,从这点来讲,她是加害者,阿品是受害者。在受害者阿品去世这天,阿缝婆婆一边在上家厨房帮忙,一边浑身感受着甚多村里人充满指责的目光。这对阿缝婆婆来说,实在是比什么都难受。

回到土仓后,两人便立刻睡下。阿缝婆婆不一会儿便发出鼾声睡着了,但洪作还醒着。他心中还残留着因祖姥姥的死而产生的悲哀,即便她生前曾刻薄地对待自己。

第二天,洪作刚睁开眼,阿缝婆婆便告诉他,自己已经去上家忙活了一阵回来了。她穿着外出的衣服,身上系着干活时的束带,正做着早饭。

"今天你妈妈要来。"

阿缝婆婆说道。

"我妈妈？！"

洪作突然感到了高兴与不知所措。在这一瞬间之前，他根本没想到母亲会来。

"妈妈为什么会来？"

"来参加葬礼啊。"

因为今天母亲七重就会出现在自己面前，洪作心中充满期待。他已经完全忘了昨天自己为曾外祖母放声大哭的事情，他甚至心想：如果母亲能为此而来，那阿品婆婆早点死就好了。

洪作那天也没有去学校。其他伙伴们都去了学校，只有自己公然不去，这让洪作莫名觉得不好意思。洪作对阿缝婆婆说今天自己也要去上学，让她十分为难。

"哪有自己祖姥姥去世了还闹着要上学的孩子啊？今天阿洪得穿上好衣服，在葬礼上乖乖排队站着。"

阿缝婆婆说道。接着她又命令洪作：在葬礼开始前一直待在土仓里看家。

今天对于洪作来说是个特别的日子，既要举办祖姥姥的葬礼，母亲也要来。葬礼是必须得去的，母亲也是必须得见的。洪作觉得今天真是忙到分身乏术。但即便这样，还是有无事可做的无聊时光慢慢地白白流逝。洪作在土仓前玩着，时不时跑到上家去看看情况。人们开始聚集在上家那里，人数比昨天更多，但没人和洪作这种小孩子说话。当洪作意识到自己完全被排斥在大人们的世界之外后，又回到了土仓。正午时分，阿光提着装食物的套盒来了，里面装着自己和洪作两人的午饭。两人像昨天一样，彼此表现出亲近友爱之态，和睦地吃了午饭。

葬礼定在了下午三点，在那一小时前，母亲七重的身影突然出现了。当时，洪作正在土仓前和阿光玩拍洋画。因为拍洋画是男孩子间流行的玩法，女孩子们不玩，所以阿光玩得不好。洪作从完全不上手的阿光手里把洋画一张张地赢走，他对此感到有意思极了，正玩得入迷。

"你在干什么？"

听到这声问话，洪作才注意到自己身旁站着一位不太眼熟的女性。原来是母亲七重。

"真是的，在乡下长大就玩这个。"

七重这么说道。接着她又直勾勾地盯着洪作自言自语道：

"好像又长大了一点。"

虽然母亲一开始说的话在洪作听来冰冷无情，但他还是从母亲凝视自己的眼眸中，不由得感到了一阵到底是亲生母亲才具有的温暖。阿光因为七重的突然出现，往后退了五六步，然后就这么背对着她跑开了。

"走，回家把衣服换了。"

母亲说道。洪作立刻和母亲上了土仓二楼。七重随意打开那些不知装着啥的柜子抽屉，把它们翻了个底朝天，找出洪作外出穿的衣服就给他穿上。洪作站在母亲面前任她摆布。平时都是阿缝婆婆给洪作穿，但母亲的动作要比阿缝婆婆麻利得多，洪作感到有点害怕，就像母亲正在责骂着自己什么。

"转过去。"

或是，

"手伸好。"

母亲这样说着。在给洪作穿完后，她又反复提醒道：

"不准弄脏了。还有，拍洋画不准玩了。听到了吗？"

"嗯。"

"不准说'嗯'。要说——好的。"

"好的。"

洪作改口道。

葬礼虽然定在下午三点，但稍稍有些推迟，当送葬队伍从上家门前出发时，时间已近四点。洪作和阿光两人跟在七重和咲子后面并排走着。这次的送葬队伍非常热闹，超过了此前村里任何一场葬礼。队伍又长，捧着纸花的人又多。

送葬队伍缓缓前进，在熊野山进山的地方离开了道路，沿着山坡往山上行进。当送葬队伍走过村里的道路时，道路两侧有不少村民围观，洪作和阿光对此非常紧张，像体操课[1]上齐步走一样，他们这时也齐步走着。进入山路后，很多孩子们钻进了送葬的行列。幸夫、芳卫、龟男他们也来了，和洪作并排走着。孩子们不时跑起来，时而跑到灵柩前面，时而又绕到后面。洪作也想和大家一起跑起来，但是他提醒自己：今天自己和其他人不一样。于是洪作还是和阿光

---

[1] 旧制小学科目，相当于体育课。

两人一直老老实实地走着。

到了山顶的墓地，僧侣念起了经，念完之后，人们给灵柩的四角系上绳子，把它降到一个大大的坑里。这是洪作第一次看见埋人。洪作也学着大人们，往墓穴里撒了一把沙。当村里的年轻人们开始动手填埋墓穴时，人们也开始陆陆续续地沿着刚才经过的路原路返回。洪作心想，曾外祖母就这么被埋进了地里，实在令人扫兴。

"这就完了吗？"

洪作问向咲子，又问问母亲七重。

那天夜里，洪作还是和往常一样，和阿缝婆婆两个人睡在土仓。洪作心中期盼着七重也许会来土仓睡觉，但是再怎么等到夜深，七重到底还是没来。

第二天他们也没让洪作去学校，也就是说洪作已经三天没能去上学了。正午时分，洪作和阿光被七重带着，前往河谷里的公共浴场。和母亲一起去泡澡让洪作感到害羞。脱去衣服，母亲的身体看起来像大理石什么的，让人觉得泛着光芒，使人无法长时间直视。

"你在磨磨蹭蹭地干什么？快把衣服脱了。"

被母亲这么一催，洪作便脱去衣服。一脱完洪作便突然像跳入河中似的，跳进了空无一人的浴池，激起了一阵大大的水花。

自打洪作懂事以来，和母亲七重一同泡澡还是头一遭。洪作移动到浴池的边缘，尽量远离母亲七重那雪白的身体，尽量不把视线落在母亲的身上。七重慢慢地把身子沉入浴池，做着游泳的样子，用手水平地刨了两三下热水。

"阿洪，你会游泳吗？"

她问道。母亲不知道自己会游泳，这让洪作不禁感到遗憾。

"会游，游平渊什么的轻松得很。"

"真的吗？说大话吧。"

七重这般说着，仿佛不相信洪作说的。这令洪作很意外。

"我到河里游给你看吧。"

洪作认真了起来，这般说道。他心想，如果母亲希望的话，他就是跳进公共浴场旁的大河都在所不辞。

"傻瓜，现在跳进去，马上就会得肺炎死掉。"

"但是阿洪会游泳嘛——是吧，阿光？"

洪作本想让阿光帮自己作证，但阿光却非常可恨地说：

"阿光不知道。"

下一瞬间，洪作便用脚在浴池边缘的板框上一蹬，让身体在浴池中游动起来。他打算给母亲展示自己是如何能游。他的两脚吧嗒吧嗒地打着水，顷刻间水花四溅。

"傻瓜，你快停下来！"

母亲一边叫着，一边在浴池中站了起来。阿光也逃到了洗身体的地方[①]。洪作撞上了母亲那雪白的身体，那一瞬间，他感到自己碰到了母亲那极其光滑柔软的皮肤，然后又

[①] 原文为"洗い場"，指浴室或澡堂内冲洗身体的地方，和泡澡的地方分开。

立刻从那里滑开。

"好悬啊。头发都要打湿了。"

洪作停止游泳时,母亲还站在浴池里,一脸非常愤怒的样子。

"衣服也打湿了吧。做傻事也得有个限度啊。"

果然,浴池和脱衣服的地方相距不到半间,水花也溅到了那里。无疑如母亲所说,衣服也打湿了。洪作有些沮丧。

"你过来!你脖子好黑啊。真是要多脏有多脏。你婆婆没给你好好洗过吧。"

母亲的脸上还残留着愤怒。洪作听话地站在母亲面前。母亲身体上那雪白的光泽消失了,直到刚才自己还觉得母亲的身体光芒四射,让人难以接近,但现在已经没有这种感觉了,他感到自己的裸体似乎被交到了一个冰冷而又刻薄的人手上。

"坐下。"

洪作按母亲的命令坐下。

"瞧你这瘦猴样。这可不行。明明是个男孩,身体却像个螳螂似的像什么话。你看,搓出来这么多污垢,真是个脏娃娃。"

七重用布手巾卷着搓垢的工具,用它狠搓洪作的脖子。洪作这才看见污垢从自己的脖子上扑簌着掉落。

"转过去!"

洪作又背向母亲。他的背也被无情地狠搓。因为背上搓得疼,洪作想从母亲手里逃走,但还是忍住了。这时,母亲的手又放到了他侧腹部，洪作这下痒得受不了了，扭着身子想要逃开。

"不准嬉皮笑脸的。给我好好待着。"

说着，母亲在他背上狠拍了一下。

"不给你洗了。阿光，你过来。"

洪作虽然从母亲手中解放了出来，但心中一点也不高兴。他想，自己是不是被母亲嫌弃了。洪作和咲子来过公共浴场，她也给自己洗过身体，但洪作感到咲子对待自己的身体要温柔得多。接下来的时间，洪作为了重新取得母亲的认可而一直格外老实地待着。直到他们从浴池里起来。

从祖姥姥葬礼那天开始，妈妈在老家待了十天左右，其间一次也没来土仓住过。洪作一开始还期待母亲今天也许会来土仓住一晚，因为期待总是落空，不久便完全放弃了。

"妈妈为什么不来这里住啊？"

每当洪作向阿缝婆婆这么问道，她总是如此回答：

"你妈妈怎么会来这里住？她说土仓里有霉臭味她不喜欢。"

洪作第一次听说七重是因为有霉臭味而不喜欢土仓，但他相信七重确实给阿缝婆婆这么说过。因为七重有着近乎病态的洁癖，很难令她满意，所以这话的确像是七重说的。

不过，洪作在母亲还没走的时候，即使放了学也不会马上回阿缝婆婆那里，而是到母亲暂住的上家去。因为母亲在那里，所以上家比土仓更有魅力。七重在上家权力最大。无论是咲子、大三,还是大五,大家在七重面前都提心吊胆。连七重的母亲阿种也不知为何在七重面前抬不起头。文太也是一样。文太最多从口中说出这样的话:

"即便你这么说……"

或者,

"七重你再怎么唠唠叨叨也……"

洪作已经听见了好几回母亲七重对着外公外婆两人严厉指责,比如:生活操持得不好;双亲娇纵养不出什么像样的孩子;还觉得自己是以前的大户人家似的,搞些花里胡哨的名堂;等等。

每当这时,外婆阿种脸上便会浮现出殉难者般忧伤的表情,要把所有这些罪过都揽到自己身上。她说:

"都是我的错。你爸和其他人都没有过错。"

但是每当外婆这么说,七重都会严厉地指责她:

"妈,你的错现在不用说也清楚得很。"

洪作不知道为什么上家的人都要被七重骂,但是孩子心中还是能想象出大概的原因。那就是上家已经不像以前那般衣食无忧了,但家里没有谁想努力摆脱这种情况,七重觉得看不下去了,这才事事都要骂人。洪作曾在一楼的起居室里见过七重和咲子的激烈争吵。

"事情没有姐姐你想得那么简单。你这样说爸妈,他们太可怜了。"

咲子刚这么一说,七重便说道:

"你闭嘴,现在还轮不到你说话。"

"我还是有说话的权利吧。"

"呵呵，好大口气。就是因为有像你这样的人在家里，咱家的日子才不好过。既然婚礼都办了，那就快到你丈夫那儿去吧。你打算在娘家待到什么时候？话说回来，我是反对你结这个婚的。但有了孩子没办法。——要说不检点，可没人比得上你。"

七重说道。这时咲子的声音已经颤抖起来，她回应道：

"我怎么结婚都轮不到姐姐你来指手画脚。你连家里的情况都不清楚，想回来就回来，你才是好大的口气啊。丧事已经办完了，麻烦你快点回去吧。"

咲子的脸已经气得煞白。

"哎呀，哎呀，你们两个！拜托你们别扯着喉咙吵了。你们原来都是温和的乖孩子，为什么现在会吵成这样？太可怕了，真是太可怕了。"

阿种惊慌失措地将自己的身体挡在两人中间。洪作一直专心盯着这家人的样子，眼睛都没眨一下。虽然洪作认为母亲的话里肯定有合理的东西，但是要说自己站哪头，洪作觉得自己还是同情外公外婆和咲子这边。母亲七重说的无疑是对的。之所以这么说，是因为七重不在时，咲子也会对外公外婆讲同样的话，完全就是七重现在所说的——这种情况洪作时有遇见。但是不管怎样，连洪作这孩子也觉得，母亲七重说话太不留情面。他觉得母亲从没打算站在对方的立场上听听对方的辩解。

咲子和七重吵完了，洪作看到先前惊慌失措的外婆在劝

住二人后来到院子里收衣服,便莫名地想安慰下她,于是对外婆说道:

"是妈妈不对,是吧,外婆?"

听到这话,阿种一脸惊讶地盯着洪作的脸。

"不是,不是。"

不一会儿她伸着腰说道。

"阿洪的妈妈是好妈妈。都是外婆不好。"

洪作从没见过外婆的脸像现在这般悲伤。他觉得外婆非常可怜。阿缝婆婆会和七重对抗,会说她坏话,但是阿种绝不会这么做。她认为但凡世上发生什么不好的事情,都是因为自己还有做得不够周到的地方。似乎外婆生来确实就是这么想的。

母亲七重回丰桥那天,是土仓旁边的棣棠开满黄色花朵的日子。在学校的午饭时间,洪作从老师那里得到许可,去停车场送别母亲。外公、外婆、咲子、阿缝婆婆,这天都互相展露着笑容来到停车场送七重。许多附近人家的女人们也来了。

母亲乘坐的马车上,有一位穿着洋装,名叫喜代的中年人,据说他从村里去东京开钟表店发了家。来送这位的人也很多,停车场因为来了很多村民而热闹非凡,这情景可不常见。喜代和七重打过招呼后,又招呼洪作道:

"娃娃,和妈妈告别了会很寂寞吧?"

洪作没有回答,他被喜代口中衔着的烟斗吸引住了。

"那是什么?"

洪作问道。

"这个吗？这叫薄荷烟斗。"

喜代把烟斗从嘴边拿下来，说道：

"娃娃，衔着吸一口。"

洪作按他说的衔在嘴里吸了一口。薄荷的清凉感马上扩散到了整个口腔。洪作心想：世上竟有这么棒的东西。这么时髦的好东西大概不到东京是买不到的。并且普通人肯定没那么容易就能拥有这东西。这玩意儿就是这么贵。

洪作衔着烟斗，环视着大人们的脸，只见母亲七重眼里闪着冰冷的光，仿佛在斥责洪作。洪作连忙把烟斗从嘴上拿下来，下意识地塞进了自己的腰带里面。他想，母亲肯定是在责备自己把别人衔过的东西塞进自己嘴里，一点脑子都不动。洪作为了逃避母亲的目光，便跑到大人们的背后去了。

这时，马车准备就绪，赶车的阿六高声吹响了喇叭。喜代和村民们道别后先行坐进了马车，接着七重也坐了上去。马车立刻就出发了。村民们都是一副送别离人的模样，所有人都呆立在原地，将视线投向远去的马车。洪作看到母亲稍稍探出身子，向这边挥手。洪作清楚地感到那是母亲在对自己挥手。因为今天只有自己一个小孩，洪作本打算今天不跟着马车一起跑，但一看到母亲挥手，仿佛那是个信号，自己便不知不觉地追着马车跑了起来，一直跑到了簧子桥才停下来。母亲还在挥手。

马车往市山村驶去不见了踪影，洪作回到了还站在停车场的村民那里。

"终于走了！哎哟喂。"

阿缝婆婆仿佛摆脱了件大麻烦般说道。也许是这种说法很有意思，咲子也笑着说道：

"真的，哎哟喂。"

周围人都被这句话逗得笑出声来。阿种给来送七重的人挨个道了谢，接着对洪作说道：

"你快去学校吧。"

说着她重新给洪作系了下腰带。这时，洪作看见一个小物件掉落在自己脚边。是薄荷烟斗！洪作连忙拾起它，心想，哎呀，不得了了。这东西按理说本应还给喜代，却被自己不经意间塞进腰带里忘了还。想来喜代也是一样，把烟斗递过去后便只顾和来送他的人寒暄，忘了从洪作那里把它取回来。

这下可搞出了件大事！

洪作把烟斗捏在手中，离开人群独自沿着新道往学校走去。洪作再一次把烟斗拿到嘴边，衔着吸了一口。和刚才一样，一股妙不可言的清凉感仿佛渗透一般，再次在洪作口中扩散开来。

洪作仿佛觉得自己成了罪犯，这种想法一直抹消不去。他不禁想到，喜代现在会不会已经想起了烟斗，正在马车里大吵大闹。洪作再次把烟斗塞在腰带，心想这东西可不能给谁看见了。他的心情仿佛在藏匿偷来的赃物。

那天，洪作在学校期间一直被不安的情绪侵扰，心神不宁。他觉得似乎老师马上就要走过来，对他说：

"你拿了烟斗吧?交出来。"

即使到了运动场,洪作也远离同伴,一个人站在角落,时不时地把手伸向腰带那里,确认下烟斗还在不在。摸到烟斗没掉,确实还在那里,他便放心了。对于如何处置这个烟斗,洪作脑子里想不出一点儿好办法,只能全力确保自己把烟斗拿好别弄丢了。

但即便是这种时候,洪作也还在和欲望作斗争,他想把烟斗衔在嘴里再吸一口。一旦体会过一次这口中清凉的感觉,每每回想起来,便是一种让人难以忍受的巨大诱惑。洪作绕到校舍背后,确认过四下无人,便悄悄地拿出烟斗衔在嘴里。从嘴里抽出烟斗后,他要重复吸气吐气好几次。他想,果然没有比这更好的东西了。

原先每次放学,洪作都要和久保田的伙伴们一起玩耍,但今天的洪作有些不同。他避开了幸夫他们,一个人走到田野里,坐在稻草堆的影子里,衔着或是摆弄着烟斗。拿着别人东西的不安与拿着珍贵宝物的喜悦混杂成一种复杂的心情。除此之外还有一样东西——告别母亲这天的寂寞——也混入了这复杂的心情中。洪作坐在稻草堆旁,隔着分成几级延伸到山谷下方的梯田,远远望着对面白色的下田街道——先前载着他母亲的马车就是从那里远去。母亲还在的时候,洪作总是觉得她冰冷刻薄,并没有那么被她吸引,可一旦分别,洪作到底还是感到了一种只剩自己孑然一身的孤寂。特别是今天母亲在马车中朝自己挥手道别的身影,始终浮现在自己的眼前。一想到母亲那挥动的手,洪作心中便忍不住地对她感到眷恋。这种思恋母亲的心情是洪作从未体会过的。

洪作在稻草堆的影子里一个人玩耍到了傍晚，直到太阳已经完全落山后才回到土仓。阿缝婆婆因为洪作这么晚了还没回家，便到附近的人家一户户地找他，正好也刚回到土仓。

"阿洪，你去哪儿了？"

阿缝婆婆虽然看起来有些生气，稍稍瞪着眼睛，但洪作平安回到自己身边她也就放心了，于是她坐在土仓的地板框上，大大地叹了口气，说道：

"婆婆以为阿洪又遇到神隐了，担心死了。"

之后，她哎、哎地叹息着，捶着腰说道：

"我还得再给邻居们通知一声阿洪回来了。"

于是，洪作又跟着阿缝婆婆，挨家挨户地去拜访附近的人家。他们去的时候，家家都正吃着晚饭。

"阿洪回来了。让你们担心了，对不住。和你家老大不一样，阿洪要是不见了事情可不得了。"

阿缝婆婆在每一家都这么说，对此有人说道：

"我们也很担心呐。婆婆你遇上神隐也就遇上了，可你没有不见，阿洪不见了，事情可真是不得了啊。"

也有人这样说：

"婆婆，你才要当心。阿洪前段时间躲过一劫。下一个就轮到你了。"

当他们拜访完邻居家回到土仓后，阿缝婆婆突然说头晕，一上二楼便立刻俯卧了下去。洪作用火柴点亮煤油灯，从楼下给阿缝婆婆端来了水。突然，他想起了薄荷烟斗。

"婆婆,你吸一口这个。"

说着,洪作把烟斗往阿缝婆婆嘴里塞。

"什么啊,这是?"

她用手触探着烟斗说。

"吸一口就舒服了。"

洪作说完,阿缝婆婆便按他说的把烟斗衔到嘴里。接下来的一瞬间,她说道:

"这是那啥,是薄荷啊。"

说着她便坐了起来。

"婆婆,舒服了吗?"

"真的。"

"我没说错吧。"

"太神奇了。真的一下子就神清气爽了。"

阿缝婆婆用满是皱纹的手指抓起烟斗,对着煤油灯的灯光仔细打量,不久又送到了嘴里。

"真的能让人神清气爽啊。"

阿缝婆婆像洪作一样,大口地吸气吐气。大概是薄荷烟斗起了效果,阿缝婆婆说自己不舒服的感觉已经完全没有了,她站了起来,衔着烟斗去做晚饭了。

洪作和阿缝婆婆两人吃了顿简单的晚饭。直到昨天,上家几乎天天都要送些菜来,但今天七重回去了,就完全只有阿缝婆婆亲手做的菜。大碗里盛着煮的竹笋和蕨菜,两人各自用筷子挑着吃。阿缝婆婆和洪作都只吃竹笋软的部分。洪作所有的牙齿都是虫牙,按咲子的话说,因为阿缝婆婆每天把糖果拿到洪作的被窝里，洪作的牙才完全毁了。

阿缝婆婆根本不接受咲子的说法。

"从没听过吃糖果吃坏牙的。我小时候吮着糖球睡，睁开眼马上接着吮糖球，我就是这么长大的，也没见我长一颗虫牙。阿洪牙不好是因为他妈大肚子的时候没有吃鱼。"

阿缝婆婆是这么说的，实际也是这么想的。

那天晚上，洪作和阿缝婆婆像往常一样并排着铺好睡铺睡觉，洪作把烟斗放在枕边睡了。第二天早上洪作睁开眼就想起了烟斗，马上伸手去摸，但不知为何烟斗从枕边消失了。洪作钻出被窝，马上下到一楼一看，发现阿缝婆婆正衔着烟斗在做味噌汤。洪作立刻从她那取回了烟斗，衔在自己嘴里。

那天洪作拿着烟斗去学校，被幸夫发现了，只得也借给他吸。于是这只烟斗在学校时在洪作和幸夫间移动，回到家后，又在洪作和阿缝婆婆间移动。

然后，那一晚洪作又把烟斗放在枕边睡了，第二天当他睁开眼时，阿缝婆婆说道：

"阿洪，烟斗抽起来不像以前那么清爽了。"

洪作拿起烟斗衔在嘴里一试，果然和阿缝婆婆说的一样，烟斗不再像以前那样给人清凉感了。里面的薄荷已经没有了。

离曾外祖母去世已经过了一个月左右，洪作和咲子一起去了河谷里的公共浴场。咲子这段时间一直抱着婴儿，只有这时才把婴儿交给阿种,一身轻松地去洗澡。

洪作感到咲子又像以前一样专属于自己了,这种感觉甚是久违。洪作煞有介事地捧着装有咲子洗脸用品的金属盆,担任她的陪同。当他们离开大路,来到通到河谷下面的坡道时,咲子唱起了女子学校的校歌。看着这样的咲子,无法令人相信她竟是一个婴儿的母亲。

但是,当他们进入浴池时,洪作才看见咲子的身体像蜡一般苍白,并且瘦得快让人认不出来了。以前咲子的身体给人的感觉比较丰满,比母亲七重更白更有肉,但现在的咲子看起来完全是另一个人。白天的公共浴场,浴池中空无一人,咲子坐在浴池边缘的板框上,又唱起来时路上唱的歌。洪作也和咲子一样坐在板框上,听她唱歌。虽然他对咲子的暴瘦不由得有些担心,但和咲子这样待在一起的时光却让他非常开心。

"阿洪,你也唱一首吧。"

"唱不来。"

洪作说。

"没出息。阿洪——你是男孩子呀,唱一个吧。"

"但是我唱不来啊。"

"哪有唱不来的。"

"那我唱了。"

没办法,洪作唱了一首叫做《箱根的山儿天下险》的歌。

洪作天生唱歌就不行,时不时地扯着走调的嗓子吼。每当他走调的时候,咲子便立刻代他唱上两句。唱完之后,咲子说：

"阿洪你真是音痴啊。"

"什么是音痴？"

"就是唱歌跑调。嗯，你啊，今后别人要你唱歌，可能还是别唱为好。"

咲子说道。

"但你在咲子姐姐面前还是要唱，我给你一点点地纠正。"

"那我再唱一遍。"

咲子这么一说，洪作对自己唱歌跑调什么的也不觉得那么害羞了。在学校的唱歌课①上自己怎么也没法独唱，不可思议的是在咲子面前，自己什么都能唱了。洪作非常开心。他觉得和咲子在一起的时间仿佛在做梦。

两人一起泡完澡后不久，洪作从孩子们口中听到了咲子染上肺病②的传闻。孩子们间的传闻证明了在大人们中间也有同样的传闻。孩子们经过上家门前时，都特意屏住呼吸，憋着气跑过去。洪作从心底讨厌这样做的伙伴们。当他把这件事告诉阿缝婆婆时，阿缝婆婆提醒道：

"你咲子姐姐生病了，你别去上家比较安全。但这话别对你外婆讲。"

其实用不着阿缝婆婆提醒，洪作也没法去上家玩了。洪作只要一靠近上家门口的石阶，外婆阿种就会过来说：

---

① "唱歌课"为日本旧制学校的科目名称。该课程相当于现在的音乐课。

② "肺病"指结核病。

"去那边玩。"

洪作有一种被驱赶的感觉。不管咲子是得了肺病还是怎么了,洪作都非常想见她。上次一起去泡澡是咲子最后一次出门,打那以后,咲子再没从那二楼的一室——她自己的房间——下到楼下。听村民们说,咲子卧床不起,但洪作认为那不是真的。

一天,洪作去了上家,趁着一楼一个人没有,他上了二楼。当他一进入二楼尽头的房间,就听到隔壁传来了咲子的声音:

"谁?"

"阿洪。"

洪作回答道。

"阿洪,你不能来这儿。快下去。——你来干什么?"

咲子说道。

"我来看婴儿。"

洪作灵机一动说道。这次咲子没有回答,隔壁一时安静得没有一丝声音,不久从里面又传来了咲子的声音:

"婴儿不在这儿。姐姐的病要传染他,已经把他交给别人了。阿洪,你快下去吧。"

这时,洪作才知道婴儿已经不在上家了。

咲子的声音再次传来,她说:

"你真不懂事。明明叫你回去了,为什么不回去?"

咲子话中虽带着责备的语气,听起来却有几分虚弱,洪作心中犹豫着要不要拉开咲子房间的纸拉门。他一方面觉得不趁着这次机会见一见咲子，可能就再见不到了，另一方面他也觉得窥视患了肺病的咲子的房间，也是一件很大很大的坏事。但洪作还是把手伸向了纸拉门，想把它拉开。然而，纸拉门没有动。

"不行。"

隔着这扇纸拉门，对面突然传来了咲子的声音。这次的声音没有带着先前责备的语气，像在做着什么游戏，听起来低柔而甜美，撩动着洪作的心。

"开门！"

"不行。"

"开门，开门！"

"不行啊。"

接下来的一瞬间，纸拉门啪的一声打开了条缝隙，与此同时咲子的一条雪白的胳膊迅速地伸出了来，在洪作的头上砰地轻轻拍了一下，又立刻缩了回去，纸拉门也被再次合上。洪作想拉开这四扇纸拉门的某一扇，但不知里面咲子是怎么把门按住的，每一扇都纹丝不动。

"回去吧。"

这次咲子的声音和先前不同，变成了不容分说的严厉语气。

洪作放弃了见咲子的念头，他下到一楼，从廊子走到了户外。他眼前浮现出咲子为了拍自己的头而突然从纸拉门缝隙里伸出的胳膊，那只胳膊又白又细。洪作虽然没有见成咲子，但他的心已经飞上了二楼，和咲子互诉衷肠，因此他感到从未有过的满足。咲子拍了他的头让他开心,隔着纸拉门和咲子对面而立也让他很开心。甚至在一个要拉开纸拉门,一个不让拉开的争执中,洪作也感受到了一些微弱而灿烂的东西。

当晚,洪作吃过晚饭,告诉了阿缝婆婆自己白天到上家二楼去的事情。阿缝婆婆两眼圆睁,瞪着洪作的脸,责备般地说道:

"这事儿可千万别给其他人说。"

接着,她催促洪作下到一楼,然后在杯子里放了盐,拿着杯子走出土仓。在洒落着月光的河岸,阿缝婆婆让洪作不停用河水漱口,不知漱了多少次。

"行了吧?"

洪作问道。

"还不够,再多漱下。"

阿缝婆婆说道。

"还要漱?!阿洪吞下去了。"

洪作说道。

"吞下去了?!"

这时阿缝婆婆发出激动的声音说道:

"吞下去的话,阿洪你要得肺病的。身子变得细细的,和蜡一样白,然后过不了多久就会死。"

"哪里会死。"

"你可听好了。"

阿缝婆婆仿佛对洪作的执拗很吃惊,打直了身子说道:

"得了肺病的人都会死,这是跑不掉的!"

"哪里会死。"

"会死。"

"哪里会死。"

"你听着。"

"哪里会死。"

"别抱怨了,快,再漱一漱。"

阿缝婆婆终于生气了。但是洪作更加生气。他想,若真是得了肺病的人都会死,那咲子不也要死吗?对洪作来说,咲子的死是件难以想象的事情,光是想想就令人害怕。

"哪里会死。"

洪作还是执拗地重复着这句话。

"会死,会死。"

阿缝婆婆也赌气般地重复道。洪作从未像今天这样和阿缝婆婆争吵。在面对阿缝婆婆时,洪作极少不听她的话而非要坚持自己的想法。

"阿洪你太不懂事了,真是个傻子,没用的东西。你就大口喝漱口的水,得肺病死吧。"

阿缝婆婆气极了,扔下洪作朝着土仓走去。洪作回头一看,阿缝婆婆站在土仓门前。她虽然生着气,好像还是在等着洪作回来。

"哪里会死,哪里会死。"

洪作念咒语般重复着同样的话,从阿缝婆婆旁边擦身而过进入土仓,之后立刻一个人上了二楼。

洪作钻进了铺好的被窝，这时阿缝婆婆上来了。阿缝婆婆也是余怒未消，平时爬楼梯上来时，她口中都是"嘿哟、嘿哟"地打着拍子，今天却换成了"大傻子、大傻子"，她一边有节奏地这么说着，一边爬着楼梯。不久，她站在洪作枕边叫道：

"阿洪。"

洪作没有做声，他想，我才不会理你。

"已经睡着了吗？"

阿缝婆婆向前弯下身来，把脸凑近了洪作的脸，仿佛要看看洪作是不是真睡着了。

"婆婆真烦人。"

洪作睁开眼，一把拂开阿缝婆婆放在被子上的手，于是她的手飞向一旁，没有一丝重量感，完全没有拂开人手的实感，让人不由得担心。这令洪作大吃一惊。

"阿洪，还气着呢？"

阿缝婆婆好像完全不在意手被洪作拂开，又一次把那只被拂开的手放到了被子上。

洪作发现她的手比白天看到的咲子的手更细，更令人感到担心。咲子的手再怎么细还是很白很美，而阿缝婆婆的手只剩下皮包骨头，给人的感觉如同一截干枯的竹段或是什么东西，毫无可取之处。看到阿缝婆婆这个样子，洪作感到心疼。

"婆婆。"

洪作在争执后第一次对阿缝婆婆柔和地说道。

"我想吃点东西!"

他这么说道。

"想吃点东西!? 我看看。"

阿缝婆婆仿佛一下子回过神来似的,连忙站起来往柜子那边走去,那里放着装有糖果的盒子。

第七章

进入六月后不久，阿缝婆婆便要带着洪作前往位于半岛根部的沼津，按之前定下的安排去那里住两晚。阿缝婆婆有一位叫仙田的血亲，他在满洲做土木工程发了家。这次他回到阔别数年的日本，在前往东京途中要顺道回趟沼津。阿缝婆婆此次前往沼津便是去见一见他们夫妇。

与仙田夫妇见面似乎让阿缝婆婆非常高兴，在定下要去沼津之后，直到去的那天，阿缝婆婆几乎每晚都和洪作讲仙田夫妇的事情。比如她说：

"人的运气就是不知道什么时候会旺起来。在他去满洲的时候，婆婆还出了钱的，但现在呢？可不得了，听说他在奉天都建了三四个土仓了。"

她还说：

"以前他只是人好但不知道怎么赚钱，实在让人操心。但一去满洲，脑子好像就一点点开窍了。虽然现在他手下雇着很多人，但怎么也不觉得他有指挥别人的才干。"

等等。尽是些不知道是捧高，还是贬低对方的话。虽然阿缝婆婆是这么说仙田叔叔的，但是对阿姨——仙田叔叔的老婆，阿缝婆婆却给予了最大限度的赞美。

"你阿姨是最棒的阿姨。她脾气温和，心地善良，人又聪明。你那叔叔完全配不上她。洪作这次你也留神看看，你阿姨要胜过你叔叔许多。"

阿缝婆婆这样说道。洪作因为几乎每晚都被她灌输有关仙田夫妇的事情，甚至完全领会了他俩长什么模样，有着怎样的风采，洪作按照自己的想象，在脑子里勾勒出了两人的形象。

洪作的沼津之行在上家遇到问题，这点毫不意外。外公文太对于阿缝婆婆不惜让洪作从学校请假也要带他去沼津的行为表示反对。据说连病卧在二楼的咲子也提出了反对。但是即便这时候，外婆阿种还是站在中间，这样说道：

"别说这么不近人情的话了。这次就按阿缝婆婆的主意办吧。阿洪，你就让婆婆带你去吧。"

洪作虽然也不喜欢从学校请假，但他觉得上学还是比不上去沼津让他开心。说到去沼津，洪作去年夏天的丰桥之行只在那里车站前的旅馆住了一晚，光凭在车站前旅馆住的那晚，洪作对这所城市还是一无所知。他既不知道赫赫有名的千本滨①，也不知道御成桥②这座大桥。

因为阿缝婆婆逢人便四处宣扬，搞得洪作的沼津之行在学校的学生中尽人皆知。

---

① 原文为"千本浜"，为沼津附近的海滩，夏季作为海水浴场闻名，名字源自附近茂密的松林。

② 沼津市内狩野川上的大桥，因为皇族前往沼津的御用宅邸要经过此桥（日语中贵人出行为"御成"），故得名"御成桥"。

"阿洪,你是去找媳妇儿吗?"

或者,

"阿洪,人贩子会把你们拐走的。他们会拔了你婆婆的舌头,剜去你的肚脐眼。"

等等,高年级学生这样对洪作说道。每次他们这么说时,都有不少人跟着起哄。

去沼津这天,洪作身着外出时穿的漂亮衣服,脚踏新木屐,时隔十个月之后再次坐上马车。幸夫他们因为上学没来停车场送洪作,阿缝婆婆这边也只有上家的外婆和附近人家的两三个女人相送,让人觉得有点冷清。马车行进在下田街道的石子路上,大幅地左右摇晃。因为乘客只有阿缝婆婆和洪作,两人好几次几乎从四角形的车厢里那窄窄的座位上摔下来。阿缝婆婆每次从座位上颠起来,都会和像以前一样说马儿的不是:

"这马真是没调教好,没见过这么差劲儿的马。"

"就是没调教好,不好意思啊。"

赶车人阿六也毫不示弱。

"就是你不给马吃的,它才发脾气。这马也是活物,吃的都不给也太可怜。"

"说得对,就是为了把你这背家的婆婆摔下去,我这两三天都没给马喂吃的了。"

马儿载着赶车人和阿缝婆婆的唇枪舌剑,在穿过市山村之前,一路拼命奔跑。连平时慢慢走的地方,阿六都举鞭抽着马屁股。当马儿不跑的时候,阿缝婆婆便松了口气似的调整下坐姿，捡起从座位上滚落的行李。洪作倒不觉得马儿跑起来是多么难受的事情，他只是担心阿六和阿缝婆婆的舌战会逐渐升级。

但是，当他们到了正好位于汤岛和大仁村中间位置的出口村并在那里休息和喝过茶之后，阿六和阿缝婆婆似乎到底还是累了，不再说话。马儿好像也累了，打那之后便一点儿也不跑了，慢慢地走着。之后，阿六开始打盹，洪作又开始担心阿六会不会打着盹就从赶车台上掉了下来。

到达终点大仁的时候，他们在那里坐上了轻便铁道。洪作对时隔许久再次坐上这玩具般的小火车感到非常开心。而阿缝婆婆坐上小火车后便不舒服了起来，一个人占了两个人的位子躺下，小火车每次停站便抬起苍白的脸问道：

"到三岛了吗？还没到三岛吗？"

到了三岛，他们换乘了东海道线①。因为三岛站的下一站便是沼津，只有一个站的区间，所以阿缝婆婆请乘客们帮忙把行李弄上行李架后不一会儿，又请他们帮忙给卸了下来。

他们在沼津站下了车，就像去年去丰桥时一样，住进了车站前的旅馆。这时阿缝婆婆好像回忆起了之前的事情，身上开始显出威严，从容应对着过来打招呼的老板娘和女佣。此时的阿缝婆婆在洪作看来精明能干，值得依赖。

当他们泡完澡喝着茶时，黄昏已经来临。洪作正从房间窗口望着黄昏里车站前行人众多的街道，突然房间里一下子

---

① 由东京向西日本延伸的铁路干线。

就热闹了起来。洪作回头一看,只见旅馆的领班和女佣们正往房间里搬着很多行李,一对五十岁模样的男女跟在行李后面进到房间里来。男的个子不高,脸上气色不佳,长得其貌不扬;女的个子要高些,但似乎说起话来不甚清楚,发型也不同于常人。原来这两人就是仙田夫妇,洪作几乎每晚都要从阿缝婆婆口中听到他俩的故事,但两人都与洪作对他们的想象相去甚远,完全不同。

洪作对这位仙田叔叔一来就没有好感。

"这孩子是哪家的?"

他用下巴指了指洪作,向阿缝婆婆问道。

"这就是我那心肝宝贝的娃。"

阿缝婆婆说道。

"就是他啊?你孩子。——看起来嘛,这小子有点弱不禁风。"

他这样说道。和他相比,阿姨说话的还是要好听些。

"哎呀,这就是那娃娃吧。这脸长得真秀气。今晚阿姨把你夹在两腿中间抱着睡吧。"

说完她便笑了。洪作心想,自己岂能让她拿两腿夹住云云。话虽如此,但阿姨的话中还是带着温情,而且阿姨和阿缝婆婆非常像,特别是一笑起来简直像极了,可以说是一个模子里倒出来的。

吃饭的时候,洪作完全被当做了一个局外人。大人们或许是因为好久不见,着了魔般没完没了地说个不停,让人不禁感叹他们居然有那么多可以说的。虽说是大人们在说话,但是说得多的是阿缝婆婆和阿姨，叔叔一言不发，不停把杯子送到嘴边，只是时不时地才在这两个女人的对话中简短地插上一句。另外，他还时不时地把那张气色不佳的面孔转向洪作，提醒洪作道：

"别撒饭。"

或者，

"那鱼要从头那开始吃。"

等等。洪作心想，托这两位不速之客的福，自己这次难得的沼津之旅的快乐完全被糟蹋了。他想快点回去。

那天晚上，洪作先行钻进了铺在隔壁房间的被窝。也许是白天被马车摇累了，洪作很快便睡着了。半夜他醒了一两次，每次从隔扇的间隙看过去，叔叔还在一个人喝着酒，两个女人依然聊个不停。

第二天早上，当洪作醒来时，已经不见了仙田夫妇的身影。据说两人已经坐最早的一班火车去了东京。洪作很高兴现在只有他和阿缝婆婆两个人了。也许是昨夜睡得太晚，阿缝婆婆一直睡到将近中午的时候。洪作一个人吃完早饭，便被一个女佣带去鱼町一户家名叫做"神木"的大宅子。这事似乎是昨晚阿缝婆婆拜托给女佣的，女佣在带洪作去那家的途中说道：

"那里是娃娃的亲戚。你在那儿玩到傍晚我来接你吧。"

洪作也听过好几次神木这个家名了，好像是外婆阿种亲姐姐还是表姐的家，也算是一户比较近的亲戚吧。

洪作一听到神木的名字，就觉得有些紧张和兴奋。因为他之前也不知从哪儿听说过那家的传言，比如：那家是沼津屈指可数的大商家；那家的生活十分奢侈；那家的孩子极其娇生惯养；等等。

从车站前的旅馆走到神木家差不多需要十分钟。洪作被女佣领着，穿过据说是沼津最繁华的大道，心中感到莫名的羞怯和局促。

神木家的宅子是面朝大街的两层房屋，门面比附近各家都宽。洪作先前想的是，既然是经商之家，肯定做着什么买卖，但是一走进他家屋内地板前的裸地，才发现地板框对面就是铺着地板的房间，里面并没有放任何看起来像商品的东西，只有地板被擦得非常漂亮，乌黑的闪着光。裸地从铺着地板的房间旁边一直延伸到靠里的厨房方向，旅馆的女佣沿着裸地往房子里面走去。洪作就站在大门口等着。

过了一会儿，一个和洪作母亲差不多年纪的女人走了出来。她说道：

"是汤岛的洪作吗？真是让姨妈吃了一惊。哎呀，长这么大了。"

洪作有些紧张，便恭敬地向她鞠躬行礼。这女人就是去年夏天去丰桥时，来旅馆拜访他们的那位姨妈。

"欢迎洪作。你是第一次来姨妈家吧？来，来，快进来吧。"

姨妈把自己迎进家门时的态度似乎充满了欢喜。洪作觉得他从未听过如此清澄好听的声音。和现在站在洪作眼前的这位女性相比，不管是母亲，还是咲子，她们的声音都让人觉得有些粗野。而这位姨妈不光声音好听，脸蛋和身形都不由得让人觉得她出身不凡，典雅高贵。

"傍晚我再来接你，在那之前好好玩吧。"

旅馆的女佣说完，便立刻回去了。

洪作穿过铺着地板的房间，被请进了里面的屋子。姨妈让洪作坐在长火盆①前，招待他喝茶吃点心。茶碗摆放在茶桌上，点心整齐地摆放在白纸上。点心是白的和红的落雁②。

姨妈让洪作吃点心，洪作便拾起一个。正在这时，一个弯着腰，正好和阿缝婆婆差不多年纪的老婆婆不知从哪里走了过来，她说道：

"听说汤岛的娃娃来了，我看看，长什么样？"

说着，她便在洪作面前坐了下来。洪作有些紧张，再次恭敬地鞠躬行礼。老婆婆坐着把身体凑过来，稍微伸过头来看了下洪作的脸，说道：

"果然很像七重，一模一样。不知道是不是像她妈一样要强。男孩子要强一点也好。"

"阿洪的妈妈还是姑娘的时候，来家里向婆婆学各种礼貌规矩，还学弹琴呢！你知道吗？"

婆婆说完，年轻的姨妈向洪作问道。洪作是第一次听说

---

① 原文为"長火鉢"，为一种长方形的箱式火盆，外形像柜子，下方和旁边有抽屉，在有火的一侧配有烧水壶，多放置于起居室使用。
② "落雁"是一种传统的干点心，由糯米粉、炒麦粉、黄豆粉等加入砂糖和好，用木制模具压制成各种形状。

这事情，便摇着头。这时，老婆婆说道：

"你让你姨妈使劲儿请你吃东西。马上你的伙伴就要放学回家了，你们好好地玩，不许闹别扭。"

说完，她站起身来，又弯着身子走去，身影消失在走廊对面。洪作对这家的两位女性都产生了好感。他想，富裕家庭的人们到底还是有些地方不一样。一点儿都不小家子气，无论是言谈还是举止，总能让人感到落落大方。他心中还想，两人身上穿的衣服都好精致。

"阿洪喜欢什么呢？"

姨妈问道。

"'舔着香'① （金山寺味噌）。"

洪作回答。

"你说的'舔着香'是味噌的'舔着香'吗？"

"嗯。"

姨妈露出雪白的牙齿笑了，似乎觉得洪作的回答比较有趣。

"那阿姨请阿洪吃什么呢？"

姨妈又问道。

"山药泥。"

洪作回答。

"那么，天妇罗呢？"

"没吃过那东西。"

---

① 原文为"オナメ"，为金山寺味噌的异称，意思是"舔"，源自因过于好吃而把筷子都舔干净之意。

"骗姨妈。那么,寿司呢?"

"阿洪不喜欢。"

"那姨妈可为难了。那鳗鱼盖浇饭呢?"

"不喜欢。"

"天妇罗盖浇饭呢?"

"不喜欢。"

"姨妈越来越为难了。那么,蒸鸡蛋羹呢?"

"不喜欢。"

"刺身①呢?"

"不喜欢。"

"煎鸡蛋呢?"

"不爱吃。"

洪作有些激动,因为对方口中说出的食物名称他还不能很好地理解,所以决定不管三七二十一全都说不喜欢。于是对方说道:

"那这样,姨妈来帮阿洪想想喜欢吃什么吧。马上你的伙伴就要从学校回来了,在那之前你先在廊子那边玩吧。"

洪作按姨妈说的,站起身来便到廊子那边去了。院子里种着很多株杜鹃,每株杜鹃都开着红色的花朵。洪作在那里翻看着姨妈给的绘本。

"我回来了。——我回来了。——我说我回来了。"

正在这时,突然从大门那传来了一阵又尖又细的声音。

---

① 原文为"さしみ",将新鲜的鱼、贝或其他肉类切薄片,蘸酱油、芥末等食用。

"我说我回来了。阿玲①回来啦。我回来了。我，回，来，了。"

那声音持续了一阵，最后，传来了用最大的嗓门叫喊的声音：

"我，回，来，了。"

或许姨妈和女佣都不在，家中并没有传出回应的声音，于是那边似乎也放弃了叫喊，没再听见有人说"我回来了"，只听得见榻榻米上吧嗒吧嗒的脚步声。

洪作从纸拉门的缝隙中看到了一个比自己小两三岁，留着河童头②的女孩。同时，对方也看到了洪作的身影，仿佛很惊讶似的一直注视着洪作这边，过了一会儿她噘着嘴问道：

"你是谁？"

洪作马上就知道了对方是这家叫做玲子的二女儿。

"阿洪。"

洪作说道。

"我不认识叫阿洪的孩子。你和谁来的？"

"我一个人来的。"

"你从哪儿来的？"

"汤岛。"

于是，那女孩这才露出终于反应过来了的表情，她说：

---

① 原文为"れいちゃ"，在此译作"阿玲"。
② 原文为"おかっぱ"，为一种女性发型。刘海剪齐至眉上方，其余头发剪齐至脖子，因像传说中的河童的头型而得名。

"哦,你就是那个乡下孩子。"

她那老成的语调让洪作感到不快。

"汤岛不是乡下。"

"就是乡下吧。不是吗?汤岛。没听过那地方。乡下是长着草,修着坟的地方。尽是田地,人只有一点。——阿玲以前去过乡下。"

说完,她一下子转过身去,进到厨房那边去了。洪作从廊子上站了起来,也进到厨房去了。

"别缠着我,讨厌的小孩!我才不和你玩呢。"

玲子说着,用名副其实饱含着恨意的眼神瞪着洪作。洪作非常吃惊。他到现在才知道,对方竟然毫无理由地对自己抱有如此强烈的敌意。正在这时,又一阵声音飞入房内。这次还是个女孩的声音。

"我,回,来。"

这声音听起来确实是这样,只说了"我回来"而没有说"我回来了"。

"有人在吗?快拿块抹布来。"

过了一会儿没人搭理。

"好吧,没人拿来。那我就这么进来了。"

接下来便传来了响亮的脚步声,以及在地上拖着包行走的声音,洪作看到了这个女孩的面孔,心想这大概就是以难以管教的娇纵姑娘而在亲戚中闻名的长女兰子吧。

兰子和刚才妹妹玲子一样,直盯着洪作的脸看,突然又把眼睛一翻,完全无视了洪作,用宣言般的语气说道:

"啊啊,肚子好饿啊。我吃点儿点心吧。"

说着就从柜子里取出点心盒,把它放在桌上,从中取出点心就往嘴里送。

洪作对这个兰子也产生了强烈的敌意,他想,真是个任性讨厌的家伙。正在这时姨妈回来了。她一看到兰子便说:

"阿兰,阿洪从汤岛来咱们家啦。"

"这样啊。"

兰子说道。

"你们一起玩吧。"

"不干。"

"为什么不干?"

"不好玩嘛。"

兰子的话说得极其清楚。

"不许这么说话。别人好不容易过来玩,你们一起玩。听话的话,今晚我特别带你去看活动照片①。"

姨妈说完,兰子便说道:

"我和他玩吧,但是只玩一会儿。"

她加上了这么个条件,然后便对洪作命令般地说道:

"我陪你玩,你过来。"

洪作走了过去,对方便问道:

"那我就陪你玩吧。说是我陪你玩,那我们玩什么呢?快说啊。玩什么?"

洪作看见,这时兰子的脸上也燃起了原因不明的憎恶。

---

① 原文为"活動写真",即电影的旧称,一般指那时的无声黑白电影。

"我们玩什么啊？你说啊。你想和我玩，是吧？"

兰子一个劲儿地逼问。洪作心想，这女孩子的心眼可真坏啊。和兰子相反，姨妈这时也很温和，她用那银铃般细美的声音说道：

"你们去海边玩吧。阿洪没怎么看过海，大家去千本滨吧。"

"不去。"

这次是妹妹玲子的声音从厨房那边传来。

"别这么说。让阿兼带大家去吧。"

姨妈这么说道。不知为何，两个坏心眼但是天生丽质的姐妹哇的一声欢呼起来。妹妹玲子从厨房跑了过来，姐姐兰子把手中的蛋糕一下子抛向了天花板。那块蛋糕撞上天花板，碎成几小块又落在榻榻米上。

"哎呀，哎呀。"

姨妈虽然这么说着，但并没有要责骂的样子。

"兼吉，兼吉。"

她照例用那细细的声音唤着这个叫做阿兼的人物的名字。于是，从里面出来了一个十六七岁，身着粗竖条花纹衣服的徒工，他就是阿兼。这位少年脑袋的形状凹凸不平。

"阿兼，你带他们去千本滨吧。把自行车带上，让他们换着骑，别闹别扭。"

姨妈这样说道。阿兼马上到门外去了，兰子和玲子像是追赶阿兼似的，争先恐后地跑下裸地，然后往门外跑去。

当姨妈把洪作送到街上的时候，兰子和玲子正站在阿兼

237

推着的自行车旁激烈地争吵。她们为谁先坐自行车后面那搭东西的台子而互不相让。

"哎呀,哎呀。"

姨妈只是远远地摆着纤细的手,这动作在洪作眼中看来既无力又无用。

"我揍你。阿兰说揍就真的要揍。"

兰子的叫声刚落,便同时传来了啪的一声。和她说的一样,兰子真的提起右手打了妹妹玲子一耳光。

"哎呀,哎呀。"

姨妈还是摆着手。但是,或许她已经习惯了孩子们闹别扭,看起来并不是那么慌张。她只是远远地说着哎呀、哎呀。

接着又传来了第二声啪的声音。兰子又打了玲子一耳光,但这时,洪作却像是看稀奇般,眼睛直盯着这两姐妹不放。被打了耳光的玲子带着一脸憎恨的表情瞪着她姐姐,但眼中一滴泪都没有。反而是兰子这边眼睛里包着满满的泪水,不一会儿便哇地大声哭了出来。玲子看到姐姐哭了,便向她母亲这边微微一笑,像是在说:这下我赢了。这场争执明显是玲子胜了。玲子一边斜眼瞟着大哭的兰子,一边斥责阿兼道:

"阿兼,你还在发什么愣。我说搭我就搭我。"

阿兼把玲子载上搭东西的台子,马上推车走了起来。洪作对哭着的兰子说道:

"你不去吗?"

兰子于是停止了哭泣，脸上还挂着泪水，嘴里却说着令人讨厌的话：

"要去啊。接下来是阿兰坐车，再接下来是玲子，接着再是阿兰，然后再是玲子。"

洪作心想，我才不稀罕坐什么自行车呢。洪作和兰子一起跟在阿兼推着的自行车后面走着。道路两侧满满当当地排列着店铺，行人也很多。洪作因为跟着两位穿着漂亮衣服的女孩一起行动，心中感到很是害羞。他感到行人们的视线似乎全都齐齐地朝向自己。走了半町左右，兰子说：

"现在该阿兰坐了。"

说完，玲子便老老实实地从自行车上下来，换兰子坐上去。当大路走到尽头，来到千本滨入口时，不知什么时候地面已经变成了沙子。

"这下该玲子了。"

兰子说着从自行车上下来。这时，玲子说：

"这次该阿洪了。"

玲子这句话让洪作非常意外。

"阿洪不想坐。"

洪作刚这么一说，玲子便用老成的腔调说道：

"不用客气，坐吧。"

"不想坐。"

阿洪一口拒绝了玲子的好意，往前方望见的松树林跑去。他一边跑，一边为自己没有接受玲子的好意而感到难受。洪作在松树林的入口那里停下，回头一看，看见兰子和

239

玲子也跑了过来。两人追着自己跑来，这点也非常出乎洪作的意料。

洪作等两人过来，便进入了松树林中。从松树树干之间的间隙，他看到了蓝色大海的一角。

"哇，能看到海！"

洪作不由得大喊起来。这是他第一次从如此近的距离看海。去丰桥的时候虽也从火车的车窗看到过海，但洪作觉得那时的海和现在从松树树干之间的间隙中一窥真容的海完全不同。从火车车窗看到的海仿佛一匹被展开的深蓝色的布，看起来纹丝不动，而现在自己眼前的这片海却竖起一片白色浪头，正在晃动喧嚣。

"哇，大海！哇，大海！"

洪作不知大喊了多少次。他不知道除了大喊之外，还有什么适当的词语可以表达翻腾在自己心中的感受。洪作顾不上两姐妹了，他跑着穿过了松树林。穿过松树林是一片一直延伸到水际的倾斜沙滩。在水岸相接处，白色的波浪一阵阵涌来，又碎成水花飞溅散开。兰子和玲子也过来了。

"哇，哇！"

洪作尽情地发出欢叫声。连兰子和玲子好像被洪作的这兴奋劲儿给吓了一跳，一时惊呆得说不出话来。不久，兰子问：

"阿洪，乡下没有海吗？"

洪作对兰子口中说出自己的名字感到吃惊。

"没有海。"

洪作回答。于是兰子惊讶道：

"真的吗？没有海吗？！那这是你第一次看海咯？"

"嗯。"

"真的吗？第一次看海？哎呀，太让人吃惊了！第一次看海？真的吗？"

兰子用混杂着感慨与轻蔑的目光盯着洪作，接着说道：

"乡下人啊，真是让人惊呆了。"

洪作再次对兰子产生了反感。这时玲子说道：

"第一次看海的话，肯定也没坐过船。可怜啊。你最好别告诉其他人，大家会笑话的。"

于是，好不容易对玲子开始有了点儿好感的洪作，对她也再次产生了反感。他想，真是一放松警惕她俩就会原形毕露。洪作走到水岸交际的地方，光着脚，等波浪退去时把脚浸进海水里。兰子和玲子也学着洪作做一样的动作。

洪作想一直在沙滩玩，可是兰子闹着要回去，所以决定还是回去。他们回到松树林的入口时，看见自行车被阿兼靠在松树上，他自己坐在旁边。回去的时候兰子和玲子又为谁坐车争吵了起来。最后兰子强行坐上了自行车。这次阿兼没有推着车走，而是自己也跨上了自行车。于是自行车瞬间便扔下了玲子和洪作，远远地骑走了。

只剩自己和洪作时，玲子一下子变得老实起来，没有再说洪作是乡下孩子之类的话。

"我想喝汽水①。你带钱了吗?"

他们走了一町左右,玲子问道。

"没。"

"你身上一钱都没带吗?"

"嗯。"

"可怜啊。那我请客吧。"

玲子说道。洪作不知道她说的请客是什么意思。玲子走到一家粗点心店的店头,买了两支汽水,把其中一支递给了洪作。

"我不想喝。"

洪作说。虽然他此时喉咙正干着,内心是想喝的,但总觉得和玲子两人在这种场合喝汽水不好,并且请客这个说法让他有些负罪感。

"不想喝?真是怪小孩!你不喝我就不和你玩了。"

玲子说道。

"那我喝吧。"

洪作说道。他觉得之前已经拒绝过一次玲子的好意了,这次再不接受好像不太好。于是两人便把汽水瓶拿到嘴边喝了起来,非常好喝。

"我要橘子水。"

玲子又对店里的阿姨说道。她接过两支装着橘子水的瓶子,伸出手把其中一支递给洪作。洪作这次马上就把瓶子拿

---

① 原文为"ラムネ",碳酸清凉饮料的一种,瓶子多用玻璃珠代替瓶盖,由柠檬水(lemonade)发音而来。

到嘴边。反正已经喝了汽水了,现在再拒绝橘子水也没有用。喝完橘子水后,玲子又说:

"我要花生。"

接过两个装着花生的三角形袋子后,她又把其中一袋给了洪作。接下来两人便边吃花生边走。没多久花生便吃完了。

"我去买点儿点心。"

玲子说着,进到一家比刚刚还小的粗点心店,不久又回来了。

"有凉粉①。我要吃凉粉。你吃不吃?"

她说。

"嗯。"

洪作点点头。他想,自己没吃过凉粉,这次可以尝一尝。

"你先在这儿帮我放哨。这时候我就吃。我吃完了你再吃。"

玲子说道。洪作点点头。因为玲子要他放哨,所以当玲子坐在店头的马扎上吃凉粉时,洪作不停地瞅瞅道路这边,又瞅瞅那边。虽然他不知道要放什么哨,但他想,一旦发现了玲子父亲或母亲的身影,就得马上给玲子发信号。玲子吃完了凉粉,来到洪作身边说道:

"该你吃了。"

洪作便学着刚才玲子的样,坐在马扎上,看着粗点心店的老太婆把浮在桶里的凉粉舀起来,用水枪一样的东西压到

---

① 原文为"トコロテン",由石花菜等含有琼脂的海草经煮制、冷却、凝固而成,呈果冻状,用专用工具压成面条状,加酱油、醋、芥末等食用。

容器里。对于洪作来说，他并不觉得凉粉有那么好吃，但是想到吃剩不好，便全吃光了。

在剩下的回家路上，两人慢慢地边走边玩。路过道路两旁林立的商店时，玲子一间间地看向各家店头，眼睛滴溜溜地转着，告诉洪作道：

"这家店很贵。"

或是，

"这家店要打折。"

等等。

"这家店的媳妇儿据说很凶，所以呢，这家店的叔叔大概只得忍气吞声吧。"

连这样的事情她也告诉洪作。虽然这些知识无疑是玲子听了大人们的谈话才获得的，但从她口中说出时，听起来却像是经过她自己判断和观察之后得来的。

当他们回到神木家中时，姨妈正在厨房做年糕小豆汤①。兰子正坐在起居室的餐桌前，等着洪作和玲子回来。

"你们在搞什么？这么晚才回来。年糕小豆汤都要煮干了。"

兰子噘起嘴不满地说道。过了一会儿，女佣便把年糕小豆汤端了上来。玲子刚拿起筷子便放下，她说：

"我肚子痛！"

大家都看见玲子的脸变得苍白。说到肚子痛，洪作这边

---

① 原文为"お汁粉"，为一种传统甜食。做法是将小红豆做的豆沙溶于汤水，里面再煮入年糕等食材。

244　雪虫（前篇）·第七章

也隐约感到轻微的腹痛。因为这是姨妈好不容易做的年糕小豆汤,洪作还是忍住腹痛吃了一碗,但刚一吃完,突然感到心中泛起一股恶心。

姨妈和女佣去给玲子铺床了。其间,玲子就仰面躺在榻榻米上,

"哎呀,好难受。"

她说着,用两手在胸口不停抓挠。洪作也想倒在榻榻米上,但是忍住了。

玲子被送去睡铺的途中,在内院的廊子上吐了。听到玲子吐泻时痛苦的声音,洪作也猛地感到一阵想吐,便站了起来。洪作拼命地跑去了厨房,在那里的裸地上吐了。阿兼和女佣跑了过来,姨妈也跑了过来。阿兼用手把洪作抱起,送到玲子躺着的房间里,把他放在铺在玲子旁边的睡铺上。

没吐之前还很难受,但是吐过之后,那份难受劲儿便就像把薄纸一张张地揭下般,时刻不停地在好转。玲子那边好像也是一样,当房间里没人时,她便对洪作说:

"你千万别说我们吃了凉粉。"

"嗯。"

洪作点点头。

"橘子水也不能说。"

"嗯。"

"汽水也是。"

"嗯。"

"还有花生。"

245

"嗯。"

洪作虽然答应着,但是他对自己被问到吃了什么时,能不能撑到最后什么都不说,感到非常没把握。

"他们要请医生来,但你不能说哦。"

听到医生二字,洪作有些绝望。如果对方是医生的话,自己是没办法撒谎的。

"真的要请医生来么?"

"刚才阿兼已经去请啦。"

"阿洪已经好了。"

洪作一下子从睡铺上爬了起来。这时,正好姨妈进来了。

"不能起来啊。来,躺下吧。你们两个不知道会不会死。虽然很可怜但没有办法啊。因为你们又吃花生,又吃凉粉的,大概没救了。可能不该给你们请医生,而是请和尚更合适。"

姨妈这样说道。洪作心想,这下可完了。玲子闭着眼在装睡。当姨妈离开房间时,突然听到几个人的对话,好像医生来了。玲子仍然在装睡,即使洪作叫她也不应声。

医生夹着黑色的包一进来,就坐在洪作和玲子枕边,给两人号脉,测体温,让他们张开嘴观察咽喉的情况,接着又用手在他们的腹部按压和触摸了几次。完了他说:

"这次你们两人的性命好歹是保住了。但是下次再瞒着家人自个儿买零食吃,可就没那么好运气了。——听懂了吗?"

说完，医生便立刻起身离开了。医生走了后，玲子吐了吐红色的舌头，问道：

"阿洪，你好了吗？"

"嗯。"

洪作回答道。

"我也好了。"

玲子说，接着她又用老成的口吻说道：

"真有意思啊。"

洪作想起了阿缝婆婆，他想，差不多也该回去了，但是就这么从睡铺上溜走好像也不太好，于是便就这么仰面躺在被子上不动。不知什么时候，门外夏日泛白的黄昏已经来临。洪作有些无聊，想和玲子说话，可她已经发出轻微的呼吸声睡着了。正在这时，姨妈进来了。

"你婆婆刚才来接你来了。我说你生病了就让她先回去了。"

她说。

"阿洪已经好了。"

洪作连忙跳起来说道。

"不，好没好还不知道呢。医生也说，起码今晚要安安静静地睡一晚。"

"阿洪要回婆婆那儿。"

洪作半哭着说道。他想，要是一个人被留在这里就完了。

"哎呀，今晚就在这里睡。你婆婆说明天会在赶火车之前来接你。"

姨妈说道。

洪作和玲子在睡铺上吃了别人给送来的晚饭,只有粥和腌梅子。玲子吵着想吃煎蛋,但是姨妈坚持不准吃。虽然这位温柔的姨妈在其他事情上,无论孩子们有什么要求都会满足,但对待这两个病号却是极其严格。玲子说自己好了要起来,她也没有同意。

有时兰子会来"病房"看看。她每次抱着装着点心的盘子过来,就故意在两人面前不紧不慢地吃着,还说:

"想吃吧?这么好吃的点心。"

除此之外,兰子还拿着烟花棒来到廊子上,充满恶意地说道:

"我给你们放点烟花,你们看着吧。可不能起来啊,起来了我就去告诉爸爸。"

洪作在睡铺上趴着,眼睛望向廊子。兰子手持烟花棒,注视着火花滴落,她的脸看起来充满了城里孩子特有的伶俐和可爱。虽然她一说话就让人觉得讨厌,但当她不说话只是认真地凝视烟花的时候,只有这种时候,洪作不讨厌她。她看起来就像从图画杂志的卷首画上走下来的女孩。

姨父也露了一次脸。他坐在廊子上,一边让姨妈和女佣帮他揉着肩,一边喝着啤酒。啤酒瓶上的商标被设计成一揭开就会露出下面一张小小的艺伎照片。姨父取下照片贴在廊子的地板上,说道:

"在沼津这姑娘最漂亮,第二就是我们家的兰子。"

洪作以前就听传闻说这个姨父对两个女儿并非一视同仁，他只疼爱大一点的兰子，现在看来确实如此。

第二天，洪作醒来后，就听见阿缝婆婆和姨妈两人说话的声音。

"哎呀，真是的。"

或是，

"我家阿洪他……"

等等。说着这些话的肯定是阿缝婆婆。洪作溜出被窝，立刻去了起居室。果然是阿缝婆婆。阿缝婆婆用一张白手帕垫在后脖颈的位置，身体稍稍向前弯曲地和姨妈对面而坐，喝着茶水。洪作被女佣带去房子后面的井边洗了脸。用脸盆洗脸使洪作感到十分新奇。

吃过早饭，洪作和阿缝婆婆两人走出了神木家。兰子上学去了没见着，玲子还在被窝里睡觉。自己没和这两个女孩告别便回去了，洪作虽然觉得这样做并非自己的本意，但也没有办法。昨天陪着他们同去千本滨的阿兼把阿缝婆婆的行李载上自行车，帮忙运到了车站。

第八章

回到汤岛之后，洪作感到在沼津神木家度过的一日如同做梦一般。他觉得兰子、玲子、姨妈，还有姨父、阿兼，他们都不是现实中存在的人，而只是梦中人物。每晚钻进被窝，洪作一定会回忆一次在沼津发生的事情，他想，那对心眼不好却美丽无疑的女孩现在正在干什么呢？

对于洪作来说，这次沼津之行是一个对他的心灵产生了某种影响的大事件。在去沼津的神木家之前，洪作从未想过这个世界上还生活着那样的女孩们。那种坏心眼，那种任性，那种使钱的气派，那种目中无人，还有那种奢侈，都是洪作先前所不知道。还有两个女孩的父母，也是洪作从未见过的类型。洪作心想，世界上真是有各种各样的爸妈啊。

从沼津回来过了十天左右，洪作在一天夜里醒来，他发现房间里点着煤油灯，阿缝婆婆好像要外出去哪儿似的，正在重新系衣服上的腰带。洪作心想大概已经是早上了吧，但感觉似乎又没到早上。

"婆婆。"

洪作叫道。阿缝婆婆把脸转向洪作，说道：

"还是半夜呢，你继续做美梦睡大觉吧。"

"你去哪儿?"

"我哪儿也不去。"

阿缝婆婆先是这么说,马上又改口道:

"我去送个人,马上就回来。你睡吧,睡吧。"

"送谁啊?"

"不关你的事。"

"是谁?"

洪作执拗地问道。深夜去送人这事儿原本就说不通。

"婆婆,是谁啊?"

于是阿缝婆婆稍稍压低了声音说道:

"是你咲子姐姐。"

她接着说:

"说是今天晚上出发。"

"她去哪儿啊?"

"去婴儿那里。"

洪作不知道自己什么时候从被窝里坐了起来。咲子就要离开汤岛了。怎么能发生这种事情?

"阿洪也要去。"

他站了起来。

"听我说,哎呀,本来想着不告诉你的,真是什么事儿都瞒不住你阿洪。"

阿缝婆婆说完,接着又说道:

"你要去送也行,但完了别给其他人说。——因为就是不想让周围人知道,才让咲子悄悄走的。"

洪作一脱下睡衣换好衣服，便抢在阿缝婆婆前下了楼梯，因为楼下没点灯，在打开大门前，房子里还是漆黑一片。

洪作拉开沉重的拉门，月光洒在脚旁，周围一下子变亮了起来。洪作站在土仓前面的柿子树旁，等着阿缝婆婆出来。他对自己要不要一个人跑去上家终归还是感到有些犹豫。

他们一到上家，便看见那里已经摆着两台人力车，从房中透出的灯光，不由得让人感到里面人声嘈杂。洪作登上石阶的时候，一个不认识的男人从门口出来。阿缝婆婆问他道：

"要出发了吗？"

那男的嗯了一声后，自言自语般说道：

"瘦得太可怜了。"

这明显是在说咲子。接着又有不认识的男人出来。这些男人是车夫。

跟着两个男人出来的是外婆阿种。她穿着外出的衣服，拿着两个包袱。外婆恭敬地对阿缝婆婆道谢：

"这个点儿了还麻烦你来送，真是对不住。"

"哪有。"

阿缝婆婆说道。接着，她的语气变得悲伤起来，说：

"咲子得再好起来才行啊。"

然后她又说：

"我先瞒着阿洪的，但出门的时候被他看见了。阿洪这么聪明，什么事儿也别想瞒着他。"

于是，外婆阿种稍稍摸了下洪作的头，说道：

"阿洪,你也来啦?"

这时,洪作看到咲子从门口出来了。虽然很瘦,但还是比想象中好点儿。

咲子从洪作面前经过,向停在路上的人力车走去,也许是中途注意到了洪作,她叫了声洪作的名字:

"阿洪。"

"是。"

洪作紧张地回答。

"你会好好学习吧?阿洪和其他孩子不一样,长大了必须要上大学。"

"是。"

"那我走了。"

咲子朝着阿缝婆婆那边也稍稍点头致意,之后便坐上了人力车。阿光、大五、大三、外公,他们都来到门外,目送两台人力车远去。前面一台坐着外婆阿种,后面一台坐着咲子。

洪作注视着两台人力车跑了起来,眼睛都没眨一下。他知道了咲子深夜出发的原因:她不想让任何人看到自己生病的样子,所以才要悄悄地离开,只许家人相送。

然后洪作好像也理解了咲子为什么要前往西海岸她丈夫的任职地,在那里和她丈夫一起生活。他幼小的心中也觉得,咲子这样做更好。之所以觉得这样更好,是因为洪作心中还有着这样的期待,他期待咲子的病也许会因为换个地方居住而有所好转;此外他还有这样的一种想法,假如咲子的病没有好转——就像其他人说的那样,这是不治之症——她也应该在自己的丈夫和宝宝身边度过自己残存的生命。

洪作坚强地注视着人力车跑了起来,逐渐远离目送她们的人们,他之前从未发现自己能如此坚强。他没主动叫咲子,也没有追着咲子的人力车跑,就是因为这种坚强。人力车不久便跑出了人们的视野,只留下月光洒落的街道。阿缝婆婆先是和上家的外公站着低声交谈着什么,不久他们结束了交谈,阿缝婆婆说道:

"阿洪,咱们回土仓吧。"

洪作听话地迈步走了起来。这时,一种难以描述的悲伤突然像是一股大水,不知从哪里涌了过来。想要放声大哭的冲动贯穿了洪作的身体。但是即便这样,洪作还是忍住了。他靠着自己心中的坚强,克服了这种冲动。他想,虽然今晚自己忍住了没哭,但实际上,今晚正是自己从出生到现在的整段生命中最为悲伤的时候。

回到土仓二楼,洪作问道:

"咲子姐姐会好吗?"

"不好可不行啊,她还有小孩。"

阿缝婆婆说道,接着她又说:

"为什么世上总是这些好人屡遭不幸呢?同样是姐妹,和你阿洪的妈妈比起来,咲子的心地要善良得多。"

"婆婆,你以前不是讨厌咲子姐姐吗?"

洪作问道。

"那丫头以前也有些惹人讨厌的地方。在路上遇见也要和我斗嘴。但自打你姐姐生病以后，真的变得善良起来。婆婆去看她的时候，她说阿洪就拜托你了。她还对我说，婆婆你在吃东西上要注意，要尽可能长寿。"

阿缝婆婆说道。因为窗户打开着，深夜从窗口照进来的月光清楚地勾勒出阿缝婆婆在窗边衔着烟斗的身影。

"所以婆婆现在喜欢咲子姐姐了吗？"

"嗯。"

"阿洪也喜欢姐姐。"

"肯定喜欢啊。能当老师，肯定能好好地待小孩子。"

阿缝婆婆说道。

"哎，上家那边说到底好像也就数那孩子心地最好。他家偶尔出个心好的人，却每次都变成现在这样。"

她又说道。

"阿洪喜欢姐姐。"

洪作重复说着同样的话，然后觉得还不够，又加上一句：

"阿洪最喜欢咲子姐姐。"

"是这样的。上家除了咲子，没一个我们阿洪能喜欢的懂事儿人。"

阿缝婆婆说道。

"阿洪喜欢姐姐。"

"知道了，知道了。"

"阿洪比婆婆还喜欢。"

"喜欢谁？"

"姐姐。"

"傻瓜。"

阿缝婆婆一脸认真地噘起了嘴表示不满。

"那种姐姐东京多了去了。——但是,你姐姐还是心好,她让我要长寿。"

阿缝婆婆好像对咲子让自己要长寿这一点感到非常欣慰。洪作睡不着了。阿缝婆婆好像也察觉到了洪作睡不着,她便说:

"这样可不行啊。我给你贴个腌梅子吧。"

"不要。"

洪作明确地拒绝道。虽然平时睡不着时,阿缝婆婆常常把去核的腌梅子贴在自己额头上,但今晚洪作并不想阿缝婆婆这样。

"即使不要,不睡的话也不成啊。"

阿缝婆婆说着。但洪作心中已是非常不乐意,他根本没有听进阿缝婆婆说的话。

一到暑假,洪作心中便期待着自己能去趟咲子那里。他觉得咲子会告诉自己,让他去那边玩。他还不由得想,上家的人去咲子那里时,有可能会捎上自己。但是洪作的期待落空了。据说咲子的病情变得比在汤岛时还严重,上家的人接连不断地往咲子那边去,但没有一个人要带洪作一起去。洪作感到自己完全被忽视了。

从丰桥的母亲那里寄来了一封给阿缝婆婆的信,信上说让她和洪作一起来丰桥。洪作想尽量不要去丰桥:因为去年夏天已经去过了，知道丰桥那地方长什么样；再者，在父母身旁生活到底还是不自在，在汤岛过暑假更好。关于这件事，阿缝婆婆的意见与他完全一致，她像是和洪作商量似的这般说道：

"要不婆婆就说身体不舒服，咱们不去成不？"

就在此间，上家突然接到了咲子的讣告。来告诉洪作这件事的是阿光。阿光来的时候，洪作用盆子打了热水，正在河边洗澡洗得欢。

"咲子姐姐她，说是死了。"

阿光像是说着别家的事情般说道。

"死了是什么意思？"

"断了气了。"

"谁？"

"咲子姐姐。"

"这样啊。"

洪作一时没能清楚理解咲子死了是什么意思。虽然他听说了咲子的病情正在恶化，也知道大家都在为她的病情担心，但他从未把这些和咲子的死联想在一起。

洪作心中强烈地感到自己必须反驳阿光。凭什么自己必须相信阿光说的咲子已经不在这个世界了，没有任何相信的理由。

"咲子姐姐怎么会死？混蛋！"

洪作直挺挺地站在盆子里斥责道。

"但是，她就是死了啊。"

阿光说道。这时外婆阿种也来了,她告诉正在厨房里干活的阿缝婆婆:

"咲子走了。"

外婆好像正忙着给村中来往密切的各家报丧,一副气喘吁吁的样子。

"我说啊,哎呀。"

阿缝婆婆伸直腰,和外婆对面站着,用不同以往的悲伤语调说道:

"人死不能复生。婆婆,你要挺住。"

阿缝婆婆这句简短的安慰,仿佛是一个信号,外婆听了后用衣袖掩着脸放声哭了起来。于是,阿缝婆婆也哭了起来,接着呆站在盆子旁边的阿光也哭了起来。当所有人都哭了起来时,洪作终于明白了咲子已身遭变故,心中如五雷轰顶。咲子姐姐真的死了。

从那天夜里直到次日,洪作独自一人待在土仓里闭门不出。上家的人全部都去西海岸的村子奔丧了,阿缝婆婆去帮上家看家了,所以洪作只能一个人守着阿缝婆婆不在家的土仓。幸夫他们来土仓玩,洪作也没有心情像往常一样和这些伙伴们玩耍。

得知咲子死讯的第二天,洪作一早便坐在土仓窗边的书桌前开始了学习。他想起咲子离开汤岛时曾要他好好学习,他为自己根本没有学习而内疚,虽然有一种为时已晚的感觉,他还是决定坐在书桌前用功。幸夫他们时不时地爬上土仓二楼,从背后注视着洪作对桌而坐的奇妙身影,然后竖起手指放在嘴唇上发出嘘的声音，轻手轻脚地退回去。幸夫他们来看了好几次，每次都以同样的方式退了回去。

洪作只在饭点才去上家，和阿缝婆婆一起吃饭，之后便回到土仓学习。阿缝婆婆知道洪作突然开始学习后，告诉他：

"别学得太猛了，身体才是本钱。阿洪不学成绩也好。学得太猛，成绩太好，就该老师们发愁了。"

在洪作眼中，村子似乎也完全变了模样。他感到整个村子仿佛都在哀悼咲子的死，显得静悄悄的。的确，村里有不少人赶去了西海岸的村子参加咲子的葬礼。村里没有一个人向洪作说一句话。自己被视作一个和咲子的死完全无关的人，洪作为此多少感到有些悲凉。但是，他并不想参加咲子的葬礼。

为咲子举行葬礼的那天，洪作到底还是厌倦了坐在书桌前，于是决定和幸夫他们一道出门，到天城岭去看那里的隧道。提议的是幸夫，但赞成并推动这个方案实际执行的却是洪作。要去天城岭玩的消息一下子传到了村里所有孩子的耳中，令人意外的是不少孩子加入了进来。差不多二十个孩子组成一队，在快到中午的时候离开了村子，沿着天城街道往南走去。

洪作和幸夫一起走在队伍前方，芳卫、龟男、阿茂和平一也在。洪作莫名地产生了一种想让自己的筋骨劳累起来的想法，于是他不停地走着，完全不停下休息。幸夫好几次提出要休息一下，但每次洪作都警告他说：

"一休息，大家就都不想去了。"

说完他继续不停不休地迈步前行。到达天城岭之前一次也不能休息，当这个指令传达到这一行差不多二十个孩子的耳中时，大家纷纷摆出一副心意已决的样子，脱去衣服，赤身裸体。他们把脱下的衣服用腰带捆成卷，各显神通地拿着。有顶在头上的，有挂在腰间的，有提在手里的，也有像背行李一样捆在背上的，大家按照各自的想法，呈现出各式造型。这差不多二十人中只有三人空手走着，并没有拿着捆好的衣服。这是因为他们把衣服卷儿藏在了路边，或是绑到了树的上面。

这群孩子有时会遇见大人。大人们无一例外地问他们道：

"你们弄成这个样子是去哪儿啊？"

"去'隧洞'。"

一个孩子答道。

"裸着身子可过不了'隧洞'。那里夏天也冷得很。"

大人说完，然后不忘加上一句：

"真是一群没救的小鬼。"

洪作一边望着覆盖在前方天城山的棱线上的夏日白云，一边迈步前进。汗水从全身各处涌出，沾上尘土，变成黑色的汗珠沿着赤裸的身体滚落。途中，洪作向幸夫提起了一次咲子：

"咲子姐姐，她死了。"

"我知道。"

幸夫回答道,然后他突然提高了声音,开始模仿起念经的样子:

"南无阿弥陀,南无阿弥陀。"

幸夫起了个头,一时间,这群打扮怪异的孩子都和着幸夫念了起来:

"南无阿弥陀,南无阿弥陀。"

洪作并没有对孩子们的这种做法感到愤怒。他并不觉得孩子们在拿咲子的死作消遣,大家看起来似乎是在哀悼她的死。实际上,孩子们也确实是在哀悼自己曾经的老师——咲子——的死。当他们念经念得厌倦时,也不知是从谁的口中唱出,他们一首首地唱起了咲子曾经教给他们的几首歌。当一个人开始唱,其他人也跟着唱了起来。

洪作一直走在队伍的前面。他觉得这似乎是上天赋予自己的使命,于是他从一条山岭迈步走向另一条山岭,并不休息。

有时他的脑中还是会突然闪过咲子的死。每当这时,洪作就像要甩掉这种阴暗冰冷的情绪似的,将顶着的衣服卷儿再次紧紧地系在头上,然后向着身后大吼一声:

"加油啊!"

这天,初秋的风儿第一次吹拂过天城山的山坡。杂木的树叶时而被风吹翻过来,树叶背面泛起银色的光芒,由此人们便知道了风儿经过的道路。

后篇

第一章

被村民们称为御料局的帝室林野管理局天城出张所换了新所长。新所长到任这天，汤岛的宿和久保田等村落的孩子们都有些坐不住了。据说这次来的所长膝下有一个六年级的女儿和三年级的儿子。这个消息已经传遍了村子，孩子们都非常关心到底会来怎样的男孩和女孩。对于这件事情，五年级的洪作和四年级的幸夫他们虽不像一二年级学生那般感兴趣，但一想到不久将有一对和自己同住一村，同上一所小学的男孩女孩出现在村里，心里多少还是有些期待。

不知什么时候暑假已近结束，再有几天第二学期便要开始了。每年当立秋二字出现在日历上，就像精确计算过一样，阳光从那时起便开始明显地减弱，人们隐约地感到山间村落的空气中开始带有秋天的气息，今年这种感觉特别强烈。当日历上已然立秋，暑气便已完全消退，早晚吹起了凉飕飕的秋风。村民们都说秋天早来了一个月，担心不多出几天太阳的话，会影响稻子的收成。

但是，御料局所长到任的当日却似夏天卷土重来，强烈的阳光从清晨便倾泻而下，十分炎热。洪作坐在土仓窗边的书桌前，做着剩下的作业。蝉鸣声混杂着小河的流水声传入洪作耳内，有时还听得见其中混杂着孩子们的喧闹声。孩子们的喧闹声有时会来到土仓窗下，每当这时，洪作就能听见几个孩子呼唤自己的声音。

——阿洪，还没好吗？阿洪，还没好吗？

这一声声呼唤仿佛是合唱中的一个小节，带有独特的调子，传递着这样的信息：为了一起快乐玩耍，我们等你等得多辛苦啊；是在忙家里的事情吗，还是在做功课？虽然不知道你在忙什么，快点抛开这些出来玩吧。这如同歌曲合唱般的呼唤既带着某种欢喜兴奋，也带着某种奇妙的忧伤格调。听到这样的呼唤，一般的孩子都会忍不住诱惑跑出去。

洪作成为五年级学生后，为了抵抗这种呼唤的诱惑，开始锻炼自己的意志。若是每天和村里的孩子们玩来玩去，到底还是没有希望考过近在一年半后的入学考试，升入城里的中学。进入五年级后，洪作认为，自己就是和其他孩子不同，不论学多学少，自己必须学习。

但是，麻烦的是阿缝婆婆。她虽然时不时嘴上说些得好好学习什么的，但在现实中，一旦看见洪作坐在书桌前学习，她便劝洪作放下学习去玩，说道：

"阿洪，去玩儿吧。不用这么拼命地一个劲儿学习。"

似乎阿缝婆婆一看见正在学习的洪作便觉得心痛不已。因此，洪作能坐在书桌前实属不易，既有外面孩子们不绝于耳的声声呼唤，也有家中阿缝婆婆让自己去玩的喋喋不休。

这天也是一样，洪作正在拼命抵抗户外传来的呼唤的诱惑，上到二楼的阿缝婆婆又如往常一样说道：

"哎呀，不当什么总理大臣和博士也行。——去玩儿吧。暑假就是拿来玩儿的。阿洪，去玩儿吧。"

"不，我要学到中午。"

"阿洪不学成绩也好。"

"怎么可能好。"

"前些日子，你们学校的老师——就是那个叫什么的年轻代教——还表扬阿洪来着。——稍微玩一会儿再学也行。你祖姥爷也没像你这样学。"

阿缝婆婆说道。

"那我就去玩一会儿。"

洪作说道。他早就憋不住想去玩了。

洪作一来到户外，便戴上草帽走上大路去找幸夫他们了。虽然没有发现任何孩子的身影，但是洪作大概知道他们去哪儿了，他们肯定不是去平渊游泳，就是在附近的河里设堰捕鱼。洪作在去平渊途中路过上家旁边的道路时，远远地听见孩子们叫喊声。那是从停车场传来的。虽然之前传闻从今年春天开始下田街道也要开通公交车，但到了春天，甚至到了夏天，一点也没有要通的样子，马车仍然是这附近唯一的交通工具。

洪作听到停车场那边传来了孩子们的叫喊声，便想到肯定是新所长他们一家来到村里了。洪作便不去平渊了，而是沿着家门前的坡道往下方的停车场那边去了。果然，几个村里的低年级学生跑了过来。

"阿洪，他们来了，那丫头来了。"

一个孩子向洪作报告道。

"我们在这儿等着,待会扔她石头。"

他接着说。他们明显因为马车上下来了一位陌生少女而兴奋不已。

"扔了石头后,我去给她两下子。"

另一个赤身裸体的一年级孩子说道。他也喘着气,两眼一个劲儿地闪着光。

"阿幸呢?"

洪作正在问话时,便看见幸夫和龟男各自拿着大大的包袱沿着坡道上来了。幸夫走近后一脸害羞地说道:

"他们让我们搬这玩意儿!"

"是所长家的吗?"

"是的。"

"那个皮肤白得不像话的怪丫头过来了。"

接着幸夫又害羞似的说道,然后挠了挠头。许多村民沿着坡道上来了,都是些去迎接前来赴任的御料局所长的人。

幸夫的父亲在开店的同时,还在御料局谋了一份差事,因为这个关系,欢迎的人群中也能看到幸夫父母的面孔。

洪作站在路边,看着一群人从面前经过。所长一家四口夹在这群人中间,里面能看见一位皮肤果然很白的女孩。虽说是六年级,但看起来还要大些。她那三年级的弟弟也看见了,皮肤也很白。洪作因为一心关注着这两姐弟,根本没有看清他们的父母是何许人物。在这群大人后面,陆陆续续跟着十个左右村里的孩子。在看过这对城里人模样并且皮肤白皙的姐弟后，洪作觉得这些村里的男孩女孩皮肤黝黑，毫无可取之处。

明天第二学期就要开学了，在开学前日的下午，所长家的姐弟突然被他们的母亲领着，前来洪作居住的土仓拜访。洪作听见阿缝婆婆喊他便下到一楼，看见在土仓前的柿子树下，两姐弟和他们的母亲正和阿缝婆婆面对面地站着说话。洪作走过去默默地鞠躬行礼。

"真是个好娃娃。你叫阿洪对吧？"

他们的母亲也长得皮肤白皙。在洪作看来，这母子三人和自己这些人不一样，他们是上等阶级的人。

"从明天起这两个孩子就要去上学了，拜托你和他俩做个伴儿。我刚刚也是去拜托了杂货店的阿幸才过来的。"

两姐弟在母亲说话时，把脸朝着洪作。姐姐好像不怯生，感觉像是直直地盯着洪作似的。这两姐弟虽性别不同，却长着完全一样的五官，洪作对此感到惊讶。不过虽然他们脸长得一样，但姐姐看起来更加温和，弟弟看起来更加刚强。洪作一直把视线朝向别处，没有放在对方二人身上。

阿缝婆婆让他们在那里稍等，自己回土仓里面去取盆柿。在洪作看来，作为给所长一家的礼物，阿缝婆婆兜在围裙里拿过来的那些小小的果实实在太寒碜了。之所以叫盆柿是因为它比其他柿子结果早，在盂兰盆节的时候就可以摘了。但是这种柿子个头又小，味道也不如普通柿子甜。阿缝婆婆拿来了柿子后，发现对方并没有包柿子的东西，便对洪作说：

"阿洪，去把报纸拿来。"

洪作心想，若是用包袱皮什么的来包还说得过去，拿报纸来包实在是拿不出手，于是便不想去，他说：

"我不知道报纸在哪儿。"

"就在味噌桶的旁边吧。"

"我找不到。"

"哎呀，你怎么会找不到。"

"我就是找不到嘛。"

洪作心想，我死也不去给你拿什么报纸过来。于是，阿缝婆婆转身回土仓去取报纸，她一步一步，颤颤巍巍地走着，大家都看见了她那深深弯折的后背——大概从去年开始，她的腰就突然弯得更严重了。

"你念几年级？"

姐姐第一次开口了。

"五年级。"

洪作发现自己的脸正在不由自主地充血。他离开母子三人，立刻回到了土仓。他实在没有勇气看阿缝婆婆把包在报纸里的盆柿递给他们的场景。

所长家母子三人回去后，阿缝婆婆对这三位来访者赞叹不已。她说，到底还是从城里来的，和村里人相比格调完全不同，阿洪今后也要和那家的人玩才好。洪作心想，要是自己真的能和那对皮肤白皙的姐弟一起玩，该是多么美妙的事情啊。

新学期开始了,开学的第一天还没完,全校所有学生便都记住了这对转校来的姐弟的名字。姐姐叫晶子①,弟弟叫公一。就在这新学期的第一天,学生们只要一见到这两个转校生,便会在运动场上起哄。

——晶子的晶,是精神病的精,公一的公,是鸡公的公。②

洪作一见大家对着那对姐弟起哄,便感同身受般地难过不已。

那天放学之后,洪作已经走到了家门口,他看见二年级的次郎正在小河里洗着脚,嘴里还大声唱着"晶子的晶",他胸中顿时燃起一股强烈的怒火。次郎这孩子生来便体弱多病,脸上总是没什么血色,沉默寡言,也没什么朋友。洪作不声不响地走到河边洗东西的地方,往直直地站在河里的次郎头上狠狠地打去,一下两下,次郎便踉跄着跪倒在了河里面。

次郎不知道洪作为什么要突然打自己的头,一时间有些蒙,不一会儿便像洪作要杀自己似的放声大哭起来,从河里爬起身来,湿着衣服,沿着坡道往位于上家上方的自家跑去。洪作到底还是为自己对小自个儿三岁的病弱男孩突然下重手感到心痛,但他仍然认为,这男孩唱这首伤害了晶子和

---

① 原文为"あき子",汉字"晶"为译者所加。

② 原文为"アキ子ノアノ字はアンポンタンノアノ字、コ一のコノ字はコ芋ノコノ字",意思是"'晶子(音:akiko)'名字里第一个发音 a 是'傻瓜(音:anpontan)'里的第一个发音 a,'公一(音:kouichi)'名字里第一个发音 ko 是'小芋头(koimo)'里的第一个发音 ko",借首个发音的相同进行恶意调侃,也可译为是"晶子是个大傻瓜蛋,公一是个小芋头蛋"。

公一的歌是无法原谅的行为。

当晚，次郎父亲怒吼着来到了土仓。这位秃着头五十岁上下的人物身上带着些酒气。

"为什么要把我家那小子推到河里去？我今天就是来讨个说法的。"

"阿洪这么老实的孩子才不会对你家那脸上又青又肿的小子动手。要是阿洪真那样做了，也是你家次郎不好。你好好把手放在胸口问问老天爷吧。"

阿缝婆婆也不示弱。洪作在二楼听着两人在楼下进门的地板框那里激烈地争执，心想这下可闯祸了。两人的言辞越来越激烈。

"我管他是阿洪还是什么，快把你家那小子交出来。我直接找他对质。"

"你想想我怎么会让阿洪见你这种醉汉。阿洪可是别人托付给我的宝贝。你这蠢货。"

接着一阵响亮的泼水声传来。洪作忍不住下楼一看，只见次郎父亲被人从头泼了水，全身湿透地站在那里。看来似乎阿缝婆婆突然提起水桶泼向了对方。

次郎的父亲被泼了水后似乎一下子醒了酒。

"啊啊，世上居然还有这么可怕的老太婆。"

他掩不住内心的惊惧般说道。

"阿洪，你快回丰桥你爸爸妈妈那儿去吧。跟这老太婆待在一起，迟早要被她吸干了鲜血死掉。"

他对洪作扔下这句话后便离开了土仓，也不想再痛骂阿缝婆婆了。

第二学期开学后快一周的第一个星期天，阿缝婆婆对洪作说：

"牵牛花开得漂亮，你给送到所长家吧。"

牵牛花一般是七八月开花，不知什么原因，土仓旁的牵牛花直到八月末才开，到了九月也还是几乎每天早上开出两三朵大花。经过小河对面的田间小道去干农活的人常常这样说道：

"阿洪家的牵牛花真是奇怪啊。这真的是牵牛花吗？"

这话只要稍稍钻进阿缝婆婆耳朵，她便绝不会默不作声。大概从去年开始，阿缝婆婆的腰突然变弯了，随之而来的就是她的脾气也变得急躁起来。

"不好意思这真是牵牛花。你稍微从那边下来看看。这花就是牵牛花。"

阿缝婆婆这样说道。这牵牛花确实开得晚，从这一点看无疑算是奇怪的牵牛花，但在洪作的眼中，这花却生得漂亮完美。村里的其他牵牛花大多将藤蔓缠在竹篱笆上，开着褪了色般的小花，但阿缝婆婆精心照料的这些牵牛花开起来不但大朵而且色彩鲜艳。

洪作虽被盼咐把牵牛花拿去所长家，但他不禁对此有些犹豫。因为这些牵牛花要么是栽在摔坏的大碗里，要么是栽在没有柄的大勺子里，没有一株是栽在正儿八经的花盆里。虽然送花去很好，但装花的容器却成了问题。

"拿哪盆去?"

洪作问道。

"今天只开了一盆,但就这盆开得格外漂亮。"

阿缝婆婆说道。洪作连忙绕到土仓旁边一看,果然仅有的一朵蓝色的大花开得非常醒目。那株牵牛花栽在一个没有柄的大勺子里。洪作觉得和上次送他们盆柿一样,作为给所长家的礼物,用这东西当花盆实在太不合适了。

"要不算了吧。"

"为什么?"

"这花盆太怪了。"

"怪什么啊。阿洪,这是白送给他们。"

阿缝婆婆说。

"所长家的那些人肯定会大吃一惊。这样的牵牛花可不常见啊。"

阿缝婆婆这么一说,洪作也想去送了。最后,洪作拿着那盆牵牛花走到路上,往所长家送去。两三个先前在别处玩耍的孩子跑了过来,一个一年级的男孩问道:

"阿洪,你去哪儿?"

"御料局。你们跟着来吧。"

洪作和三个孩子一起进了御料局的大门,往位于其中一角的所长家走去。

走到房门前时,洪作注意到在门旁边摆着两列种着仙人掌的花盆,有大有小,在洪作看来,每一个花盆都很高级。一见这情况,洪作觉得手里拿着的牵牛花一下子变得既寒碜又不值钱，他完全不想伸手去碰房门了。

正在这时，晶子突然出人意料地从房子旁边钻了出来，她有些吃惊地叫道：

"哎呀。"

洪作现在逃也逃不掉了，他便这样说道：

"牵牛花开了，婆婆说给你们拿一盆过来。"

他想向对方表明自己这样的立场：自己是受阿缝婆婆之命，作为她的使者把花拿来的，这件事和自己的意志没有一点儿关系。

"哎呀，好美啊！"

晶子说道。她眼睛睁得大大的，一脸仿佛被牵牛花的美惊呆了的表情。洪作感到自己的脸又充血了。仅仅因为这位美丽的女孩做出了美丽的表情，洪作便觉得自己脸红了起来。

"哎呀，哎呀，好美啊！"

那个同来的一年级男孩怪声怪调地学着晶子的话说道。

"我们回吧。"

洪作对旁边的男孩说道，接着便立刻背转身子离开了晶子。

——哎呀，哎呀，好美啊！哎呀，哎呀，好美啊！

那三个孩子一边走，一边重复着同样的话语起劲儿地唱着。洪作对这三个孩子并没有感到之前对次郎那般的愤怒。相反，他觉得自己也快要被诱惑着唱起来了。洪作光是想着那瞪大眼睛发出哎呀声的女孩的表情，就感到眩晕。洪作从未对女学生产生过这样的感情。那是种莫名的感伤，它格外甜美，但有些内容却只能作为秘密保存着。这种感觉和对已经去世的咲子姐姐的感觉既有某些相似之处，也有不同。

到了八月末，村民们口中开始频繁说起第二百一十天或第二百二十天之类的。这是每年的惯例，洪作喜欢他们说起这个。

——第二百一十天好像也平安无事。

或是，

——这样的话，第二百二十天看来要变天了。

等等。因为现在正是一年一次会起暴风雨的季节，村民们的脑子里无时无刻不想着这事，所以每当洪作听到他们这么说，自己也会不由得紧张起来。"第二百一十天好像也平安无事"这句话带着一种难以用语言形容的欢快轻松感；而"第二百二十天看来是要变天了"这句话里，有一种从别处体会不到的紧张感和对某种未知的巨大恐惧的期待。

暴风雨每次都是毫无征兆地突然降临。当温热的风吹起，横飞的雨点落下，遮天蔽日的黑云在天上涌动时，学校就会提前放学。家在较远村子的孩子们会卷起衣服下摆，以村为单位成群结队地赤着脚沿着街道往村子跑。有的孩子打着伞，有的浑身淋透。

洪作他们这些汤岛村的孩子因为家近，那一天会留在教室里玩到比较晚。因为即便回到家也是关在狭小的房子里，所以他们尽量不那么早回去，他们在被暴雨包围的教室里跑来跑去，直到家里人来学校接他们。

洪作喜欢迎战暴风雨这天。到了傍晚这些时候，不用阿缝婆婆招呼，洪作自己便会在家附近巡视，收拾容易被风吹跑的东西，用木棍给容易折的树撑上。

洪作的辛勤忙活被阿缝婆婆看在眼里，这似乎让她感到无比的可靠，只要有农户家的人们早早地穿起蓑衣来到小河对面的耕地巡视，她便会站在土仓门口大声向对方喊道：

"有阿洪在我就高枕无忧了。阿洪心细得很，把家里前前后后巡了个遍。"

说这话时，她看起来得意得很。今年这场暴风雨在九月末降临了汤岛。从早上就开始下雨，到了傍晚刮起了风，雨也变成了暴雨。洪作像往常一样巡视着房前屋后。阿缝婆婆这时正在准备晚上的夜餐。她做了几个放了腌梅子的大饭团，因为自己和洪作半夜里可能得起来，或许还会有人前来问候情况。这夜餐既是给自己准备的，也是给过来问候情况的人准备的。

阿缝婆婆和洪作那天晚饭吃得比平常早，早早地铺好了睡铺以便随时能睡。洪作一边听着风声一边坐在煤油灯下的书桌前，学得比平常还投入。不知从哪里灌进来的风让煤油灯的灯光摇曳不已，这时，洪作莫名被一种自己现在竟然在学习的感觉所打动，对自己正在学习这点产生了某种陶醉感。

阿缝婆婆直到夜里也没闲下来，到处忙来忙去，仿佛被户外的暴风雨追赶着一般。她把蜡烛、火柴还有一些药品摆在枕边，备好了两人穿的替换衣物。虽然不知道为什么必须准备替换的衣物，但阿缝婆婆好像觉得这是件大事似的，极其积极地备好了衣服。阿缝婆婆的腰弯得厉害，在一楼和二楼之间无数次来回，时而拿来水桶，时而搬来盆子，凡是能接水的东西，连大碗类的容器都征用了，摆在爬上楼梯那儿的地板上。阿缝婆婆的工作直到洪作钻进了被窝还在继续，她每往二楼搬一次东西，就要休息一会儿，往烟斗里塞进烟丝抽两口，这份工作不是那么轻松就能完成的。

洪作半夜被阿缝婆婆叫醒。

"阿洪，阿洪，漏雨了，快起来。"

阿缝婆婆说道。隆隆的风雨声已经包围了土仓，虽然正下着暴风雨，但洪作还是非常困。

"漏就漏吧。"

"阿洪。"

阿缝婆婆突然顿了一下，说道：

"是漏在被子上的，被子上落雨水了。"

听到是漏在被子上，洪作也睡不了了。果然洪作一起来，便猛地感到后颈上落下了冷冷的雨水。风在呼呼怒号，雨在猛烈地敲击大地，风雨声听起来非常之大，和洪作睡着时相比，天地似乎完全变了个样。

阿缝婆婆开始了往楼下转移被子的行动。

"嘿哟，嘿哟。"

阿缝婆婆一边发出这样的声音，一边把盖被抱到楼下，一次抱一床。

"婆婆，这样快点。"

洪作说着便把其他被子一床接一床地从楼梯上扔下去。虽然楼下没有点灯非常黑，但不用担心雨落到那里。

洪作到了一楼，再次钻进被子里，这次他睡不着了。风雨声听起来比在二楼时还剧烈。所有的树都在疯狂地呼喊着。阿缝婆婆采取应急措施处理了二楼的漏雨问题后，拿着点燃的蜡烛下到一楼。

——喂。

不一会儿，风中传来了一阵人声。

——是染坊的大叔。

阿缝婆婆说道。那人声夹杂在风中听起来时远时近，不久便来到了土仓门前。阿缝婆婆起身顺次拉开入口那扇沉重的门。

——婆婆，没事儿吧？这雨真是厉害了。

他的话伴随着潮湿的风钻了进来，果然来的是那位秃顶而身形肥胖的染坊老板。他平时和阿缝婆婆说话时会更恭敬些，但在暴风雨中，他说话就没那么讲究了。

——真是劳烦你跑来一趟。村里怎样啦？

阿缝婆婆问道。

——杂货店的柿子树折了。

——那儿有两棵树吧。折的哪棵？

——大的那棵。

——哎哟。

——铁匠家的屋顶也给刮没了。

——哎哟，那家去年死了奶娃，哎，可真是灾祸连连呐。

——我不能再这么聊了。

——可别说了,吃个饭团吧。

——现在不是吃东西的时候,不过你都说了,我就来一个吧。

洪作听着两人的谈话。染坊老板回去之后,阿缝婆婆说话了。

——对面那家还没来人呐,原先每次都是最先来的。

话音未落,话中人——对面那家因能干而闻名的男主人——来了。

——这天气可不得了,你这边没事吧?

——这边就二楼漏雨来着,你那边呢?

——咱家刚天黑就开始漏了。这样下,长野川得发大水了。

——长野川发大水就发大水吧。家门口那条河怎样了?

——长野川发大水我家的田地就被冲走了。

——哎呀,你家田地是在那种地方吗?

这段对话结束后,两人又继续说着。

——吃点夜餐吧。

——现在不是吃东西的时候。

——别这么说,至少吃个饭团再走吧。

风雨翻滚的声音听起来还是那么厉害,似乎还夹着闪电,不时传来阵阵雷声。这时又来了一个人,他就是家住宿村高处的足利太平。足利太平是位年过七十的小个子老人,大概是几代前攀上了亲,所以现在仍是亲戚关系,一有什么事，他一定会露面。

——情况怎么样？

他的声音被狂风卷着飞进了土仓。

——托你的福没事儿。

阿缝婆婆回答。

——你们得小心点。房顶反正会被吹坏一点，哎，当成每年交一次的租就想通了。

——你家情况呢？

——我家啊？门前的崖崩了。

——哎呀呀。

——我出门时，堆东西的窝棚顶子快飞了。现在可能已经飞了吧。

——哎呀呀。

——刚才我去看了下，御料局所长家的屋顶被吹飞了一半。

——哎呀呀。

——墙也倒了。

——哪里的墙啊？

——所长家的墙。

——哎呀呀，房顶飞了，墙倒了，真是够呛啊。

——有两三个附近的年轻人去帮忙了，这种暴风雨里面，那房子都可能会倒掉。老房子就是麻烦啊。

——吃点夜餐吧。

——没工夫吃。

说完，足利太平真就马上出门离开了。洪作坐起身来，从被细细打开的大门往外望去，他看见电光闪烁之间，那位除了一条兜裆布外全身赤裸的老人后背一瞬间被映成蓝色。

洪作听到晶子家的房顶被吹飞，墙被吹倒，有些担心她现在怎么样了。刚才说墙倒了，是哪面墙倒了呢？

"那家卖药材的还没来啊，在干什么呢？"

阿缝婆婆说道。

"阿洪你肚子饿了吧？半夜这么晚起来。——吃个饭团吧。"

"不想吃。"

洪作说道。他确实一点饥饿感都没有。

"别这么说，婆婆好不容易做的。"

"不吃。"

洪作这边心思完全不在这上面。

"我去上家看看。"

洪作说道。

"谁去？"

"我去。"

"说傻话也得有个度。你到这种暴风雨里去试试，阿洪你这种身板儿一下子就吹飞了。何况上家那边年轻人多的是，却没一个人来这边问候，凭什么我们过去？"

洪作没法固执己见。如果他只打算去上家，应该能更强硬地坚持自己的想法，但现在他到底还是心中有鬼。他并不想去上家，而是想去上家附近的御料局所长家，他家因暴风雨受了灾，想去问候一下。他想，如果自己在暴风雨中前去问候，所长一家该是多么感激自己啊。

洪作心有不甘地从门口往外眺望。院子里所有的树都在摇晃，瓢泼的大雨敲打着地面。河水好像已经满溢出来，院子里一片汪洋。雷声一次次轰鸣而来，闪电一次次撕开风雨肆虐的黑暗。洪作不禁心想，确实如阿缝婆婆所说，自己现在一出门，马上就会被吹飞。

洪作放弃了，他关上了土仓的大门。接下来一段时间，阿缝婆婆和洪作都忙了起来，因为二楼用来接漏雨的容器满了，水从里面溢了出来。洪作把容器一个个搬到楼下倒掉，然后又拿回二楼。因为风雨要灌进来，所以没法打开二楼的窗户，这使得倒水成了件苦差事。

阿缝婆婆一会儿擦拭榻榻米，一会儿把开始漏雨的柜子里的东西移到别处，忙着这些个事情。

"给你丰桥的妈妈说一声，再不给我们修房顶可不行了。哪有妈把自己的宝贝儿子扔在漏雨的房子里的？"

阿缝婆婆这样说着，仿佛自己和洪作现在这般折腾，全是拜丰桥所赐，她一边在土仓里四处奔忙，一边嘴里不停地说着"丰桥，丰桥"。

雨势从黎明时分开始减弱。打开窗户，雨已经不怎么往屋里钻了。小河对面田里的水稻已经完全倒伏，整片地浸泡在水里。小河的水量增加了不少，流动时发出大河般的轰鸣声。阿缝婆婆和洪作两人坐在窗边吃着饭团，黎明的亮光从窗口照了进来。或许阿缝婆婆到底还是累了，她不再多说话，不再丰桥，丰桥地说了。

"好吃吧？"

"嗯。"

"使劲儿吃。吃了睡会儿，然后我们去看那些房顶被吹飞的房子。"

"有房顶被吹飞的房子吗？"

"多得很。冢田家、八木家、冈见家，这几家的房顶肯定没了。媳妇儿凶的人家，这次房顶都保不住吧。"

阿缝婆婆说道。吃完饭团，两人下到楼下，在好不容易到来的宁静中睡着了。

从刮台风的第二天起，晴朗的秋日便正式来临。以台风那天为界，残留的暑气一扫而光，之后凉飕飕的秋风便吹遍村庄。一到十月，长在山上——比如熊野山和那座叫"勘三头"的小山——的杂木便被风儿四处撩动叶片，露出树叶的背面，闪着银灰色的光芒。

洪作每天放学一回家，就坐在书桌前，只留下晚饭后的一小时和村里的伙伴们一起玩耍。对于洪作来说，晚饭后的一小时成为了一天中最为快乐的时光。洪作和村里的孩子们一起在御料局门前玩耍。御料局门前变成孩子们玩耍的地方是在台风之后。一旦某地被确定为玩耍的地方，孩子们便不可思议地只到那里集中，不再去其他地方。在这一点上，孩子们格外地坚持原则。

那天洪作也和往常一样在御料局门前和村里的孩子们玩耍。虽说是玩耍，但洪作和幸夫他们基本都是发号施令。他们让低年级学生们跑去长野村，从村口河边的山崖上挖黏土回来。孩子们一个接一个地开始了采集黏土的马拉松。这是幸夫出的主意，但让孩子们比赛马拉松并非目的，让他们采回黏土才是幸夫所盘算的。

孩子们一个个地从御料局门前出发后，周围变得安静起来，洪作突然看见晶子正从正门往道路这边过来。看到她的身影后，洪作突然产生了一股想逃的冲动，但他没有逃开。与他心中所想相反，他的身体像是被钉在那里一样没有动弹。

"阿洪，听说你在学习，是吗？"

晶子靠近过来说道。洪作没料到晶子会和自己说话，心脏狂跳不已。

"我才没有学习呢。"

从洪作口中冒出了和他的意志并不相同的话。

"但你家婆婆是这么说的。"

晶子说道。晶子那垂在背上、编得十分漂亮的发辫在洪作看来，是那么的光彩夺目。

"我是明年，阿洪还要等后年吧。"

很明显晶子在说入学考试的事情。洪作想说些什么，但是嘴里却吐不出一个字，他觉得自己在所有的事情上都表现得相当笨拙。晶子接下来又说了两三句关于学习的事情，但看到洪作没有反应，也就打住了话题。

"啊啊，好美的晚霞！从没见过这么美的晚霞。"

晶子自言自语般说道。晶子脸朝着北边的天空，洪作往那边望去。果然火烧云使天空的一部分呈现出一片如血的赤红。洪作虽也觉得非常美，但他并不清楚这晚霞是不是美到了从没见过的程度。话说回来，洪作在此之前，从未将当时所见的晚霞之美和当时之前所见的晚霞之美进行过比较，也从未打算比较。不过，经晶子这么一说，洪作想，这片晚霞映照的天空也许真就美得出奇吧。

这时，留在那里的一个孩子突然唱起了那首见到晶子必唱的调侃歌。

——晶子的晶——

没等他唱完，晶子自己唱出了歌的后半部分。

——是精神病的精。

于是，留在那里的孩子们来了劲，开始齐声唱了起来。

——晶子的晶——

晶子这次也和声唱着。

——是精神病的精。

这时洪作感到一种异样的悲哀向自己袭来，难以言表。这并不是寂寞、悲伤之类的情绪，而是一种无力的悲哀，仿佛活下去是一件多么无趣的事情。不用说，这是洪作第一次产生这种感觉。洪作抛下晶子，让她和那几个孩子留在那里，独自一人迈步往家的方向走去。虽然他非常想久久地陪着晶子，但那种让他想要逃离那里的感觉更加强烈。

在那天夜里，洪作第一次作为青春期的男孩体验到了许多不同的感情，其中最为清晰的便是"后悔"。他为自己没有和晶子说句像样的话，以及把她和火烧云一起抛在身后感到了强烈的后悔。

第二章

十月将近结束的某一天，在上第二节课——算术——时，洪作漫无目地将目光投向窗外。外面吹着寒冷的北风，仿佛冬天已突然来临，枯叶和纸屑等被风吹着在校园里打着旋。

正在这时，洪作看到了阿缝婆婆的身影，她穿过校门，进入校园。一开始洪作没有认出是阿缝婆婆。当洪作看见这个身材矮小、仿佛一把就可以拎起来的老太婆弓着背——夸张地说，嘴几乎要挨到地面般——走过来时，——用一个奇怪的比喻来说——就像看到一团被揉成球的抹布什么的被风吹着，一点点地往这边滚来。但当洪作认出这不是别人，正是阿缝婆婆的时候，他感到自己的心仿佛被猛地撞击了一下，非常惊讶，一时间无法将视线从她身上移开。那样子看起来已经完完全全是个衰老不堪的老太婆了。

洪作心想，阿缝婆婆的身体究竟是什么时候缩成这么小小一团的呢？平日里在土仓中一起生活时，洪作并不能察觉到阿缝婆婆的衰老。这次偶然隔开一段距离从教室窗户望去，她那衰老萎缩的样子便原原本本地被洪作的眼睛捕捉得一清二楚。洪作一开始也不知道阿缝婆婆来学校干什么。她用两手把一件东西抱在胸前，那是洪作的褂子。早上出门的时候，阿缝婆婆说今天冷，让洪作穿着褂子去，但是洪作觉得其他学生都没穿，便不愿自己最先穿着褂子去学校。所以这事情看来应是这样：洪作因为不愿意，没穿褂子就出了门，当北风开始猛吹时，阿缝婆婆担心洪作受凉，便想到来学校给他送褂子。

在此之前，阿缝婆婆也像今天这样，来学校给洪作送过几回东西，比如忘拿的物品、便当等。每次都让洪作羞得无地自容。阿缝婆婆总是懒得去教员室或勤杂室，她直接走到教室窗下叫洪作：

——阿洪啊。

要不就直接叫老师：

——老师啊。

每次她都会打断课堂，搞得教室里一时间充满了笑声。不过还没完，她叫老师的时候说"老师啊"还好，若上课的老师正好是村里出身，她还会这么叫：

——石匠家的老二啊。

或者，

——门野原的小森哥哥啊。

另外，她在叫洪作时，有时叫"阿洪"，有时也叫成"我家娃娃"或是"里家娃娃"。

因此，每当洪作看到阿缝婆婆穿过校门往这边过来，他总是感到一股冷气沿着背心往上蹿，仿佛一个巨大的麻烦正在逼近。村里的大人们常用"灾难"这个词，这种事情对洪作来说，无疑正是灾难。洪作总是怀着等待灾难逐渐逼近的心情，直盯着阿缝婆婆的身影。

但是这一天，当洪作注视着已经缩成一团的阿缝婆婆走来，并没有像往常一样产生灾难逼近的感觉，他只感觉到一种难言的、摇摇欲坠、令人担心的东西正被风吹着，摇摇晃晃地向自己逼近。洪作无法将视线从这副模样的阿缝婆婆身上移开。他感到这时阿缝婆婆的身影里，有一种让他一刻都不能把视线移开的东西。阿缝婆婆走到教室窗下，像往常一样叫道：

——阿洪啊。

老师听见后马上从讲台上下来，走到窗边接过阿缝婆婆递来的裤子。

洪作从老师手里接过裤子，立刻当着大家的面穿上。若是往常，洪作会感到害羞，没办法立刻在大家面前穿裤子，但是今天，洪作觉得这都不算事儿。他的情绪中贯穿着一种紧迫而强烈的东西，这点他自己也能清楚地感到。也许这种紧迫而强烈的东西反映在了教室的空气中，大家谁都没笑。课继续上着。洪作虽然穿上了裤子，但眼睛仍然没有离开阿缝婆婆的后背。她好似一件摇摇欲坠的东西，摇摇晃晃地往校门方向远去，身影逐渐变小。在阿缝婆婆身边，枯叶和纸屑仍在随风起舞。

经历了这次事情，洪作感到阿缝婆婆明显老了，而且比村里任何老人看来都老。

一天，阿缝婆婆突然说道：

"婆婆要去下田住一晚再回来。那天得把阿洪送去上家住一晚。"

她说这话时，距离洪作从教室窗口看见阿缝婆婆身影那天过了大概十日。

"是去办事吗？"

洪作问道。

"也不是办什么事。我是想接下来天气冷了就没法去了，趁现在去一趟。"

阿缝婆婆说。她的老家是一座距离下田约一里的小渔村。阿缝婆婆的娘家到底是怎样的一户人家，连她身边的人基本都不清楚。无论是洪作，还是洪作的父母，还是上家的那些人对此都不甚了解。可以说阿缝婆婆自从当了洪作曾外祖父的偏房，除了与自己合得来的两三个近亲，基本和老家村子的人们断绝了来往。据说是阿缝婆婆亲戚的人曾经来汤岛的土仓拜访过一两次，但阿缝婆婆绝不对他们露出亲切的表情，她总是表现出这样的态度：我和你们不相干，我已经是和你们完全没有关系的人了。从这点可以推测，阿缝婆婆的娘家或许很穷。在阿缝婆婆和曾外祖父确立关系时，大概她就已经想到：为了照顾曾外祖父的体面以及更有利于保护自己，这样做最为妥当的。

阿缝婆婆从不在洪作以外的人面前讲任何关于自己老家——那座位于半岛突出部的海港小城——的事情。当机缘巧合说到了下田时，阿缝婆婆总是采取自己主动避开该话题的态度。但在洪作面前时，或许是卸下了戒备，她有时会讲下田这座城市的事情。幼时去下田的港口看外国船；外国船员们拿着望远镜在城里走；外国船员和渔民间起了大冲突；鲸鱼游来下田附近喷水；等等——当她来了兴致，便会满怀热情地讲起这些自己幼年时的旧事。洪作喜欢听阿缝婆婆讲这些，因为这些是她的亲身体验，具有真实感，与其他故事不同，更能牢牢地吸引住洪作的心。

因此，当阿缝婆婆突然说要回趟下田时，洪作一点也不觉得惊奇。时隔几十年，阿缝婆婆肯定是想再次踏上那片年轻时被自己抛弃的故乡土地。另外，几乎每一天都有一趟马车从汤岛村驶往下田这座城市，只要跨过天城岭，花上四个小时左右就能到达，并不是那么遥远的地方。

"我也一起去不行吗？"

洪作说道。阿缝婆婆一瞬间瞪大了眼睛，说道：

"阿洪也想去下田吗？真的吗？"

此时阿缝婆婆脸上那复杂的表情，是洪作从未见过的。仿佛意想不到的欢喜瞬间降临到她身上一般，她把两手放在膝上摆好，一下子垂下肩膀，喜形于色地说道：

"哎呀呀——阿洪说他想去下田了。"

但马上她又换了副表情说道：

"不成，不成。"

说的同时还大幅地摇着头。

"上家的外婆外公听到这个肯定会吓得跌倒，而且你还要上学啊。"

她说。

"我们星期天去就行。"

"话虽如此。"

"给上家说我们去汤野泡温泉不就行了吗？"

"哎呀，真拿聪明的阿洪没办法。"

阿缝婆婆做出夸张的吃惊表情，但她马上又变得沮丧起来。

"上家的外公怎么会上这种当？"

她自言自语般地低声说道。洪作虽然确实想去看看下田这座城市长什么样，但这并不是他希望去下田的唯一理由。因为洪作隐约感到如果他不在阿缝婆婆身边陪着，会比较令人担心。

当晚，阿缝婆婆吃过晚饭便一个人去了上家，她很晚才回来。虽然不知道他们说了些什么，但她一回来便说道：

"阿洪，去下田的事儿定了。不知刮的什么风，你外公说你们去吧，你外婆也说这很好呀。"

看起来她确实很高兴。

"我也能去吗？"

洪作问道。

"阿洪说想去，就哪里都能去。谁能留得住？阿洪现在已经有这种资格了。"

阿缝婆婆说道。

星期六的课，洪作早退了一个小时，他和阿缝婆婆两人十一点去了停车场，等待去下田的马车。外婆阿种一个人从上家过来送他们。若是去其他地方而非下田，阿缝婆婆一定会提前告知四邻，让很多人来停车场相送，但这次她好像没有告诉任何人，来送的只有外婆阿种一人。

阿缝婆婆除了一个小小的布包裹外，没拿任何像样的行李。这无疑是阿缝婆婆为了免遭人们议论，而避免了带礼物回乡。阿缝婆婆这种心思，洪作也不是不能猜透。

坐上与修善寺方向相反、前往下田的马车，对于洪作来说无疑是第一次，赶车人也不是汤岛村的，而是来自天城山对面的奥伊豆①，这些都让洪作不由得产生了前往陌生土地旅行的感觉。

"那你们这趟要保重身体啊。阿洪你也得非常小心才是。"

外婆送别了两人，仿佛他们即将踏上一场宏伟的旅途。马车一出汤岛村便大幅摇晃起来。往这边的路和往修善寺方向的路比起来，荒芜得没得比。

直到山岭附近，洪作都还认得路。这条路既是他上次差点遭遇神隐的那条路，又是咲子葬礼那天一群孩子强行军的那条路。马车一过新田村，便行驶在了杉树林间的道路上，接下来又慢慢地爬上通往山岭的坡道。这条路直到山岭都是上坡，马儿看起来爬得非常痛苦。

马车接近天城岭时，洪作想起了在咲子葬礼那天，自己和幸夫他们一起唱着咲子教的歌，沿着同一条下田街道行走的情景。现在距那时不觉已经又过去了两年岁月。那时自己

---

① "奥伊豆"中的"奥"在作为地名的组成部分时，一般指地处偏僻或位于山的深处或河流上游的意思。

还没搞清楚人死到底是怎么回事，对于咲子从这个世界消失的事实还是感到半信半疑，但现在洪作已经理解了这件事情——按他自己的方式：

咲子从那一天开始，就踏上了和自己相反方向的旅程。自己绝不可能再见到咲子，咲子和自己的距离只会每分每秒变得更大。咲子已经去了很远的地方，接下来大概会去更远的地方。这，便是死。

洪作被马车摇晃着，想要回忆起咲子的脸庞。但是无论怎么回忆，她的脸庞都无法浮现在自己的脑海中。人一旦死掉，她的印象就会逐渐变淡，最后谁都不愿再去回忆，并且即使想回忆，也没法回忆起来。

第一次穿过天城山前往未知土地的旅情使洪作心中充满忧伤，在这样的旅情中，洪作一直想着自己那温柔的英年早逝的姨妈。马车在山岭那里停了下来，洪作和阿缝婆婆下了马车，赶车人也从赶车台上下来，蹲在路边吸着烟。

"哎哟喂，大家常说破马车破马车。这可真是一路破响把我们摇来了。"

阿缝婆婆说道，

"比起马车，这里是多么舒服啊。"

她一屁股坐在路边的野草上，坐姿就像坐在榻榻米上。

"阿洪也坐坐吧，舒服着呢。"

阿缝婆婆说道，但是洪作却一个人往马车所停位置上方约半町左右距离的隧道那边去了。洪作他们不把隧道叫隧道，而叫"隧洞"。

天城岭的"隧洞"对于洪作他们来说有种说不出的魅力。从汤岛村到山岭差不多有两里路，但只要说是看"隧洞"，孩子们便会忘记路途的遥远，随时想去看看。洪作走到"隧洞"的入口，站在那里往里面窥视。"隧洞"里面既有石头铺的地方，也有裸露着地表的地方，大约三十米长的空间里，一直有水从顶上滴落。因此"隧洞"中地面潮湿，到处都是水洼。

位于洪作所站的入口相反侧的出口，从洪作的位置看呈半月形，在那半月形中镶嵌着一幅小小的异乡风景。以这山岭的"隧洞"为界，这头属于田方郡，那头属于贺茂郡。洪作看着被截取成半月状的贺茂郡风景，觉得和这边完全不同，看起来格外地令人感到生动和新鲜。

马车驶来，洪作再次坐了上去。当马车穿过阴冷的"隧洞"一步踏入贺茂郡时，洪作因为某种感动而心潮澎湃。他已经没想咲子了。他没空去想。现在马车仿佛也受到了某种感动而颤抖起来，它颤抖着行驶在异乡的风景中，行驶在南伊豆，行驶在天城山的对面。过了山岭，道路变成了下坡，深深的河谷不停地出现在马车的右下方，在沿着山麓蜿蜒的道路上，马儿迈着熟练的步伐前进，有的地方走得慢，有的地方跑得快。

马车驶入了一个小小的温泉村落，名叫汤野。洪作对汤野这个名字是熟悉的。因为这里是穿过天城岭来到山对面的第一个村子，村里大人的口中常常提到它。

"铁匠家的媳妇和车夫阿钟家的媳妇是从这个村子过来

的。是吧？"

阿缝婆婆说道。

"反过来，阿辰家的小女儿嫁给了这里点心店的长子。去年生了双胞胎。"

赶车的大叔说道。

"生了双胞胎啊，哎呀呀。"

阿缝婆婆毫不掩饰地显出吃惊的样子。

汤野村比汤岛村的人家要少得多。因为这里人家少，洪作不由得感到一阵放松。路在汤野村附近变得平坦起来，可以看见沿河星星点点地分布着一些小村落。阿缝婆婆对其中几个村子比较熟悉，就一一介绍给洪作。她介绍的一般都是这样的内容，比如：这个村子里应该有户叫做什么的世家；这里以前有户叫做什么的富豪人家，但是听说现在已经败了；等等。洪作对这类话题实在提不起兴趣，便没有认真听，但阿缝婆婆哪管洪作，仍旧讲个不停。即使没人听，她也不打算住嘴，抱着这样的态度，阿缝婆婆自言自语般地继续说着。在洪作眼中，阿缝婆婆显得不太正常。这或许是因为阿缝婆婆快到自己的生身故乡而感怀过度，以至情绪激动吧。

南伊豆与汤岛所在的北伊豆相比风光要明媚得多。无论哪里的农家都栽着橘子树，稍稍开始泛黄的橘子硕果累累，几乎压弯了枝头。一般人家的前院都种着菊花，黄色的花儿沉沉欲坠，从石墙的垒石缝隙中露出脸来。每个村的孩子们似乎都比汤岛的孩子们更加心怀恶意，时不时地就有孩子们

往马车扔石头。每次石头飞来,赶车大叔便停下马,朝着孩子们的方向抽响鞭子,怒吼道:

"你们这些没出息的小鬼,回家告诉你们的妈,生点稍微靠谱的小孩。"

孩子们便一哄而散地逃走了。

马车到达下田这座位于半岛突出部的城市时,已是下午两点左右。这里比起三岛或沼津要小得多,但在洪作的眼中看来,已经算是一个足够繁华的都市。家家户户的屋顶重重叠叠,道路两旁的店铺连绵不断。马车在这样的街道上行驶着。每条巷子的对面,都可以望见波涛汹涌的大海的一角。这海比以前洪作见过的所有的海都蓝。

阿缝婆婆让马车停在一家旧旅馆前,在那里下了车。以前曾外祖父还健在时,她曾来这家旅馆住过几次。旅馆主人已经去世了,换了儿子接班,所以没人认识阿缝婆婆。阿缝婆婆对此有点生气,说道:

"那主人死了这店也要完了。"

但洪作对这家旅馆却非常满意。坐在二楼铺着榻榻米的房间,可以饱览整片港湾,带着潮水气息的风儿也不间断地穿堂而过。他们吃了迟来的午饭。对于洪作来说,坐在能看到海的房间吃饭,和窝在汤岛那昏暗的土仓里吃饭的感受完全不同,实在令人觉得妙不可言。

吃过午饭,阿缝婆婆为了消解乘马车的疲劳开始午睡,阿洪由旅馆同岁的男孩带着,去海港看船。一眼看上去,旅馆家的男孩有几分纤弱,但是皮肤白皙,性情稳重。他说起话来言辞得体，清爽干脆得令人吃惊，一打听他在学校的成绩，说是第一名。洪作心想，无论做什么，自己大概没有一个方面比得上这个男孩吧。他无论聊什么，都有比洪作更准确的知识，说话方式也是那么有板有眼。

在洪作看来，下田这座城市是那么生气勃勃。如同大海的波涛不断翻滚晃动一般，这座城市也在摇晃。在沿海的路上可以看到：到处有拉货的车子在移动，一刻也不停息；年轻男女们把衣服收到及膝的位置，忙碌地东奔西跑。

洪作同旅馆家的男孩在各处游逛期间，不知何时已是黄昏，暮色将街道笼罩起来，只有海面尚存光明。

夜里，洪作和旅馆家的男孩一同坐在了楼下柜台①的桌子前开始学习。因为旅馆家的男孩说要学习，洪作便采取了这种形式陪伴他。学习结束后，洪作回到二楼的榻榻米房间，请阿缝婆婆帮忙在她旁边并排地铺好了睡铺，然后便睡下了。他半夜醒了两次，每次醒来便从枕头上抬起脑袋，听着波涛涌来的声音。

第二天，洪作早早便被叫醒。洪作起来时，阿缝婆婆已经坐到了面朝大海的廊子上，一边拈着腌梅子吃，一边喝着茶。她的衣领上搭着白色的手帕，身体往前弯着，从洪作的眼中看来，阿缝婆婆的身影显得更加苍老了。吃过早饭，两人便立刻坐上了旅馆附近停车场的马车。马车穿过城里一排排的房子，不久便驶上了沿海的道路。

---

① 原文为"帐场"，专指传统的商店、旅馆、餐馆登记结账的地方，多为竖条木栏围成的空间，内放桌子及相关用品。

过了一小时左右，就到了据说是阿缝婆婆出生地的村子。那是一个环抱着小小峡湾的小渔村。

"婆婆，你在这儿出生的吗？"

洪作一下马车便问道。

"是啊，但是房子已经不在了。"

阿缝婆婆说道。

"接下来我们去哪儿？"

"我想想。"

阿缝婆婆稍微想了想，说道：

"我们找个地方给阿洪看看海港吧。"

"不去哪个熟人家吗？"

洪作又说。

"阿洪想去我就带你去，不想去我们就不去。"

阿缝婆婆说道。

"那还是不去了吧。"

洪作说。他隐约地感到阿缝婆婆已经不想去拜访什么熟人或亲戚家了。

"这里有亲戚吗？"

"有是有，但是已经不是那代人了。"

接着，洪作便被阿缝婆婆领着横穿过村子，爬上了一座略高的小山——从那里可以俯瞰海面。村子里的人和阿缝婆婆擦肩而过，都无一例外地投来好奇的视线，但没有一个人和阿缝婆婆打招呼。从这点来看，阿缝婆婆在这里似乎已经没有正儿八经的熟人了。

"嘿哟，嘿哟。"

阿缝婆婆每走一步，嘴里都这样吆喝着。这里虽是座小山，却种着橘子树，在这段只需沿着缓缓的狭窄坡道向上爬五分钟左右的路程里，洪作陪着阿缝婆婆休息了好几次。

在山顶有间小小的神社。一踏进神社的地界，便可一眼俯瞰村里那小小的峡湾。

"好多船啊。"

洪作不经意间脱口说道。这小小的峡湾竟然被如此多的大小船只挤得满满当当。每条船上都装饰着旗和幡。洪作觉得眼前的景物如同梦中景象。虽然峡湾涌着浪，船只在摇动，但在洪作看来却是纹丝不动，仿佛在看一幅画。

"那是去远海打鱼的船。"

阿缝婆婆说，接着她又说道：

"多漂亮啊。"

说完她便依旧将视线落在漂满船只的峡湾上，仿佛除此之外便无事可做。每条船上都办着酒宴似的，顺风的时候，一众人等的歌声、笑声、叫喊声便响亮地传入耳朵；风向一变，又立刻变得悄无声息，什么也听不见了。

"婆婆的家在哪边？"

洪作问道。

"让傻媳妇失火给烧掉了。不过那房子即使还在，也在那森林背后，从这里看不到。"

"是栋大房子吗？"

"哪有啊。是栋很小很小的房子。房子背后有棵很大的米槠树，小家配大树，就是不般配，所以房子压不住那树，就先给整没了。"

阿缝婆婆说道。阿缝婆婆把在停车场旁店里买的橘子放在两人坐的位置的中间。虽然橘子还有很多青的部分，但剥皮后往嘴里一塞，却意外地甘甜。

"婆婆小的时候因为橘子吃得太多，全身都变黄过。"

阿缝婆婆一边剥橘子皮，一边这样说道。峡湾还是非常宁静。虽然不时有船上的喧嚣声传来，但即便如此，峡湾仍然给人一种宁静的感觉。

"在这里这样待着就想睡一觉。"

阿缝婆婆仍然俯瞰着峡湾，一点没有厌倦的意思。对于洪作来说，这漂满玩具般船只的峡湾，也是一道怎么看也不会倦的风景。两人在那里就这样待了二十分钟左右，之后他们下了山，回到刚才下车的停车场。马车好像来往得非常频繁，两人没怎么等便坐上了去下田的车。

到了下田，在旅馆吃过午饭，他们坐上了回汤岛的马车。旅馆家的男孩把他们送到了停车场。对于洪作来说，这次下田之行是第一次正儿八经的旅行。上次回丰桥的父母那里并没有旅行的感觉，但这次下田之行从头到尾都像是一场真正的旅行。

洪作回到汤岛后，立刻给下田旅馆家的男孩写了信。虽然他几乎每个月都要为阿缝婆婆代笔一封信寄给丰桥的父母，但写给父母外的其他人还是第一次。

旅馆的男孩立刻就回了一张明信片。上面画着下田的海港,在空白处还用工整的字迹写着:自己有一天或许会来汤岛拜访,那时再麻烦你云云。洪作把那张明信片给阿缝婆婆看,她看了后说道:

"阿洪的字要好看得多,他的没法比。"

但洪作还是和他在下田时感到的一样:包括写字在内,无论做什么,自己大概没有一个方面比得上这个男孩吧。

十一月的第一个星期天早上,门野原石守家的次男唐平来到了土仓。洪作已经差不多两年没见到自己这位堂兄弟了。他们住的地方相距仅仅一里左右,但基本上没有见面的机会。虽然不在同一所小学是最大的原因,但既然是亲戚关系,还是应当多些来往才是。然而,石守家虽是伯父家,但比起这种认识,洪作更强烈地感到那是脸色难看的校长家。只要对方没叫自己,自己绝不会主动上他家——虽然那里也是自己父亲的本家。

除了洪作对他家敬而远之,石守家全家也是出了名的不善交际。伯父校长因为无事不开金口而远近闻名,染着黑齿的伯母人虽不坏,但大家都知道她是个讨厌应酬、我行我素的人物。父母如此,他们的小孩们也让洪作不由得感到有些难以亲近。他家的次男唐平和洪作同岁,因此洪作能够不断意识到唐平这个男孩的存在,却对他没有好感。

之所以会这样,是因为差不多三年前[①],洪作被伯父领着去石守家,本打算在那里住一晚,但不一会儿便逃了回

---

① 原文如此,似与上一段两年未见唐平的描述相左。

来。其间在石守家见到唐平时，洪作对他的印象相当不好。当伯母要唐平陪洪作玩时，他明确地拒绝了，并且用怀疑人的眼光盯着自己，洪作至今仍忘不了唐平当时的那副脸色。唐平那时按伯母的吩咐不知从哪儿抱回来一个西瓜，他抱着和自己的脸差不多大的西瓜，比较似的看着洪作的脸和自己手中的西瓜，仿佛在说：你看我拿着好东西来了吧，但是没你的份。

打那以后，洪作再也没拜访过石守家。也许伯父伯母那边也觉得，请了这小孩来玩又给逃了回去实在麻烦，所以洪作也再没有从校长口中听到让他去玩并住一晚的话。

就在两边处于这种状态时，唐平突然一个人来到土仓拜访洪作。

"阿洪，门野原的阿唐来啦。"

当阿缝婆婆在楼下叫洪作时，洪作感到仿佛有个不可思议的东西闯了进来。真不知是什么风把这个心怀恶意的男孩吹来拜访自己了，带着这样的好奇，洪作跑下了楼梯。一个和自己差不多高的男孩身着棒状条纹的衣服，正站在土仓门口，脸对着一旁。

"阿唐。"

洪作礼仪性地先打了招呼。唐平这才把脸转向洪作，非常腼腆地嘴里嘟哝着什么。洪作没听清他说的是什么，靠近他说道：

"不进来吗？阿唐。"

于是唐平说道：

"接下来我要去棚场的爷爷那儿。我爸让我和你一起去。"

说完他又把脸转向一边。他那旁若无人地把脸转向一边的样子和他父亲石守森之进一模一样。

刚才唐平说的棚场的爷爷,就是森之进和洪作他爸的父亲,也就是洪作和唐平的祖父。他名叫石守林太郎。洪作虽然记得自己曾在哪里见过一两次祖父,但从未和他说过话,也从没产生过他就是自己祖父的意识。这位祖父年轻时就开始从事香菇栽培的研究,在这方面做了很多工作,比如:开了个类似私塾的玩意儿,取名香菇传习所,教给周边的年轻人香菇的栽培方法;写了一本名为《香菇栽培》的书,然后将其分发。周边的人们都把他叫做"香菇大爷",一半把他当作怪人看待,一半把他作为与自己这些人有着不同思想的人来尊敬。

石守林太郎的大名好像在九州各地和伊势地区比在伊豆地区更为知名,那里自古便因出产香菇而闻名。据说因为这个原因,来他以前开在天城山山坳里的那间香菇传习所里学习的,不光有伊豆的青年,还有以九州为首的来自全国各地的年轻人。洪作以前曾在学校听负责他们班级的老师说:林太郎改良了香菇段木[1]的排列方法,除此之外还改良了香菇的干燥法和储存法,在洪作诞生八年前的明治三十二年[2],

---

[1] 指栽培香菇用的短树段。
[2] 明治三十二年即1899年。

他被农商务大臣①授予功劳奖。

洪作虽然从教师口中了解到了自己祖父的事迹，但却从没产生这个人物就是自己祖父的意识。林太郎在天城山山中一处叫做棚场的地方建了栋小屋居住，那里距汤岛约两里路。现在香菇传习所已经关掉了，他专注于自己的研究，只留了一个村里的年轻人帮忙。当然，祖父现在已是年过七十的老人。

这次好像是唐平奉他父亲之命，前往天城山中的祖父那里联络什么事情，他父亲让他不要一个人去，叫上洪作一起。对方突然提出这个要求让洪作感到非常为难，一来和关系不太好的唐平一起到那深山里去没什么意思，二来拜访对象林太郎虽是自己的祖父，但洪作对他并没什么亲近感。

"我不想去。"

洪作说道。

"我爸说让你去。"

唐平说道。

"但是我不想去啊。"

洪作又说道。

"我爸说让你去。"

唐平又重复了一遍同样的话，仿佛那是至高无上的命令。

"伯父真这么说的吗？"

"就是这么说的。他还说，作文课上你要写棚场见爷爷

---

① 农商务省的负责人。农商务省为日本1881年至1925年间存在的中央行政机关，负责农林工商相关的行政事务。

的事，然后交上去。"

"我要写这个作文交上去吗？"

"嗯。"

这样的话，就不是伯父的命令，而是学校校长的命令了，只能接受别无他法。

"那我去吧。"

洪作说道。虽然他心里有一百个不愿意，但那是校长的命令，实在没有办法。

洪作告诉了阿缝婆婆要去棚场的事，让她帮忙做了饭团。阿缝婆婆流露出带着指责的口吻，抱怨了很多，说她搞不懂森之进的想法，竟让这两个孩子孤零零地去棚场这种地方跑腿。但是阿缝婆婆的想法好像还是和洪作一样：只要是森之进的命令，除了服从别无他法。

洪作和唐平一起沿着狩野川支流猫越川沿河的道路，不停往上游溯流而行。猫越川是从猫越岭方向流过来的河流，在其上游有个叫做持越的村落。持越是上狩野村里最靠近深山的村落，那里有一所小学的分校。因此，持越虽也同属于上狩野村，但洪作他们却总觉得这里已经是其他村了。持越的孩子们在读寻常科[①]时上这所分校，升入高等科后才第一次进入汤岛的小学。

祖父林太郎所住的棚场还在更深的山里，距离持越约半里。棚场与其说是一个村落的名字，不如说是一处山中的地

[①] 日本旧时教育体制中，对六岁以上儿童实施的六年制义务教育。

名更为妥当。那里有一两栋在山里干活的人住的小屋，林太郎住的小房子也建在那里。好像那一带最适合栽培香菇，所以林太郎才住在了那儿，传习所原先也开在了那里。洪作曾在参加学校组织的远足时去过一两次持越。离开汤岛的宿村后过了三四十分钟，唐平说道：

"好远啊。没想到这么远。"

之后他又重复了几次同样的话语。洪作发现唐平十分不耐走，稍走一会儿他便要休息。看到唐平这样，洪作心里暗暗瞧不起他，觉得自己要厉害得多。

在从汤岛到持越差不多算是走了一半的地方，两人吃了便当。虽然离吃便当的时间还有些早，但唐平已经打开了便当包裹，洪作便也取出了阿缝婆婆给做的饭团。吃过便当，唐平又来了精神，健步如飞，而洪作也许是因为从家里出发时才第一次穿的新稻草鞋不合脚，脚心疼得走不了路。洪作时不时地让唐平休息下，但他根本不听，自顾自地快步向前。

洪作和唐平之间已经拉开了相当的距离，洪作只能自己在后面走着。洪作一边一瘸一拐地走着，一边后悔自己刚才因同情唐平而不时陪他休息。他想，要是自己不陪他休息，自顾自地冲在前面就好了。洪作一个人走了一会来到了杉树林的入口处，看到唐平正坐路边的木材上休息。唐平一见洪作，便告诉他：

"我肚子旁边疼。"

洪作没有同情他，默默地从他面前走过。

"阿洪！"

身后传来了唐平的声音，但是洪作并没有回头。洪作不知道自己什么时候竟然加快了步伐。脚心还是疼得厉害，但洪作还是忍住继续前进。过了一会儿，洪作觉得自己侧腹部也开始痛起来了，他蹲在了路边。不久唐平便又走到了洪作的前面。洪作没有搭话，唐平也完全无视自己。混蛋！洪作心里骂着，狠狠地瞪着超过了自己的唐平。

两人各自分别走到了持越村。在名副其实的山坳里，分布着二十户左右的农家。洪作父亲和唐平父亲的亲姐姐嫁到这里的一户人家，这位相当于洪作和唐平伯母的亲戚就住在这个地处深山的小村子里。据说那是村子里最有历史的一户农家。洪作虽然知道这个事情，但始终不知道那户人家在哪里，并且也不记得见过这位伯母没有。洪作进入持越村后，心想得找个人问问去棚场的路。

洪作经过村子中央防火用的瞭望塔旁时，听到后面传来了叫自己的声音：

"阿洪，阿洪。"

回头一看，发现一个五十岁左右的女人从后面小跑着追了过来。洪作一见她便反应过来那是伯母。石守家一门的长相特征在这个女人身上是如此明显：瘦高的体格，冷冰冰的说话方式，但一双眼眸却让人不禁感到和善。

"刚才唐平来我家里了。阿洪你也歇歇脚再去吧。"

伯母这般说道。洪作便跟着伯母，沿着田里缓缓的坡道往上走，到了她家。那是一户有着宽阔的前院的农家，院子周围树篱环绕。

唐平正坐在廊子上吃柿子。洪作也在这初次到访的亲戚家中，吃了伯母招待的柿子。唐平吃了七个，洪作吃了四个。

休息了三十分钟左右，洪作和唐平辞别伯母家，往棚场去了。途中伯母送了他们一段路。出了持越村，道路便深入山里，那是一条山白竹覆盖的小道。洪作和唐平虽然没有说话，但是这次他们没有分开，而是步调一致地一起前进。因为两人都觉得这山间小路一个人走着不太放心。一会儿洪作走在前面，一会儿唐平走在前面。

这位祖父离开门野原的家人，独自生活在这样的深山里，洪作开始隐约感到他并非常人。虽然洪作此前从未想过任何关于祖父林太郎的事情，但现在自己正走在这长满山白竹的山道上要去拜访他，于是洪作想着祖父林太郎到底是怎样的一个人物。

唐平停下脚步，洪作也停下脚步。反过来洪作停下脚步，唐平也停下脚步。当他们不知第几次在沿着缓缓的坡道行走途中停下来稍事休息时，听到从周围的杂木林里传来了砍树的回声。

"那是爷爷砍树的声音。"

唐平说道。

"真的？"

"不是爷爷的话，就是爷爷身边那个叫久米的人在砍树。"

唐平说道。

"你来过这儿？"

洪作问道。

"来过，之前是翻过吉奈那边的山过来的。"

唐平说着又迈步向前。当祖父林太郎居住的房子映入眼帘时，洪作心想，他居然一个人住在这么荒凉的地方。房子周围完全被杂木林所覆盖，一停下脚步，就听见小河从附近某处流过的声音，除此之外什么也听不见了。洪作感到山间的冷气在周围升腾起来。他们站在房子跟前，唐平叫道：

"爷爷。"

但里面没有任何回答。两人围着房子绕了一圈。这间房子与其说是房子，不如说是个类似窝棚的小屋更为合适。不过即便如此，当两人绕到旁边时，发现这房子还是有个小小的廊子。从廊子往里面看去，可以看到里边有两间约莫四张半榻榻米大小的房间：在靠里面的房间里造有地炉①，餐具整齐地摆放在架子上；在靠近洪作他们的房间里摆着一张书桌，墙上也整齐地挂着几件干活时穿的衣服。洪作从未见过收拾得如此简单而整洁的房子。

洪作和唐平坐在这小小的廊子上等祖父林太郎回来。在廊子前巴掌大的院子里，开着黄色的菊花。

洪作坐在那里，心情不可思议地沉静下来。覆盖着房前的杂木林已经完全染成了红色，树叶开始掉落，枝头已经半隐半现。应该不用等太久，就能从这里看见一片没有一片叶子的光秃树林。

洪作忘记了身边的唐平，一个人沉浸在自己那不可思议

---

① 原文为"囲炉裏"，指将室内地板空出一块方形区域，里面生火用于取暖、烧水、煮东西等。

的孤单心境中。不久树叶将会一片片地掉落吧。当树叶完全掉光时，冬天也就到了吧。冬天到了，那些掉光了叶子的树就会紧挺着身子忍受严寒吧。自己的祖父在这里过着和这些树一样的生活。这世上有着自己这些人所不知晓的孤独生活。自己的祖父一直让自己过着这样的孤独生活。

"我去找找爷爷。"

唐平从廊子上站起身来便往别处去了，洪作还是坐在廊子上不动。他不想动。过了十五分钟左右，唐平和祖父林太郎一起回来了。

一见祖父的脸，洪作心想，这就是自己的爷爷啊。虽然忘了是什么时候，总之是以前见过的人物。这位清瘦的老人走了过来，他穿着粗糙的干活的衣服，腰稍稍有点弯。

"阿洪，你来啦。"

两眼微眯、表情和善的祖父用沉静的声音说道。洪作默默地鞠躬行礼。祖父又从头到脚地把洪作打量了一番，说道：

"真是长大了。你和阿唐谁大？"

"差不多大。"

洪作有些紧张地回答，但祖父的思绪好像已经不在这件事情了。

"那这样，我请你们吃个香菇饭吧。——嘿哟。"

说着，他便绕到厨房去了。就像唐平在过来途中说的，有位叫久米的青年和祖父林太郎同住。久米一过来，便带洪作和唐平到摆放香菇段木的地方去了。

"这种摆放段木的方式叫做合掌式。是你们爷爷发明的摆法。"

久米解说道。

"为什么要这么摆?"

洪作问道。

"老的摆法通风不好,香菇长不好。你们爷爷教给了大家新的摆法,据说连九州现在都是用的合掌式。"

接下来久米又说:

"有种方法叫干木法。这种让香菇留在段木上直接干燥的方法也是你们爷爷发明的。第一个把香菇出口到外国去的也是你们爷爷。出口也是因为发明了干木法才实现的。"

洪作虽然曾从学校老师口中听到过这些,但由久米口中讲出时,竟听起来完全不同。洪作不知疲倦地望着整个摆满段木的场地。虽然洪作之前并不觉得段木之类的有那么好看,但当秋日柔弱的阳光穿过树的间隙落在段木上时,他还是感到了一种难言的美。

回到家,林太郎坐在地炉旁等着大家回来。锅中煮着香菇饭,祖父直接把饭从锅里盛到了四个碗里。林太郎一边吃饭,一边给他们讲香菇的历史,比如:香菇日本自古就有,九州有个地方叫香椎,表示那里曾是香菇的产地[1];那时香菇只是一部分上流阶级的食物,但从元禄[2]年间开始普通百姓也开始食用;等等。

---

[1] 香菇的日文汉字为"椎茸",与地名"香椎"有同字。
[2] 日本东山天皇在位期间的年号(1688年至1704年)。

"我们家据说从很早以前就开始种香菇了。因为身上流着种香菇的血脉，所以我也种起了香菇。阿唐，阿洪，你们身体里也流着种香菇的血脉。"

洪作第一次听到这个说法。自己身上也流着这样的血脉吗？他心想。

"那伯父为什么不种香菇？"

洪作问起了校长石守森之进。他搞不明白，既然生在这流着种香菇的血脉的家里，作为长子的森之进为何不接祖父林太郎的班而要从教。于是，祖父说道：

"工作还是做自己最喜欢的好。你那伯父认为教育是最了不起的工作，所以才当了老师。阿唐如果觉得种香菇是最了不起的工作，那就去种香菇；如果觉得在公所当差是最了不起的，那就去公所当差。阿洪也是一样。阿洪你还要升学，还要读大学吧。你将来做什么呢？医生吗？"

洪作一边听他说，一边感到在众亲戚当中自己最喜欢这位祖父，也最尊重这位祖父。他第一次遇见有人能用如此沉静的语调，聊关于自己未来的话题。洪作虽然觉得香菇饭很好吃，但吃不下太多。因为他先前吃了饭团，还吃了柿子，肚子已经完全饱了。但是，考虑到饭是祖父好不容易为自己和唐平做的，他还是添了第二碗吃。

吃完，洪作和唐平便立刻踏上归途。这是因为林太郎考虑到秋日里天黑得快，天黑前回不了汤岛就不好了，便像把他们赶走般让两人回去了。在回去的路上，洪作和唐平愉快地一起走着。洪作想到唐平身上也流着同样的种香菇的家族血脉，对他也产生了亲近的感觉。

傍晚时分他们回到了汤岛，当晚唐平住在了土仓里。洪作非常高兴，这几乎可以说是第一次有亲戚来土仓过夜。当晚，洪作也改变了原先对唐平的印象，不再认为他是一个带着恶意的讨厌男孩。他虽是一个怕生且嘴笨的男孩，但好好和他聊一聊，发现他还是有和自己兴趣相投的地方。

"我还没想好是像爷爷那样种香菇还是像爸爸那样当老师，只是定了就做这两件事里的某一件。"

唐平说道。在他说话时，黑暗中阿缝婆婆鼾声阵响。洪作听到这番话，开始为自己还没定下将来做什么而莫名感到心神不宁。他觉得自己再不决定就晚了。

当唐平熟睡的呼吸声传来时，洪作仍然醒着。他心里在想，祖父林太郎现在也睡着了吧。洪作觉得自己的五体仿佛都清楚地感受到了深夜里棚场那死一般的寂静。一位值得自己真心尊敬的人竟然就在自己身边——因为这个发现，洪作那一晚到底还是感到兴奋异常。

第三章

棚场之行过了四五天,洪作在学校被负责他们班的老师叫了出去。老师告诉他,田方郡让郡内各校选出一篇优秀作文送到郡里去。他让洪作自由选个题目,写篇文章交上来。

"女生那边由六年级的晶子来写。题材写重了可不行,所以你们两个先商量下再写。写好了后,我们选好的那篇交上去。"

年轻教师说道。虽然被老师选中也很令人高兴,但光是和所长家的晶子一起写作文这件事,就足以让洪作产生怦然心动的喜悦。那一天,洪作在学校里待得心神不宁。虽然按老师的命令,自己必须找晶子商量这个事情,但是如果在学校和晶子说话,无疑会成为一众学生的起哄对象。

所以,还得等放学后的机会。在学校时,洪作就利用休息时间远远地注视着晶子。晶子应该也从老师口中得知了同样的消息。她会是怎样的一种心情?洪作和晶子的视线交会过一两次,但她并没有露出什么特别的表情。

放学后,洪作把教科书往土仓一扔,便往御料局所长家去了。他在所长家门前碰见了正在拍洋画的公一。公一说:

"姐姐打扫神社去了。"

洪作本想带着公一去神社，但公一说在等小伙伴，不想去神社，洪作便独自前往村里唯一的那间小小的神社去了。有十个左右的女学生分散在神社地界里面做事。村子里的女学生每周都要分工打扫一次神社的地界，今天轮到晶子她们了。

若是平常，洪作不喜欢去尽是女生的地方，但今天有老师之命在身，也不觉得有什么胆怯，他穿过鸟居①继续往里走去。六年级的晶子站在社殿②旁边，好像在监督低年级学生打扫。洪作觉得晶子应该发现了自己，但是她还是一副完全没看见的样子继续和其他女生说着话，这让洪作有些不满。洪作走到晶子身边，说道：

"老师给你说了吗？"

"说什么？"

这时晶子才转过脸来向洪作说道。

"作文的事情。"

洪作说。

"啊啊，那件事啊。听说了。——写什么都未为不可吧。"③

她说。晶子口中说出的言辞与村里人说的完全不同，洪作听后不禁感到那是多么地令人艳羡倾倒。

---

① 神社门口的牌坊。
② 神社中供奉神体的房子，或神社用房。
③ "写什么都未为不可吧"的原文是"何を書いてもいいんでしょう"，为有教养的女性日常使用的郑重体表达。

"你写什么?"

洪作又问道。

"这是秘密。阿洪你好狡猾。——我写好之前是不会说的。"

晶子这样说道。

"老师说让我们商量。"

"你骗人!"

"我骗你做什么?老师真这么说的。"

"老师不可能这么说。阿洪你真讨厌,狡猾狡猾的。"

在洪作看来,这不得不说是一次令人意外的挑衅。

"老师真的是这么给我说的。"

洪作瞪着对方说道。于是,晶子也一瞬间脸色大变。洪作从未见过晶子现在这般充满敌意、神情激动的脸。

"那这样吧,阿洪你把你要写的东西自己找老师说去,我也自己去找老师说去。"

接着,晶子用她那亮闪闪的眼睛注视着洪作,说道:

"行了吧。这样总行了吧。"

洪作在晶子身上,第一次体会到了被人误解的感觉。自己怎么也不能获得对方的理解,不仅如此,甚至还让对方觉得自己对其抱有恶意——洪作体会到了这种难言的悲哀。

第二天一到学校,洪作便把自己想写的作文题目报告给了负责的老师。

"我和晶子两个人决定各自给老师报题目,'爷爷和香菇'——我准备写这个。"

"这样啊，也行。有什么好互相隐瞒的，真傻。"

老师说道。洪作感到这时老师也对他产生了些误解。

洪作花了两晚上来写作文。他把之前和唐平两人去棚场拜访祖父时的事情原原本本地写了下来。他用了差不多十张作文纸，写下了自己如何如何被祖父所大大地感动，自己是如何如何对在孤独生活中醉心于香菇研究的祖父产生了巨大共鸣云云。在把作文交去学校的那天早上，阿缝婆婆说：

"拿来，我看看。"

她在窗边读完，说道：

"石守老爷子被洪作写得这么好，死也值了。老爷子真幸福啊。"

作文交到老师手上过了三四天，洪作被校长石守森之进叫进了办公室了。一进校长室，伯父校长便说：

"这里写错了，改一下。"

他说的是写久米给洪作和唐平解说香菇种植的那段文字。在文字框外用铅笔订正了两三个词。

"去趟棚场有收获吧？"

伯父还是和往常一样，用生气似的表情和语调说道。洪作心想，伯父校长到底还是为自己去棚场拜访了祖父并写下这篇作文而感到高兴吧。虽然无法从他那总是见不着笑容、冷冰冰的脸上窥见他内心的想法，但洪作却不由得产生了这样的感觉。他还想到，伯父之所以让自己去棚场，或许也有让他写这篇作文交到郡里的意思。

洪作完全不知道晶子写的什么，什么时候交给老师的。

洪作即使在路上遇到晶子，或在运动场上撞见晶子，他也一言不发。他心想，我才不想理你。晶子那边也不示弱，好像也对洪作抱着同样的敌意，绝不把视线移到洪作脸上，装出一副完全没有注意到洪作存在的样子。

进入十二月后，洪作被老师叫了出去，来到了教员室。老师说道：

"你的作文交上去了，但一来就落选了，和城里学校的学生们比起来完全是天上地下。当初交晶子那篇可能还好点。"

洪作不知道老师是在骂他还是挖苦他，感到非常不愉快。洪作这时才知道学校在比较了晶子和自己的作文后，选了自己的提交给郡里，但自己的作文一来便在郡里落选了。

洪作那天放了学，把教科书往土仓的入口一扔，便立刻孤身一人从青年会馆①（青年值班所）旁边往墓地所在的熊野山爬去。在此之前洪作从未一个人爬过熊野山，这次他非常想独自到一处没人的地方去。这次作文的事情从一开始便让人感到一切事情都事与愿违：不光被晶子——在这个世界上，自己对她最有好感——莫名其妙地误解，还在郡里的比赛中落选，还遭到老师的挖苦，实在是狼狈不堪。

熊野山上的道路十分荒凉。八月盂兰盆节后，便没人来打扫了，所以落叶完全铺满了道路，并开始腐败。洪作踏着

---

① 原文为"若い衆宿"。在日本农村，各村有名为"若者组"的青年集团。15岁至婚前的男青年加入其中，承担村里的治安或祭礼等方面的工作。他们开展集会或合宿的建筑或场所便被称为"若い衆宿"。

潮湿的落叶，攀登着很陡的坡道。一走到山腰，洪作便一眼饱览了汤岛村的风景。无论是小学、公所、洪作的家、御料局，全都能尽收眼底。所有东西都像小玩具似的挤在小小的盆地中间。洪作心想，在那里既有阿缝婆婆，也有晶子。咲子也曾在那里住过。时不时孩子们的叫喊声从学校背面乘着风儿传入耳中，想来应是宿村那群孩子在吵闹着什么。

当洪作将目光移向右手边，遥远的天城山便映入眼帘。他的身上已经完全地感受到了冬日山间的寒冷。那悬浮在天城山的棱线上的白云，仿佛一片片撕碎的棉花，也给人冬日间白云的感觉，一动不动。洪作想起了咲子。无论怎么想，这位年轻的姨妈已经英年早逝，再也见不着，也和她说不了话，但他还是频繁地想起咲子。他想，像现在这种心情低落的时候，如果咲子还在，只要自己能待在她身边，自己的心灵无疑就能得到安慰。在老师挖苦他的话中，最伤洪作心的要算那句"和城里学校的学生们比起来完全是天上地下"。洪作对老师那充满轻蔑的言辞感到憎恶，但话说回来，洪作本人也承认自己和城里的学生相比，无疑的确是天上地下。

洪作想起了下田的旅馆里那个同年的男孩，想起了沼津神木家那两个女孩，他们身上不是都有着自己所不具备的特质吗？他们无论对什么事情都能冷静而利索地做出反应，速度之快是自己这些孩子完全没法比的；他们也会使用精巧的表达方式来陈述自己的意见，而这些表达方式是自己这些孩子完全想不到的。确实是一个天上一个地下。洪作想找个地方坐下，但是到处都是湿的，没法落座。

洪作望厌了汤岛村，便往墓地方向走去。墓地在山顶一处平坦的地方。村里有谁去世，都葬在这里。要火葬的话得去三岛，所以一般情况都是土葬。上家的曾外祖母就长眠在这里。

洪作进入了墓地。虽然自己从没一个人来过这种地方，但是来了之后，他发现这里并不是那么恐怖，也不是那么阴森。上家的墓园就在墓地的入口附近，刻着曾外祖父——阿缝婆婆为他牺牲了一生——名字的墓碑也在那里。墓地静悄悄的，只有数百个墓碑沐浴着初冬的阳光，成列地耸立在相当宽阔的一块地方。

洪作走进上家的墓园，在几块墓碑前鞠躬行礼后便立刻离开了那里。这里虽然并不阴森恐怖，但到底不是值得久待的地方。经过刚才俯瞰汤岛村的地方再往下走一小会儿，便有一条细细的岔路通往开着温泉旅馆的西平村。勉强够一人通行的小路沿着陡峭的山坡向下延伸。洪作曾沿着这条小路下去过两三次。洪作心想，反正都是下山，换条和来时不同的路往西平方向下去吧。

洪作开始沿着两侧长满杂草和山白竹的小路下山，但没走多久便停下了脚步，因为他看到了一对从山下爬上来的男女。

对方好像没有看到洪作，一边高声说着什么，一边沿着"之"字形弯曲的小路爬了上来。洪作距离从下面爬上来的那对男女并没有那么远，他们之所以没发现洪作，是因为两人都盯着自己的脚下，正专心致志地一步一步抬腿往高处爬。

洪作就这么继续下山也未尝不可，但他却不由得感到犹豫，年轻男女两人单独结伴而行——这种情景在这个村里是看不到的。如果有人那样做，马上就会招来别人的嘲笑，甚至被孩子们起哄，这是免不了的。年轻男女就是不能两人一起走路，两人一起站着说话——这里的大人和小孩都这么认为。

洪作呆呆地站在那儿。从下面爬上来的两人先是消失在杂木丛背后不见了踪影，不久又出现了。站在洪作的位置，可以从斜上方俯瞰两人的身影。男女互相把一只手交给对方，就那么互相握着手，贴着身子爬着这本就难爬的陡峭坡道。这对男女都不是村里人，他们无疑是温泉旅馆的客人。两人身上都穿着有都市气息的衣服。

洪作钻进了紧靠右手边的一片杂木丛中。虽然洪作完全没有藏起来的道理，但瞬息的判断使他采取了这样一种态度。他想让过他们之后再沿路下山。但马上洪作便不得不承认自己判断失误。那对年轻男女在中途停了下来，没继续往上爬。

洪作从杂木丛的缝隙中看到那对年轻男女站立着互相抱住对方。男的长得很高，在洪作看来，女的仿佛是被吊在半空。洪作感到了前所未有的惊讶。他心想那女的该不会被杀掉吧。女人仰着头，男人的脸落在了女人脸上。洪作不知道男女间这种行为是什么意思。他既不知道有接吻这类行为的存在，也从没思考过这方面的问题。突然间，洪作内心感到了一阵恐惧。马上就要杀人了——恐惧从这个念头中油然而生。

洪作如同从树丛中受惊腾起的鸟儿一般，沙沙地从杂木丛里窜到了旁边的路上。洪作放弃了从这里下到西平，他一口气沿着来时的路往回跑了起来，到了山脊那里之后，就这么一直往下跑到了青年会馆所在的地方。

洪作回到家中后也不能回复平静。他心想，刚才在熊野山的山腰可能发生了犯罪案件。如果真发生了案件，那知道这事的目前就只有自己一个。洪作无法判断自己是该把目击的事情告诉谁，还是该保持沉默。

第二天，在去上学途中，洪作对幸夫说了这件事。最后他说：

"可能那女的已经被杀死在熊野山上了。"

"这样啊。"

幸夫脸上呈现着难以置信的表情，他稍稍想了一会，用一种听起来老练的语调说道：

"这事别给别人说。说了惹麻烦。"

然后，他提议趁学校吃午饭休息的时候，两人去案发现场看一看。洪作不打算一个人爬熊野山，但他想，若是和幸夫一起去也行。

那天吃午饭的时候，洪作和幸夫两人溜出了学校。因为中午休息时间有一个小时，所以动作稍微麻利点的话，去趟熊野山的山腰再回学校并非难事。从学校出来时，幸夫把三年级学生春太——木屐店家的小孩——一起带了去，似乎打算在真有案件发生的情况下，让春太担任联络员。春太很擅长奔跑，在四年级以下的学生中，他的长跑也是最快的。虽然春太在学校的成绩不太好，但只要他跑起来——也只有这个时候——便像变了个人似的，看起来伶俐聪明。

"我不想去。"

春太在校门口打起了退堂鼓，似乎他对为什么自己得和两个高年级学生一起去爬熊野山感到了不安。

"让你跟着去你就跟着去。"

幸夫瞪着春太说道。被幸夫一瞪，春太也豁出去了，便跟在了两人后面。三人出了校门，立刻沿着道路跑了起来。三人跑到青年会馆，在那里稍事休息后接着又跑。从青年会馆那儿起，路的坡度变得陡峭起来，三人一边休息一边往上爬。三人都剧烈地喘着气。

好不容易到了从山上下到西平村的那个路口，幸夫向洪作问道：

"在哪儿？"

洪作回答：

"从这儿下去，快到了。"

于是幸夫命令春太道：

"春太，你先去看看。"

春太不知是什么情况，又打起了退堂鼓。

"我不去。"

"为什么不去？只是让你从这儿下去，中途再回来就行。你快去。"

"不去。"

这次春太也犟了起来,他的表情看起来似乎已经察觉到了此行甚至有生命危险,拼了命地拒绝。

"没办法。我们一起去吧。"

幸夫对洪作说道,接着他又命令春太:

"跟着来。"

他们按照幸夫、洪作、春太的顺序沿着坡道下去。当来到昨天自己藏身的杂木丛时,洪作说道:

"就这前面了。再转个角就到了。我当时就是从这里看到的。"

"好。"

幸夫心意已决,迈着紧张的步伐走了下去。洪作和春太没有跟在他后面,而是站在原地。

"阿洪,这儿什么都没有,你们下来看看。"

不一会儿,传来了幸夫的声音。洪作和春太连忙下去一看,那里确实什么都没发生。

"真是这儿吗?"

"是的。"

"那奇了怪了。"

幸夫钻进了旁边的竹丛,洪作和春太也跟在后面。这处竹丛很浅,一下子便钻到了旁边——一处不显眼的向阳地,只有这块地生长着山里的矮草。

"这是什么啊?"

幸夫把视线投向向阳地的一角。在那里展开着报纸,上面放着橘子皮的残骸。

"有人在这里吃了橘子啊。"

幸夫有些吃惊地说道。

"吃了八个。"

春太算了下橘子皮说道。话音刚落,他便又说道:

"哎呀,还有个没吃的。"

说着,春太果然从那里拾起了一个还没剥皮的完整橘子,他便立刻把它剥了。洪作心想,在这里吃橘子的肯定是昨天自己看见的那对男女。

"给我半个。"

幸夫从春太手里抢走了半个橘子,又把它分成两部分,往洪作这边递了过来。回程时,三人跑着下了山。虽然这趟除了一个橘子外一无所获,但幸夫和春太都没有抱怨。有一个橘子在那里等着他们——这理由似乎依稀说服了他俩。

过了十二月中旬,从寒假将至的时节开始,跑步的热情便在学校的学生中高涨起来。在那之前,跑步对于学生们来说,一直都是只在运动会时才会进行的活动。但是自打田方郡发布消息——来年春天将由田方郡各小学分别派出几名选手,举办跑步大赛——之后,在教师和学生间,都兴起了一股跑步热潮。

洪作总体说来并不擅长跑步,但在女孩子那边,晶子已经开始让村里低年级的女生们进行跑步练习了,受此刺激,洪作也和五、六年级的学生商量好,定下每天在上学前进行三十分钟左右的练习。孩子们几乎每早都聚集在停车场。打夏天过完时起，孩子们上学的集合地变成了停车场，所以大家都极其自然地选中了那里进行练习。早上的集合地点已经变动过好几次，包括幸夫家门前、御料局门前、田地的一角等，但夏天过完后，集合地又转移到了停车场，这是因为那时停车场来了新马，大家连续去看了几日。

孩子们把各自装着教科书和便当等物品的布包袱放在了停车场旁的木材上，之后便轻装上阵，按身高顺序排好队，并不需要谁发令，当领头的人跑出去后，大家就跟着跑了起来。在到达长野村前是沿着街道跑，往回跑时则每天的路不尽相同，比如：有时跑田间小路；有时侵入其他孩子群的领地，然后从神社那边绕回来。一般都是由跑得最快、能跑在队伍前头的人确定路线。高年级和低年级学生间速度有差异，并且几乎每天早上都有几个掉队者，所以队伍总是会拉得很长。大家三两成群、零零散散地跑着。

洪作虽然不擅长跑步，但还是每天早上参加训练。有时洪作会碰见一群跑步的女生，女生因为跑的路线和男生不一样，所以有时碰得见，有时完全遇不着。

洪作几乎每天早上都期待遇见晶子那群学生。作文事件之后，他就没和晶子说过话了，但他被晶子吸引的感觉并没有因此衰减。洪作在学校只要听到任何关于晶子的传言，便会觉得自己的心情也会变得跟听到前完全不同，那是一种带着莫名忧伤的紧张。当男孩和女孩的跑步队伍擦肩跑过时，洪作只在其中寻找晶子的身影。晶子有时在，有时不在。洪作认为，晶子跑步时的身影最为美丽。她白皙的脸颊泛着红霞，呼吸急促，带着不屑于瞧男生一眼的表情，穿着草鞋踏着地面大步地跑着，看起来英姿飒爽。

一天早上，在通往长野村的街道上，洪作他们那队男孩和晶子那队女孩在桥边遇见了。当时晶子一边跑着，一边突然举起右手往洪作的方向挥了挥，让人不禁感到眼前这个女孩和之前那个在神社里用愤怒的目光责难洪作，充满恶意的女孩完全不是一个人。

这事情过去了两三天，洪作他们又和一群女生擦肩而过。这次是在通往神社的田间小路上。洪作看到晶子打头从对面跑了过来。当各有数名成员的两群人正在逐渐缩短相互之间的距离时，发生了一件令人完全意想不到的事情。

跑在最前面的晶子看起来像是被什么东西绊了脚，身子往前倒去。她口中发出尖利的叫声。洪作看见她从腰以下完全陷进了地里。一瞬间，洪作立刻反应过来：晶子掉进了陷阱。

晶子想从陷阱里爬起来，周围的女孩们伸手去帮她。这时，从差不多半町开外的田地里一下子冒出了十几个光头，洪作听到他们发出了哇的欢呼声。原来是宿村的那群孩子。洪作看到晶子衣服下面的部分被稀泥给弄脏了。洪作靠近那陷阱，晶子正抽抽搭搭地哭得厉害。那是一个精心挖好的大陷阱，里面填满了和得软软的泥土。

洪作看到晶子的草鞋掉了，脚和衣服的下摆被泥土弄脏，就和插秧时的女人一般，实在是惨不忍睹。宿村那群孩子的欢呼声和笑声还在继续。并且还听见里面夹杂着嘲弄晶子的声音：晶子的晶是精神病的精，晶子的晶是——

洪作感到了一阵强烈的愤怒。无疑连他自己掉进陷阱也不会如此愤怒。洪作缓缓地走向宿村的孩子们。

"谁挖的陷阱？"

看到洪作气势汹汹，来者不善，几个孩子一下子逃开了。小小的光头沿着田间小路四散逃跑。

"谁挖的？是谁挖的？"

洪作站在剩下的孩子面前，瞪着他们。这时，一位仗着自己力气大的同班同学仓石纹太不知从哪里缓缓地走了过来，站在洪作面前。洪作一声不吭地瞪着对方，心想，来了个讨厌的家伙。

"我挖的，不行吗？"

纹太说道。

"什么啊？晶子掉进陷阱里，你替她发什么火？怪得很。"

接着纹太又学着大人们说了些粗鄙的话。洪作突然向纹太扑了上去。虽然他力气到底敌不过纹太，但还是压抑不住这种冲动。

洪作虽然扭住胳膊把纹太压在了地面，但他感到自己随时会被对方掀翻过来压在身下。纹太胸有成竹地躺在狭窄的小路上，一副厚脸皮的态度，任由洪作摆布。

不一会儿，纹太说道：

"好了，换我教训你了。"

说完，他大喝一声，全力推开洪作直挺挺地站了起来，接着马上打了洪作两三个耳光，接着又突然离开洪作身边，追着把晶子围在中间正要离开的那群女孩去了。

洪作看见纹太闯进女孩子们中间，站在晶子面前，说着些惹人生气的话。晶子惊叫起来。纹太想去撩晶子衣服的下摆。

洪作拼命地扑了过去，推开纹太。纹太猛扑过来，这次是真正的攻击。洪作立刻被纹太按倒在地，他随手抓起一块石头拼命地往对方脸上砸去。纹太惨叫着站了起来。洪作无法控制自己，他手握石头猛地扑向对方。洪作看见纹太的额头上流出了鲜血，这使得洪作更加兴奋。

洪作握着石头追赶纹太。纹太或许是被发了疯的洪作吓破了胆，他沿着田间小路逃窜。洪作一追上纹太，立刻抄起石头就打。

纹太拼命地跑，洪作拼命地追。洪作没法控制自己像疯子一样不停地攻击纹太。不久，洪作追赶着纹太来到了神社前面，这时他才察觉到自己被穿着干活衣服的村民从后面死死抱住。

"傻瓜！"

那男的说道。他夺过洪作手里的石头，再一次怒吼道：

"你这个傻瓜！"

"你是不是疯了？"

洪作对此默不作声。他自己也不知道在此之前自己做了什么。他认为自己是被一个极其狂暴的魔物附了体，狂暴得连自己也理解不了。

他看见从田地的对面跑来了三个人。洪作这时才意识到自己肯定搞出了什么不得了的动静。

洪作和纹太打架并用石头砸伤对方额头的事，对于平时风平浪静的村子来说，也算一个大事件。纹太的父亲是开榻榻米店的，四五年前从其他地方来到村里，不知什么时候便住下了。纹太跟着父亲两人过活，没有母亲。从纹太父子最早出现在汤岛时起，便没看见过他母亲的身影，听说在纹太小的时候她便去世了。

当洪作回到土仓时，他的身心都因为打伤了纹太而仍旧亢奋不已，阿缝婆婆已经知道了这件事情。有一个目击了洪作和纹太打斗的孩子早早地便把这事报告给了阿缝婆婆。

阿缝婆婆站在土仓前。这时她刚出土仓，正准备赶往打架事件的现场。阿缝婆婆一见着洪作，便把他从头到脚、目不转睛地巡视了一番，看看是不是有哪里受了伤。

"阿洪，全身上下都没事吧？"

她反复确认没事后，这才放下心来似的放松了肩膀，大大地叹息了一声。因为洪作平安无事而松了口气的阿缝婆婆，一时间沉默着发起了呆，不一会儿似乎有一阵新的兴奋向她袭来，她突然气势逼人地大声说道：

"阿洪，快进土仓去。谁敢抬手打阿洪试试。混蛋！"

阿缝婆婆愤怒地咆哮着，仿佛对方已经来到跟前。这时，上家的外公和幸夫的母亲来了。外公一见洪作的脸，便突然怒骂道：

"混账东西！"

说罢他带着一副极不愉快的表情,用两根手指戳了洪作的额头。

"他外公,你干什么?"

阿缝婆婆和外公顶上了。

"你别对阿洪动粗。你把他和你们家的孩子混为一谈我可不答应。你平时见不着人,这种时候就跑来骂阿洪。"

"到了非骂不可的时候我就来骂他,有什么不对?"

外公也一反常态地严厉指责起了阿缝婆婆,然后他又向着洪作骂道:

"混账东西。平时觉得你没出息,一下子又闯下了大祸!过来,跟我一起去道歉。"

洪作从未被外公如此严厉地叱责过。外公的脸看起来完全是另一个人了。

"凭什么阿洪要去道歉啊?"

阿缝婆婆也不甘示弱。

"洪作把别人的孩子打伤了。别人都去看医生了。"

"你这话真是惊煞我了!打架的话两边都要各打五十大板。阿洪即使打架把别人打伤又怎样?哎呀,真是惊煞我了!他外公,你是老糊涂了吗?"

"烦死了,你闭嘴。"

"我哪闭得上嘴?"

"闭不上也得闭。"

接着外公瞪着洪作说道:

"阿洪,跟我来。"

说完，他便突然背过身走了出去。

"婆婆，他外公说得对，先让洪作去道歉比较保险。"

幸夫的母亲在旁边说道。洪作这时才意识到自己干了什么。自己惹出来的祸事好像非同小可。

洪作一言不发地离开了阿缝婆婆身边，往上家方向追赶他外公去了。一到上家附近的路上，洪作便看到上家外婆的身影——她站在路中间，被两三个附近人家的女人围着。外婆一见洪作，便忧心忡忡地说：

"阿洪，你闯下大祸了！快和你外公道歉去吧。是我不好，是我的错。不管那边怎么说你，你都要说是我不好，是我的错。记住没？阿洪，要说一切都是阿洪不好，是阿洪的错。"

接着她又说：

"你去道了歉，不管是牡丹饼还是醪糟，外婆我都给你做。记住了，阿洪，要说一切都是阿洪不好，是阿洪的错。"

洪作一言不发地离开了外婆，走到了上家门前，正好这时外公出来了，阿洪走近他身旁。

"混蛋，你跟我来。"

外公走了过来。他还是和往常一样，鼻头红红的，一边走，一边不时取出叠得小小的手巾擦鼻头。

洪作被外公带着，走到了邮局旁边的山城医院，但听人说纹太接受了治疗后，已经回家了。

"混蛋，你跟我来。"

外公出了医院的门又这么说着——同一句话从刚才开始

已经重复了几次——，接下来他们便往宿村边上的榻榻米店去了。榻榻米店里面，纹太的父亲正坐在铺着地板的屋子里编榻榻米。他那剪得很短的头发已经白了。

"听到这个混小子闯下了大祸把你家孩子打伤了。刚刚我已经狠狠地教训了他，把他带过来了。我知道你们很生气，但还是请原谅他吧。"

外公说道，然后用下巴往洪作那边一指，说道：

"阿洪，鞠躬道歉。"

这时，纹太父亲停下手里的活，说道：

"不用，不用。

"孩子们就是打来打去的。阿纹那家伙哭丧着脸回来，刚刚我还在他头上敲了两三下，把他赶到学校去了。有什么好道歉的。你家的娃娃真是有胆量。阿纹那家伙就是条家犬只知道在家门口叫，没有一点儿出息。既然要打架，就得像阿洪这样，没有抓起石头砸破对方头的精神劲儿可不行。从我还是孩子时算起，打的架数也数不清了，但从没输过一次。以前还把别人手打折了，也没去道过歉。打架嘛。当家的，不用道歉。要是孩子们打架就道歉的话，你和我天天都得忙着道歉，活儿也不用干了。"

说着，纹太的父亲进到里面，往小笸箩里装了几个橘子拿出来，说道：

"阿洪，这是你打赢的奖励。你吃着橘子去上学吧。"

说完便把橘子递到洪作面前。洪作这才意识到学校已经开始上课了。

从榻榻米店回来的路上，外公一言不发。洪作也一言不发地在上家门前和外公分开，然后立刻回到了土仓。阿缝婆婆正在土仓旁边晒萝卜，一见洪作便问道：

"怎么样？"

脸上还留着先前和外公争执的兴奋劲儿。

"榻榻米店的大叔给了我这个。"

洪作把装着橘子的小笸箩递到阿缝婆婆面前。

"他生气了吗？"

"没有。"

"你瞧瞧，是他自己家孩子的不是，他不能生气嘛。"

接着，她又像一吐心中不快似的说道：

"傻瓜！"

这句"傻瓜"是对上家的外公说的。

洪作拿上扔在土仓入口那里装着教科书的包袱，马上离开阿缝婆婆去上学了。洪作感到自己迈向学校的两腿非常沉重。他想，到了学校免不了要受处罚吧。洪作隐约感到满脸是伤的纹太正坐在教室里面。现在是算术课。洪作横下心来，推开了教室的门。差不多三十个学生齐刷刷地把目光转向了洪作。刚从师范二部毕业的年轻教师等洪作坐到了位子上，说道：

"不准打架。"

接着他又问道：

"听明白了吗？"

"听明白了。"

洪作回答。他心想，接来下就要被责骂了吧，然而老师却开始继续上课，责骂就此结束。洪作看见在自己前面差不多两排的右手边，头部缠着白色绷带的纹太坐在那里，比起平常显得格外老实。

下课后，老师把纹太和洪作叫到了讲台边，

"以后再打一次架，你们俩就都别在学校待了。明白了吗？"

他只说了这么一句。老师离开后，纹太用一种非常复杂的神情盯着洪作，不一会儿他脸上的眼、鼻、嘴凑成了一团，面目可憎地扬着下巴说道：

"哼！"

接着便立刻转过身去背向洪作了。洪作没有说话。虽然纹太这种做法着实可恨，但里面多少带着点怯弱，这和以前的纹太可不一样。先前洪作还因为纹太父亲的话深受感动，为自己打伤纹太而感到心痛，但现在纹太这种不思悔改的态度反而让洪作有了被拯救的感觉。他心想，纹太果然还是个讨厌的家伙。

纹太头上的绷带一直戴到了寒假到来。洪作几乎每天不得不看到这个，实在难受。这件事虽然在学校没有激起什么波澜，但在村里还是成了一件谈资。村民们一见洪作便向他说道：

"阿洪，厉害啊。"

或者，

"阿洪，你和你妈妈一样，莽撞得很。你妈妈以前小的时候，发起脾气来就要从崖上跳下去。"

如此等等。洪作在学生们中间也赢得了一些赞许。而力气不输给任何人的纹太在被洪作打伤后，大家对他的看法也和以前有点不一样了。

自打那次事件后，晶子奇怪地变得比以前更加疏远洪作。即使两人在路上遇见，她对洪作也总是怒脸相向。洪作感到自己已经没有了被晶子吸引的感觉。他虽不知道为什么会变成这样，但在他看来，晶子这个大自己一岁、带着都市气息的女孩，在打伤纹太的事件发生后已经严重地褪去了色彩。

第四章

　　一到寒假，村里的孩子们便因为新年将至而心神不定。从二十八日前后开始，几乎每日都从各家传出捣年糕的杵声。虽然洪作只是有时才去低年级学生们每日聚集玩耍的地方，但偶尔去一趟便能听见那里孩子们报告捣年糕的情况。哪家捣了多少臼，其中扁年糕①有多少，圆的带馅的有多少，消息非常详细。

　　"下坡位置那家的阿姐，在捣的时候帮着翻年糕，结果孩子生出来了。"

　　或者，

　　"染坊的小伙子一个人捣了十三臼年糕，结果当晚就发烧了。"

　　这一类的消息孩子们全都知道。当捣年糕结束后，这个由孩子们运作的情报网便将注意力全部集中在回乡者身上了。为了在老家迎来新年，不少回乡者会回到村里。这些人背井离乡在城里讨生活，从二十八九日前后开始，马车就会载着他们回来。关于那些坐马车回来的人的信息，去迎接的

---

　　① 原文为"のし餅"，指厚约1厘米延展成长方形的扁平年糕，将其切分后可做新年用的"切年糕"。

孩子们一定知道，这丝毫不足为奇，但是孩子知道的东西比这还广泛得多，比如：听说哪家的谁会带着孩子回来；本来是要带着孩子回来，但孩子病了只得取消；以及他们什么时候从东京出发，什么时候到三岛，什么时候进入这村子。所有的信息都被收集到了孩子们这里。

　　洪作没有加入低年级的学生们，没像他们那样每次马车来了都要跑去停车场，但他有时也会加入他们。不同于往日，这时的马车上挤满了很多乘客。既有去三岛、大仁等地采购新年用品回来的村民，也有夹在其中好久不见的回乡者。

　　只要看到回乡者的身影，孩子们便会一齐哇地欢呼起来，之后便成群结队地跟在他们后面把他们送回家里。就在一两年前，洪作还是会玩着这游戏，繁忙地度过年关将近的那几日，但现在到底不这样做了。不过，洪作很高兴能看到这些回乡者，他们已经有几个月或几年没踏上过故乡的土地了。曾经眼熟的脸庞各自带着多少异于以往的气质，从马车上涌下来，站在村里的土地上，然后所有人都用难以言表的深情目光环视着四周。

　　第二天就是元旦的三十一日傍晚，洪作主动去了停车场。因为他听说比自己大五岁的新田村青年山口平一要回来，不知为何产生了想去迎接他的想法。这个聪明的青年曾以高等科第一名的身份毕业，虽然洪作和他因为年龄不同没能在一起玩耍，但因为他成绩好，所以洪作幼小的心中对他产生了一种近乎敬畏的情感。平一虽是一户贫困农家的小儿子，但如果他家境好些能供他读更高一级学校，他将来肯定能成为非常优秀的工程师或者官员，洪作曾从教师口中听到过这种议论。

孩子们对山口平一回村的事一无所知。孩子们只是不知从哪里得到了他要回乡过年的消息，仅此而已。当洪作听说三十一日下午也没见平一坐马车回来时，心想他肯定是坐当天傍晚最后一趟马车回来。因为不坐这趟车他就赶不上过年了。

最后一趟马车从暮色降临的街道上驶来，只有三个乘客，其中两个是公所的职员，另一个便如洪作预想的一样，是山口平一。当洪作看到刚下马车的平一时，都不敢相信那就是他。他身着下力的人穿的号衣，打着绑腿，脚踏干活时穿的胶底袜子。他似乎有些冷，把手插进号衣里面，两手空空地下到地面。他的样子看起来比任何回乡者都寒碜。

洪作本打算来迎接这位曾经成绩优异的高年级学生时对他说点什么，但一看这情形，洪作便没了这个心情。山口平一瞧都不瞧孩子们一眼便沿着街道走了起来。这里到他家所在的新田村差不多有一里的距离。

洪作感到非常意外。他先前总是想象着平一凭借优异的成绩已经出人头地，但现在眼前所见的平一却是一副连在这村里都看不到的寒碜样。不过仔细想想，这或许并不值得惊异。他这种穷人家的小儿子，读完高等小学到城里去务工没什么不可思议的。无论从年龄、学历上讲，除了当徒工或者下力之外，没什么其他出路。

洪作觉得这实在不公平。他强烈地认为平一优秀的头脑遭到了不正确的对待。当晚，洪作去上家吃除夕的过年荞麦面①时，带着同情的口吻讲述了山口平一的事情，但没有人接过这个话题。

"待在村里就很好，去什么城里，这就是下场。"

外公说道。外公这么说让洪作感到憎恶。

对于孩子们来说，新年可用一个词来形容，那就是期待。新年不是别的，正是期待。满载着好东西，新年不知从哪里翩然而至。从两三年前开始，洪作便已经不再像以前那样在除夕夜醒来好几次，竖起耳朵聆听新年的到来，不过他还是会为新年的到来感到欢喜。

洪作五点钟便起床前往村里的神社参加新年的首次参拜。无论哪户人家都是全家几口人凑齐，一起沿着田间小道走向神社，但洪作却是孤身一人。因为阿缝婆婆必须在家煮烩年糕，所以洪作只得只身前往。虽然他也可以和上家那些人一起去，但是洪作讨厌和外公一起。平时无论去哪里，孩子们都会相互邀约着几个人一起出去，但只有元旦早上的参拜多少有些不同的习惯。无论哪家的小孩，都因为新年终于到来而呈现出一副老老实实的神情，相较平日他们变得沉默寡言，就这么混在家人们中间，在天还没亮透的微暗中向神社走去。这样的人群走在通往神社的田间小路上，几乎连绵

---

① 原文为"年越しそば"。除夕吃荞麦面为日本传统风俗，取其又细又长之意。

不断。道路仍然冻得发硬，数不清的木屐和稻草鞋踏在上面走过，发出冰冷的声音。

洪作喜欢元旦早上参拜神社时这种特别的感觉。洪作遇见了几个孩子，但他们彼此间并不说话。因为新年终于来了，孩子们全都同样地心情紧张，并且紧张中还夹杂着几分睡意。到了神社，洪作学着大人们的样子，在小小的社殿前鞠了一躬，合掌拍手之后便立刻踏上归路。

元旦这天，学校的活动是从九点开始。到了八点左右，孩子们穿着外出时的盛装，穿着崭新的稻草鞋，人人都像约好了一般满脸羞涩地集合到了停车场。孩子们互相有点生分，穿着没有半点污渍的衣服让他们觉得不好意思。

学校那天只举行仪式。仪式非常简单，唱了"君之代①"，再唱"一年之始②"，最后听校长宣读完敕语③后便结束了。从学校离开后，孩子们便直接去了集合地点集中。他们想，新年终于正式来到了。

在这个朔风劲吹的寒冷日子，孩子们蜷缩着身子，弓着背，像几根木桩一样站在寒风中。他们坚信一定会有什么好事情发生，因为这份期待，大家才依偎在一起。虽然按惯例新年总是要放风筝，但今天风太大放不了。第一趟马车是下

---

① 原文为"君が代"，为日本国歌《君之代》的第一句。

② 原文为"年の始め"，为1893年日本文部省发布的小学校歌曲《一月一日》的第一句。

③ 即1890年发布的《教育敕语》，为明治天皇对近代日本教育的基本方针所下达的敕语。在旧时，小学校长要在数个重要节日向全体学生宣读该敕语。

午才从停车场出发。平时光上午就有两趟,只有元旦这天要等到下午才会开出第一趟马车。

虽是好不容易等到的元旦,孩子们却因为刮风什么事都做不了,于是他们便一直聚集在停车场等第一趟马车出发。第一趟马车的乘客只有一人,就是前日除夕里坐最后一趟马车回乡的山口平一。平一坐上了挂着新年饰物[①]的马车,还是和昨天一样满身寒碜,不过这次他带着一个布包袱。

洪作待在稍远的地方注视着山口平一的这般身影。从平一现身停车场到马车准备好出发,在这短短的时间里,其他孩子们都缠着平一,但洪作只是待在稍远的地方,没有接近他。想来平一只在故乡待了这么极短的一段时间。他只是在故乡的家里迎来了元旦的早晨,便避人耳目般地悄悄来到这里,忙忙慌慌逃也似的想要回到城里。如果对方不是因在学校成绩好而闻名的山口平一,无论他采取什么样的方式回去,洪作肯定都不会加以特别的关心。正因为他是自己曾经敬畏的山口平一,洪作才莫名地有些想不通,进而感到痛心。当载着平一的马车出发时,洪作说道:

"我们跟到市山去吧。"

说罢便追着马车跑了起来。一群孩子也学着洪作跑了起来。比起一个劲儿地在寒风中傻站,追着马车跑不知道要胜过多少。马车把篷布放了下来,看不到里面的山口平一。马车只在从停车场出发时跑了一小会儿,之后便换成了平常不

---

① 原文为"お飾り",各种新年的传统饰物的总称,如门松、镜饼、注连绳、门饰等。

快不慢的步伐。孩子们时而跑到车前，时而绕到车旁，和马车一起沿着下田街道而下。

洪作期待山口平一能掀起篷布露出脸来。如果平一露出脸来，洪作就想像他们以前一样，招呼他"阿平"。但是直到市山村的村边，这个被马牵引不停摇晃的四角形箱子都没有打开它的盖子。在市山村的尽头，洪作他们作别了马车。

孩子们回程时东玩一会儿，西玩一下地走着。市山村的孩子们也聚集在各处，只是呆立在寒风之中，同样无事可做。洪作他们时而向市山村的孩子们扔石头，时而反过来被对方扔石头，就这样一路打发着时间往回走。

走回停车场时，洪作他们看到第二趟马车已经准备出发了。这次的马车有三个乘客。这三人是晶子、晶子的妈妈和弟弟公一。公一对洪作他们解释道：

"我们去趟东京的亲戚家。"

和载走山口平一的第一趟马车相比，第二趟马车看起来欢快而热闹。晶子的母亲说：

"你们要不要坐马车去市山？想坐我请你们。"

这句话对于孩子们来说十分有魅力。

"我们坐吧。"

一个孩子话音刚落，马上就有几个孩子一齐冲向马车。洪作并不想坐马车，所以只是看着孩子们在那里喧闹。赶车的大叔拎起两个车厢里坐不下，紧抱着上车踏板的一年级孩子，把他们放到地上，然后便赶着车出发了。马车出发后，晶子掀起篷布对着洪作挥手。自从和纹太打架的那件事发生以来，洪作便已不再关注晶子，但此时晶子突然的挥手，却让洪作的心情也明媚了起来，仿佛回忆起了已被遗忘的往事。洪作一直站在原地，直到马车消失在市山村。

第二天、第三天也刮着风。新年的前三天，孩子们全然在寒风中度过。明明身边应该有什么好事情发生，然而现实中却什么都没有。孩子们还在期待。即便新年头三天结束了，寒假还在继续。也许在那期间，身边还是会有好事情发生，虽然有点姗姗来迟。

仿佛是为了回应孩子们的期盼，村子里发生了一件划时代的大事。在五号的下午，村里开来了第一辆公交车。从去年春天前后开始，大仁和汤岛间的公交将于近日开通的传言便成了村民们的话题，但孩子们不怎么相信这条传言。他们认为这种荒谬的事情不可能实现。为了通公交这件事，村民们集中讨论过很多次，也和公交公司的人举办了宴会，但是孩子们无一例外对此持怀疑态度。下田街道真的能通公交吗？孩子们再怎么拼命想象，眼前也浮现不出那个大型的四方形汽车在白色街道上高速行驶的情景。但是现在公交车真的来了。虽然真正通公交据说得等到春天以后，但今天作为试运行，公交车第一次开进了村子。

公交车一停在小学旁边的村公所前，大人和小孩们便聚集到了车的周围。洪作也和阿缝婆婆一起来看公交车，连上家也全家出动前来参观。孩子们先是有些顾虑，只是站在稍远的位置看着，过了一会儿便靠近过去，或是摸着车体，或是坐进车里。正当村民们在参观公交车时，突然警钟响起来，长野村的一间农宅冒出了火舌。

不过，火灾只烧掉了杂物棚的一小部分便被扑灭，并没造成严重后果。孩子们既要去看火灾，又要看公交车。之后着火那户农家的媳妇说是因为自己不小心才失的火，在火被扑灭后便不见了踪影。这事件发生后，孩子们又得到长野村的山里去找那媳妇。要做的事情太多了，但身体只有一个。正月头三天没发生的好事情，在五号这天以一种极其充实的形式一次性全发生了。

公交车自五号停在村公所前起，六号、七号连续三天一直被展示在那里。孩子们聚集在公交车周围，度过了这三天不用去学校的寒假时光。有些孩子甚至从早到晚一整天不肯离开那里。大人们也从很远的村子过来参观公交车。这台车子不久将每天塞满人来往于大仁和汤岛之间，这事光是想象一下便让人觉得很棒。

洪作从土仓出来后，总是想到公交车停放的地方去。连去上家的时候也专程走新道，从停着公交车的公所前面经过。每次都可以看到十个左右的孩子和几个大人聚集在那里。当洪作不知第几次去到那里时，看见赶马车的兵作和小学的杂工大叔在公交车旁吵了起来。他们两人都是差不多五十岁的年纪，并且很巧合地都是瘦子。两人的语调变得激烈起来，孩子们把他俩围住，认真听着各自的说辞。

"就算公交通了，就算通了，还是没什么人会坐。因为

345

这就是个机器，搞不好什么时候坏了就从坡上冲到山谷里去了。谁会把宝贵的生命交给这玩意儿？"

兵作说道。

"你这样说，那马车还不是一样？马就是头畜生，搞不好什么时候就发狂乱跑起来。不管怎么说，现在是公交车的时代了。通了公交车，谁还会坐这吹着喇叭、跑起来哐当作响的马车？"

杂工大叔说道。因为他的亲戚在沼津当公交司机，所以他支持公交。而兵作这两三天来一直情绪激动，因为每次碰到村里人，他们就会对他说：

"你这门生意也算完了。"

或者，

"阿兵，这下可大事不好了。你得换个生计，不然可就吃不上饭了。"

如此等等。这让兵作的情绪很是激动。两人久久地吵着同样的内容，当兵作用木屐踢了下公交车的车体，杂工大叔便叫嚷着不打你不行了云云，扑向了兵作。

虽然两人马上被围观他俩吵架的大人们拉开，但这件事还是在洪作心中留下了小小的伤痕。他想，公交开通了，赶马车的阿兵大概真的会丢了生计。虽然洪作平素对阿兵这个人没什么好感，但是他喜欢看阿兵疼爱马儿的样子。若是孩子们对马儿调皮，阿兵就会气得满脸通红，但反过来，如果他看见孩子们在给马儿喂红萝卜什么的，就会笑容满面地真心表示感谢，仿佛自己代替马儿道谢般说道：

"谢谢啦。我最爱吃红萝卜了。比起老板娘，我是多么地喜欢红萝卜。"

洪作曾在大约一年前到停车场拜访过阿兵，问他马儿的事情并写进了作文。阿兵那个时候这样说道：这世上没有比马儿更可爱的了，再辛苦的时候也从不抱怨，只是从眼里哭出大滴的泪水。关于马到底能不能哭出大滴的泪水，洪作虽然没有相关的知识去验证这个说法的真伪，但这句话打动了他。

因为有这段经历，所以在阿兵和杂工大叔的争执中，洪作支持阿兵的意愿更强烈。但是只要站在第三者的立场上旁观，都能看出杂工大叔形势有利，阿兵劣势明显。阿兵被两三个大人劝住，往停车场那边回去了。在他的背影里，到底还是隐隐约约地透着失败者的影子。洪作不由得觉得阿兵与其说败给了杂工大叔，不如说败给了全体村民。

对于洪作来说，今年的新年和以往有些不同。比如回乡时寒碜无比的山口平一，还有即将被时代所抛弃的赶车人阿兵，洪作感到自己的心绪被这些背运的人所吸引。学校从八号开始上课。在上课的前一天，御料局所长一家从东京回来了。晶子、公一，还有他们的母亲三人带着满身的东京气息，从停车场沿着坡道走了上来。洪作去上家玩了之后正好回家，在幸夫家门前和他们不期而遇。晶子的母亲一见洪作便说：

"我们给阿洪也准备了礼物。回头你来家里拿吧。"

晶子接着她母亲的话说道：

"那回头见。"

洪作回到土仓后,犹豫着该不该去御料局所长家。既然晶子和她母亲都叫自己回头去她们家,那当然去一趟才符合礼仪。但是,去这一趟就只是为了拿回从东京带来的礼物,没有别的目的。洪作非常想按晶子和她母亲说的去一趟,但他又想避免自己因为这个而被她们误认为贪图礼物。

直到太阳落山洪作都在为这件事犹豫,下不了决心。吃晚饭时,洪作把晶子母亲的话说给了阿缝婆婆听。阿缝婆婆似乎稍稍想了一下,问道:

"是什么礼物啊?"

接着她又说:

"虽然不知道是什么,总之,阿洪你还是去吧。"

"我不想去。"

洪作说道。

"阿洪不想去,那婆婆代你去。"

阿缝婆婆说道。

"她们又没说婆婆来拿。"

洪作说。

"就算没说婆婆来拿,婆婆还是代阿洪去取回来吧。"

"这样做太丢人了。"

"哪有什么丢人的?别人说了去拿就得去拿。"

阿缝婆婆说道。

吃过晚饭,阿缝婆婆在楼下收拾着餐具,洪作心想,若是阿缝婆婆要去所长家,说什么也要拦住她。这时,酒坊家——那家和洪作也有血缘关系——的媳妇有事过来，在二楼和阿缝婆婆谈上了，因此洪作便打消了监视阿缝婆婆的念头。他很自然地想到，到了晚上，即便是阿缝婆婆也不会去拜访所长家了吧。

洪作坐在靠里的房间的书桌前。明天就要开始上课了，今天必须把作业做完。洪作的心思完全扑在了学习上，突然他注意到隔壁房间已经没了人声。他连忙打开拉门一看，阿缝婆婆和那个年轻的女访客都不见了踪影。洪作马上跑下楼梯，昏暗的楼下也没有阿缝婆婆的影子。

洪作胡乱地趿拉上稻草鞋，立刻去到门外。月光把周围照得和白天一样亮堂，只有树木的阴影如流淌的墨水般黑暗。洪作沿着街道往上家跑去。

"婆婆来过没？"

洪作站在只开了一扇门板的门口问道。

"刚刚走了。说是去所长家。阿洪，你在那没见到她吗？"

外婆的声音从里面传来。洪作立刻离开门口，往御料局的后门方向跑去。洪作到了后门穿了进去，看见一个人影正在横穿空地，往官宅①那边走。那人肯定是阿缝婆婆了。她弓着背，每走五六步便停下来把背挺挺，走得慢慢腾腾，让人觉得她并不是在走，而是在挪动。洪作追上阿缝婆婆，从背后叫道：

"婆婆。"

---

① 原文为"官舍"，为国家修建给公务人员居住的住房。此处指所长一家所住的公房。

阿缝婆婆慢慢地回过头来。她的白发在月光下闪着银光，脸上也刻满了比白天更深的皱纹，让人觉得她已经不是一般的老太婆，而是更老的老媪。

"我们回去。"

洪作说道。对此，阿缝婆婆口中低声嘟哝着什么。

"我们回去。"

洪作半搂着阿缝婆婆的背，把她转到与她前进方向相反的方向。阿缝婆婆好像被洪作的强硬态度所压倒，和洪作一起走了两三步，然后她说道：

"所长家就在那儿了，我去去就来。"

"你去干什么？"

"我去把礼物拿回来就行了。"

这时，洪作对阿缝婆婆产生了强烈的愤怒。

"你这个贪婪的老婆子。"

洪作忍不住对阿缝婆婆这样骂道，同时瞪着她的脸。因为洪作此前从未说出过这样的话，阿缝婆婆看起来一脸震惊。不一会儿她问道：

"阿洪，你在生什么气？"

"生什么气你看不出来吗？"

"哎呀，好吓人！"

阿缝婆婆做出夸张的害怕表情，然后这样说道：

"就按阿洪吩咐的回吧。"

阿洪感到一阵强烈的悲哀向自己袭来，仿佛心脏要被撕裂。这是自己的心情不能为阿缝婆婆所理解的悲哀。洪作不经意间用了"贪婪的老婆子"这种不该说出口的话语骂了阿缝婆婆，但实际上从去年前后开始，阿缝婆婆便明显地变得贪婪起来，而直到两三年前，她绝对没有表现出贪婪的地方，但现在连洪作也明明白白地看清了她的变化。他无法理解为什么阿缝婆婆会变成这样。按上家外公的说法，阿缝婆婆的腰越弯，贪念就变得越深重。

在把阿缝婆婆带回土仓途中，洪作心中感到闷闷不乐，因为他不知道回家后该如何处理两人间的尴尬局面。硬着头皮回到土仓二楼一看，阿缝婆婆带着一脸看起来有些害臊的表情说道：

"今晚被阿洪骂了！"

她这表情在洪作的眼中看来，如同幼女一般害羞。

第二天，在学校吃午饭的时候，晶子递给了洪作一个盒子，里面排列着十二支彩色铅笔。

"这是我妈妈给的。"

晶子说道。这天洪作放学回家后，把装着彩色铅笔的盒子给阿缝婆婆看，她赞叹道：

"就是这个吗？真是好东西啊。"

然后她一支支地抽出铅笔，仔细地看着，又说道：

"所长给的礼物，果然奢侈啊。"

阿缝婆婆由衷的赞叹让洪作非常开心。

十四号是过"爆竹节①"的日子。因为爆竹节这项新年活动从很早以前开始便交给孩子们来操持了,这天早上洪作和幸夫指挥低年级学生分头前往旧道沿路的各家,收集那里的新年饰物。按以前的规矩本来应该是七号去收这些饰物的,但近来变成了在烧它们的爆竹节当天收集。有的人家会把橙子取走只给饰物,有的人家不光不取走橙子,连干柿子串都一起给了孩子们。②

这些新年饰物被集中到田里的一角,堆放得高高的。幸夫点了火,当火势旺起来了,他喊道:

"大家把新年初笔③扔进去。"

孩子们把正月初二那天写的新年初笔纷纷扔进火里。洪作和幸夫也往火里扔了自己的作品。这项工作完成后,孩子们便开始了爆竹节里最快乐的活动——把插在乌樟树枝尖端的小团子拿到火上烤了吃。

这一天无论男孩还是女孩全都在一起活动。一年之中,男女孩童一起活动只有一月十四号这天。孩子们都不喜欢自己写的字被别人看见,所以一般都把初笔揉成一团扔进火里。一个男孩拿着棍子把女孩写的东西从火里扒了出来,有些只烧了一点,有些完全没有挨着火。突然,一阵尖细的叫

---

① 原文为"どんどん焼き",即在正月十五,将门松、稻草绳等新年装饰物等集中烧掉的习俗。人们常利用该火焰烤年糕、团子等,据说吃了可避疾病。

② 此处橙子和干柿子串均为新年饰物的组成部分。

③ 原文为"書初め",即一月二号第一次用毛笔写字或画画的习俗。常写内容为新年抱负、祈愿、吉利的成语、汉诗等,习作在爆竹节被烧掉,据说可让字变好。

声传来：

"那张别打开！"

洪作不看也知道是谁在叫。三年级的为雄正要用棍子展开一张初笔，而晶子想用自己的棍子把它抢回来。晶子的初笔虽然被火烧去一点，但是写着字的部分仍安然无恙。

——少年易老学难成
——一寸光阴不可轻

这样的文字映入洪作眼帘。这几个看来仿佛是男孩写成的苍劲大字，被分成两行书写在几张拼好的半纸①上。少年易老学难成，只有这第一行文字洪作看得懂。洪作感到了一种让人全身发紧的紧张。啊啊，少年易老学难成。洪作突然站了起来，他甚至想回到土仓，直奔二楼开始学习。洪作带着敬意望着这个把自己的初笔又深深捅进火堆的女孩。虽然自己之前也曾被晶子吸引，但现在这种被吸引的感觉完全不同以往。这位女孩在新年初笔上写下的文字深深地打动了洪作，洪作对她充满钦佩与赞美之情。

爆竹节一过完，过新年这件事便完全退出了孩子们的头脑。过新年不过是一件已经过去的事情，已经结束了。从这时开始，真正的寒冷降临了伊豆天城山麓的各个村庄。几乎每早都把地面冻住的霜柱长得越来越深，把小河边的绿草封

---

① 竖25厘米，横33厘米的日本纸，多用于习字。

入内部的冰柱变得越来越多。孩子们把冰柱叫做玻璃。新年那几天几乎每日刮过村子的风儿已经死了,宁静的阳光落在街道上,寒冷比起先前变得严酷了不少。

按照每年的惯例,当真正的严冬来临之后,孩子们间便开始流行用陷阱捕鸟。飞来的小鸟里面鹎[①]类的鸟儿占多数。鹎鸟在村里到处都看得到,但它们现身特别多的地方,是在了无人家的长野川河谷地带。

洪作从学校回来便会和两三个同伴一起从沿着长野川铺开的梯田下到河谷,在那里架设捕捉鹎鸟的陷阱。要架好这么一个陷阱需要花费相当多的时间和劳力。要砍来弹性好的枝条,将其一端插入冬天干枯的田地里,将露出地面的另一端弯折起来提供弹力。幸夫和佐渡屋的龟男很会架设陷阱架。陷阱的工作原理是先在陷阱处提前撒好红色的果实,当前来啄食的小鸟碰到机关的一端时,提供弹力的枝条便强力弹起,架好的木条便会向下打来,夹住小鸟的身体。中了陷阱的小鸟无一例外全被夹死,从这个意义上讲,这是个残酷的陷阱,可以说是小鸟的死刑台。

然而小鸟也变得聪明起来,它们只是啄食作为诱饵的红色果实,却怎么也不让身体触碰到机关。洪作和幸夫他们几乎每日架设陷阱,但很少有小鸟中计。孩子们一般要等到第二天早上才去查看是否有小鸟中了陷阱,他们会在去学校前绕到各个陷阱处检查情况。

一天早上,洪作和幸夫两人去查看陷阱。他们挨个查看

---

① "鹎"音"bēi",该类鸟品种繁多,多成群活动,食浆果昆虫等。

了设在河边山崖上的几个陷阱，发现其中一个夹住了一只鹎鸟。鹎鸟的头被打下来的木头夹住，小小的身体横躺着，凄惨地陈尸于此。

洪作和幸夫都不想立刻把它拿起来，而是长时间地从上方俯瞰着这小小生物的尸体。这时，洪作听到几个女学生的声音混杂在河水的流动声中传来，一回头便看见手持红色小叶山茶花枝条的女孩子们正沿着崖边的小路往上走。洪作在里面看到了晶子的身影。因为晶子是六年级学生，她走在一群人的最前面，看起来像是正在指挥这群女孩子一般。

"喂——，陷阱抓住鹎鸟啦。"

幸夫向那群女孩子喊道。于是晶子她们沿着河边狭窄的小路跑到了洪作他们身边。女孩子们立刻把陷阱围了起来。晶子直盯着鹎鸟的尸体，一副屏息凝神的神情。幸夫弯下身子开始捣鼓陷阱，要将鹎鸟的尸体取出来。不久他除下了夹住鸟头的木头，把鹎鸟的尸体拿在手上，注视着它站了起来。

"啪嗒，咻——[①]。"

他这么说着，把鹎鸟往洪作那边递去，洪作接了过来，发现鹎鸟的身体已经像冰一样冷，在它身上感受不到任何张力和抵抗。它是那么地柔软和无力，让人不由得感到世上没有比这更柔软的东西了。

[①] 原文为"バタン、キュウッ"，是一个正在成为死语的词汇，原意指一倒在被子或沙发等物品的上面便睡着或失去了意识。音译为"啪嗒，咻——"，"吧嗒"拟倒下声，"咻——"表现昏过去等状态。

洪作只是一个劲儿地盯着鸭鸟的尸体,他觉得幸夫把一个烫手的山芋交给了自己。女孩子们把脸凑近过来观察着鸟尸。

"把这鸟拔了毛,烤了做成便当里的菜。"

幸夫说道。洪作想把鸭鸟还给幸夫,但幸夫没有接招。幸夫嘴上说得简单,但其实他似乎也明显不知道该如何处置自己的猎物才好。他说道:

"阿洪,这个给你了。"

"我不想要。"

洪作刚一说完,幸夫便说道:

"那给谁吧。"

说着便看了一圈女孩子们的脸。洪作也跟着幸夫看了一圈在场的女学生们的脸,没有一个人打算接招。

洪作突然听到身边响起了一阵剧烈的哭声。这是一阵没有任何先兆,突然从一个女孩口中传出的剧烈哭声。婴儿有时也会爆发出震耳欲聋的哭声,正好和现在的情况很像。哭起来的是晶子。她用两手捂住脸,肩膀小幅抽动着,剧烈地呜咽,哭得是如此毫无顾忌而又充满悲伤。

在场所有人都被这个突发事件惊呆了,但大家马上明白了晶子为何哭泣。能让人们联想到事情前因后果的紧张空气早已飘荡在这里,能让人们极其自然地理解晶子为何突然爆发的背景早已铺垫完毕。

洪作恍然大悟,他在心里沉痛地接受了晶子的抗议,同时也感到事情变得甚为棘手。他心想,正是因为自己手里握着鸭鸟的尸体,晶子的指责和抗议才会全部指向了自己。

"这个还给你，是你的。"

洪作无论如何都想让幸夫接过鹐鸟的尸体。

"不是我的，这是你造的陷阱。"

幸夫后退了两三步说道。洪作感到事情变得麻烦起来。他想尽快摆脱鹐鸟的尸体，但事到如今又不能把它重新放回地上。

"给你。"

洪作再次对幸夫说道。于是，这次幸夫或许想到了什么，他接过鹐鸟的尸体，便一下子像扔石头一样，用一个投棒球的动作把它扔向山崖的对面。

"阿洪，我们走。"

他说着便走了起来，把那群女孩子留在原地。洪作马上跟着他走开。虽然幸夫采取的解决方案不一定是最佳方案，但它确确实实解决了问题。洪作心想，要是自己也能早点那么做就好了。虽然这种行为看起来粗鲁，但其中明显包含着对晶子用哭声表示抗议的反感。

因为晶子的哭泣，洪作意识到了捕捉小鸟的残忍，对此有了痛彻的领悟。但另一方面，洪作很反感晶子的这种抗议方式。洪作十分清楚自己干了残忍的事情，但他同时认为，晶子完全没有必要用突然大哭的方式来表达抗议。

幸夫肯定也有同样的感受。他采取的措施便是把问题的焦点——小鸟——扔进河里。在洪作看来，这倒是很符合幸夫的性格特点，体现了直爽的、男子汉应有的态度。同时，洪作也感到自己真是没出息——没有采取类似的措施，只是一个劲儿地握着鸭鸟的尸体手足无措。因为这次事件，洪作第一次感受到了一种讨厌自己的情绪——自我厌恶。他一方面讨厌自己对残忍的麻木不仁——这点被晶子指了出来；另一方面也讨厌自己虽然反感晶子的行为，但还是一味地顾虑对方，没有采取任何行动。他认为，幸夫很有男子汉气概，做事毅然决然，实在了不起。

这次事件后，洪作再也不设捕鸟的陷阱了。他一想起陷阱，耳边便会响起晶子那剧烈的哭声。这次事件过去几天后，洪作开始注意到女孩子不同于男孩子，她们的感情非常脆弱。女性有着一颗容易受伤的心，这颗心纤弱得超过自己这些男性的想象，就像那鸟儿的初生绒毛一般。洪作在学校里也开始采用一种略异于以往的视点来观察女学生了。确实以这种视点来看，女学生们在让人感到温柔和善的同时，也是不那么容易对付的。无论遇到什么事，在很多情况下她们会立刻哭起来，而不是说出自己的意见。

第五章

在春季的假期里，洪作一个人去了沼津的神木家玩。去他们家算起来已经是第三次了。第一次是差不多三年前，洪作和阿缝婆婆一起去沼津，住在站前的旅馆时，他和神木家的两个女孩去千本滨玩，结果引发了自己买零食吃坏了肚子，回家后上吐下泻的小事件。第二次是跟着学校旅行来沼津，抽空拜访了神木家。那次洪作只待了十分钟，没有碰见两姐妹——兰子和玲子，只得了一份姨妈给的包在纸里的零花钱，然后便迅速回到了在站前广场集合的同学们那里。

这第三次沼津之行的目的是购买考试参考书。洪作也快升入六年级了，中学的入学考试就在一年之后，已经容不得再像之前那样稀里糊涂地过日子了。阿缝婆婆也知道，要升入中学得参加入学考试，如果出身于农村小学，不好好学习是很难考上的。因此她告诉洪作：需要参考书的话，就去沼津买回来。

"阿洪，无论如何参考书是必须买回来的。"

看来不知是谁给阿缝婆婆灌输了考试参考书必须买的观点。

关于去买参考书这件事，伯父石守校长也半命令半建议地向洪作提过。在春假开始之后，洪作被石守森之进叫去了学校，一进校长室，石守森之进便像往常一样，板着脸瞪着眼般地一直盯着洪作，突然他问道：

"洪作，有在学习吗？"

"在学习。"

洪作回答道。

"不再努力点可不行。前段时间我看了你的作文，居然有三个错字。一篇短文里面就有三个错字的话，中学是根本考不上的。——努力，你还得努力。"

石守校长说道。之后他又说：

"你一二年级的时候好像还行，越到高年级就越不行了。你这样子将来不堪设想。——努力，你还得努力。"

对于石守校长斥责自己越到高年级就越不行这点，洪作有些无法理解。因为自己在学校的成绩丝毫没有下滑。洪作不清楚自己到底是因为什么样的原因才受到这样的批评。

"你去沼津把参考书买回来。光是教科书的话根本考不上！总之努力，你还得努力。"

石守校长说道。他一直强调要努力。洪作后来才知道，晶子作为今年本校唯一的考生参加了沼津的女子学校的入学考试，结果那天结果揭晓，她成了极少数落第考生中的一员。因此石守非常不高兴，甚至把气撒在了洪作这个明年的考生身上。晶子落第的消息过了两三天便传遍了全村。这件事在村民中成为了公交车进村后的又一个事件。

"你听说了吗？这事得悄悄说，说是御料局的晶子没考上。"

或者，

"没考上的话，也嫁不出去了。"

每次村里的女人们碰在一起时都这么谈论着。孩子们这边也是，他们来到御料局的院子里，想看看落第的晶子现在是什么样子。当晶子从家里出来时，他们便发出哇的叫声，仿佛被什么恐怖的东西追着，惊慌失措地逃开。

洪作便是在这么一个时候踏上了沼津之旅。洪作有生以来第一次一个人坐了马车。洪作为自己一个人踏上旅程而兴奋不已。独自坐马车也好，独自乘轻便铁道也罢，洪作对此早已不再担心，他的眼、耳、皮肤等感官已经足够敏锐，能毫不遗漏地感受到外界任何微小的变化。

洪作在大仁下了马车，接下来换乘轻便铁道去了三岛，从三岛换乘火车仅仅坐了一站便在沼津站下车。下车后他在站前的商店打听了到神木家所在的鱼町怎么走。路是一条道，没有分岔。洪作手拿布包袱，走过热闹的大街，走到御成桥附近时，他想起了神木家的位置。

洪作进了神木家的门。兰子的母亲可能正好要出门，刚好从地板上面下到裸地。姨妈一见洪作的脸，便问道：

"你是阿洪？"

"是的。"

洪作答道。

"你一个人？"

"是的。"

"哎呀,你都能过一个人来了。你又长大了,和之前相比都快认不出来了!来,快上来吧。"

姨妈热情地欢迎了洪作。

"姨妈到附近办点事儿,马上就回来,兰子在里面,你和她玩吧。"

姨妈说着就到外面去了。洪作便登上了地板,往里面的起居室瞧了瞧。也许是因为自己刚从阳光明媚的外面进来,洪作觉得房间里很暗,几乎什么也看不到。

"谁?"

从黑暗中传来了一声清澈悦耳的声音。这肯定是兰子。

"——洪作。"

洪作说道。

"哎呀,欢迎。"

接着兰子高声地叫着妈妈!妈妈!似乎想告诉她洪作来了。

"姨妈刚才到外面去了。刚刚在那边我见着她了。"

洪作说道。"是吗?妈妈真讨厌,说都不说一声就出去了。"兰子这么说道。说完她又告诉洪作:

"你先去井边洗手。坐了交通工具很脏的。"

"嗯。"

洪作按她说的,老老实实地下到裸地上,去井边洗了手。再来起居室时,也许是眼睛已经适应了的缘故,不再觉得这里像先前那般昏暗了。兰子喉咙上缠着绷带,用一种双腿稍稍弯曲摆在身边的姿势坐在炉边。她面前有一大堆橘子皮，可能之前在吃橘子。

洪作非常吃惊兰子长这么大了，和之前的兰子相比像是另一个人。之前还是个淘气不羁的坏心眼女孩，现在完全带着大人味，连说话方式都变了。

"吃橘子吗？"

"不吃。"

"给你拿些点心来吧。"

"不要。"

"真懂事。"

洪作吃惊地看着兰子的脸。这句话若是姨妈说来倒没有什么可奇怪的，可它千真万确是从兰子口中说出的。

"去我学习的房间吧。"

"嗯。"

"我给你书签。"

"嗯。"

洪作跟着兰子上了通向二楼的楼梯。这个房间好像是兰子和玲子共用的，狭窄的房间正中摆着两张对着的小桌子，在房间一角的书箱上摆放着很多人偶。

"你在这里学习吗？"

洪作问道。

"不学习，光玩儿来着。"

兰子答道。说着她打开自己桌子的抽屉，取出一个纸盒子，从里面拿出来很多书签。

"只能给你一个，选吧。"

"都可以选吗?"

"嗯,选你喜欢的。"

洪作拿起一个蓝色布书签。

"这个是老师给的,老师只疼阿兰。"

兰子说道。洪作这才注意到兰子的脸看起来与其说是白色倒不如说带点绿色。也许是带着叶子的树枝伸在窗外,那树叶的绿色映照过来的缘故吧。

这时有人响亮地踏着楼梯上来了。是玲子。玲子和之前没有太多变化。

"阿洪?"

玲子说道。

"嗯。"

"什么时候来的?"

"刚到。"

"住这儿吗?"

"嗯。"

"住几天?"

"不知道。"

这时,玲子说:

"住久了可不行。婆婆说,我们老是留人住,家里就会变穷。"

"穷?"

洪作吃惊地问道。

"闭嘴!你在胡说些什么?明明什么都不懂。"

兰子不容分说地说道，她的语气完全是大人了。

"但婆婆就是这么说的。"

"婆婆她懂什么？说我们家穷什么的，听了真是惊呆了。不好意思，我们是有钱人。"

"说是家里连米都没有了。"

"你说什么？"

"真的，妈妈就是这么给爸爸说的。"

"那不对！"

兰子用下巴指着玲子说道：

"那是因为爸爸什么也不做，只是在外面找女人，妈妈才吓他。你连这都不知道，真是不懂装懂！"

说着，兰子突然用右手手掌推了一下玲子的额头。玲子踉跄了两三步，马上站住了。这时她先是瞪了兰子一眼，然后把手放在兰子书桌的边缘，一下子将它掀翻了。

与此同时，两人都扑向了对方。当时的情景就像两枝巨大的花束撞在一起，摇晃着，散落着。洪作从未见过如此激烈的打架场面。比起眼前的情景，汤岛的孩子们的扭打完全不能算作打架。不久惨叫从兰子口里传出。洪作看到体格较大的兰子被体格较小的玲子压在地上动弹不得。

"道不道歉？"

玲子用缓慢的语调重复了三遍同样的问话。每次问话时兰子就会发出惨叫。大概是哪里被对方掐着了。

过了一会儿，玲子离开了被压在地上的姐姐，一言不发地离开房间，直接下楼梯走了。兰子一边发出尖利的哭声，一边站起身来。她抽噎着抽出玲子书桌的抽屉,把它拿到窗边,然后扔到了房顶上。原先装在抽屉里的彩色铅笔、纸片、笔记本、小人偶、剪刀等全都发出声响,散乱地砸在屋顶的瓦片上。

洪作在姐妹俩混战期间,感到自己完全无计可施,只得在旁边看着,等着她们打完。姨妈上来了。她一看房间,便说道:

"哎呀,又打架了。真是的,把桌子都掀翻了!——受伤了我可管不了。"

说完,她又像这事儿已经过去了似的,对兰子说道:

"阿兰,你到楼下和阿洪一起去吃点心吧。"

和两姐妹不同,姨妈的声音听起来非常从容不迫。

"阿洪,去吧。阿兰也调整下心情,到楼下去。"

说完,姨妈便下楼去了。

洪作那天一个人去附近的书店买了参考书,那天和第二天,他连续麻烦了神木家两晚。虽然玲子说什么家里已经没有米了,但在神木家完全看不出任何端倪来。女佣也还是忙前跑后,不管任何事物,都充满了足以让洪作这些孩子目瞪口呆的奢侈。每日三餐,桌上都摆着吃都吃不完的菜。连睡觉的寝具都是蓬松柔软、非常舒服的奢侈货。

即便如此,连还是孩子的洪作也能隐约察觉到这家人的生活状态绝对算不上健康与正常。发生在两姐妹间的那场激烈打斗怎么也不能算是正常,但这样的事情却发生在这家里的方方面面。比如:姨妈说做晚饭太麻烦,便订了很多鳗鱼盖饭，甚至把佣人的份数也算了进去；鱼店拿来的东西也不仔细看，就用她那清澄而又柔和的声音说道：

"好，看起来不错就都留下吧。"

洪作在这家里最喜欢这个如同奢侈人偶般的姨妈，但他同时也隐约地感到其存在本身是摇摇欲坠，根基不牢的。之前来的时候，姨妈的温柔和悦使自己没有注意到这点。总之，这次连洪作都不由得感觉到了这样是不行的。他想，即使今天真的没米吃了，这位全然不知疾苦的女士大概也不会注意到吧。

第二天下午，洪作被兰子邀请去千本滨看海。

"阿洪，你先出门，去街角的蔬菜店那里等我。我们一起出门要被人想歪。"

兰子这样说道。

"为什么会被想歪？"

洪作问道。

"可不就是男女一同出去会让人起疑心吗？阿洪啊，你真是什么都不懂。在你们乡下可能没什么，可城里人嘴碎着呢。"

兰子这时从衣柜里拿出了好多好多衣服，为了选出一件穿着去而煞费苦心。兰子把不喜欢的衣服扯出来便毫无顾忌地把它们扔在榻榻米上，一点也没有要收拾的意思。

洪作按她说的，先出去，然后在街角的蔬菜店前等她过来。兰子穿着一件彩色箭羽花纹的衣服来了。她这样子看起来与其说是少女，不如说是姑娘。洪作远远地看她走来，心想,和这位少女一起在街上走果然是件有些令人郁闷的事情。既惹得旁人注目,自己看起来又有几分像是跟班的,实在令人讨厌。

"久等了。"

兰子走近过来说道,然后她又说:

"我们走快点吧。玲子那家伙搞不好会追过来。她在吃醋。"

"吃醋?"

"哎呀,你不知道吃醋吗?就是嫉妒。我妈也会吃醋。我爸不回家来着,所以她吃醋,可厉害了。"

兰子说道。洪作害羞地和兰子并排着走在大街上。他们花了十分钟走到千本滨的入口。其间兰子问洪作知不知道啄木[①]的歌[②]。不用说,连这个人的名字洪作都是第一次听说。

"不知道啊。"

"哎呀,你不知道!?真让人吃惊。连啄木都不知道。乡下的小学真是不行啊。"

"没学过。"

"即使没学过,起码啄木这个人城里的孩子都知道。——他不是有名的歌人[③]吗?"

"不知道。"

洪作有些生气地回答道。

[①] 指石川啄木,日本明治年间的著名诗人与歌人(和歌作者)。
[②] 指和歌,是日本传统的诗歌形式之一。
[③] 专门创作和歌的作家。

"有本芳水知道吗?"

"不知道。"

"他是小说家。"

"不知道。"

"回家我借给你。"

兰子说道。

千本滨上刮着风。海滩没有人,强风卷起沙子,从据说多达上千棵的松树间吹过。当把脸朝向风的方向,沙子就会打得脸生疼。

"我们倒着走吧。"

兰子说道。说着她自己真的背过身子倒着走了起来。洪作也模仿她走着。穿过松林就看到了海。白色的浪头铺满了整个海面。

"我给你唱啄木的歌吧。"

兰子说道。在洪作回答前,歌声已经从她嘴里飘了出来。她的声音很是尖细。一声声的歌声从兰子口中唱出后,顷刻间便被风劫走,飞向身后。洪作专注地听着,虽然他不知道歌中词句说的是什么,但心却被那调子深深吸引。

"学校教的吗?"

洪作问道。

"怎么会教啊?恋爱的歌唱了就要被骂的。"

"恋爱的歌?"

"是啊,讲初恋的歌。"

无论是恋爱还是初恋,这些词都是洪作第一次从别人口中听到。然而虽是第一次听到，洪作还是懂得那是怎么一回事。

兰子一首接一首地唱着，全是啄木的歌。唱起歌时，她时而嘴角大大舒展，时而嘴唇小小噘起，形态变化万千，可以看到她已经完全发自内心地陶醉在自己的歌声里了。

两人在走出松树林的地方，坐到了沙滩上。虽然飞来的沙子使他们没法一直平静地坐着，但洪作在当下自己初次体验到的青春之情中，感到了局促紧张。

洪作站起来往海里扔石头。洪作一扔石头，兰子也变回了少女，仿佛不想输给洪作似的，也卷起衣袖扔了起来。洪作在扔石头的时候才注意到，兰子比自己要高些。比自己小的少女长得比自己还高，洪作对此感到非常自卑。光凭这一点，自己就完全没有取悦这位少女的资格。

三月假期的沼津之行，对于洪作来说到底算是大事一件。他认为兰子这位老成的少女让自己认识到了自己之前全然不知的、高级而甜美的世界。兰子在千本滨唱起啄木的歌的声音，总是萦绕在洪作耳边。虽然歌中词句记不得了，但那歌声却让人感到甜美、优雅以及热烈，仿佛听者的内心受到了源自心底的震撼。

新学期开始，洪作见到了升入高等科的晶子，与兰子相比，晶子看起来要稚嫩得多。虽然算起来晶子要比兰子大两岁左右，但无论是从打扮还是言语来看，洪作都觉得她到底还是位乡村少女。

上家那边也经常说起有关兰子的传闻。虽然一定会有人说那个娇纵孩子真让人头疼云云，但洪作并不打算把兰子说得那么坏。虽然她任性、老成，和玲子打架的样子实在让人觉得不正常，但是过后回忆起来，却不由得神奇地感到她身上有一种闪闪发光的美。玲子身上也有和兰子类似的地方，但是她在某些地方比较好强，给人一种意志刚强的感觉。两人比较起来，洪作对兰子更有好感。

新学期一开始，洪作便立刻投入到应试的学习中。他告诉自己这一年不能再玩了。他把书桌安放在土仓北侧的窗户下，在书桌旁立起小书挡，将教科书和沼津买来的参考书之类的在那里摆好。其中一本参考书里面夹着兰子给的蓝色布书签。正因为是异性给的，那张书签看起来似乎有着什么重大意义。

洪作开始在放学回家后，到河谷中的公共浴场泡澡。在此之前，因为不喜欢泡澡，洪作从没一个人去过公共浴场。升入六年级后，他几乎每天都要沿着河谷的小路下到浴场。洪作起了这个头，附近低年级学生们也学着他开始泡澡。幸夫和龟男也是放学一回家，便立刻拿上手巾来到土仓门前等洪作。去河谷的公共浴场泡澡成了村里这群孩子们的游戏。

然而，洪作之所以去浴场泡澡，是想从中获得独处的时间。不过即使有了独处的时间，他也不是用来思考什么，他只是希望有时间不受人打扰地一个人走路，有时间一个人坐在大白天空无一人的浴场的浴池板框上。各种漫无边际的思绪钻进洪作的脑袋。升学考试、来年必须考上的中学、兰子、有着人偶般的纤细脖子的神木家的姨妈、丰桥的双亲和弟弟妹妹，这些纷繁复杂的人或事毫无关联地出现在洪作脑中，又消失不见。

但是，当村里的低年级学生也一起来泡澡后，洪作便没法享受独处的时光了。公共浴场完全化身为游乐场。孩子们一个接一个地以跳水的姿势，头先入水地跳进浴池。

因此，只过了差不多半个月，洪作便放弃了每天去河谷里的公共浴场。在这段短短半个月左右来往于浴场的时间里，洪作还遭遇了一场小事件。当洪作他们走进浴场的时候，正巧有几个大泷村高等科的女学生在泡澡。她们一见洪作他们的身影便一齐啊地尖叫起来，连忙从浴池里爬出来，开始擦拭身体。洪作听到女学生们的口中说出自己的名字。女学生们之所以慌着用衣服把自己的裸体包起来，不是因为低年级的男孩子们，而是因为洪作过来了。其中一个女学生穿完衣服，在离开浴场时，脸朝着洪作这边说道：

——阿洪你个色鬼。

她说这话时脸上带着憎恶的表情，语调中明显充满了谴责。洪作心中不快，但无言以对。打这件事之后，洪作便讨厌起了那个矮个子的高等科少女。洪作意识到自己现在的年龄已经不允许自己再像以前那样在女性面前自由行动了——虽然他自己不这么认为。这次公共浴场事件使他意识到这点。在沼津时，兰子曾为了不让人看见两人一起从家里出去，而让他先出门到蔬菜店那里等着，这件事也成了他产生这种意识的契机。

正因为发生了这些各式各样的事情，今年的春天对于洪作而言，与往年稍稍有些不同。之前懵懵懂懂地接触到的所有事物，现在都一点点地具有了不同的意味。站在洪作的角度讲，他现在正在进入多愁善感的少年期。

大仁到汤岛间的公交开通是在四月中旬。比原定的五月提前了一个月，樱花开始飘落后不久，最初的一班公交便开来了汤岛村。这天，以村长为首的所有村民全员出动，欢迎公交。小学生们也提前一节课下课，站在街道各处迎接公交车，就差整齐地列队欢迎了。第一班公交车用红白色的布装饰着车体，迎着微暖的春风，卷起沙尘开进了村子。无论大人还是小孩都发出了欢呼声。

从第二天开始，一天来村里两班公交车。在公交开通后的这段时间里，学生们都心神不宁。在上课时若是听到了公交的声音，他们就会全部从椅子上站起来，跑到窗边。

公交到来的时间非常不靠谱。有时上课时来，有时休息时来，在休息时若是听到了公交的声音，分散在操场上的学生们便会倾巢出动，纷纷兴奋地叫着冲向校门。他们在那里向公交车挥手，人人嘴里都叫喊着什么。即便这样也不够，总是有十个左右的孩子追赶着公交，跟在它后面跑着。

虽然通了公交，但是马车还是和以前一样，一天在汤岛和大仁间往返几趟。村里人既有坐公交的，也有不喜欢公交而坐马车的。年轻人坐公交，老人则一般乘马车。公交和马车之间理所当然地搞不好。因为马车不会轻易给公交车让道，所以争吵一直少不了。赶车的老人光凭自己孤军奋战固然不行，但有了全体马车乘客的撑腰，他也硬气了起来。

但在孩子们看来，无论如何还是公交车更受欢迎。孩子们不再聚集在马车的停车场，而是每次都集中到公交站那里。

四月末，洪作的母亲七重那边来消息说她要回老家住两三天。阿缝婆婆怀疑七重是来带走洪作的，一读完来信便猛地站了起来。

"我说过等阿洪念了中学我便放手。为了阿洪，婆婆可以忍。但要是她说现在就要过来把阿洪带走，婆婆我可绝不答应。"

她说着，拿着信去了上家，闹了一通后，又拿着信一家家地到附近人家找人评理去了。

洪作也想到，搞不好母亲就是来把自己带走的。因为中学的考试已经近在来年，作为准备，母亲想把自己转到城里的学校去，这是有充分可能性的。阿缝婆婆的慌张在洪作看来，既滑稽又可怜。

母亲七重从丰桥回到久别的故乡是在五月初，离上次她回到汤岛已经过了三四年。

七重的安排是头晚住沼津的神木家，第二天再回汤岛。因为不知道她是坐公交车还是马车回来，阿缝婆婆、上家的外婆还有附近人家的女人们在这一天去了好多趟停车场和公交站。洪作也只是上午去了学校，下午为了迎接母亲而离开了学校。洪作下午本来也和往常一样，有课的话当然不会早退什么的，但碰巧这天是体操课和修身课①，为了打发这两节课的时间，学生们被安排去开垦学校背后的土地，再加上老师也建议洪作去接母亲，于是洪作便作为唯一的特例，从劳役中解放了出来。

女人们往停车场和公交站白跑了好几趟，每次回到土仓前面，她们都会互相讨论七重是坐公交车还是马车回来。有的人说七重久居都市，已经不会再坐马车这些玩意儿了，也有人说七重很难伺候，肯定非常讨厌汽油之类的味道，所以大概瞧都不会瞧公交车一眼。

从上午十点直到傍晚，这几个女人都在心神不宁中度过。上家的外婆一整天都觉得对不住邻居们，一个劲儿地道歉：

"真是对不起。七重让大家白花了好多工夫！这次她一定会到了。这次没有不到的道理。"

外婆每次这么说的时候，都是一副愧疚的神色，一个劲儿地鞠躬道歉。而阿缝婆婆则略带恶意地说：

"七重大概是忘了回来的路了。三四年都没回老家，人呐，就是会忘了回来的路。"

"哪有啊，婆婆。"

每当阿缝婆婆挖苦时，外婆都不会忘记安抚她，并为自己的女儿七重辩解。当只剩最后一趟马车时，洪作对母亲七重产生了些许反感。他想，这么多的人一整天都在等着妈妈回来，为什么妈妈不早点回来呢？即使头天住在神木家，早

---

① 旧制小学科目，用于指导国民道德的实践，相当于"道德课"。

375

上十点离开沼津的话，应该能赶得上三点左右的马车。"

当许多人为了迎接最后一趟马车而赶往停车场时，晚春泛白的黄昏正要降临到街道上。人们沿着坡道往下方的停车场走去，看到对面一览无遗的市山村村边，晚饭的炊烟正从几户农家静静地升起，山的表土变成了灰蒙蒙的霭色，只有长长的街道看上去像是蛇的肚皮，呈现出干燥的白色。

洪作心想，母亲到底来不来啊？他不确定母亲一定会来。或许母亲今天不回来，还要在沼津的神木家住一晚。如果今天不回来，那今后也不用回来了。自己也不是那么非要等着母亲。洪作在傍晚突然降温的阴冷空气中，站在附近人家的女人们背后，暗自这么想着。

马车来了。行驶到簦子桥附近时，赶车人吹响了喇叭。马车沿着缓缓的坡道，拖着背后的四角形箱子摇摇晃晃地向着终点驶来。马车一到，人们便一齐拥了上去。马车上只下来了一个人，正是母亲七重。母亲一下车，好不容易拥上去的女人们都往后退了一两步，脸上呈现出这个村的人们一直以来在欢迎久未谋面的故交时露出的表情——其中混合着感怀、忧伤、喜悦以及好奇心。

洪作有些害羞，便把先前盯着母亲的视线转移到了自己身旁的女人们身上。阿缝婆婆虽然对七重回乡并没感到那么开心，但此时她的表情看起来也像是忘了这档子事儿似的，嘴唇微张，满眼因感怀而闪着光，只顾呆站在那里眼巴巴地望七重。

上家的外婆站在前来迎接的人们的最后面，用谁也听不到的声音小声说着不像是给自己女儿说的话：

"那个，欢迎，哎，你远道……"

因为女儿回来了，外婆也舒展了愁眉，于是再次向周围的人说道：

"谢谢各位了，真是耽误了大家一整天工夫。"

但是这句话也说得非常小声，除了洪作外没人听到。其他女人们好像约好了似的一言不发，半发呆地盯着这个让她们苦等了一天的来访者。当对方的脸转向自己时，她们才各自自言自语般地说道：

"好久不见。"

脸上呈现出无比窘迫和羞涩的表情。母亲下到这群来接她的女人中间。在洪作看来，母亲仿佛是来自另一个世界的女人，落落大方，英姿飒爽。母亲把赶车人帮忙卸下的几件行李摆在脚边，用大家都能听见的清晰语调对赶车人说道：

"这个拿着。"

说着递了一些钱给他。接着她又对着前来迎接她的人们说：

"谢谢大家了。"

"回来晚了！在大仁不得不等了两个小时。公交车和马车都和电车衔接得不好。这个问题不想办法解决可不行。"

七重说道。附近人家的女人们一个个地上前和她打招呼。

"欢迎你回来啊。"

有人一边这么说着，一边鞠躬行礼。

"好久不见了。"

也有人这么说着,拿起了七重的行李。一群人把七重簇拥在正中,往坡道那边移动。大家一走起来,便热热闹闹地聊起天来。大家开始纷纷诉说今天她们是怎么等了一天的云云。

洪作跟在这群人的后面走着。上家的外婆、阿缝婆婆也和洪作一样,跟在人群的后面,仿佛把七重交给了附近人家的女人们一般。一群人一直走到了上家门前才在那里解散。洪作进了上家,才第一次和母亲说上话。

"还没和我打招呼呢。快打招呼。"

七重说道。这是从母亲口中说出的对洪作的第一句话。

"你回来了。"

洪作说着,轻轻地鞠了下躬。

"对,这样就对了。"

母亲说着,然后她又直勾勾地盯着洪作的脸说道:

"阿洪,你长大了啊。刚才在停车场稍微看了你一眼,真是吃了一惊。"

洪作先前还因为母亲在停车场时看都没看自己一眼而心生不满,听母亲这么一说,原先的情绪也消失得一干二净。他想,母亲刚才有好好地看过自己。不过,她究竟是什么时候看向自己这边的呢?

"有在学习吗?"

"嗯。"

"又说嗯!你说在学习。"

"在学习。"

"你明年就是中学生了,说话得清楚干脆。——我给你带了东西,明天给你。今晚我就不去土仓了,明天去。"

母亲说道。她三四年前来的时候也是住的上家,没在土仓里住,这次好像还是住上家。对于母亲来说,上家才是娘家——本来洪作也应该在上家生活——,母亲在上家住一点也不值得奇怪。但是对于洪作来说,母亲不来土仓住总让人觉得有些遗憾,感觉就像母亲去别人家而不回自己家一般。

那天晚上,洪作和阿缝婆婆,还有上家的人们一起围着七重吃了晚饭,阿缝婆婆没了往日的精神,仿佛在七重面前抬不起头似的,拘谨而少言。洪作觉得阿缝婆婆这样实在可怜。之前七重回来的时候,阿缝婆婆还很有精神,对七重狠狠挖苦,贫嘴薄舌,这次她却完全没有了那般阵仗,反而一直惴惴不安。

与此相反,母亲七重尽管个子不高、身材娇小,但是她身上隐约透着威严,所以给人的感觉要比现实中大上一两圈。七重在吃饭的时候告诉了大家她此行的目的,像是姑且给大家通报个事情一般,只管一个人说着。据母亲说,父亲这次要从丰桥转任到滨松,但一时找不到合适的住处,所以这段时间家里人要暂时回汤岛生活。这段时间是一年还是半年不清楚,总之是要暂时回来一段时间,所以这边得把租给村医的正屋腾出来。

"你说让马上把房子腾出来,但是不好吧。奥村也有奥村的情况呀。"

外公说道。奥村就是现在住在土仓前正屋里的那个医生的名字。

"你说他腾不出来,可我们租给他的时候约好了说让腾就得腾的。我们基本上相当于免费租给他,就是为了这种时候。"

七重说道。

"你说的有道理,但是……"

"是这个理吧。"

"嗯,但是啊,这样不好。"

"为什么不好?"

"租客太可怜了。"

"哎呀,我真是惊呆了!那边不是早就知道我们不知道什么时候就回来吗?"

七重说道。实际情况的确和七重说的一样,但在外公外婆他们看来,不是世上所有的事都能按约定来,即使要对方马上把房子腾出来,那也是办不到的。外婆一脸沮丧,仿佛在叹息:又发生了一件麻烦事。无论是外公还是外婆,只要被女儿狠狠说一顿,最终还是会按七重说的去努力。谁也敌不过七重。

这天,阿缝婆婆和洪作回到土仓时夜已经深了。一回到土仓,阿缝婆婆便感叹道:

"哎哟喂,哎哟喂。"

她说:

"阿洪你妈妈太强势了。那个强势的妈妈一回来……哎哟喂，哎哟喂。"

但是洪作对母亲和弟弟妹妹能回村和自己一起生活，无疑还是感到高兴的。

"大家回来后我要回正屋住吗？"

"是那样吧。"

"那这个土仓呢？"

"土仓就婆婆一个人住。"

"这样的话，我也住土仓。"

洪作这么一说，阿缝婆婆便面露难以言表的喜悦神情，说道：

"阿洪也在这土仓里面住了好多年了，怎么会想搬去正屋住？就和婆婆两个人住土仓吧，好不，阿洪？"

阿缝婆婆在铺睡铺时，铺完睡铺躺在上面时，一直重复着这同样的话。

第二天，洪作从学校回来后不久，母亲来到了土仓。她坐在正在窗边学习的洪作身旁，对他说：

"这件衣服你穿穿。"

说着，便从布包袱里拿出了件从丰桥带来的新衣服，是哔叽面料的。洪作脱下原来的衣服，母亲看看了衣领说：

"上面都是污渍，好脏啊。"

之后她又说：

"头发也长了。好脏啊。去剪了吧。"

正如母亲所说，洪作头发确实长了，但他并不乐意母亲一直说他好脏啊，好脏啊。在南边窗户附近缝补着东西的阿缝婆婆像是在听七重说话，又像是没有在听，她向前弯着身子，仿佛身体折成了两段。

母亲帮洪作穿好了哔叽面料的新衣服，把衣带拴得紧紧的。这点和阿缝婆婆给自己穿衣服时不一样，让人觉得舒服。

"你啊，昨天腰带系得松松垮垮的。记住腰带必须随时系好。"

母亲说着，取出他们先前在丰桥收到的洪作寄来的信，说道：

"错别字和文章里有问题的地方都改好了。完了你看看。"

洪作马上打开自己写的信。上面到处用红的彩色铅笔标注着错误，是父亲给改的。

母亲说完她要说的便回去了，她说自己接下来要挨个去周围邻居家打招呼。母亲回去后，阿缝婆婆说道：

"阿洪你妈妈真是任性。长女就爱自以为是。"

七重在众多弟弟妹妹中是最大的，丈夫是从门野原入赘过来的洪作父亲。正如阿缝婆婆所言，七重从小时候起，便有了什么事情都得按自己意思办的资本。连上家的外公和外婆在七重面前也抬不起头——当然，他俩深知是自己造成了家道中落的局面，这也成为他俩没法硬气的理由之一。

七重住了三晚便回了丰桥，上家如同风暴过去般清静了下来。外公外婆的脸上都是一副松了口气的表情。洪作去玩的时候，外婆这样说道：

"你妈妈回去了。说起来一下子变得好安静。"

在这次见面之前，洪作确实好久没见到母亲七重了，他觉得母亲和前些年去世的咲子很像。姐姐和妹妹很像是理所当然的，但这对洪作来说却是一个发现。虽然咲子比母亲更加安静和温柔，但她们身上所具有的感觉却是完全一样的。她俩走路和说话的方式也很像。每当母亲招呼他"阿洪"时，他都会猛地一惊，感觉仿佛咲子在叫他。

无论怎么说，近期七重她们将回村的事情对于阿缝婆婆来说是个很大的打击。阿缝婆婆每天至少要念叨这事情一次，她带着叹息说道：

"阿洪这下没法像以前那般轻松了。不得了啦。从这个夏天开始，汤岛也要变天啦。"

说起来像是鬼要来了。

五月中旬，村里突然传言校长石守森之进将因为退休而离职。听到这传言后不久，这件事便成为了现实。

在朝会的时候，石守校长向全校学生宣布：自己近期将退出教职，随后由静冈县评价最高的一位知名校长来接任。他说话的时候，依然还是一脸不悦地瞪着全体学生，和平时毫无区别。校长不干了，这对于学生们来说是不可想象的。校长只能是石守校长，除此之外什么人都不行。所以，当石守校长宣布自己离职时，从列队的学生中传来了一阵低沉的骚动声。这是一阵惊讶的骚动——这位世上最可怕的人将从这个学校消失，这种事情真的可能发生吗？

洪作在听伯父校长讲话时，心中涌起了与其他学生相比多少有些不同的感慨。在洪作看来，伯父似乎满腔愤怒。洪作心想，他是不是受了什么不公正的压制，而不得不被迫离开教职？

学生们间悄悄传言，说接任石守校长的新校长稻原已经来了，住在河谷的旅馆。过了两三天，新校长便真的在学校现身了。在朝会的时候，石守校长向全体学生介绍了接任自己的校长，他说今后大家要在新校长的领导下学习。

稻原校长体形较胖，个子不高，他说话时面带微笑，语气柔和。他称学生们为"各位"，这使得大家非常迷惑，学生们不禁觉得这种叫法好生奇怪，笑出了声来。这是因为石守校长在任何时候都称学生们为"你们"，大家对此已经习以为常了。

那天，石守校长从列队站立的全校学生前走过，横穿过操场，离开学校而去。身形瘦高的石守森之进用他那总是一成不变、稍稍前倾的独特走路姿态，只顾看着前方迈步行进，脸上的表情看起来似乎完全不在意学生们目送他离去的目光。女生中有人小声地哭了起来。哭声从几处传来。

洪作带着某种感动，目送伯父的身影从学校远去。作为校长，他在学校时总是一味严格，一点也无法让人感受到温情；作为伯父，他五年来和自己说话的次数数都数得过来。虽然他是这么一个人，但当现在这位伯父将从学校离开时，洪作还是感到一件珍贵而重要的东西离开了自己的身边。

石守校长从校门走上大路后，便马上走进了学校旁村公所的建筑里。

当天中午休息的时候，洪作听见一个四年级学生跑来向他的伙伴报告：

"校长老师刚才从公所出来回家了。"

当时洪作正待在距离四年级学生稍远的地方。他突然想到，自己是不是得和石守校长道个别。因为自己和其他学生不一样。石守校长是自己的伯父。这位伯父现在正要离开学校。

于是，洪作出了校门往公所的方向跑去，但一路都没看见伯父。洪作又往停车场跑去，终于发现了伯父正要过簧子桥的身影。

洪作追在伯父后面跑，终于在市山村的入口追上了他。正当洪作在犹豫该开口说些什么时，石守森之进突然转过身来。他似乎很惊讶洪作竟然站在那里，向洪作问道：

"怎么了？"

看到洪作没有回答，他又问：

"丰桥那边有什么口信吗？"

"有。"

洪作只能这么说。

"说什么？"

伯父盯着洪作的脸，仿佛让他快点说。

"妈妈他们接下来要来汤岛。"

"嗯，这我知道。"

石守校长说道，脸上的表情仿佛在说：什么啊，就这事儿？

"你也要考滨松的中学吧。——好好学习。你没在学习吧?"

"在学。"

"扯谎。学习是指那种连觉都舍不得睡的学习。"

接着,伯父说道:

"你回去吧。"

洪作便从那里回去了。和伯父简短地对话后,洪作的心情平静了。

新校长来了之后差不多过了十天,那日洪作被稻原校长叫去了校长室。进去后校长告诉他,为了备考,洪作从今天起每天晚上都要去一个叫犬饲的教师那里学习,他寄宿在一家河谷里的温泉旅馆中。犬饲是比稻原校长早两三个月来学校任职的年轻教师。因为他教高等科,所以洪作没怎么和他说过话。对于这个个子高高、皮肤白皙、略带都市气息的青年,洪作觉得他和自己以前认识的老师有着不同的感觉。

从稻原校长告诉洪作这天开始,他便到寄宿在河谷温泉旅馆里的犬饲老师那里请他辅导学习了。洪作六点左右吃完晚饭就去,回到家时总是快到十点了。

第一天,犬饲给洪作出了几道题,洪作写下了自己的解答。既有算术的题,也有阅读[①]的题。洪作有些会做,有些不会。犬饲当场检查了洪作写下的答案。

"果然还差得远呐。"

[①] 原文为"読方",为旧制小学科目,与"書き方(习字)"和"綴り方(作文)"一同作为"国語科(语文课)"的分科。

检查完他说。

"虽然你在这所学校的六年级里算是成绩最好的，但是拿到城里的学校去看，你怎么也排不到前面。再磨磨蹭蹭不采取对策的话，可能还会滑到中等以下。你中学考哪儿？"

"还没定，多半是滨松吧。"

洪作回答道。

"现在滨松是县里所有中学里面最难考的。四五个人里面录取一个的比例。你现在这样子到底是考不上的。就算埋头苦读也考不上吧？"

犬饲说完便盯着洪作的脸，仿佛在问：那你要怎么办？洪作默不作声。犬饲那端正的脸上，眼中发出寒光，看起来冰冷无情。

"但是，你要是考不上就麻烦了，是吧？"

"是的。"

"这可就难办了。如果非得考上的话，那么，我们该怎么办呢？"

犬饲呈现出一副若有所思的神情，然后大声说道：

"那么，——我们这样吧。"

他接着说：

"非得考上的话，那我们就只能往考得上的方向努力。从今天开始，你要按城里的孩子的两倍学习。我本来想说三倍，但是从时间上看三倍是不可能的。两倍的话，节省下睡眠时间也不是办不到。——你之前每天睡几个小时？"

对于犬饲的这个问题，洪作一时无法回答。他从未计算过自己一天要睡几个小时。

"十一点左右睡，七点起来。"

"八小时吗？——虽然有点可怜，改成六小时吧。除了星期天，都十二点睡，六点起床。但是星期天这天可以睡个够。另外，除了睡觉时间，随时都得学习。这点要求是必须要达到的。学校里的休息时间你也不能玩。因为你要做的事情是一般情况下根本办不到的。不做到这种程度不行。吃饭的时候也学习，上厕所的时候也学习，泡澡的时候也学习。——听好了，你办得到吗？"

犬饲眼里发着光，向洪作问道。

"办得到。"

洪作在回答的同时，感到体内正在涌起一股热烈的情绪。

"那好，这样的话，我也陪你拼一下。本来打算明天找校长推掉这个事情的，那我也不推辞了，我是认真的，你也得说到做到。"

那晚，洪作和犬饲两个人在旅馆泡了澡。浴场在地下层，需要从长长的楼梯下去才能到达，它的对面不远就是河边的悬崖。河中浅滩的流水声音充满了浴场。因为整个旅馆都看不到像是客人的身影，所以这个浴场便完全属于了他俩。犬饲泡在浴池里大声唱道：

——遥遥东海间，小小岛边岩石岸，白白沙滩显，吾自伤泣泪婆娑，但与滩头蟹儿玩。

听到犬饲的歌声，洪作吃了一惊。他想起这和兰子在沼津千本滨唱的是同一首歌。在千本滨时这首歌曾让他感受深刻，仿佛飞进了他的身体一般。现在它又再次进入洪作的身体，并从内部将他的心儿紧紧抓住。

"你知道这首歌吗？"

犬饲唱完问道。

"之前听过，但不太清楚。是啄木的歌吧。"

"我教你，唱吧。"

犬饲用命令的口吻说道。虽然犬饲让他唱，但洪作还是没能立刻唱出口。不过在当晚，洪作总算还是学了两首啄木的歌。另一首是"遥想函馆城，心中独念青柳町，泛起过往事，亲友恋歌犹在耳，忆中若见矢车菊"。

那晚洪作从犬饲那里告辞后，一个人沿着河谷漆黑的道路往上爬，往村子——下田街道从那里经过——方向走去。洪作非常兴奋。他好多次抬头仰望在那高高的夜空中闪耀的星星。每次仰望他都停下步伐，小声地自言自语道：

"好嘞，我得努力。"

刚升入五年级的时候，还是在同一家河谷中的旅馆里，洪作请寄宿在这里的另一位老师辅导了一个月学习。那个老师教给了他"克己"。在犬饲这里，没有像"克己"这样正儿八经的说法，他的说法更加野性并激情。他的脸虽然看起来沉稳，但口中说出的话语却让人感到狂放，并带有不容分说的命令性质。

洪作第二天按犬饲说的安排了生活。睡眠压缩到六小时，剩下的时间全部用于学习。洪作的转变太过剧烈，使得阿缝婆婆着实吓了一大跳。

"我真是吓到了！阿洪开始像个疯子一样地学习。"

阿缝婆婆去给上家报告，然后又到邻居家四处宣扬。她这么做一半是为洪作感到骄傲，一半是真的担心洪作的这种状态。

"我把阿洪交给了一个不正常的老师。"

或者，

"那个年轻老师把别人家的小孩当什么了？"

阿缝婆婆这么说道。

洪作每晚钻进被窝前，都让阿缝婆婆明早六点叫醒自己，但阿缝婆婆绝不这么做。阿缝婆婆自己不到五点就会醒来，如果她想叫醒洪作随时都可以，但她绝不叫醒他。虽然她嘴上说着什么叫过洪作两三声啦、摇过洪作身体啦，等等，但那明显不过是说辞而已。

洪作从上家借来了个大大的闹钟，拿它叫醒自己。每当洪作听到闹铃声起床，就能听见阿缝婆婆重复着同样的话。她说：

"真是惨啊。一到六点，这个钟就像个后妈一样吵个不停。"

洪作钻出被窝后马上去河边洗脸，之后便返回土仓，来到能望见田地的北侧窗户边，在书桌前坐下。早上总是做算术的试题集。遇到怎么也搞不懂的地方，就留着晚上问犬饲。

村民们常常对洪作说些不知是安慰还是鼓励的话，比如："别搞坏了身子。""不用那么来劲儿地学习，差不多就行了。"这便是阿缝婆婆拿这事儿四处宣传、逢人便说的证据。

对于洪作来说,一天中最为愉快的时候便是晚上去河谷的旅馆与犬饲隔桌对坐的时候。有时向他请教解不开的题目,有时做他新出的题目。犬饲总是布置很多作业,虽然洪作一般做不完,但对此他并不加以责备。

在旅馆中,当两人完成这两到三小时的学习后,一般都会下到浴场泡澡。那里基本没有其他泡澡的人。虽然只泡个十分钟到十五分钟,但只有这段时间是从学习中解放出来的放松时间。洪作每晚学一首新的短歌①。洪作一回到家中,便将学到的歌写在笔记本上。

犬饲自己也学习。他曾经说过自己不打算一辈子做一个乡村的小学老师之类的话。他好像要参加中学教师的检定考试。当洪作在桌子对面解着算术题时,犬饲也在学着自己的东西。有时他也和洪作一样,手握铅笔,在粗纸上接连书写着数字。

在学校里,犬饲看起来似乎遭到了教师群体的孤立。他脸上没有一丝微笑,让人感到几分超脱和对其他教师不屑一顾,他似乎就是因为这个而招致了同事们的反感。

洪作放学后,有时会去操场的一个角落——当时那里新装了器械体操用的单杠——看犬饲吊在杠上的身影。他吊在单杠上的身影看起来多少有点令人觉得孤独。犬饲的器械体

---

① "短歌"是日本传统诗歌"和歌"最普遍的一种形式,创作时以"五七五七七"共五句三十一个音节为原则。前文所言啄木的歌,即属此类。

操非常出色。学生们站在离单杠稍远的位置，用惊讶的目光望着犬饲全身伸直好似一根棒子，在单杠上转着圈。但是学生们并不靠近他的身旁，因为学生们感到：如果自己靠近他的话，可能会惹他发火。在他吊单杠的时候，洪作偶尔会靠近他身旁，这时他便斥责道：

"这样可不行，你竟然还玩！"

说这话时，他仍然吊在单杠上，目光充满愤怒。

第六章

六月末的时候，母亲七重带着妹妹、弟弟还有女佣三人离开了丰桥搬到了汤岛。父亲独自前往滨松赴任，家人们暂时到汤岛生活，等滨松的官宅空出来后再搬去滨松。因此洪作一开始便知道母亲七重她们只在汤岛生活有限的一段时间。当母亲他们搬去滨松时，洪作也得跟着他们一起去。因为那时正好也是自己升入中学的时候，所以对于洪作来说，和阿缝婆婆在汤岛的生活到时将不得不画上句号。

正屋在七重他们回来前不久被腾了出来。听说之前住在里面的村医奥村一家搬去了附近不远的一处碰巧空出来的房子里，等七重他们搬去滨松后再像以前一样搬回正屋。

七重他们回来的两三天前，附近的人们把正屋的里面和院子等打扫了个干净。上家的外婆为此忙这忙那，东奔西跑。阿缝婆婆关在土仓里不出来，并不到正屋那边去，因此还被附近赶来帮忙的人们说了坏话。阿缝婆婆似乎正一个劲儿地担心七重他们住进正屋后，自己和洪作到底将会怎样。

"小学毕业后，阿洪得念中学。这点我清楚得很。但是阿洪还在汤岛期间就不让他住土仓，这就过分了。阿洪也希望住土仓吧？她把阿洪从土仓夺走试试，再是她自己的孩

393

子，我也绝不答应。"

阿缝婆婆每次去上家，都会说同样内容的话，已经重复过很多次了。上家的外婆总是顺着阿缝婆婆的意说：

"说的是，是这样啊。"

"我这边给七重好好说。为什么要把婆婆的大宝贝阿洪从她身边夺走呢？"

实际上，上家的外婆的确打算按阿缝婆婆希望的那样，居间好好处置此事。外婆凡事都极端害怕惹出什么风波，她本打算让自己女儿七重一定要答应这件事。但是在七重他们回来的当天，这个想法便被七重一句话驳回了。

"你在说什么啊？洪作又不是继子，为什么明明家里人都回来了还要把他一个人留在土仓里面。要是阿缝婆婆因为不能和洪作一起住而觉得寂寞，那她一起搬来正屋住不就得了。"

七重说道。

"虽是这么个理，但是你啊……"

外婆刚想再说些什么，七重便毫不留情地驳斥道：

"不行！我看你是老糊涂了。——你说什么我都不答应。哪有小孩不能和妈妈还有亲人们住在一起的？有的话你告诉我。"

这样一说，事情就这么定了下来。

七重和两姐弟只在上家住了一晚，第二天便搬去了正屋。与此同时，洪作也只得从土仓搬到了正屋。上家外婆来到土仓，给阿缝婆婆说着不知是道歉还是安慰的话：

"哎呀呀，谁料事情变成这样子。想必婆婆也很寂寞吧，但是看在我的面子上，请忍一忍吧。"

听了外婆这番话，阿缝婆婆一瞬间脸色大变，但也许因为无计可施，又只得作罢。

"我还好，我还好。但是阿洪太可怜了。你帮我给阿洪他妈妈说清楚。阿洪可是我从五岁开始辛辛苦苦养胖的。我不能让她把阿洪养瘦了。要是让他感冒了什么的，老身绝不答应。"

阿缝婆婆饱含着最大的恨意说出最后一句话。在说这句话时，她的脸皱了起来，呈现出一副可怕的神情。洪作当时正在阿缝婆婆旁边，他说：

"学习的时候我要在土仓。"

"说得对，说得对。"

上家外婆连忙说道，她说：

"学习时就在土仓，就在婆婆身边。只有睡觉的时候去正屋。"

作为洪作来讲，因为自己一直以来都生活在土仓，搬去正屋并不是一件值得庆幸的事情。但即使在他看来，这种情况下，要自己搬去正屋也是极为理所当然的要求，母亲七重说的话似乎更为在理。把阿缝婆婆一个人留在土仓虽然让人放心不下，但这是没有办法的事情，只能这么想了。

正屋的二楼被分给了洪作作为他的房间，共有八张榻榻米大，从土仓过来一看，这里显得非常宽敞与明亮。寝具也都是从丰桥送来的新东西。在洪作与阿缝婆婆分开，睡在正屋二楼的第一晚，他突然想到：阿缝婆婆现在怎么样了呢？这个问题萦绕在他心间，使他怎么也无法入眠。

半夜，洪作打开楼下走廊的门，沿着院子回到了土仓。土仓的窗口透着里面的灯光。

"婆婆。"

阿洪叫了一声，但是阿缝婆婆不可能听得见。屋后的水车声盖过了洪作的声音。洪作绕到正门，把手放在了土仓那沉重的门上。平时那门都是洪作去关，今天洪作没在，门便没有完全关上，打开了两寸左右。这大概是因为门很沉，阿缝婆婆没有力气关上。

"阿洪吗？"

洪作一打开门，便立刻听见从楼上传来了阿缝婆婆的声音。

"嗯，我来拿书。"

洪作说道。

"这样啊，这样啊。"

阿缝婆婆从楼梯上露出脸来。煤油灯的光只照出了阿缝婆婆的半张脸，使她的面孔看起来仿佛般若面具一般。洪作上到二楼，拿了一本书，准备马上回去。但他还是向阿缝婆婆问了唯一一句话：

"婆婆，你刚才在做什么？"

"刚才在和老鼠说话。今天老鼠们开运动会，从刚刚开始就闹个不停。"

阿缝婆婆说着笑了。那笑容十分灿烂，出乎洪作的意料。阿缝婆婆把洪作送到楼下，说道：

"天已经晚了，早点睡吧。"

只是在这个时候，阿缝婆婆才看起来有些落寞。

从第二天开始，洪作便只是白天才去土仓，在土仓时他还是和之前一样，坐在北侧窗边的桌前学习。洪作一进土仓，就看见小小的书桌前摆着一张坐垫，看起来仿佛在等主人回家。阿缝婆婆为白天过来学习的洪作准备了粗点心——这是必不可少的。

洪作在土仓一直学到傍晚，然后回到正屋和母亲以及弟弟妹妹一起坐上饭桌吃晚饭。妹妹每天负责把菜送到土仓去。母亲七重也劝过阿缝婆婆好多次让她来正屋一起坐在饭桌前吃饭，但是阿缝婆婆没有答应，她说自己一个人想吃什么就吃什么，这很好。

吃完晚饭，洪作便去犬饲那里学习，学完回来后并不直接回正屋，而是去土仓稍微看看阿缝婆婆，在那里待上五到十分钟再回到正屋二楼。从犬饲那里回来后直接去土仓这件事，洪作一直对母亲七重保着密。这件事虽然没什么必须要保密的理由，但也不需要特意告知母亲。

洪作去土仓也并非就是去和阿缝婆婆说话。他没有什么必须要说的，即使说话也没什么有意思的内容。他只是拿齐明天去学校的教科书，和阿缝婆婆交谈一两句便回家。

"今天回来得早啊。"

或者，

"今天回来得晚啊。"

阿缝婆婆这样说着。她硬要洪作吃些糖果，然后在最后说道：

"快回去睡觉吧。明天还得早起呢。"

这句话她每次都说。

搬到正屋后过了差不多十日，那天洪作像往常一样从河谷的旅馆回来，没回正屋又直接去了土仓。阿缝婆婆一见他便说：

"快回去吧。你妈妈盯着你呢。"

看着阿缝婆婆一脸认真的表情，洪作立刻按她说的回到了正屋。刚一回去母亲七重上便上了二楼，问洪作道：

"阿洪，你去了土仓吗？"

"嗯。"

洪作答道。

"昨晚呢？"

"去了。"

"每晚都去？"

"嗯。"

"为什么每晚都去？"

"去把上学的书拿齐。"

"是吗？我没说错吧。你每晚都去呢。你那婆婆还说什么阿洪晚上绝对没来过。说起扯谎那个婆婆可真是没人比得过她。不知道她为什么要扯谎。"

七重说道。

"我去是去了,但只是去一下子。"

洪作心中想为阿缝婆婆开脱,便这么说道。于是,母亲的脸色一下子严厉起来,说道:

"你说话也怪怪的。不准去土仓这样的话,我一句都没说过吧。我最讨厌狡辩的小孩。你也变得和阿缝婆婆越来越像了。"

这事情当时就算完了,但第二天却引发了一场风波。

洪作从学校回家后,听到从厨房传来了母亲和阿缝婆婆争吵的声音。洪作去二楼放下装教科书的包袱后,总觉得有些放心不下,便去了厨房。结果在那里没有看到母亲和阿缝婆婆的身影。洪作便从厨房出去绕到后门,发现两人面对面地站在土仓前的院子里正在激烈地唇枪舌剑。给人的感觉是她们吵架的地方从厨房那里移动到了这里。

阿缝婆婆略微把脸往前探着说道:

"对不住啊,我什么都没听到。我的耳朵不是拿来听你说废话的。"

"麻烦不要'你你你①'的这么叫我。'你'什么啊'你'!"

"说'你'真是对不住啊。要不我叫'您'?"

"要叫太太。"

"你能把自家的媳妇叫'太太'吗?"

"我从来,哪怕一丁点儿也没有把你当做什么妈。村里也没人会这么觉得。我是看你可怜才养着你。你却尽会扯

---

① 原文是"おまえた",应是当地方言中不含敬意的第二人称叫法。

399

谎！今后你不准再扯谎了。再扯谎的话，那就请你从这里滚出去。"

母亲七重也是脸色煞白，她无疑已经出离愤怒了。

"你叫我滚出去？！"

阿缝婆婆几乎声嘶力竭地叫了起来，然后接着说：

"这里是我的家。你给我滚出去好了。啊啊，可怕的女人，可怕啊，可怕啊。"

洪作直盯着两人吵架的身影，走了过去。

"婆婆。"

他说着，拽住了阿缝婆婆的衣袖。他把阿缝婆婆从这里拉开，打算带她回土仓。

"阿洪！"

母亲这次对洪作怒目相向，说道：

"你从今天开始不准再踏入土仓一步。和这个扯谎婆婆说话，就没什么好事。"

"你说什么？"

阿缝婆婆回过头来，一副已经不想再说什么的神情，她的眼睛一个劲儿地在地上搜索着，似乎在找石头砸七重。正在这时，洪作看到母亲的身体慢慢地往地上蜷了下去。母亲一只手摸着自己的额头，一只手支在地上撑住自己的身体，嘴里叫道：

"阿洪，给我水！"

看到母亲脸上全然没了血色，洪作觉得大事不好。他连忙跑进正屋的厨房，用水瓶往碗里倒了水，然后拿回母亲那

里。母亲七重把身体靠在柿子树上,脸色依然惨白地站在那里。母亲喝完水,对洪作说:

"阿洪,你去把上家外婆叫来!"

阿缝婆婆因为这个突发事件,已经完全吓老实了。

"你别站着,稍稍躺下也好。快进土仓来吧。"

她这么说道。

"你说的对,就让我去土仓休息下吧。"

于是母亲这么说着,离开了柿子树,一步步地慢慢往土仓走去。

洪作把两人留在这,往上家跑去。

"妈妈快要倒了,快来啊。"

他把这事告诉外婆,外婆什么也没说便站起来,穿上院子里的木屐便往土仓去了。外婆似乎以为她在跑,但是因为慌里慌张,她比平时走得还慢。稍微走一会儿便停住,然后大大地喘着气,口中念念有词地说着些什么。虽然洪作不知道外婆在说什么,但他想,外婆肯定是在祈祷:千万别让我女儿七重有什么事,有什么我愿意代替她承受。一旦发生什么麻烦,外婆总是想自己代替别人去承受。

洪作和外婆回到土仓后,看见七重在土仓楼下的地板上躺平,阿缝婆婆给她额上搭了块打湿的手巾。上家的外婆探着头看着七重的脸,说道:

"你肚子里面怀着婴儿,得小心啊。"

随后她转向阿缝婆婆感谢道:

"真是抱歉,给你添麻烦了。"

"哪有。"

阿缝婆婆说道。

"打昨天开始,这天气就闷热闷热的。"

说着,她便去二楼泡了茶,用茶盘端来,和外婆两人坐在七重枕边喝茶。七重先是横躺着没有做声,不久好像身体舒服了些,便坐起身来,说道:

"啊啊,真是吓死人了。正和婆婆吵架来着,一下子就晕过去了。"

"吵架!?"

上家的外婆责问道。

"大吵一架来着。"

七重说着笑了起来。

"能笑就好,相当于已经好了。"

阿缝婆婆说道。这时,两三个附近人家的女人也过来探视,不知她们是从哪儿得到的消息。

那天晚上,洪作从犬饲那里回来后还是直接去了土仓。阿缝婆婆见了洪作说道:

"快回去吧。你妈妈又要吃醋了。"

然后,她用两根手指支在额头上给洪作看[①]。这时阿缝婆婆的脸看起来真的像是长着角的女鬼面具。洪作回到了正屋,虽然母亲七重已经躺在了睡铺上,但知道他回来后,还是把他叫了过去,说道:

"你去趟土仓吧。你婆婆虽然凶恶,但看来是真心疼你。

[①] 此处为阿缝婆婆借表现愤怒、嫉妒、苦恼的长角女鬼面具讽刺七重。

今晚特别准许你去一趟！不过，明天开始就不要去了。会改不了的。"

洪作从正屋出来，没去土仓而在院子里走着。这是一个和白天一样亮堂的月夜。田里的青蛙一个劲儿地发出嘈杂的叫声，果真是一番初夏之夜的景象。洪作心中产生了一股莫名的忧伤。洪作搞不清楚这究竟是初夏之夜特有的莫名忧伤，还是因为白天的事情伤了心。

从七月下旬开始便进入了暑假。因为犬饲老师回老家——位于天龙川上游的一个村子——去了，洪作暑假期间只得独自学习。犬饲布置的暑假作业量非常多。他留下了一本几年前的旧考试试题集便走了。洪作必须把这本厚厚的试题集里排得满满当当的算术题全部解完。这本试题集封面都快磨破了，每一页都被人用彩色铅笔画着红线。这可能是犬饲自己几年前用过的，或者可能是他去沼津或三岛时，在旧书店之类的地方为洪作买来的。

洪作面对这本被翻脏的考试试题集，不由得心生感慨。一想到曾经有一位少年和自己一样把这本试题集摆在桌上专心学习，心中便产生了一种想要和这位少年一较高下的壮志豪情。洪作也用他自己的红色铅笔，继续"弄脏"那本试题集。

八月上旬，洪作要到三津——一个位于西海岸的渔村——的亲戚家去游泳。那是铃江的家。铃江是母亲七重的妹妹，紧接着母亲出生。因此对于洪作来说，那里算是姨妈家。当然，洪作老早就知道姨妈一家住在三津，但前去拜访还是第一次。铃江在她还没懂事的时候便被送去松村家当了养女,完全被当作那家的亲女儿养大。当然,铃江在还是姑娘的年纪便已经知道了自己的养女身份,但是养父母却一再对她隐瞒这个事实,据说他们直到现在还坚信,眼下已经三十有半的铃江不知道这个事情。

因为这个原因,虽是同住伊豆半岛的亲戚,但两家的走动却不如其他亲戚那般频繁。然而,铃江的养母阿茂①到底还是七重和铃江的姨妈,本身就是亲戚,完全不走动是不可能的。洪作到三津去拜访有着这层亲戚关系的松村家,便是依了母亲七重的建议。

"阿洪,你去三津好好享受下海水浴吧。学习虽然也不错,但都放暑假了,还是到海边晒得浑身黑黢黢的更好。"

母亲七重说道,似乎她也觉得从早到晚在土仓里对桌而坐的洪作看起来有些走火入魔。洪作在此之前从没在海里游过泳,他觉得七重口中所说的海水浴一词听起来相当有魅力,另外他还听说三津的亲戚家种着很多橘子田,这对于洪作来说也相当有吸引力。

洪作把教科书、参考书、笔记本等用包袱皮包好,和一个据说正好到三津去办事的村民一起从汤岛出发了。洪作先是坐公交车到了大仁,在那里换乘了轻便铁道,坐到长冈的车站下了车,又步行了一里左右。

在洪作离开家时,母亲为他说明了姨妈的养父母及姨妈铃江的关系,她说:

---

① 原文为"しげ",译者在此译作"茂"。

"虽然你姨妈是我亲妹妹，但是到了那边不能说她是我妹妹。这点你一定要记清楚。"

阿缝婆婆也提醒了他同样的事情，她说：

"明明不是亲生的，却非得一直当成自己亲生的，这事儿就不切实际，蠢得很。明明姨妈和侄女的关系就很好，却好像非得弄成自己亲生的才行。阿洪去的话，想来阿茂那边会很担心。"

阿缝婆婆所说的阿茂，便是松村家的姨婆，也就是铃江养母的名字。本来阿缝婆婆对洪作的三津之行并没有表示赞许。她说搞不懂七重为什么要让继承家业的宝贝儿子去别人家洗什么海水浴。但是阿缝婆婆只把自己的想法告诉了洪作，在其他人面前只字未提。自从上次在土仓前和七重大吵一架以来，阿缝婆婆的态度变了，用她自己的话说便是"凡事都要忍耐，忍耐"以及"好汉不吃眼前亏"。

在洪作看来，三津村太美了。从长冈走了一里山路，穿过小小的隧道，下完最后的坡道，眼前便突然出现了在盛夏的阳光下闪耀着的蔚蓝大海以及海岸边那片毫无章法地挤成一团的小房子。那里就是三津村。

松村家位于一处地势略高的地方，需要离开大路稍稍往里走才能到。正屋是纯粹的农家风格建筑，进门的房间造有一口很大的地炉，在房子里面有客厅和储物间。除了正屋，在隔着前院、背靠大海的地方还建有土仓和堆东西的棚子。从正屋客厅的廊子上能看见海的一部分，不时有机动船的引擎声从海上传来。

洪作刚踏入松村家一步，便发现他们全家都在欢迎他的到来。正在地板前裸地里的铃江一见洪作，便立刻用她那独特的柔和语调向房里喊道：

"汤岛的阿洪来了。"

"哎呀呀，哎呀呀。"

听到铃江的喊声，她丈夫庄吉便发出迎接成年客人般的招呼声，从后门那边往裸地这边过来了。他一看便是个朴素寡言的人物。不一会儿，一对老年夫妇从储物间那边走了过来，三个小孩也不知从哪里冒了出来。

姨婆阿茂是上家外婆的姐姐，面容和体态看起来都完全一样，只是体形要小一圈。一眼就能看出她应该和上家的外婆一样温和善良。而姨公这边不怎么说话，看来多少有点不太和悦的样子。

"就是这个娃娃吗？那个听说一天到晚都在学习的小孩。"

姨公目不转睛地盯着洪作的脸，接着说道：

"你就在这里待一个夏天，从早到晚都泡在海里，然后把自己晒得和渔夫的小孩一样黢黑。"

洪作心想，这可开不得玩笑。若真这么做了，作业也做不了，中学的入学考试也别想合格了。

他们家的小孩中，两个大的是男孩，长子义一和洪作同岁，弟弟武二要小两岁。两人似乎都从早到晚地泡在海里，黢黑的脸上只有眼睛闪着光。妹妹春江上小学一年级，圆圆胖胖的非常可爱。她一个劲儿地缠着她母亲。虽然姨公说要洪作从早到晚都到海里去，但或许因为有七重的托付在先，他们把客厅留给洪作当学习的房间，而且已经在里面准备好了一张小小的书桌。

第二天，洪作便和三个孩子一起到海边去了。这里沙滩虽不是那么宽阔，但有差不多一百个全裸的孩子在这里跑来跑去，浑身沾满了沙子。往海里望去，潮头上总是浮着二三十个孩子的脑袋，仿佛一个个西瓜漂在海上。因为孩子们全都浑身黝黑，洪作不禁为自己白白的身体害羞起来。

这里的海是一片扩展到很远的浅滩，在稍深一点的地方设了跳台。小河童①们两手打直，一个接一个地不断从跳台上扎着猛子跳进潮水里。洪作因为在汤岛的河里也游泳，所以在海里同样能游，但是他不敢从跳台上跳下。他曾经爬上过跳台一次，察觉到自己到底学不来其他孩子的那般绝活，便又沿着梯子爬了下来。

弟弟武二游泳游得好，水也跳得好。哥哥义一老老实实的，武二则脾气也暴，力气也大。洪作和这两兄弟立刻亲近起来，在沙滩上玩相扑什么的，但三人中要数武二最强。

洪作虽然带了学习的东西过来，但是根本没时间打开它们。虽然先前暂定的是上午学习，下午游泳，但洪作还是一大早就和义一、武二他们一起到海边去。洪作受不了他们邀约自己去海边的诱惑。他们中午回家吃饭，吃完午饭便在客厅午睡，睁开眼便又往海边去了。到了晚上，因为白天的疲倦，洪作又早早进入了梦乡。

洪作成为松村家的一员后过了四五天，沼津神木家的兰

---

① 此处用传说中的水中怪物"河童"借指玩水的孩子们。

407

子来了。兰子一来,学习什么的就别指望了——家中充满了这样的气氛。兰子去海边时穿着黄色的泳衣,背上披着大大的毛巾。和这副打扮的兰子一同去海边,无论是洪作、义一,还是武二都感到有些不好意思,

"阿兰要去海边啦。大家都要去哦。"

不过当兰子用命令般的语气这么一说,大家只得按她说的办。几人同行时,洪作他们怎么看也像是跟班的。海滩上其他男孩对着兰子起哄,但是兰子反而为此一脸高兴,摆出一副傲然的态度。武二虽然和大家一起到了海边,但不知什么时候已经离开了洪作和义一他们,倒向了起哄的那边。

玩着玩着,兰子用使坏的眼神看着洪作说道:

"阿洪,你不敢从跳台那里往下跳吧?"

"我敢跳啊。"

"哎呀,你敢跳啊?是吗?我还不知道你有这个胆子。那你跳一个试试。我给你当回观众。"

兰子说道。

"不想跳。"

"不想跳?!看吧,你害怕了?"

"哪有害怕啊?"

"那你跳一个试试。"

这时兰子使坏的心思已经露骨地表现在她的表情上。

洪作没有办法,和义一、武二他们一起站上了跳台。义一跳了下去,武二也跳了下去。洪作在跳台上站了一会儿。海面远远地在跳台下方荡漾,洪作知道自己现在已被逼到了

无论如何都只能往下跳的境地。洪作闭上眼跃了起来。当然，他本打算的是头先扎入水中，但身体离开跳台的一瞬间还是胆怯了，最后变成了脚朝下，以一种洪作自己都觉得极其狼狈的姿势落入了海中。洪作感到腹部一阵剧痛。他浮上海面，一边往陆地游去，一边想着兰子会怎么说自己。但兰子对此什么没说，只是说道：

"阿洪啊，你像是从上面掉下来的。"

洪作心想，看来自己的样子似乎没有想象的那么狼狈。

对于洪作来说，松村家住着实在太舒服了。姨婆和姨妈既热情又温和。自己一开始还打算待着不喜欢就马上回去，现在才知道，比起在汤岛过暑假，在三津要快活得多。兰子好像也是同样的感觉，先说只过来住两晚，结果过了四天、五天，还没有一点要回去的意思。

"你什么时候回去？"

洪作问道。

"我还要在这里多玩一会儿。在这里玩，一点零花钱都不用花。"

她用老成的语调说道。

兰子来了之后差不多过了五天，三岛的亲戚真门家发来了请洪作去看大社[①]放焰火的邀请，从母亲七重那边也来了消息，说是让洪作去真门家露露脸，哪怕一下也好。真门家有洪作的姑姑，她是从门野原的石守家嫁过去的，相当于是

[①] "大社"指知名或大型神社，也指旧制最高一级的神社的社格。此处指位于三岛的"三岛大社"。

石守校长和洪作父亲的姐姐。

洪作每日在海里游得高兴，对焰火没有兴趣，但被母亲七重这么一说，只得前往。并且铃江似乎也收到了七重同样的消息。

"阿洪，稍微去一下就行，你到三岛露露脸吧。要是让别人觉得是我们把你硬留在三津可不好。"

铃江说道。于是，洪作在放焰火这天和义一、武二、兰子三人一起坐公交车去了三岛。因为义一、武二、兰子三人和三岛的真门家并不是亲戚，松村家的大人们都劝他们不要去，但是兰子不听。

"三岛的真门家是洪作的姑姑家吧。这样的话，去住一晚上也没什么吧。"

兰子说道。最后大家商量来商量去，决定四个人一起去。

"在那边住一晚上马上就回来。"

在四人离开家之前，铃江一直重复着同样的话。

真门家里也有一个和洪作一样大的独子，名叫俊记。洪作虽与他是表兄弟的关系，但是这次却是他第一次造访真门家，也是第一次和俊记见面。

真门家的姑父是町长，他家就在三岛大社前，是栋格调颇高的两层楼建筑，确实像是当町长的人住的房子。

拜访真门家的那晚，孩子们集体坐在二楼的客厅看焰火。看焰火对于洪作来说也是第一次。这时洪作不禁想到，真门家的姑姑果然还是和父亲以及石守校长很像啊。虽然他们多少让人觉得有些冷漠，但身上却透着股坚韧劲儿——讨厌各种不真诚坦率的事情。

姑姑一会儿给孩子们拿来西瓜,一会儿拿来汽水。兰子让俊记拿来扑克,教大家怎么玩。洪作是第一次玩扑克,他想,城里玩的东西真是不可思议啊。在玩扑克的同时,不时有巨大的声音响彻夜空,那是发射上天的焰火。每当焰火炸开,洪作都不由得觉得兰子的脸像是被红红绿绿的颜色妆点了起来。

"真漂亮啊。"

洪作刚一感叹,兰子便说道:

"沼津的更漂亮哦。沼津御成桥的焰火比这还要大得多。"

洪作觉得她这样说有些对不住身边的姑姑和俊记他们。

"大又怎么,大又怎么,还不是一样的东西?"

他说。

"不一样啊。大的更壮观。钱也要花好几倍呢。"

"钱花了又怎样?便宜的不更好吗?"

"哎呀,你说便宜的更好?"

兰子噘起嘴来,说道:

"阿洪啊,你就是从跳台上掉下去的。姿势怪极了。就像死了的青蛙一样,啪嗒一声掉进水里。"

接着,她像是寻求他人附和一般向着义一和武二那边说道:

"是吧?"

义一和武二都没有做声。

411

"哪是掉下去的?"

洪作说道,他的体内正有一股强烈的怒火涌起。

"骗子!阿洪,我讨厌你。"

兰子板起脸来,把头转向一边。

"你们吵什么呢?傻瓜。"

姑姑发话了。这件事到这里便没了下文,但是洪作心中产生了一种不知是愤怒还是悲哀的情绪,他一边玩着扑克,一边看着不时发射到天上的焰火。

那晚,洪作和义一、武二一起睡在同一间客厅里并排而铺的睡铺上。兰子一个人睡在隔壁的房间。兰子睡下后还向义一和武二搭话,但却一句话也不对洪作说。

"下次一起到沼津我家来吧。——我们三个一起玩。"

她之所以专门说我们三个,意思就是要把洪作排除在外。洪作心想,自己就是去死也不会去什么沼津了。

但是到了第二天早上,兰子似乎完全忘记了昨晚和洪作的争执,她找洪作商量事情来了。她说:

"我该怎么办啊?是再去三津,还是回沼津家里啊?到底该怎么办呢?阿洪你觉得呢?"

"再去三津游游泳不好吗?"

洪作说道。虽然他知道兰子在,自己在三津的生活就会被搅乱,但和兰子在一起,生活似乎变得更加热闹和有劲头起来,这一点也是事实。但是,兰子最终还是决定从三岛一个人回沼津家里。从真门家告辞后,洪作和义一、武二一起把兰子送到了通往沼津的电车站,在那里和她道了别。

之后洪作他们又坐上从同一个车站开出的小火车到了长冈，再从那里走回三津。洪作是第二次走这条路。和之前那次一样，一走到可以俯瞰海面的坡道，他们就在那里休息，在休息时向下望着三津村的景色。洪作心想，在迄今为止他所了解的地方里，这里恐怕最美的。或许这里是日本最美的地方。他觉得拥有这般优美景色的地方几乎不可能存在。

洪作在三津一直待到八月中旬，回到汤岛时他已经晒得皮肤黢黑。因为在三津时只顾着游泳，完全没有学习，回到汤岛之后，洪作便没有闲暇时间可以用来玩耍了。

从三津回来后，洪作发现有些时日未见的阿缝婆婆看起来又小了一圈。洪作把三津送的一盒羊羹带去了阿缝婆婆那里。之前他把这个羊羹交到母亲七重手里，但是七重说：

"你拿到土仓的阿缝婆婆那里去吧。最近她好像每天都要去买些点心一个人吃。要说那寒碜的样儿，也是没谁了。"

阿缝婆婆去粗点心店买点心的事情，洪作很早以前便知道了。阿缝婆婆大约从去年开始，吃甜食变得厉害起来，一天不吃好几次甜的东西就不行。不过即便如此，她每次去点心店，绝不会一次性买很多，而是只买当天吃的那么少少一点。洪作也曾劝过阿缝婆婆：一次多买点不是更好吗？但阿缝婆婆说：

"太浪费了，得花钱。"

洪作不禁觉得，说这话的阿缝婆婆是不是已经开始有些糊涂了。

当洪作把羊羹拿给她时，阿缝婆婆双手毕恭毕敬地接过，说道：

"这是阿洪给的礼物。我要给村里人都分点儿。"

"别分了，全部自己吃吧。"

洪作刚一劝道，阿缝婆婆便说：

"心里面的高兴，多少也要给大家分享一点。"

她确实这么做了。她把羊羹切成几块包进纸里，拿着包好的东西便走去村里的几户人家，给他们分发了羊羹。母亲七重马上便得知了这件事，她对洪作说：

"到底分给了哪些家人，你去不动声色地问问。"

母亲好像打算过后一家家地去拜访这些阿缝婆婆分发过羊羹块的人家，给他们解释这个事情。

洪作晚上到土仓问了一下阿缝婆婆把羊羹分给了哪些人家。

"给医生和寺庙的和尚那儿送了大块的。不久婆婆就要麻烦他们啦。然后，给那些言语上关照过婆婆我的人也送了。"

阿缝婆婆说道。

"然后是送的哪儿跟哪儿啊？"

洪作问道。

"中井家的媳妇儿、大杉家的老爷子、针店的老板娘，还有清水屋的婆婆。"

阿缝婆婆说道。

"中井家的媳妇儿是个相当让人舒心的好媳妇儿。阿洪去三津的时候，她对婆婆说，阿洪不在，婆婆肯定很寂寞吧。大杉家的老爷子也是，直到两三年前还是个贪心的老头子，最近心地也变得善良多了。那老爷子对我说，你和洪作被人分开，一定很难受吧。"

阿缝婆婆嘴里含着假牙含混不清地说着，洪作注视着她的脸，感觉有些瘆人。阿缝婆婆的羊羹都送给了些平素和家里并没有密切来往的人，看来这事免不了要被人诟病，然而洪作却没法产生责备阿缝婆婆的念头。

洪作暂且把从阿缝婆婆那里听来的人名告诉了母亲。

"哎——，哎——"

母亲带着叹息说道：

"以前那么性格刚强、使钱大方的婆婆现在已经完全老糊涂了。"

洪作直到暑假的最后一天，才好不容易做完犬饲布置的作业。虽然有差不多二十道题怎么也解不出来，其余的也算是做出来了。洪作做完这本厚厚的考试试题集后信心大增，觉得自己已经不会输给任何人了。

进入九月后不久，犬饲回来了。因为他提前用明信片告诉了洪作自己回汤岛的时间，洪作便到公交站去迎接这位年轻教师。洪作见着犬饲，觉得他比暑假前瘦多了。

"老师瘦了！"

洪作话音未落，犬饲便说道：

"我是学习学瘦的。如果不学得自己都瘦了，可成不了什么器。"

他的目光看来非常锐利。

洪作送犬饲前往河谷里的旅馆,犬饲在中途问道:
"阿洪,你思考过死这件事情没有?"
"没有。"
洪作刚一回答,犬饲便叫道:
"没思考过死?!蠢货!老师一整晚睡不着,脑子里思考的尽是死。"
之后他又自言自语般地小声说道:
"啊啊,我已经不行了。"
"什么不行了?"
"你问什么不行了?别问这么自以为是的问题。没才能,没钱,没健康的时候,人就不行了。"
犬饲咆哮般地说道。
第二学期开学后不久,村里开始传言:犬饲好像患了神经衰弱。洪作也清楚,犬饲不太正常。洪作虽然每晚去犬饲那里学习,但以前那种快乐时光已经不复存在。犬饲总是让洪作自习,自己要么在旅馆的院子散步,要么仰面横躺在廊子上,完全沉浸在自己一个人的世界里。他的行为举止已经失去了镇定。

第七章

　　洪作几乎每晚都去犬饲那里学习，但在洪作看来，犬饲已经完全不是个正常人了。他有时会坐在廊子上，呆呆地仰望天空；有时会在听得见浅滩流水的院子里低头散步；有时又会像着了魔一样，打开厚厚的书本，视线死死地盯着里面的书页，一动不动。他的举动每天各不相同，但总有一点不变，那便是他完全无视了洪作的存在。洪作几乎每晚都是到了犬饲的房里，就在那里自习，然后回家。

　　只有当洪作进入房间时，犬饲才会抬起头往洪作这边看看，仿佛在说：啊，你来啦。之后，他便是一副完全不介意洪作做些什么的模样。洪作把放在屋角的书桌移到房间正中，在上面摆好自己带来的教科书和笔记本等，开始了自习。犬饲甚至都不打算看一眼洪作在做什么。不过虽然同是自习，在犬饲房间里学习，比起在家效率要高出不少。一到犬饲的房间，洪作便自然而然地就进入学习状态，在自习的时候，他辛勤地移动着铅笔。

　　家里和村里的人们有时会问洪作，犬饲有没有什么不对劲的地方。每当这种时，洪作便若无其事般地回答道：

　　"没有啊。"

他想保护犬饲免受坊间传言的伤害。但犬饲在教员室里的言行，在教室里与学生们的相处情况不断传入村民们的耳朵里，即使洪作一个人仍在努力，但到底还是没办法帮他掩盖了。

犬饲从九月底开始便没在学校现身了。各种传言都有，有说校长不准他来学校的，也有说村长半强制地要求他去休养的。但是洪作没在意这些，仍然每晚去河谷的旅馆。

母亲七重有些担心，她说：

"去那神经衰弱的老师那儿也学不到什么正经的东西吧。阿洪，别去了怎么样?!"

"不，老师教得好好的。"

洪作说道。他心想，要是自己不去了，大概会让犬饲老师难受吧，即便不难受，他也可能感到寂寞，或者因此受到打击，要是因为这个让他病情加重就麻烦了。

村民们多少都觉得犬饲这样子有点吓人，但也许是每晚和他见面的缘故，洪作一点也没有这种感觉。

犬饲没去学校的差不多第十天晚上，他很难得地说道：

"阿洪，我们去瀑布吧。"

"瀑布，是净莲瀑布吗？"

洪作问道。

"是的。今晚月光很好，去那里很惬意吧。"

犬饲说道。在洪作看来，今晚的犬饲与平日不同，完全是个正常人。他的眼神平静，口中说出的话语来也镇定沉稳，一点也不觉得有什么异常。

"嗯，那我们去一趟吧。"

洪作也答应了。他想，虽然到净莲瀑布有小一里的路程，但披着月光走在下田街道上大概也是件惬意的事情吧。虽然今晚学不成了，但休息一个晚上目前看来不会有什么影响。洪作把装书的布包袱放在犬饲的房间里，便和他一同离开了旅馆。

"已经完全入秋了。"

犬饲用沉静的语调说道。

"你不冷吗？"

"不冷。"

"不要感冒了。从今天开始到考试那天，身体可千万别弄坏了。"

洪作觉得犬饲已经完全恢复了正常。今晚的犬饲，身上看不到一丝神经衰弱患者的阴沉。在沿着从河谷通向下田街道的坡道往上爬的时候，犬饲和洪作肩并肩地行走，但一踏上街道，他便丢下洪作，一个人快步走了起来。

"老师！"

洪作为了追上犬饲，有时不得不小跑起来。但是即使追上了，一会儿两人间的距离又拉开了。可以说犬饲并非在走，而是半跑着前进。

两人穿过大泷村的时候，洪作心中一个劲儿地期盼着能遇见什么人。他想遇见什么人后给他说明情况，拜托他把犬饲带回住处。犬饲到底还是明显地不正常。

"老师，回去吧。"

洪作每次追上犬饲，都要重复这话好几次，可是犬饲完全不听。他看也不看洪作一眼，只是拼命地在街道上走着，仿佛有什么急事要办。一种强烈的不安向洪作袭来。月光照射下，犬饲在地上拖着阴暗的身影，在空无一人的街道上目不斜视地走着，这已经不是什么神经衰弱了，而是一个再明显不过的疯子。

从大泷村到净莲瀑布所在的地方没有村子。中途，洪作从后面紧紧地抱住犬饲的身体。

"老师，回去吧。"

洪作保持抱住犬饲的姿势，被他拖着往前走。洪作没想到犬饲有这么大的劲儿。洪作想方设法地要阻碍犬饲的步伐，但是毫无办法。在道路马上就要延伸进杉树林里的地方，犬饲突然停下了脚步，他说：

"我要跳净莲瀑布。"

听了这话，洪作不由得汗毛倒竖。一股寒气瞬间贯穿了洪作的整个身体。

"为什么要跳？"

"我想死。"

"您为什么想死？"

洪作刚一问，犬饲便咆哮般道：

"别说这么自以为是的话。你们懂什么！"

说着他又大步走了起来。一边走一边说：

"阿洪，你要看着我死，然后告诉村里人。听到了吗？懂了吗？"

"懂了。"

洪作嘴上虽然这么说，身子却绕到犬饲的前面，使出全身气力想让犬饲改变步行的方向。他想，接下来一步也不能再让他继续接近净莲瀑布了。犬饲口中叫喊着简短的言语：烦死了！你想拦着我?！等等。洪作在街道中央与犬饲扭在了一起。

洪作使出浑身的气力向犬饲猛推过去，犬饲踉跄了两三步跪倒在了地上。

"你这小子！"

犬饲的怒吼在身后响起，洪作飞快地跑了起来，犬饲追了过来。洪作往大泷村跑了半町左右，过了一会儿犬饲便不追了。

洪作停住脚步，隔着相当远的距离望着犬饲的方向。犬饲看起来真是生气了。他一个人孤零零地站在街道正中，其间他似乎想捡石头，眼睛一直注视着地面，在那里画圈似的转了起来。

洪作注视着犬饲的这般身影，不禁觉得他没救了。这是洪作有生以来见过的最孤独的人的身影。洪作不知道该拿犬饲怎么办。靠近他自己害怕，但又不能就这么一逃了之。

过了一会儿，犬饲也许是一路暴走到这里累了，便坐在了路边的石头上。正午般明亮的月光使犬饲那黑色的身影轮廓鲜明地浮现了出来。洪作站在原地，一直往犬饲的方向望了十分钟左右。夜里空气清冷，秋虫的叫声一齐从路边的草丛中响起。

远处传来了人声，洪作等着他们走近自己。那群人好像是新田村的青年，四五个人走在一起，一边高声说着话一边往这边过来。不久他们走到洪作身边，其中一个人问道：

"喂，你在干什么呢？"

"犬饲老师说他要跳净莲瀑布。"

"跳瀑布！谁啊？"

"犬饲老师。"

"啊啊，那个神经衰弱啊。那边那个就是犬饲吗？"

一个人说着，往犬饲那边看了看。洪作向他们简单地说明了下事情的经过。

"行！"

一个人信心满怀地说道。说完他便立刻往犬饲那边走去，其他人马上也跟了上去。

在此期间，洪作远远地看着青年们和犬饲在街道正中说着话。过了一会儿，那群青年中的一个走过来告诉洪作：

"他完全疯了。今晚他就交给我们，你回家吧。"

洪作把犬饲拜托给青年们后，便马上回村。他又去了一次河谷的旅馆，拿了自己装着教科书的包袱，告知了旅馆柜台犬饲的事情，这才回家。

第二天一上学，洪作才知道犬饲的事情已经在学校里闹得沸沸扬扬。据说村公所的人一大早便护送着犬饲坐上马车走了，他们要把他送到沼津的精神病医院去住院。因为这次的事件，村里人都一个劲儿地找洪作了解情况。大人们似乎想知道更多细节，哪怕一点也好，他们刨根问底地向洪作提问。他们在问的时候少不了这么说：

"阿洪，当时真是难为你了。"

或者，

"阿洪，当时真是辛苦你了。"

其中也有人这么说：

"阿洪，被一个疯子教真是灾难啊，你还得重新再学一次。"

洪作很讨厌那些用难听的话骂犬饲的人。即使犬饲多少有些精神不正常是事实，但他看起来比村里任何大人都更像具备了高等知识的上等人。洪作想，即便在事件当晚，犬饲在走上街道前也是正常的。犬饲正常时说的话仍然萦绕在洪作耳边，挥之不去。

——不要感冒了。从今天开始到考试那天，身体可千万别弄坏了。

一想到正常的犬饲口中说出的最后一句话是关心自己身体的，洪作便为他感到难过。他甚至觉得犬饲是不是因为辅导自己的应试学习才变成那样的。

洪作常常说到犬饲，他非常强烈地想知道犬饲现在怎么样了。阿缝婆婆每次听到洪作说起犬饲的名字，都会皱着眉头说道：

"阿洪，你没必要那么担心。不要太操心其他人的事情。学习也学得差不多就行了。婆婆反对你学得太猛。要放轻松些。只要放轻松就不会得神经衰弱。"

从九月末起,阿缝婆婆开始频繁躺着,说身体不舒服。即使在白天,洪作去土仓也基本上只能看到阿缝婆婆躺在睡铺上的身影。

"不舒服吗?"

洪作问道。

"哪有?"

阿缝婆婆说着便从睡铺上起来,想让洪作明白自己的身体没有一点儿不好。

"你就躺着好了。"

洪作刚这么说,阿缝婆婆便开始忙活着绑衣服束带什么的,她说:

"躺什么躺,得准备冬天的东西。"

但是洪作心想,自己没来土仓时,阿缝婆婆恐怕就是这么一直躺着的状态。一些东西隐隐约约地让洪作这么想。他注意到窗框上积着灰,或许已经好些天没人打扫了。

"没打扫吗?"

洪作问道。

"哪有?早上才打扫的。"

阿缝婆婆说道。阿缝婆婆的这种状况,母亲七重也是心知肚明,她好多次劝阿缝婆婆来正屋这边吃饭,但阿缝婆婆总是不答应。所以,七重每日三餐都要把载着米饭和副食的小食案搬去土仓。

阿缝婆婆最初好像因为自己一天三顿既要七重做又要七重送而感到过意不去,便对七重说:自己实在不忍心一日三餐都让她操心，今后只送一次晚饭就行。但阿缝婆婆吃着吃着就习惯了，嘴里开始说出些带着责备意味的话语。比如：

"这菜都舍不得放点酱油啊。"

或者，

"这鸡蛋可真小啊。"

这些话当然不会当着七重说，但只要是其他人送饭，她便一定会抱怨伙食。

"别人好不容易做给她吃，真是个可恨的婆婆。"

七重有时也很生气。上家外婆每天都要去土仓探视一次。

"那个婆婆一个人在土仓，想来非常寂寞吧。"

心好的外婆似乎由衷地对阿缝婆婆感到同情。阿缝婆婆好像也明白外婆的这番心意，每次她来探视便会说：

"受你照顾了，不好意思啊。"

或者，

"真是给你添了好大的麻烦。"

等等。阿缝婆婆对外婆也变得和善起来。

一天晚上，洪作到上家去，遇见上家的人聚在一起讨论阿缝婆婆的事，母亲七重也在其中。

"不管怎么说，阿缝婆婆也到了要交待的时候了。估计时日不多了。"

外公说道。

"是啊，一下子变得菩萨似的慈眉善目。好像她白天也一直躺着。"

外婆说道。

"那个人啊,哎,一辈子过得为所欲为。给周围人添了好多麻烦,可还是我行我素,死不悔改。这下即使死了,想来也没什么遗憾吧。"

七重似乎有些冷漠地说道。据说白天的时候,阿缝婆婆因为脑缺血发作倒在了土仓的楼梯下面,大家请了医生来,忙得团团转。洪作这天还没有见着阿缝婆婆。因为在学校,他既不知道阿缝婆婆昏倒了,也不知道医生来了。

"婆婆不好了吗?"

洪作问道。

"当下没有好担心的,但是医生也说了,阿缝婆婆那么大岁数了。"

外婆说道。洪作离开上家,马上去了土仓。因为土仓门开着,他立刻就进去了。阿缝婆婆正坐在睡铺上,一见洪作的脸,竟很有礼貌地说道:

"阿洪,谢谢你来看我。"

洪作在枕边坐下,阿缝婆婆说道:

"今天医生来了。医生都来了,说明婆婆我已经不行了。接下来婆婆要努力活到阿洪念中学。"

说这话时,她的脸色异常苍白。洪作想给阿缝婆婆说些安慰的话,但是想不到合适的语言,便什么也没说。过了一会儿,阿缝婆婆说:

"阿洪,已经很晚了,快回正屋去吧。"

阿缝婆婆似乎对他母亲七重有些顾虑,怕她知道阿洪来这里的事情。"

洪作听话地离开了土仓。洪作自己也不禁感到阿缝婆婆可能命不久矣。洪作在院子里来回走了一会儿，他想起了考试试题里有篇文章叫做《世上多忧愁》，他觉得人生确实多忧愁。犬饲发疯令人忧愁，阿缝婆婆不断衰老的状况也无疑令人忧愁。洪作又久违地想起了英年早逝的咲子姨妈。咲子的死也是另一件令人忧愁的事情。这天晚上，人生以一副复杂而又令人莫名忧伤的面孔出现在洪作面前。

在那以后，阿缝婆婆便一直卧榻不起。上家的外婆和七重两人交替着每天来土仓很多次。附近人家的女人们也每日常来探视。她们离开土仓到了正屋便说：

"还早，还早，那样子熬过今年没问题。"

或者，

"不管怎么说，她还能吃，能挺过今年秋收，大概是准备吃了今年的新米再死吧。"

等等。这些话听起来像是在等阿缝婆婆死，洪作每次听到后都会心生不快。

洪作也每天去一次土仓。阿缝婆婆好像等着洪作似的，一见他便会说：

"今天来得真早啊。"

或者，

"今天比昨天晚啊。"

等等。阿缝婆婆拿出别人探视她时送来的东西，千方百计想让洪作吃一点。洪作待在阿缝婆婆枕边，什么东西都不想吃。以前和阿缝婆婆在土仓一起生活时，自己从未觉得阿缝婆婆拿出来的东西不干净，但现在他却莫名地不想伸手去拿。

"阿洪没吃，老鼠们都不好意思到这儿来吃。来，吃吧。"

阿缝婆婆说道。

"过后我边学边吃。"

洪作说着，从阿缝婆婆手里接过吃的包进纸里，然后放入怀中。好像这样做，阿缝婆婆就安心了。

十月中旬的某天晚上，洪作为阿缝婆婆做了烫荞麦面糕。他先把荞麦面粉放进碗里，然后从上面一点点地浇上开水，接着用筷子搅拌。阿缝婆婆一边注视着洪作手上的动作，一边反复提醒了他好几次，说：

"别烫着了。"

阿缝婆婆享用了面糕，似乎吃得很香。

"吃了阿洪做的面糕，我也没什么遗憾了。"

说着，阿缝婆婆便把满是皱纹的手伸向眼旁。泪水正从她的眼里涌出。

"之前给阿洪做了那么多次面糕，婆婆终于也让阿洪做了一回。"

阿缝婆婆的声音在颤抖。洪作此时也感到心头涌起了一阵强烈的感动。但这并非是听了阿缝婆婆的话才产生的感动，而是在搅拌荞麦面粉的过程中，由搅拌这个动作自然涌现出的感动。以前阿缝婆婆给自己做了好多次面糕，现在是自己在给她做面糕——洪作自己也产生了这样的感慨。阿缝婆婆的感受也与洪作的心头所感相同。

洪作自打阿缝婆婆卧病在床后便变得沉默起来,这点连他自己都能察觉。他虽然想对阿缝婆婆说些体贴的话,但却怎么也不能老老实实地说出口。他总是坐在阿缝婆婆枕边,一脸沉默地点着头听她说话,帮她做一两件她吩咐的事情,之后便说着:

"婆婆,我下次再来。"

起身离去。

犬饲住院后过了一个月左右,有传言说他已经痊愈出院,但好像不会再来汤岛的小学,而是转任骏东郡某地的小学。这个传言是真的。在一个秋高气爽的日子,校长在朝会时亲口向全体学生传达了这个事情。

——犬饲老师埋头苦学,以致搞垮了身子。从这点来讲,实在是难得的老师。这次他将调动到他故乡附近骏东郡的学校。老师说他想来和大家道个别,我以一己之见劝住了他。因为老师再回我们学校,肯定就不想从这里调动到其他学校去了。

校长这么说道。在全校的学生中,听校长讲话听得最专注的无疑是洪作。他非常想见一见犬饲。洪作心想,若犬饲的病尚未痊愈便罢了,但既然现在他已经康复到了能转任他校的程度,自己还是想见他一次,哪怕看一眼也好。

当洪作把他的想法告诉母亲七重之后,当即遭到了反驳。

"你在说什么啊?阿洪。你去他那里试试。搞不好他又要说想跳瀑布了。不行,不行!"

"他已经好了。"

"哪能好了啊。肯定只是当他好了。"

洪作虽然对母亲的说法不服,却也没法继续固执己见。洪作也给上家的外公和外婆说了同样的话,两人对此根本不屑一顾。

"你在说什么!阿洪,你才该去医院呢。"

外公板着脸说道。

"阿洪,最好还是别去。那种病啊,你就不能去招惹他。"

外婆说道。只有阿缝婆婆说的多少和大家有点不同。

"我原先就觉得那老师有点古怪,果然是这个。"

说着,阿缝婆婆用手在头上画着圈①,接着说道:

"但是,正因为他是那样的老师,说不定对于阿洪而言才是好老师。不过还是别去为好。阿洪你可是连天狗都看好的孩子啊。还是不去比较妥当。"

进入十二月,严寒突然来临。若是往年,几乎可以说新年前绝对不会下雪。但今年不知为什么,十二月中旬便已降

---

① 此处用手画圈可能代指犬饲脑子有问题,也有可能代指天狗戴的布制小圆帽。在后者的情况下,这个手势将犬饲比喻为天狗,说明其孤傲自负(天狗因鼻子很高而被作为傲慢自负的化身)。传说天狗会掠走小孩,使小孩"神隐"。但有时也会教给小孩各种知识与技能,如传说中日本英雄源义经幼年时就是从天狗处习得了剑术。

下雪来。虽然没有积雪，但是连接两三天，一到下午便白雪飞舞。

洪作在二楼的客厅生上火，每晚在桌前学到很晚。翻年后不久，洪作便要和母亲七重以及弟弟妹妹一起搬到父亲的任地滨松居住。洪作本打算在汤岛小学念完六年级的课程——也就是在寻常科毕业后再考滨松的中学，但是根据在滨松的父亲的意见，洪作得提前过去，感受一下考试地那里小学的氛围，哪怕只是短短一段时间。父亲的考量这样的：比起一下子从乡下过去考试，这样做能避免上考场时怯场。

洪作不久将转学到滨松的小学——这件事在村里变得尽人皆知。因为阿缝婆婆已经在土仓里卧榻不起了，自然不能是她亲自出门到处宣扬，但是把这件事告诉村民们的，到底还是她。阿缝婆婆对前来探视自己的人们说阿洪要去滨松的事情，仿佛这是世上唯一的话题。

"至少让阿洪在这里待到三月，让他从这里的小学毕业啊。明明可以这样，却非得像是抢人一样地把他带走。啊啊，真是太残忍了。"

阿缝婆婆这样说道。阿缝婆婆虽然对自己将会孤身一人感到非常不安，但她绝不说自己不安，而是说洪作可怜。村里的女人们本是来探视她的，因为听了好多次同样的抱怨，便完全厌倦了这个话题。即使一开始同情阿缝婆婆处境的人，最终也不顺着她的意思说话了。

"婆婆啊，这样不好吗？一个人的话就用不着操心谁了，多爽快。"

有人不怀好意地这么说道。

"本来你就是一个人来到村子里的。现在即使变回一个人，该恨谁啊？这不就是变回最初的样子么？"

也有人讽刺地这么说道。洪作每天只去一次土仓。虽然他看着阿缝婆婆的脸逐渐憔悴，心里并不好受，但一想到阿缝婆婆正等着自己过去，便不能不前去露个面。

在年关将至的一天，洪作花了比平时更久的一段时间坐在阿缝婆婆枕边。这是因为那天很冷，洪作莫名觉得让阿缝婆婆一个人待在那里太可怜了。其间，阿缝婆婆用多少不同于以往的平静语调说道：

"婆婆每天都想着死，想着死。婆婆想趁洪作还在这里的时候赶紧死。但是不知道能不能死成。"

"没必要死啊。"

洪作说。

"有上家外婆在，婆婆怎么会寂寞啊？"

"是啊。你上家的外婆是活菩萨，是个心地非常善良的人。世上该再也找不出第二个那样的人了。那个人肚子里生出的咲子也是个好姑娘。因为她是好姑娘才这么早就死了。咲子长得真标致啊，那么疼爱阿洪。"

阿缝婆婆说道。虽然在咲子在世的时候，阿缝婆婆总是叫她"没用的咲子"，绝不会说她的好话，但是现在咲子在阿缝婆婆的眼中，不知为什么已经变成了一位温柔善良的女性。

在元旦早上，洪作和母亲七重一起端着烩年糕和红烧菜①去了土仓。母亲用筷子尖夹起煮软的烩年糕，一次次送进阿缝婆婆嘴里。母亲七重这动作看起来非常轻柔，像是对待亲生母亲一般。阿缝婆婆也早已不再对着七重说怄人的话，每当七重把年糕送到她嘴边时，她便轻轻点头，毫不掩饰地表达她的感谢。洪作看着两人这样，心中感到难以言表的满足，想就这么一直看下去。

正月里装饰着松枝的时候②刚过，阿缝婆婆的病情便急转直下。她感冒了，还发起了高烧。母亲七重不准洪作去土仓。村里来慰问的也都是来的正屋，而不去土仓那边。据医生讲，阿缝婆婆已经年老体弱，现在又染上了白喉，所以处于一种非常危险的状态。不久阿缝婆婆被从土仓移到了正屋。与此同时，洪作和弟弟妹妹他们搬去了上家。洪作坐在上家二楼的书桌前学习。虽然他很挂念阿缝婆婆，但是因为她患了传染病，没法靠近她。上家的外婆、母亲七重以及两个附近人家的女人正尽心尽力地看护着阿缝婆婆。

从搬到上家的第二天夜里开始，洪作也发起烧来。从那晚起，他便被高烧所折磨。洪作原本并不算健壮，但在此之前从未得过像这样的病，所以那一晚高烧便让他变得憔悴不已，几乎要让人认不出来。但是他和阿缝婆婆不同，洪作只是感冒了，不用担心白喉，只要注意不要发展成肺炎就行。

---

① 原文为"煮しめ"，将鸡肉、鱼肉、蔬菜等食材，用酱油加砂糖调味的汤汁长时间烧制至入味的菜肴。

② 原文为"松の内"，一般指元月一日到七日，在此期间在门前或门口等地方要装饰着松枝。

洪作在被高烧折磨的同时，感到不断有谁的手在帮自己换冰袋。似乎是外婆，似乎是母亲七重。有时他甚至觉得是不是咲子。

洪作半清醒半迷糊地挨过了两天两晚，在第三天的傍晚终于觉得自己缓过来了。烧已经退了。外婆过来了，她一边注视着洪作的脸，一边小声地说道：

"不好了。——婆婆今天早上过世了。"

洪作吃了一惊，但身体一动也没动。他全身关节都在疼痛。

"老天爷怕阿洪伤心，才让你也发烧的。一定是这样。"

外婆说道。洪作从窗户往外望去。上家二楼的窗户和土仓不同，因为位置很高，从那里只看得见天空。令人心生寒意的灰色天空在窗外铺开，一片叶子也没有的光秃树梢将尖尖的枝丫交叉在一起。

看到洪作对阿缝婆婆的死一点反应都没有，外婆似乎觉得他这样子有些瘆人，便大声喊道：

"阿洪！"

洪作对阿缝婆婆的死没有感到悲伤，这点连他自己也不由得非常惊讶。啊啊，这样啊。他仅仅这么想了一下，之后便只想一直沉默下去。

"阿缝婆婆过世了！"

外婆又说道。洪作仍然没有作声。洪作心想，阿缝婆婆之前那样热切地说着想趁洪作还在汤岛的时候死，现在她终于如愿以偿了。外婆起身走后不久，母亲七重来了。她站着说道：

"你听说了婆婆的事情？"

"嗯。"

洪作回答。

"葬礼明天办。阿洪你就在这二楼送婆婆一程吧。"

"嗯。"

"我让棺材在这里停一停。"

"嗯。"

接着，洪作便把目光移向窗子的方向。他想让母亲快点离开。这时有人在下面叫着母亲，她便急急忙忙地下楼去了。现在正屋那边肯定有很多吊唁的人进进出出，热闹嘈杂。洪作感到不光是正屋，上家这边楼下似乎也人来人往，喧闹不断。

洪作一个人茫然恍惚地躺着，他感到自己已经完全没有了强烈的情感。没有人再上楼来。阿缝婆婆去世了。即使再去土仓二楼，也没法再看见她的身影了。阿缝婆婆已经不在这个世界了。就像曾外祖母阿品婆婆和咲子那样，阿缝婆婆的身影突然从这个世界消失了。

那接下来，终于就剩自己一个人了！洪作这么想着。虽然他也有父亲、母亲、弟弟、妹妹，但是这不是一码事，洪作觉得就剩自己一个人被留在了这世界上。

与此同时，洪作也感到了一种解放感——自己终于一个人了。这点完全出乎洪作自己的意料。阿缝婆婆已经不在了。他觉得自己可以没有任何负担地离开这个村子了，不管是去滨松，还是去哪里。

洪作第二天早上从被窝里爬起来。虽然身子有点摇摇晃晃，但并没有不舒服，头脑也很清醒。快到正午时，母亲七重来了，放下洪作送别阿缝婆婆灵柩时要穿的衣服便离开了。在送葬的队伍快要经过这里前，一个附近人家的女人帮他穿上了这身衣服。

洪作站在二楼的窗户那里。送葬的队伍带着一种非常缓慢的感觉往这边过来了。孩子们在送葬队伍周围跑来跑去，时而跑到前面，时而跟在后面。似乎受了母亲七重所托，阿缝婆婆的灵柩在上家前面稍稍停留了一会儿。四个抬着灵柩的村里青年中，有一个抬头往洪作站的窗口方向看了一眼。

洪作对着灵柩鞠了一躬。洪作想到，阿缝婆婆的身体现在就在这长方形的盒子里仰面躺着。只是在他这么想的时候，他才感到了一股强烈的感情涌上心头。但是顾虑到很多人正看着自己，洪作双拳紧攥，忍住不让眼泪流下。虽然忍住了呜咽，但眼泪还是夺眶而出，眼前的送葬队伍变得模糊起来。母亲七重和外婆她们身着黑色丧服的身影，让送葬的队列看起来异常令人伤感。

送丧队伍走过后，在二楼陪着洪作的那个附近人家的女人说：

"这下最疼爱阿洪的婆婆也走了。"

听到这句话，洪作才第一次用衣袖去擦拭泪水。他感到阿缝婆婆真的离开自己而去了。

接下来三天，洪作仿佛被人们遗忘了一般留在了上家的二楼。大家都很忙，都没有工夫管洪作。虽然他们请了附近的老太婆们每晚给死者念经，但是因为洪作远离了正屋的嘈杂，所以他对阿缝婆婆的死，有着和其他人稍稍不同的感受方式。因为这里既听不到念经的声音，也看不到烟雾缭绕的佛坛，他不由得感到阿缝婆婆的死，就像是肉体突然从地上消失不见。阿缝婆婆的死并非是这种类型——死者成了佛，还在那里受着大家膜拜——而是突然断了气，被装进一个长方形的木盒子，运到山上，埋进土里，从地上消失得干干净净，无影无踪。

因为阿缝婆婆的死，洪作他们去滨松的时间变更为二月中旬，延迟了一个月左右。

母亲七重非常忙。在阿缝婆婆的葬礼之后，还必须举行头七和三七的法事，另一方面，搬家的准备也不能停下。虽然父亲因为演习去了某处出差，没能参加葬礼，但是头七的时候还是来了。法事结束之后，他只住了一晚便马上回去了。洪作没和父亲说上像样的话。但是在送父亲到公交车站时，父亲说：

"去了滨松，以后就不怎么有机会去门野原了。你去伯父家道个别吧。"

洪作按父亲说的，过了两三天，便去门野原的伯父伯母家道别。他好久没见到石守森之进了。没干校长了之后，伯父便几乎不到汤岛来了，因此完全没有机会见面。洪作一走进石守家那旧式农家风格的屋内裸地，坐在地炉旁边的伯父便立刻往洪作这边看来，但并没有说什么欢迎之类的话，而是仍旧板着脸，说道：

"洪作你老是写错别字，最近改正了吗？"

洪作对伯父的问话感到有些意外，因为他并不觉得自己特别爱写错别字。但他还是答道：

"改正了。"

"不改正的话可考不上。你爸爸年轻时也老写错别字来着。"

伯父说道。不光自己被说，甚至连父亲也遭到了批评，洪作心中觉得这一点儿也不好玩。洪作一来到地炉旁，染着黑齿的伯母便从里屋过来了。也许真是不是一家人不进一家门吧，伯母也没说什么欢迎的话。不过她脸上带着笑说：

"阿洪，你还没忘来门野原的路，真好。"

"阿洪只要阿缝婆婆在，其他人谁不在了都行。阿洪就是这样。但现在阿缝婆婆过世了，阿洪这才终于想起了伯父家在门野原，于是今天便来了。"

伯母说着，稍稍停顿了一下，用略微正式的感觉说道：

"好啦。欢迎你来。"

这种说法是伯母独有的——先说些充满讽刺的话作为前奏，然后才在此基础上正式问候。因为伯母说话不中听，亲戚们对她的评价不太好。但是洪作反而在这样的伯母身上能体会到血亲般的真情，所以很喜欢她。伯母的脸如果只是晃眼一看，免不了让人觉得像女鬼面具般可怕。但是如果仔细看的话，就会发现：伯母的脸生得端正；目光虽然有些锐利，但是清澈明亮；能看见染黑牙齿的小嘴，外形看起来紧致分明。让人不由得觉得她年轻时也应当是位美丽的女子。

伯母去了屋后的田地里，洪作和伯父聊了起来。

"洪作将来要干什么？"

"不知道。"

"你家代代都是医生，大概得当医生吧。不过，也许你不适合当医生。"

伯父这样说道。

"不管怎样，你干自己想干的工作就行。人这一辈子，一下子就过完了。"

和伯父说话虽然有种被责骂的感觉，但到底还是能从其中感到一些温暖，这是在其他人的话语中感受不到的。他说起话来，总能让人不由得感受到人生这种东西。

洪作本来也想和自己的堂兄弟唐平一起说说话，但听说他前一天去了三岛，现在不在，实在不巧。洪作和伯父伯母聊了两个小时左右，在他们家吃了饭，便从门野原的家中告辞而去。

洪作和母亲七重一起给土仓做了次大扫除。七重把土仓柜子里乱七八糟的东西全部扯了出来，要么拿到太阳下晒，要么烧掉。在七重看来，土仓里所有的东西似乎都是些没有用的脏东西。洪作对母亲这种看法心生不悦。对于洪作来说，无论哪样东西他都多少有些留恋。这些都是在洪作和阿缝婆婆一起生活时，多多少少发挥过作用的生活用品。

"哎呀，连这东西都收着！要说脏也没得比了。来，阿洪，把这个拿到外面去！"

每当母亲这么说，洪作都会反驳：

"哪里脏了？"

当这样的对话进行了很多次后，母亲终于生气了。

"真是个怪孩子！"

母亲说道。

"因为脏我才说脏的。"

"哪里脏了？"

"不脏的话，你就拿去好好收着吧。"

"嗯，我收着。"

洪作赌着气说道。然而实际上，从土仓中清出来的东西毫不例外，尽是些没法用的脏东西。为了阿缝婆婆，洪作先是保护这一件件物品免受母亲的语言攻击，然后才到土仓旁边把它们烧掉。

收拾土仓花了整整两天时间。当土仓收拾完后，洪作在这空无一物的土仓里坐下。比起阿缝婆婆的死，坐在空荡荡的土仓里更能体会到一种巨大的寂寞。从窗户可以看到石榴树，在石榴树的对面可以看到田地。从那片田里吹来的风从北侧窗户吹到南侧窗户，穿堂而过。洪作在那里坐了一段时间，也没有感到寒冷。现在能让人回忆起和阿缝婆婆一起生活的东西已经一件也没有了。只有吹来的风儿从空空如也的房间里穿过。

终于到了洪作一家出发前往滨松的前两日，在学校朝会时，校长亲口向全校学生宣布洪作要转校的消息。因为之前几乎没人转过校，所以大家完全把洪作转校当做教师调任他处般对待。学生们虽然早已知道洪作要转校，但当这个消息再次从校长口中说出时，还是哇地激起了一阵包含着莫名感慨的骚动。当然，这既不是羡慕，也不是离别的悲哀，而像是一种叹息。这叹息因一个小小的事件而起——一个一直和我们一起生活的人即将离开我们，转学到城里的学校。与此同时，洪作也感到激动不已，浑身发紧。当朝会结束，学生们便都像约好了一般，齐刷刷地望向洪作这边。那种眼光和之前有所不同。

对于洪作而言，今天是他在汤岛小学的最后一天，他感到自己这一整天都在一种不太自在的感觉中度过。他觉得无论是在教室还是运动场，自己已经完全变成了一个异邦人。连班上那三四十个同学也尽量不靠近洪作，但他们还是一个劲儿地远远望着洪作这边。那目光中绝没有恶意。在那目光中隐约混杂着几种情绪：依依惜别的情绪；对将要离开自己的人的几分怨恨情绪；对即将转学去城里学校的人的极其轻微的羡慕情绪。

第二天，洪作没去上学。一般说来，出发前一天会有各式各样要办的事情，但是母亲七重已经亲手完成了全部准备，没有洪作要做的事情。

洪作从早上到下午三点左右都在桌前学习，估计到了幸夫他们差不多放学的时候，他便离开了书桌。洪作叫出幸夫，说自己想去熊野山给阿缝婆婆扫墓，问他愿不愿意一起去。

"好啊,走吧。"

幸夫马上收拾了一下,说道:

"今天是最后一次了,我们多带点人去吧。"

不一会,村里的孩子们便被召集了起来。酒坊家的芳卫——这个平时已经不和任何人玩耍的孩子——或许想到了这是最后一次陪洪作,也将两手揣在怀里,慢吞吞地挪动着他的小身板来了。还有佐渡屋的龟男,虽然平时忙着帮家里干活,极少参加孩子们的玩耍,但这天他也来了,并且在现身的同时还像大人般说道:

"去给背家的婆婆扫墓吗?这是好事情。婆婆以前可疼阿洪了。"

低年级学生也来了十几个,因为能见到平时不怎么和自己玩的高年级学生们,他们像开运动会一样,非常热闹欢腾地跑来跑去。这群孩子们从旧道走上了新道。因为中间还加入了几个宿村的孩子,所以去熊野山的这群孩子变成了超过二十人的大部队。

洪作和幸夫、龟男、芳卫等高年级的伙伴们走在一起,沿着陡峭而狭窄的坡道往上爬去。低年级学生们吵吵嚷嚷地喧闹着,蹦着,跳着往上前进。万事细心的龟男不知从哪搞来了一个装着水的一升瓶[①]和一束线香,让低年级学生交替拿着。接受了这个任务的低年级学生便一脸老实听话的神情,跟在高年级学生后面走。

这天风很大,一直吹得山坡呼呼作响。一到墓地,阿缝

[①] 用来装日本酒的大玻璃瓶,因容量可达一升多而得名。

婆婆的墓一下子便被认了出来。木香未消的新棺材盖板还带着各种装饰，稍稍倾斜地放在坟头之上。

洪作站在墓前鞠躬行礼。虽然有很多伙伴在看，但他一点都不觉得害羞。洪作退下后，按照幸夫、龟男的顺序，每个人都走到墓前鞠躬行礼。所有人都约好了似的，一脸老老实实的表情。龟男给线香点上火，供在墓前，然后把水倒在临时安放的小小墓碑之上。

"哇！钻出来了！"

低年级一个学生叫道。混杂在队伍中唯一一个女孩子啊地尖叫起来。这仿佛是个信号，低年级的孩子们喧闹了起来，气氛一下变成得和扫墓迥然不同起来。但是洪作一点儿也没有感到不高兴。过了一会儿，一个二年级学生前来报告，说是在某处发现了蜂巢。

"真的吗？"

幸夫一迈步，大家便都往那个方向跑去。

第八章

那天晚上，对于洪作来说是在汤岛的最后一夜。他接受了幸夫、芳卫、龟男三人一同去河谷的公共浴场的邀请。来请他的是芳卫，洪作当即连声答应了。

芳卫大概从一年前开始便不和村里任何人玩耍了，所以他来请洪作这件事本身就非常难得。洪作在这样的芳卫身上，到底还是感受到了他作为自己为数不多的亲密伙伴的友情。

"真稀奇啊。是不是要下雨了？酒坊的芳卫居然露面了。"

母亲七重说道。芳卫从一年级起，便多少显露出只是自己玩，不和伙伴们在一起的端倪，差不多从四年级的后半部分开始，这种倾向变得更强，他便不和任何人玩，也不怎么出门了。村里的孩子们到了冬天，有时会把酒坊的酒仓前面作为玩耍的地点，因为那里阳光很好。孩子们有时会进入宽阔的酒仓里面，有时会在酒仓前的空地上放置的造酒用的大木桶周围跑来跑去。酒仓里面有着难以言表的魅力。一踏进酒仓，便会不自觉地感受到那里特有的阴冷而带着酒味的独特空气。孩子们一边全身沉浸在这样的空气中，一边在建筑物内部探险。广阔的建筑里面，充满了各种适合探险的事物，比如：草席卷、各种大大小小的酒桶、大酒勺、计量器、温度计、小桌台、工作服，甚至连用来压什么的镇石也有。这些石头和河滩上那些随处可见的石头并没有任何不同，但只因为它们在酒仓里，孩子们便觉得这些石头仿佛是有着什么重大意义的东西。

摆在酒仓前的空地上的大木桶里面开放、明亮、宽敞，着实算是奇特的物件。虽然大人们不准孩子们钻进酒桶，但在他们没看到的时候，孩子们还是脱下草鞋钻了进去。只要一进入其中，孩子们便无一例外地呈现出一本正经的表情，仿佛自己变得与众不同起来。而且，他们尽量想让自己在酒桶中待得更久一点，便把后面想要进来的伙伴们往外推。因此，酒桶中时常打起架来。有时支着酒桶使其固定的木头被撞掉，酒桶便滚了起来。

虽然芳卫家常常就这样被孩子们当作玩耍的地方，但芳卫也只是从房子旁边看着小伙伴们玩耍，自己并不加入其中。在学校时，芳卫也总是一个人待在角落，即使教室里老师叫到他，他也从来没利索地回答过。无论是学校的老师们，还是村里的大人们，都用特别的眼光看着芳卫。人们各式各样的说法都有，比如：

——酒坊的芳卫不太机灵，这可不好办啊。

或者，

——这样的话，酒坊就后继无人了吧。酒得酿坏了。

等等。佐渡屋的龟男这一两年也不和伙伴们玩耍了。但是他的情况是因为自己个头大，有力气，已经能独当一面地干活了,所以他一从学校回去便得帮着干家里的活儿,或是干山里的活儿,或是去种山葵的水田①里干活。龟男自己好像也擅长做这些事情,星期天什么的,常常可以看到龟男穿着干活的衣服,夹在大人们中间进山去的身影。

吃完晚饭,洪作来到幸夫家门前,芳卫、龟男他们已经到了,他们把布手巾塞进腰间,站在街道上,看起来有些冷。不一会儿,幸夫从家里出来了,四人便一同走了起来。

当他们穿过宿村,沿着通向河谷的坡道往下走时,芳卫说道:

"今后见不着阿洪了。可别忘了汤岛,偶尔还是要回来啊。是吧?"

因为芳卫不怎么能够向别人说出这么完整的话,所以洪作吓了一跳。并且,他的说话的方式完全就和大人一样。

"要回来的。不管是新年还是暑假,我都回来玩。"

洪作也多少有些郑重其事地回答。龟男也和洪作说了些平时听不到的话。他说:

"你下次回来时,应该已经是中学生了吧。可能见了我们也不会和我们说话了。"

"怎么会?"

洪作说道。龟男又接着说:

"人啊,往往就是这样的。阿洪,你以后要和我们说话啊。是吧?"

---

① 原文为"山葵沢",伊豆地区将山葵(芥末的原料)种植在浸着浅浅流水的阶梯状田地里。

龟男虽然长得牛高马大，但此时却变得有些感伤。幸夫也说了些带着大人味儿的话，但到底还是乐观开朗并且充满活力，符合他的风格。

"阿洪，像这种山里面的地方，你还是别回来了。我过个两三年也要离开这儿。在这里最多干到村长。我要去城里开杂货店，把生意做起来，请他五六个小工。"

幸夫这么说道。四个人到了公共浴场，坐在浴池边缘的板框上，久久地随意聊着。龟男说要当木匠，他说没有比木匠更好的行当了。酒坊的芳卫说自己还是要继承家业，做造酒的生意。他用他那小声含糊、独具风格的声音说道：把酒坊的规模开小点，造酒会是门不错的生意，像现在这般开得大，光是花人手，根本挣不到钱。想来村里的大人们要是听到芳卫这么说，肯定会一个不剩地全都惊掉大牙。

在洪作不经意之间，芳卫和龟男都正在往成人转变。幸夫还留有孩子气的地方。虽然他扬言要去城里开杂货店什么的，但是当低年级学生来浴池时，他还是用热水给别人从头浇去，惹得在旁边泡澡的大人们一阵怒喝。只有幸夫还不区分男浴池和女浴池。当男浴池人多起来了，他便提议大家到女浴池去。但是除了他之外的另外三人，总是不自觉地反对这么做。

"那边有女人的味道，不想去。"

龟男是这么说的。

"你呀，还是个孩子。"

芳卫用一种沉默而复杂的表情说道，话中透着懂事的味

447

道。当男浴池挤得太厉害时，幸夫便一个人钻进了女浴池。于是那边马上传来某家女人的惊叫声：

"哪家的小孩？这小子。——挺大个儿了还往女浴池这边钻。"

"不行吗？"

幸夫抗议道。

"行什么行？快点，到那边去。真拿这孩子没办法。"

"我泡一会儿就走。别那么小气。"

"小气？傻瓜。你明明就是个小孩，就这么想要媳妇儿了？"

"哪想要什么媳妇儿了？"

"你脸上不就写着想要吗？色鬼！"

接着，那边便传来了几个女人用粗俗的话语挖苦幸夫的声音。或许幸夫到底还是抵挡不住这种攻击，他又回到了男浴池这边。这次男浴池这边也传出了抗议的声音。发话的是大泷村的一位老人。

"你们从刚才开始，身体也不冲洗，就在这浴池里进进出出。识相点快出去。你们在这儿太碍事了。"

听到老人这么说，四人便离开了浴池。

从公共浴场的建筑出来后，便看见一轮寒月挂在天上。四人各自拎着打湿的手巾，沿着能听见浅滩水声的坡道往上走。洪作心想，自己大概永远忘不了今晚的事情。他不禁觉得，无论是和三个朋友去公共浴场，还是回家时披着月光在坡道上行走，还有边走边聆听浅滩流水，朋友们用各自的腔调聊起的内容，它们大概永远都不会从自己的记忆中消失。洪作想，自己到了滨松以后也要始终给朋友们写信，绝不怠慢。

在上家门前，洪作和三个朋友道了别。然后他往上家里面看了看，只见外公和外婆弓着背在小火炉旁互相说着什么。洪作一进屋，外婆便问道：

"澡泡得舒服吗？"

说着她给洪作拿了坐垫来，铺在火炉边，说道：

"来，就在这儿喝点茶吧。"

听起来完全是在招呼客人。这是洪作第一次在上家享受到这般待遇。

"阿缝婆婆走了，你一个人难受吗？"

"没有。"

洪作说道。

"你是婆婆隔代宠大的，总有些不够坚强的地方。接下来去了滨松，可能不太好过。那时可别说什么想回汤岛。"

"怎么可能说那样的话？"

洪作说道。

"不，我看你会说。你可没什么忍耐劲儿。"

外公像往常一样板着脸说道。洪作总是觉得外公一点儿也不认可自己，今晚也不例外。然而和往常不同的是，对外公今晚说的话，洪作并没有感到平日里那般不满。洪作对门野原的伯父石守森之进抱有一种近乎尊敬的情感，对外公却没有，但取而代之的是，他在外公身上还是感受到了一种在

449

他身上独有的，可称为血亲间的爱的东西。外公平时只会用责骂的语调说话，但这就是他与生俱来的唯一说话方式。

"外公，你还活得久呢。"

洪作说道。本来他想说的是让外公注意身体活得久一点，但话一出口却变得有点异样。

"那么，这么说吧。"

外公说道，

"我倒是打算至少活到你从中学毕业，升入更高一级的学校的时候。"

"不喝酒的话能活到那时候。"

"我才不想人活着没酒喝呢。不能喝酒的话，外公第二天就得死。"

外公笑着说道。洪作心想，真是好久没见着外公笑了。他一般情况都不会笑。他总是板着脸，用手巾一个劲儿地擦着喝酒喝红的脸，仿佛这世上没有一件值得去笑的有意思的事情。然而现在外公却像是发现了什么有趣的事情一般笑了起来，笑得非常开心。看到外公笑了起来，洪作就此起身离开。外公和外婆比平日更老的身影，映在了从上家离开的洪作眼里。

回到家一看，虽已入夜，七重仍在擦拭着家里的地板。明天他们离开这所房子后，之前住这儿的医生一家便要搬回来，七重似乎想把屋子打扫干净后再交接给那家人。打包好了的行李、信玄袋，还有各种大大小小的包之类的东西，已经在进门的位置堆成了小山。按照安排，是由上家负责将这些寄往滨松的东西打包。虽然把所有的事都拜托给上家也没什么不妥，但七重只给他们留下了捆绳子的工作，其余的全部由自己亲手做完。母亲的这种做法，洪作是第一次体验到。和阿缝婆婆性格完全不同的母亲，在洪作看来风姿凛凛，但同时又多多少少有些死板和神经质。

第二天，母亲比平日更早地叫醒了洪作。此时屋外仍旧微暗。洪作下到一楼，便发现上家的外婆已经来帮忙了。出发是坐十一点的公交车，所以只剩下五六个小时了。

洪作在河里洗了脸，立刻上河对面的田里去了。田间道路冻得硬邦邦的，走在上面，时常传来水洼表面结的冰在草鞋下破碎的声音。虽然出了太阳，但是空气寒冷，口中呼出的气息泛着白色。远方的富士山盖着洁白的雪顶，看起来小小的。几年来几乎天天都这么看着的富士山，从明天开始就看不到了。一想到这个，就连洪作也多少有些感慨。

洪作从田地里走到了酒坊背面，又从那里穿出，踏上通往长野村的街道，他沿着街道往平渊方向走去。从去年夏天开始，他便一次也没在这条路上走过。走了两町左右，对面来了一位老人，他穿着干农活的衣服。他看见洪作后停下脚步，说道：

"你们是今天走吧？"

洪作只知道这位老人是长野村的，但至于他是哪家的，叫什么名字，完全一无所知。这是一位一年之中能在某处偶遇一两次的老人。

451

"嗯。"

洪作回答道。

"你没了阿缝婆婆，想来很失落吧。但我听说你要去城里的学校，这再好不过了。帮我代问你爸爸妈妈好。"

面容质朴的老人说道。

"嗯。"

洪作应声答道。当大人郑重其事地和他说话时，洪作并不知道该怎么回答才好。老人注视着洪作，说道：

"下次你再回来，不知道是多少年后了。多半我已经不在了。娃娃，我们接下来就见不着了。好好学习，将来做个有出息的人吧。"

说完，老人就这么走开了。洪作小的时候，经常被村里人叫做"娃娃"，但最近没人这么叫了。老人说接下来就见不着了，如此一想，洪作也觉得自己大概再也见不到这位老人了。一想到这个，他便非常懊悔——这位老人特意和自己道别，自己却没能回句像样的礼。

洪作想给老人说句话，便中途掉过头来，往老人那边追去。老人一步步地走得很慢，洪作立刻便追上了他。

"老爷爷！"

洪作叫道。老人停下脚步，以一种艰难而缓慢的动作回过头来，看着洪作的脸，说道：

"什么事，娃娃？"

"老爷爷你也要保重身体啊。"

洪作说道。于是老人眯起眼睛，仿佛由衷地感到高兴，他说：

"娃娃说话真关心人啊。就按你说的，爷爷也要注意身体，争取长命百岁。"

说完，洪作从老人旁边擦身而过，往家的方向跑去。洪作在此之前，从未像刚才和老人说话那样从口中说出礼节性的话语。这样的话语，自己以前无论怎么努力也说不出口。但今天早上，却对着那位老人说了出来，并且心中并不是那么害羞。洪作非常高兴能用自己的一句话使那位老人真心地喜悦起来。洪作觉得这感觉实在太美妙了。他心想，要是自己也能对阿缝婆婆说上那样的话，哪怕只说一次，该有多好啊。他想，自己虽然对阿缝婆婆充满了感激之情，但到底一次也没有让她像刚才那位老人一样，因为自己的话语而高兴过。洪作回到家，母亲便问道：

"阿洪，你去哪儿了？"

"我去那边转了转。"

洪作刚一回答，母亲便一脸愤怒地说道：

"像今天这样忙的日子，你就不要随意地到处玩来玩去了。"

洪作虽然想反驳自己并没有到处玩来玩去，但是看到附近人家的女人们正在家中帮忙，便没有和母亲顶嘴。实际上，家中正是一片热闹嘈杂的景象。附近的人们一个接一个地来到家里，七重一个人忙得不可开交。家里到处都有人走来走去，洪作就这样吃完了这顿不安稳的早饭。

到了十点，附近的人们聚集到了家门口。虽然大家只需

453

要把七重一家送到公交车站,但是从一个甚至一个半小时前开始,人们便开始聚集。上家的外婆说:得给这些人上些茶水。七重却说不需要上什么茶水。

"这马上要出发了,家里忙作一团,没人会拿不给上茶水来说闲话。"

七重说道,但外婆并不苟同,她说:

"话虽如此,但是你啊,别人可是特意这么早早地就过来了。"

洪作虽然什么也没说,但他心里是站在外婆这边的。孩子们也聚集了过来。因为是星期天,送别洪作对于孩子们来说,是这一天的大事。因此孩子们像过节或什么的一般,兴高采烈地欢叫着跑来跑去。一看到洪作露出脸来,低年级的几个孩子便期盼已久般地欢呼着跑了过来,问道:

"阿洪,还不出发吗?"

他们看起来好像是在等待什么值得高兴的事情来临。洪作也看到了幸夫的身影,他和这些低年级孩子不同,在远处守望着洪作似的,站在路的对面。

快到十一点时,七重和洪作兄妹他们离开了房子,向公所旁的公交车站去了。附近的女人们帮忙拿着行李。从这时开始,对于送别的人们而言,洪作成了人气最高的人物。许多人"阿洪,阿洪"地叫他。其中也有人不叫"阿洪",而是特意郑重其事地叫他"洪作同学"。

"洪作同学,请千万要保重啊。"

也有人这样说道。当一群人到了公交车站时,御料局所长家的晶子也来了。也许她是跑着来的,她的脸上泛着红潮,气喘吁吁。

"这个东西就作为饯别的礼物给你。"

说着她递来一个小纸包,然后说道:

"是把小刀。"

母亲七重向晶子道了谢。这时晶子的母亲也来了。洪作已经好长时间没和晶子说过话了。这倒不是因为吵了架,或是有意不说话,而是因为两人不知什么时候已经到了男孩女孩不能随心所欲交谈的年龄。但是这天上午是例外。晶子待在洪作身边,说道:

"进了中学给我写信吧。我多半也要去东京读女子学校。"

洪作不由得觉得此时的晶子光彩照人。他和晶子间有着各种感情上的纠葛,有时觉得对方体贴善良,有时又觉得对方心怀恶意。但是现在看起来,晶子就是一个淳朴的少女,淳朴到让人觉得之前发生的那些事情实在是不可思议。虽然他们年龄只差一岁,但是洪作觉得她像是一位比自己大得多的少女。

晶子一个劲儿地说着升学考试的事情,口头禅式地说道:

"你也好好学习哦,不能输给城里的孩子。好好地,好好地学。"

洪作沉默着点着头。芳卫、龟男,还有其他低年级学生都围在洪作身旁,但只有幸夫没有靠近过来,他一个人站在大人们的身后,时不时地对着洪作这边露出笑脸。

公交车来了，是辆空车。驾驶员和女售票员都是村里人，来送别的人们在叫他们时都是叫的名字，有的甚至毫不客套地直呼其名。一个女人在把行李搬上公交车的同时，顺便坐在座位上，说道：

"啊啊，真舒服啊。"

大家在笑她的时候，她还来了劲儿，从窗户探出脑袋，向大家挥手。

当先前进到候车室休息间的驾驶员和售票员出来时，在场的人们都紧张了起来——发车的时候终于到了。公交车的乘客除了洪作他们外，还有另外几个人，大家都在车门那里谦让着上车的顺序，打算让七重他们先上。只有洪作在所有人都上去之后，才一个人迟迟地上了车。因为佐渡屋龟男的母亲拿来了一件包在报纸里的东西给洪作，洪作必须把它收进布包裹里面。

公交车要发车时，孩子们都往车门这边挤了过来，洪作没有坐在座位上，而是站在车门附近。洪作把脸朝向孩子们那边。有个外号叫"凹凸脑袋"的二年级学生——他的头型的确凹凸不平——毕恭毕敬地鞠着躬，是那种最高规格的，格外恭敬的鞠躬。他那鞠躬低下的头一直没有抬起来。

公交车开动了。洪作一直等着那凹凸不平的脑袋抬起来，注意力全在于此，以至于幸夫、芳卫，还有晶子，他都没来得及看。因此当公交车驶过簣子桥，洪作感到后悔伤心。公交车和马车不同，送别的人们、村里房子的屋顶，还有熊野山，它们全都一瞬间就变小了，随后很快地消失在洪作的视野里。

公交车眨眼间驶出了市山村。四个市山村的同班少年站在裁缝铺前。他们明显是打算在这里送别洪作,当公交车开过去时,少年们拼命地挥着手。洪作也把脸探出车窗,虽然只是很短的一段时间,他还是用挥手回应着对方。

在市山村的村头有个公交站,公交车在那里停住了。这里也有两个同班的女生来送别洪作。两个女孩只是微微笑着没有说话。洪作也用同样的方式回应着她们,他也对着她们露出微微的笑容,之后便把目光转向相反方向的车窗了。

汽车穿过市山村,驶过嵯峨泽桥,来到了门野原村。石守家的伯父、伯母以及堂兄弟唐平三人正站在路边。这时,母亲七重从座位上站起身来,从车窗那里向三人鞠躬行礼。洪作也和母亲一样行了礼,但石守森之进和伯母都没有回礼。他们两人都同样板着脸等着公交车开来,随着公交车从他们面前驶过,他们转过头来,目送着公交离去,然后一直站在那里,脑袋一动也不动。洪作突然感到一阵感动,无论如何也无法阻止泪水涌出自己的眼眶。从汤岛出发时,虽然有那么多的人相送,但他并没有感到多么悲伤,可不知为什么,当看到板着脸的伯父伯母送别自己时,悲伤反而猛然涌起。

洪作不想让母亲和其他乘客看到自己流泪,便离开座位坐到公交车最后面的位子去了。从门野原到月濑,自己看过无数遍的风景一个接一个地向身后飞去。当洪作将目光从近处的风景移向远方时,他远远地望见了天城山的一部分——

它呈现出和在汤岛看到时不同的形状。当洪作想到在未来的一段时间里连天城山也看不到了，心中便想就这么一直盯着那山看。

接下来，公交车在到达大仁前，每次停靠各地的公交站，就会像聚拢人手一般，接上两三个乘客继续前行。有的人只坐一站便立刻下了车。来乘车的乘客中有几个人认识七重，他们都郑重其事地和她打招呼。

"没想到阿缝婆婆也走了。"

这些人中有个五十岁左右的女人，她先是这样慰唁道，然后又说：

"不过，你们也算因此消了灾。想来那个人把你们搞得非常够呛吧。"

这时，母亲这样说道：

"我觉得：人啊，都是在要死的时候会变好。阿缝婆婆这两三年完全变得心地善良起来，过世的时候，村里人都为她感到惋惜。连我也觉得真是失去了一个值得依赖的人。"

"哦，她变成了这么心地善良的人啦？"

那女人表情惊讶地说道，看起来似乎有些扫兴。洪作不禁为母亲替阿缝婆婆说话的举动感到高兴。因为他根本没料到这样的话会从母亲口中说出，所以非常开心。他不由得感到母亲七重的脸变得格外光彩照人，而平时是没有这种感觉的。

公交车开进了大仁村，洪作做好了帮母亲把行李全部卸下的准备。

"用不着,别那么慌里慌张的。"

母亲说。洪作还是很讨厌这样说话的母亲。他们在公交车的终点大仁站下了车,据说离轻便铁道发车还有一小时。洪作在车站候车室里挨着母亲坐下。

"我的牙有点疼。"

洪作说道。他的一颗臼齿正在生疼,虽然非常轻微。

"这次去了滨松,先把你的牙治了。你的牙现在都烂了吧。其实你的牙原本底子好得很,一颗虫牙也不该长的。"

母亲说道。或许她想说,都是阿缝婆婆给你带成这样的,但她没有这么说。

"这是因为我从小尽吃甜的东西。"

洪作说道。

"是吧。"

母亲说道。

"也不刷牙,每天早上都吃糖。"

"是吧。"

母亲点着头,似乎在说的确如此。但这个时候,她也还是没从口中说出阿缝婆婆的名字。

洪作想趁着小火车还没开,去大仁店铺林立的大街上走一圈。虽然洪作和大仁村并没有那么深的缘分,但从小时候起,一听到大仁这个地名,便总觉得那个地方光彩夺目,仿佛是一个大都市。那里有轻便铁道出发和到达的车站,有电影院。并且因为连车站都有,店铺的数量比起汤岛的宿村来,多少也更胜一筹。洪作在去过三岛和沼津等城市后,对大仁并没有抱有那么特殊的感情，但直到大约二三年级的时候，一说到大仁，洪作还是会联想到繁华的都市。

洪作走出车站候车室，横穿过小小的广场，穿过房子与房子间的窄巷，来到了店铺林立的大街。风儿吹过，道路上扬起沙尘。一支打着电影广告的乐队穿过扬尘，一路播散着热闹的乐队演奏声走了过来。大鼓、小鼓，还有单簧管，乐器有三种，乐师也是三人。在三位乐师前面，慢吞吞地走着两位扛着大大的长条旗的老人。

洪作站在路边，看着乐队通过。在乐队后面，跟着几个小孩。即便在洪作看来，这一行五人的乐队也绝对算不上光鲜华丽。他感到其中隐约透着落寞。洪作也是第一次把这种感觉理解为落寞。落寞，落寞……洪作心头一直萦绕着这种感觉。之所以会这样，既是因为落寞是离别故乡这天的感伤心情，但另一方面，也是因为洪作已经到了这样一个能感知落寞的年纪——落寞的音乐，到底还是只能理解为落寞的音乐。

译后记

最初关注井上靖,倒不是因为读了他的作品,而是因为一部拍摄于上世纪 80 年代末期的电影《敦煌》。这部中日合拍的作品即使放在现在看,也是一部鸿篇巨制。当看到日本演员身着考据充分的华夏服饰,在中国西北的浩瀚沙海中气势恢宏地演绎着宋夏之争背景下有关爱情与文明的凄美故事时,心中不由得对原作作者井上靖感到由衷的钦佩——一个日本人,竟然能将古代中国的故事演绎得如此精彩动人。

当然,在小说的创作上,井上靖并非和其后辈司马辽太郎一样是一位纯正的历史小说家。井上靖的小说选题广泛、内涵丰富,题材既包括历史和当代,也横跨日本与中国。此次有幸翻译的《雪虫》,便是井上靖自传体类小说中极其重要的一篇,是他在知天命的年龄阶段创作的,描写个人成长经历的"教养小说(Bildungsroman,也译作'成长小说'等)"系列三部曲——描写小学时代的《雪虫》、中学时代的《夏草冬涛》、浪人时代的《北之海》——的开篇之作。在这部作品中,井上靖依托自己小学时代因父母在外地,由曾外祖父的偏房在伊豆半岛的乡下抚养成长的经历,描写了洪作小朋友从小学低年级到毕业前的生活。

井上靖以这位生长在伊豆山村的小朋友的眼睛及大脑，观察和体会着单纯的乡村生活、新奇的城镇风物、复杂的家庭关系、纯真的亲情友情以及懵懂的青春情感，时而充满童趣，时而明晰痛彻，生动地塑造了包括洪作自己在内的一系列性格鲜明的人物形象，如：抚养并无比疼爱洪作，性子激烈的阿缝婆婆；温柔善良，相当于洪作姐姐的姨妈咲子；果敢泼辣，看似专横强势但内心爱着洪作的母亲七重；外表冷漠但对洪作关爱有加的伯父石守森之进；出身富庶、行为乖戾但魅力非凡的同年远亲兰子；真挚果敢的小伙伴，孩子王幸夫；等等。

井上靖在小说中还展现了大正年间日本乡村及城镇生活的独特风情，让我们身临其境地体验到了一个大正乡村版的日本童年。以那个新旧事物进一步逐渐交替的年代为背景，小说中出现的事物常常给人一种时光错乱的感觉。比如在描写汤岛的部分，除了小学等稍具近代特色的地方外，人们身着传统的衣物，住着传统的房屋，有人还染着黑齿，人们乘着马车外出，点着煤油灯过夜，上山砍柴下地干活，看着跑马和神乐，过着新年的爆竹节，提防着小孩子的神隐，等等。一切仿佛都模糊了时代背景，呈现出一幅传统日本的宁静的旧画卷。但在其他部分，我们又能读到在铁桥上呼啸而行的火车、城镇里的电影院、弹珠汽水、轻便铁道、薄荷烟斗、果冻、驻扎在城里的师团等充满近代感的玩意儿。也许这些新旧事物交替间产生的违和感，正是那个年代的魅力所在。

不过，这本小说最引人入胜的部分还是洪作小朋友的心灵成长以及小说中无处不在地流露出的真挚情感——不论是友情、亲情，还是萌芽的思春之情。洪作从一个依赖阿缝婆婆、整日和小伙伴们愉快玩耍的小学低年级学生，在经历了一系列成长事件及与亲人及伙伴的分别——特别是咲子的死和阿缝婆婆的死——和相逢之后，逐渐成长为一个略带青春忧郁、懂得了世间情感的小学毕业生。

在翻译的过程中，译者特别为阿缝婆婆与洪作之间的虽无血缘关系，但胜过一切的真切情感所打动。从洪作口中呼喊着婆婆，从伯父所在的村子逃回汤岛，到他毫不犹豫地在母亲和阿缝婆婆之间选择和后者一起生活，再到洪作目睹急剧衰老的阿缝婆婆弯着腰来学校给他送衣服，这些情节以及其他一系列发生在阿缝婆婆与洪作之间有时妙趣横生、有时又温馨感人的事情，让人深深地为这对"祖孙"的真情所打动。在小说后篇的最后一章，当阿缝婆婆已经去世，即将离开汤岛的洪作鼓起勇气向一位问候并祝福他的陌生老人说出"老爷爷你也要保重身体啊"这句关切的话语后，他想到："要是自己也能对阿缝婆婆说上那样的话，哪怕只说一次，该有多好啊。"洪作终于在一位陌生老人身上，释放了对阿缝婆婆多年养育之恩的深深感激及愧疚之情，也让我们实在地感受到了主人公的成长。

《雪虫》这部作品文字浅显易懂，情节娓娓道来，内容积极健康，在日本常被指定为小学里的课题读物。这次承蒙重庆出版集团的委托由译者完成了本作品的翻译，得到了用自己的文笔将大师名作介绍给广大中国读者的机会，实在荣幸万分。在本作长达八个月的翻译及校对期间，译者感觉整体过程比较顺利，一边翻译一边深深融入情节之中，见证着洪作小朋友的成长。然而，基于不同的语言的特性，到底还是存在某些"译不出来"的地方，虽然译者抓耳挠腮，反复推敲，八方请教，就文章中的相关事物进行了较为详细的调查检索，但到底还是有不准确或使原文韵味缺失的地方，还望各位读者包涵。

在本次翻译中，特别感谢重庆出版集团的魏雯女士提供的翻译机会与理解支持，感谢成都理工大学外国语学院张仕鹏书记及日语系胡君平主任考虑到我特殊情况给予的特别关照，感谢外教笹沼美奈老师提供的宝贵意见和远在韩国的杉宜秀老师提供的在线帮助。同时也感谢我优秀的妻子和翻译期间降临人世的儿子，以及在此期间为我们操心劳累的父母。有了你们的支持，我才能顺利完成翻译。

本次重庆出版集团将集中出版包括本作在内的井上靖自传体类小说三部曲（另有前述《夏草冬涛》《北之海》），读者朋友们可以一路见证洪作从儿童到青年阶段的成长经历，体会"教养小说"的独特魅力。在此，衷心希望大家能通过本人的译作，喜欢上文中那个多愁善感而又老实憨厚的洪作小朋友。

杨中

2021 年 6 月 16 日

附录　井上靖年谱

1907年（明治四十年）
5月6日，出生于北海道上川郡旭川町，父亲井上隼雄，母亲八重，井上靖为二人的长子。
祖父井上洁。井上家是伊豆汤岛的医生世家。母亲八重是家中的长女。父亲隼雄为井上家赘婿。

1908年（明治四十一年）　1岁
父亲井上隼雄出征前往朝鲜，井上靖同母亲搬至伊豆汤岛。

1909年（明治四十二年）　2岁
因父亲调动工作，迁居至静冈市。

1910年（明治四十三年）　3岁
9月，妹妹出生，和母亲一起搬至汤岛。

1912年（明治四十五年） 5岁
父母离开汤岛,将井上靖交由其户籍上的祖母加乃抚养。加乃是已故的祖父井上洁的小妾,此时已入籍井上家,在法律上是井上靖的祖母,平时独居于仓库中。井上靖与加乃的感情十分深厚。

1914年（大正三年） 7岁
4月,入读汤岛寻常高等小学。

1915年（大正四年） 8岁
9月,曾祖母阿弘去世。

1920年（大正九年） 13岁
1月,祖母加乃去世。2月,来到父亲的任地滨松,和父母一起生活。转学至滨松寻常高等小学。4月,入读滨松师范附属小学高等科。

1921年（大正十年） 14岁
4月,以第一名的成绩考入静冈县立滨松中学,担任班长。同年,父亲前往中国东北工作。

1922年（大正十一年） 15岁
3月,因为父亲被内定为台湾卫戍医院院长,所以寄居于三岛町的姨妈家中。4月,转学至静冈县立沼津中学。

1924年（大正十三年） 17岁
4月,因家人全都去了台湾的父亲身边,所以被托付给三岛的亲戚照顾。夏天,旅行去台北看望父母亲。此时,受老师和友人的影响,开始对诗歌、小说等产生兴趣。

1925年（大正十四年） 18岁
学校发生了学生闹事事件,被认为是带头闹事者之一,被强制搬入了附近的农家,处于老师的监视之下。

1926年（大正十五年·昭和元年） 19岁
2月,在沼津中学《学友会会报》上发表短歌《湿衣》九首。3月,从沼津中学毕业。前往台北的家人身边,但因父亲调任,又搬家至金泽,为高中入学考试做准备。

1927年（昭和二年） 20岁
4月,入读金泽第四高中理科甲类。加入柔道部。同年,征兵检查甲种合格。

1928年（昭和三年） 21岁
5月,应召加入静冈第三四联队,但因为在柔道活动中肋骨骨折,退伍回家。7月,参加在京都举行的柔道高中校际比赛,进入半决赛。8月,拜访住在京都的远亲足立文太郎,初见其长女足立文。从这一时期开始创作诗歌。

1929年（昭和四年） 22岁
2月,在诗歌杂志《日本海诗人》上发表《冬天来临之日》。此后,到1930年年底为止,一直在该杂志上发表诗歌。4月,担任柔道部的队长,但不久便退出了柔道部。5月,加入由福田正夫主办的诗歌杂志《焰》,到1933年5月左右为止,一直在该杂志上发表诗歌。同时还活跃于《高冈新报》、《宣言》(内野健儿主办的无产阶级诗歌杂志)、《北冠》等刊物上。

1930年（昭和五年） 23岁
3月,从四高毕业。4月,入读九州帝国大学法文学部英文科,搬至福冈,但是不久就对大学生活失去了兴趣,前往东京,醉心于文学。从9月开始,放弃使用笔名井上泰,改为自己的本名。10月,从九州帝国大学退学。12月,在弘前,与白户郁之助等人一起创刊同人杂志《文学abc》。

1931年（昭和六年） 24岁
3月,父亲在军医监(少将)的职位上退休,在金泽住了一段时间之后,退隐于伊豆汤岛。

1932年（昭和七年） 25岁
1月,杂志《新青年》上征集平林初之辅的未完遗作——侦探小说《谜一般的女人》的续集,以冬木荒之介的笔名参加征集并入选。此后,不断参加《侦探趣味》《SUNDAY每日》等主办的有奖小说征集活动并入选。2月,应召入伍,半个月后退伍。4月,入读京都帝国大学文学部哲学科,但是基本不去听课。从同年夏天开始,诗风发生改变,从分行诗转向散文诗。

1933年（昭和八年） 26岁
9月,以泽木信乃为笔名,小说《三原山晴夫》参加《SUNDAY每日》的"大众文艺"征集活动,被选为优秀作品。11月,《三原山晴夫》被大阪的剧团"享乐列车"改编成剧目并上演。

1934年（昭和九年） 27岁
3月，以泽木信乃为笔名，参与《SUNDAY每日》的"大众文艺"征集活动，小说《初恋物语》当选。4月，以大学在读的身份加入新成立的电影社脚本部，往返于京都和东京之间。

1935年（昭和十年） 28岁
6月，在《新剧坛》创刊号上发表首部戏曲创作《明治之月》。8月，与友人创刊诗歌杂志《圣餐》。10月，以本名参加《SUNDAY每日》的"大众文艺"征集活动，侦探小说《红庄的恶魔们》当选。《明治之月》在新桥舞剧场上演。11月，与足立文结婚。

1936年（昭和十一年） 29岁
3月，从京都帝国大学文学部哲学科毕业。7月，参加《SUNDAY每日》的"长篇大众文艺"征集活动，《流转》当选为历史小说第一名，并获第一届千叶龟雄奖。以此获奖为契机，8月就职于每日新闻大阪总部。在《SUNDAY每日》编辑部工作。10月，长女几世出生。

1937年（昭和十二年） 30岁
6月，成为学艺部直属职员。9月，应召为中日战争候补人员。《流转》被松竹公司拍成电影。被编入名古屋第三师团派往中国北部，11月，患上脚气病，被送进野战预备医院。

1938年（昭和十三年） 31岁
3月，因病提前退伍。4月，回到每日新闻大阪总部学艺部工作。负责宗教栏目。10月，次女加代出生，但不久就夭折了。

1939年（昭和十四年） 32岁
除宗教栏目外，开始同时负责美术栏目。专注于对佛典、佛教美术等相关内容的取材。

1940年（昭和十五年） 33岁
与安西东卫、竹中郁、小野十三郎、伊东静雄、杉山平一等诗人交往。9月，因职务调整，转至文化部工作。12月，长子修一出生。

1942年（昭和十七年）35岁
在出版社工作的同时，还在京都帝国大学研究生院进行研究活动。

1943年（昭和十八年） 36岁
1月，《大阪每日新闻》与《东京日日新闻》合并，成立《每日新闻》。4月，与浦上五六合著的《现代先觉者传》发行，所用笔名为浦井靖六。10月，次子卓也出生。

1945年（昭和二十年） 38岁
1月，成为每日新闻社参事。因为学艺栏被裁掉，4月，调动到社会部工作。岳父足立文太郎去世。5月，三女佳子出生。6月，家人被疏散到鸟取县。每天从大阪茨木出发去上班。8月15日，撰写终战文章《听完玉音广播之后》。12月，将家人托付给妻子娘家足立家照顾。

1946年（昭和二十一年） 39岁
1月，就任大阪总社文化部副部长。再次开始诗歌创作。

1947年（昭和二十二年） 40岁
以井上承也为笔名，参加《人间》第一届新人小说征集活动，9月，小说《斗牛》在当选作品空缺的情况下，入选优秀作品。4月，兼任大阪总社评论员。8月，家人迁居至汤岛。

1948年（昭和二十三年） 41岁
1月，完成小说《猎枪》的创作，参加了《人间》第二届新人小说征集活动，但没有入选。2月，协助竹中郁等人创刊诗歌童话杂志《麒麟》，负责挑选诗歌。4月，任东京总社出版局书籍部副部长，独自一人前往东京，暂居于葛饰区奥户新町妙法寺。

1949年（昭和二十四年） 42岁
10月、12月，接连在《文学界》上发表《猎枪》《斗牛》。

1950年（昭和二十五年） 43岁
2月，《斗牛》获第22届芥川文学奖。3月，就任东京总社出版局代理负责人，专注于创作。4月，在《新潮》上发表短篇小说《漆胡樽》。5月开始在《夕刊新大阪》上连载第一部报刊小说《那个人的名字无法说出》。7月，长篇小说《黯潮》开始在《文艺春秋》上连载。8月，《井上靖诗抄》发表于《日本未来派》。

1951年（昭和二十六年） 44岁
1月，开始在《新潮》上连载长篇小说《白牙》（至5月）。5月，从每日新闻社辞职，成为社友。专心从事文学创作。8月，开始在《SUNDAY每日》上连载《战国无赖》，在《文艺春秋》上发表《玉碗记》。10月，在《新潮》上发表《某伪作家的一生》。

1952年（昭和二十七年） 45岁

1月,开始在《妇人画报》上连载《青衣人》(至同年12月)。7月,开始在《新潮》上连载《黑暗平原》。

1953年（昭和二十八年） 46岁

1月,开始在《ALL读物》上连载《罗汉柏物语》。5月,开始在《周刊朝日》上连载《昨天和明天之间》。7月,在《群像》上发表《异域之人》。10月,开始在《小说新潮》上连载《风林火山》。12月,在《别册文艺春秋》上发表《古道尔先生的手套》。

1954年（昭和二十九年） 47岁

3月,开始在《朝日新闻》上连载《明日将至之人》,在《群像》上发表《信松尼记》,在《中央公论》上发表《僧行贺之泪》。

1955年（昭和三十年） 48岁

1月,在《文艺春秋》上发表《弃媪》。从昭和二十九年度下半期（第32届）开始担任芥川文学奖的选考委员。8月,开始在《别册文艺春秋》上连载《淀殿日记》(后改名为《淀君日记》),开始在《小说新潮》上连载《真田军记》。9月,开始在《每日新闻》上连载《涨潮》。10月,由新潮社出版新著长篇小说《黑蝶》。

1956年（昭和三十一年） 49岁

1月,开始在《新潮》上连载长篇小说《射程》。11月,开始在《朝日新闻》上连载《冰壁》。

1957年（昭和三十二年） 50岁

3月,开始在《中央公论》上连载《天平之甍》。10月,开始在《周刊读卖》上连载《海峡》。正在连载的《冰壁》引起了社会热议,成为畅销书。10月末,开始了首次中国之旅,为期近一个月时间。

1958年（昭和三十三年） 51岁
2月,凭借《天平之甍》获艺术选奖文部大臣奖。3月,在《中央公论》上发表《满月》。5月,在《世界》上发表《幽鬼》。7月,在《文艺春秋》上发表《楼兰》。10月,在《群像》上发表《平蜘蛛釜》。

1959年（昭和三十四年） 52岁
1月,开始在《群像》上连载《敦煌》。2月,凭借《冰壁》等作品获日本艺术院奖。5月,父亲井上隼雄去世。7月,在《声》上发表《洪水》。10月,开始在《文艺春秋》上连载《苍狼》,在《朝日新闻》上连载《漩涡》。

1960年（昭和三十五年） 53岁
1月,开始在《主妇之友》上连载《雪虫》。7月,受每日新闻社派遣前往罗马奥运会采风,周游欧美各国,11月末回国。《敦煌》《楼兰》获每日艺术大奖。

1961年（昭和三十六年） 54岁
1月,与大冈升平就《苍狼》产生论争。在《东京新闻》晚报等连载《悬崖》。6月末开始进行为期约半个月的访华。10月开始在《周刊朝日》上连载《忧愁平野》。12月,《淀君日记》获野间文艺奖。

1962年（昭和三十七年） 55岁
7月,开始在《每日新闻》上连载《城砦》。

1963年（昭和三十八年）　56岁
2月，开始在《妇人公论》上连载《杨贵妃传》，在《ALL读物》上发表《明妃曲》。4月，为创作《风涛》，前往韩国进行为期约一周的采风。6月，在《文艺》上发表《宦者中行说》。8月，开始在《群像》上连载《风涛》。9月末开始，进行为期约一个月的访华。

1964年（昭和三十九年）　57岁
1月，成为日本艺术院会员。2月，《风涛》获读卖文学奖。5月，为创作《海神》，前往美国进行为期约两个月的旅行采风。9月，开始在《产经新闻》上连载《夏草冬涛》。10月，开始在《展望》上连载《后白河院》。

1965年（昭和四十年）　58岁
5月，在苏联境内的中亚地区进行了为期约一个月的旅行。11月，开始在《朝日新闻》上连载《化石》。

1966年（昭和四十一年）　59岁
1月，分别开始在《文艺春秋》上连载《俄罗斯国醉梦谭》，在《世界》上连载《海神（第一部）》，在《太阳》上连载《西域之旅》。

1967年（昭和四十二年）　60岁
6月，开始在《每日新闻》晚报上连载《夜之声》。夏，受夏威夷大学邀请担任夏季研究班讲师，前往夏威夷旅行。诗集《运河》刊行。

1968年（昭和四十三年）　61岁
1月，开始在《SUNDAY每日》上连载《额田女王》。5月，前往苏联进行为期约一个半月的旅行,为《俄罗斯国醉梦谭》采风。10月,《西域物语》开始在《朝日新闻》周日版连载。12月,《北之海》开始在《东京新闻》等刊物连载。

1969年（昭和四十四年） 62岁
1月,分别开始在《世界》上连载《海神(第二部)》,在《太阳》上连载《西域纪行》。4月,就任日本文艺家协会理事长。《俄罗斯国醉梦谭》获新潮日本文学大奖。7月,在《海》上发表《圣者》。8月,在《群像》上发表《月之光》。

1970年（昭和四十五年） 63岁
1月,开始在《日本经济新闻》上连载《榉木》。9月,开始在《读卖新闻》上连载《方形船》。

1971年（昭和四十六年） 64岁
1月,开始在《文艺春秋》上连载美术游记《与美丽邂逅》。3月,前往美国进行约两周的旅行,为《海神》采风。5月,开始在《朝日新闻》上连载《星与祭》。诗集《季节》刊行。

1972年（昭和四十七年） 65岁
9月,开始在《每日新闻》晚报上连载《年幼时光》。由每日新闻社主办的"井上靖文学展"举行。10月,开始在《世界》上连载《海神(第三部)》。新潮社版《井上靖小说全集》(共32卷)开始出版发行。

1973年（昭和四十八年） 66岁
5月,前往阿富汗、伊朗等地进行为期约一个月的旅行。11月,母亲八重去世。沼津骏河平开设井上文学馆。

1974年（昭和四十九年） 67岁
1月,开始在《文艺春秋》上连载游记《亚历山大之道》。开始在《每日新闻》周日版上连载随笔《一期一会》。9月末开始为期约两周的访华。

1975年（昭和五十年） 68岁
5月,作为访华作家代表团团长,在中国进行了为期约20天的旅行。

1976年（昭和五十一年） 69岁
2月,前往欧洲进行为期约一周的旅行。6月,前往韩国进行为期约10天的旅行。11月,获文化勋章。进行为期约两周的访华。诗集《远征路》刊行。

1977年（昭和五十二年） 70岁
3月,用约10天的时间历访埃及、伊拉克等地。8月,进行为期约20天的访华,前往新疆维吾尔自治区。11月,开始在《每日新闻》上连载《流沙》。

1978年（昭和五十三年） 71岁
1月,开始在《文艺春秋》上连载《我的西域纪行》。5月至6月间访华,首次到访敦煌。

1979年（昭和五十四年） 72岁
3月,每日新闻社主办的"敦煌——壁画艺术与井上靖的诗情展"在大丸东京店等地举行。从夏到秋,跟随电影《天平之甍》摄影组、NHK丝绸之路采访组等多次前往中国、西域等地旅行。

1980年（昭和五十五年） 73岁
3月,和平山郁夫一起参观印度尼西亚婆罗浮屠遗址。4月末开始,和NHK丝绸之路采访组一起行走于西域各地。6月,任日中文化交流协会会长。8月,访华。10月,和NHK丝绸之路采访组一起获菊池宽奖。获佛教传道文化奖。

1981年（昭和五十六年） 74岁
1月,开始在《群像》上连载《本觉坊遗文》。4月,开始在《太阳》上连载随笔《站在河岸边》。5月,任日本笔会会长。9月末,在夫人的陪伴下前往中国旅行,为创作《孔子》采风。10月,就任日本近代文学馆名誉馆长。获放送文化奖。

1982年（昭和五十七年） 75岁
5月,《本觉坊遗文》获新潮日本文学大奖。5月末、11月末、12月末到次年初,三次前往中国旅行。出席巴黎日法文化会议。

1983年（昭和五十八年） 76岁
6月(两次)和12月访华。

1984年（昭和五十九年） 77岁
1月至5月,由每日新闻社主办的展览"与美丽邂逅 井上靖 无法忘却的艺术家们"在横滨高岛屋等地举行。5月,作为运营委员长主持国际笔会东京大会。11月,访华。

1985年（昭和六十年） 78岁
1月,获朝日奖。6月,在夫人的陪伴下,和《俄罗斯国醉梦谭》摄影组一起访问苏联。10月,访华。

1986年（昭和六十一年） 79岁
4月,访华,被授予北京大学名誉博士称号。9月,因食道癌在国立癌症中心住院,接受手术治疗。

1987年（昭和六十二年） 80岁
5月,在夫人的陪伴下前往法国,并游历欧洲各地。6月,开始在《新潮》上连载最后的长篇小说《孔子》。10月,访华。

1988年（昭和六十三年） 81岁
5月,前往中国进行为期10天的旅行,访问孔子的家乡曲阜,为创作《孔子》采风。这是他第27次中国之行,也是最后一次。诗集《旁观者》刊行。

1989年（昭和六十四年·平成元年） 82岁
12月,《孔子》获野间文艺奖。

1991年（平成三年） 84岁
1月29日,在国立癌症中心去世。2月20日,在青山斋场举行葬礼,戒名:峰云院文华法德日靖居士。